小説　新聞社販売局

小説　新聞社販売局◉目次

第一章　担当員

1

　一時間の昼休みを喫茶店でぼんやりと過ごした神田亮一《かんだりょういち》は、午後二時半ごろ職場に戻った。終業まであと三時間半、何をしようか考えながら自席に着いた途端、スマートフォンの着信音が鳴り、その画面を見てちょっとびっくりした。＋９７２……、見慣れない番号の下に「イスラエル」の文字。恐る恐る電話に出ると、元気のいい女性の声が響いた。

「もしもし。神田君？　エルサレム支局の小倉《おぐら》です。お久しぶり」

　時差七時間の中東からかかって来た電話は、少し聞きづらく、背後にさざめいているのは神田には意味の分からない言語だった。

「何だよう、小倉だったのか。電話の表示見て、イスラエルって名前の店から電話かと思ったよ」

「やだやだ、そんな名前の店、絶対に流行《はや》らないよ」と電話の主はケタケタと笑った。

「そういや、去年の春にそっちに行ったんだったな。本社の内勤よりはよっぽど楽しいだろう」

　神田が勤める大和《やまと》新聞社は、海外の取材拠点の一つとしてイスラエルのエルサレムに支局を置いていた。特派員の小倉奈津美《なつみ》は、神田と同期入社の外報部記者。神田とは入社三年目と四年目を、神戸支局で一緒に過ごした。帰国子女で英語が堪能な彼女には、国際会議の取材などで随分、助けてもらった。その後、小倉は東京本社外報部に、神田は大阪本社社会部の所属になり、そこを本拠地として記者活動するレールに乗ったため、再び同じ職場で仕事をする機会はなかったが、ヒヨッ子記者で苦労を共にした仲間は幼なじみのような存在だった。エルサレム支局といっても記者は小倉だけで、一人でトルコ、シリア、ヨルダンなど周辺の国々も管轄している。神田が中東を元気に飛び回る小倉の姿を想像していると、電話の向こうの小倉も声を弾ませた。

「神田君、電話したのはね、昨日、こっちの日本人記者が集まってホームパーティーをしたんだけど、そこで神田君の話題になったのよ。毎朝新聞の塚原《つかはら》君って覚えてる？　彼はちょっとイレギュラーな異動で先月イスラエルに来て、パーティーで初めて親しくしゃべったら、大阪社会部で大阪府警の担当だった時、神田君と一緒だったって言うじゃない。警察回りでライバル同士の武勇伝を聞いているうちに、私も懐かしくてたまらなくなっちゃって。それで電話したってわけ」

「それはどうもありがとう。塚原かあ、覚えてるよ。あいつ今、そこにいるのか。そう言や、サツ回りの時から外報部に行きたいって言ってたよ」

「なかなか希望が通らなくて、もう半分あきらめてたそうだけど、『この歳になってようやく念願かなった』って張り切ってるわよ。神田君にも会いたがってた。ねえねえ、忙しいとは思うけど、一度、こっちに遊びに来ない？　塚原君ともども歓待するから。デッドシーに泳ぎに行ったりしようよう」

デッドシー。沈まない湖の不思議体験を求めて、各国から旅行客が集まる死海リゾート。海外特派員記者の提案は、今の神田にはこっけいなぐらい不釣り合いだった。地球上に散らばってニュースを追い掛ける小倉や塚原のような海外特派員はマスコミの花形だが、自分はもう情けないかな新聞記者ですらない。

何の因果か、今の職場は編集局ではなく販売局だ。もはや、新聞社に勤務しているというだけのただの事務屋に過ぎない。毎朝、決まった時間に出勤し、「新聞配達のバイクの音がうるさい」とか「勧誘がしつこい」とか苦情電話を受け、苦情メモを作成する。ノベルティグッズの在庫確認、新聞購読を呼び掛けるチラシの作成、自分には発言権のない社内会議の書記。大和新聞社主催のイベント会場で「大和新聞」の横断幕を張り、宣伝物を配布する。このように仕事の種類はやたらに多いが、どれも片づけるのに大して時間がかかるものではなく、睡眠時間を削って働く記者に比べれば朝飯前だった。

しかし、それを見透かされているかのように、誰の仕事なのかはっきりしない雑用が発生すると、必ず神田に降り掛かってくるのは気に食わなかった。販売局長から「記者やってたんだから、文章を考えるのは得意だろう？　来週の販売店会議のあいさつ考えてくれ」と言われた時は耳を疑った。何様のつもりだ。大臣じゃあるまいし、身内の会議のあいさつぐらい自分で考えろってんだ。内心そう思ったが、忙しくもなかったので言われた通り、あいさつ文を仕上げてしまった。こんな生活をして間もなく二年になろうとしている。円安が急激に進もうが、原子力発電所の再稼働が認められようが、今の職場では全く話題にもならない。この職場の仕事に何の関係もないからだ。神田は、大和新聞大阪本社ビル内で一二階の編集局から一〇階の販売局に移った当初、同じ新聞社でもフロアが違うとこれほどニュースに無関心なのかと驚いたが、最近では自身も正午のNHKニュースを見るのを忘れるようになっていた。

「全然、忙しくなんかないよ。俺が長期休みを取ったって誰も困らないから、イスラエルだっていつでも行けるよ」と神田は開き直り、入社以来、「忙しくない」と言ったのはこの職場が初めてだなと思った。

「神田君の今の職場って、販売局の何ていう部署だったっけ？」と小倉は申し訳なさそうに聞いた。

「販売推進部っていうところだよ」

「そこはどういう仕事をしてるの？」

「ええと……、一言では説明しづらいんだけどな。『大和新聞を読んで下さい！』って購読を呼び掛けるチラシを作ったり、『新聞が入ってない』っていう読者からの苦情電話を受けたり。あれやこれやとあるんだけど、簡単に言うと雑用係だな。でも、記者と違って規則正しい健康的な生活だよ」

「うわ、うらやましい。こっちは日本とは時差もあるし、生活は不規則極まりないわよ」と小倉は笑い、「神田君はさあ、記者の時はずっとハードな持ち場ばっかりやってきたじゃないの。きっと神様から骨休めの時間をもらったんだよ。しばらくしたら編集局からお呼びが掛かるんだから、今のうちに休養しておいたらいいのよ。どうせまた、心臓が止まりそうになるぐらいこき使われるんだから」とやり手記者らしい励まし方をした。

左遷を「骨休め」と言い換えるのは、さすがポジティブ思考の小倉だ。確かに夜昼関係なしに急な仕事が発生する新聞記者の生活は体に良くない。働き過ぎや精神的なプレッシャーで、体や心の病になる記者を何人も見た。それでも神田は、激務をこなしながら心身ともに健康を維持してきた。記者が仕事に打ち込めば家族を顧みることもできなくなるため、家庭が破綻した先輩から愚痴を聞かされまくった経験上、神田は結婚もしなかった。仕事に全力投球して入社一五年の節目を迎えた三七歳の時に、「お前はもう記事を書かなくていい」と通告されたのだ。編集局長の古石幸太郎《ふるいしこうたろう》に。新聞記者としてこれから最も脂がのる年齢で、ペンをもぎ取られた。このセリフを言った時の古石の勝ち誇ったような薄ら笑いは、思い出しただけではらわたが煮えくり返る。

そんな神田の心境を知ってか知らずか、小倉は「でも、まあ、神田君を販売に行かせるなんて、突拍子もない人事ではあるわね。何があったのかは知らないけど」と同情した。そこから少し声のトーンが下がった。

「私も今のエルサレムは海外特派員としては三場所目なんだけど、日本から離れると正直言ってホッとするのよ。本社は人間関係の対立とか、派閥争いに振り回されて面倒くさいじゃない。それにほら、ここ数年は新聞業界って、景気の悪い話ばっかりでしょ。ねえ、神田君は営業部門にいるから分かる？　うちの会社って本当にもうやばいの？　新聞を読む人が少なくなってるっていうけど、そんなにどんどん部数が減ってるわけ？」

小倉は唐突に大和新聞社の経営危機に言及したが、その指摘は少しずれていた。神田も販売局員になって分かったことだが、新聞の発行部数とは日々ずるずると減少したり、月ごとに大きく変動するものではない。発行部数は新聞の命だ。これをばっさり減らすこともあるにはあるが、それは新聞社の苦渋の政策的判断で行われる。

新聞社は何が何でも発行部数を減らしたくないので、原則として販売店には決まった部数を配送し続ける。販売店に送った新聞のうちどれだけに読者がいるのかは、新聞社にとっては「二の次」であり、新聞社から新聞を買い取る販売店からすれば、仕入れ代金は「固定費」のようなものだった。新聞は、毎日、自宅に届けられる他に例のない形態の宅配商品である。それ故に様々な点で特殊性があった。しかし、こんな話をこの電話でしたところでイスラエルの記者は困惑するだけに違いなく、神田は近く小倉を訪問することとし、その時、新聞販売について彼女の関心が薄れていなければ、改めて詳しく説明しようと思った。

「確かに販売局は営業部門なんだけど、俺の仕事は販売局の中でも中心的な仕事じゃなくて脇もいいところだから、我が社の経営状態なんてさっぱり分からんわ。でも周りから聞こえてくるのは、『厳しい』『もうからない』って話ばっかりだな。暗い気分にさせて悪いけど」

神田の答えに、小倉は心からがっかりしたようだった。

「あーあ、うちの経営陣はいったい何をやってるのかしらね。記者の数も取材費も減らされる一方で、どうやっていい記事を書けって言うの。中東なんてずーっと不安定だったのが、過激派のイスラム国の台頭でさらに大変なのに、いくら支局の人数をもっと増やしてくれってお願いしても、全く相手にしてもらえないのよ」

小倉はそう嘆くと、「ごめん、ごめん。こんな話になっちゃって。本当に遊びに来てね。神田君まだ独身なの？　そろそろお嫁さん見つけて、新婚旅行で来るのもいいかもしれないよ」と、最後は明るく話をまとめて電話を終えた。

神田に言えることがあるとすれば、小倉のような新聞記者が天職の人間は、もっと早く生まれて来るべきだったということだ。会社の経営状態や経費の使い方を気にせず、思う存分、取材に駆けずり回り、紙面で腕を振るうには、やや時代が遅かった。

思いがけない国際電話を終えた神田を、五メートルほど離れた席にいる販売推進部の副部長がじっと見ていた。「全然、忙しくない」だの「販売局の雑用係」だのと、販売推進部を否定的にしゃべっているので気になったのだろう。神田は何か注意されるかと思ったが、副部長はどんよりした目をこちらに向けているだけで、口を開こうとはしなかった。

この職場では、神田は何かの間違いで迷い込んで来た異邦人の扱いだった。見知らぬ異人種をどう扱っていいか分からない原住民たちは、危害を加える気もないが積極的に関わる気もなく、いつも遠巻きにしているだけだった。無理難題を押し付けられたり理不尽に怒られることもない代わりに、心が通い合う会話も、熱い議論もここにはない。

2

販売局次長の花隈信也《はなくましんや》から神田が昼食に誘われたのは、イスラエルからの電話があった数日後だった。花隈は神田のデスクに内線電話をかけてきて、「今日の昼飯、一緒にどうかな。銀杏屋《いちょうや》で熱々の鍋焼きうどんでも食べようや」と、会社から歩いて一〇分ほどの所にあるお気に入りのうどん屋に誘った。神田が「あそこの鍋焼きうどんおいしいですもんね。僕も久しぶりに食べたいです」と答えると、花隈は「よっしゃ、決まり。午後一時にね」と時間を指定した。

販売推進部で神田を昼食に誘う者はいないが、販売局のナンバー2である局次長の花隈は、時々こうして声をかけてくれる。神田の話が刺激的で面白いらしい。花隈の口癖は「神田君は記者だから世界が広くていいなあ。僕なんか恥ずかしいよ」だった。

大和新聞社の人事採用は、記者職と一般職に分かれている。記者職は言うまでもなく新聞記事を書く記者を採用するもので、それ以外の業務は一般職の採用となる。古美術に造詣が深い花隈は、文化事業がやりたくて一般職で大和新聞社に入ったが、入社以来、販売畑一筋だった。花隈に限らず、販売局の社員はよほどの不祥事でも起こさない限り、定年まで他局に出ることはない。スポーツ大会や展覧会などのイベントを企画する事業局や、新聞広告を考案してクライアントに営業する広告局の仕事がしたくて一般職で入社した社員でも、新人で販売局に配属されると、ガシャンと重い鉄の扉が閉じたように、定年まで他局に異動する道は閉ざされる。花隈も新入社員で販売局の配属になったばかりに、夢をあきらめて五〇代後半を迎えていた。

大和新聞大阪本社はJR大阪駅から歩いて十数分の場所にある。神田は会社を出て大阪駅方向に向かい、午後一時ちょうどに「銀杏屋」の格子戸を開けると、花隈はもう先に着いていた。長身でロマンスグレーの花隈は店内で目立っていて、それを誇示するかのように神田に手を振った。

「混むから早めに来て席を取っといたんだ。鍋焼きうどんはもう二人分、注文したよ。けっこう時間かかるからね」と花隈は言い、神田は「遅くなってすいません。さすが段取りいいですね。恐れ入ります」とテーブル席に着いた。

カウンターと四人掛けテーブルが六つの店内は、つるつるとうどんをすするサラリーマンでいっぱいだった。神田と花隈がお茶を飲みながらしばらく雑談していると、ほかほかした鍋焼きうどんが到着した。

花隈は鍋のふたを開けて「これは温まるぞー」と箸で半熟卵をつぶし、卵の黄身が絡んだうどんを口に運んだ。しばらくの間、二人はフーフーと熱いうどんをすすった。

鍋の中身が半分ぐらいになったところで、花隈が「そろそろ春の人事異動を考えんといかん時期なんだよ」と切り出した。どうやらこれが本題だ。「そろそろ考える」どころか、もう二月に入り、四月一日の人事異動原案は出来上がっているはずだ。

神田は「今度の異動の規模は大きいんですか?」と他人事のように応えたが、心の中では身を乗り出していた。販売推進部に来てまもなく丸二年。この四月に編集局に戻ってもおかしくない。問題は、自分を販売局に追い出した編集局長の古石がまだその座に居座っていることだが、古石だって「そろそろ」交代の時期かもしれない。執行役員や取締役という次の出世階段が見えれば、まだ中間管理職にすらなっていない神田のことなど、さして気にならなくなる可能性もある。何かと神田に好意的な花隈は、古石にうまく話を持って行き、自分を編集局の記者に戻してくれるのかもしれない。

しかし、花隈の話は神田の期待する方向には進まず、「うーん、異動の規模はともかくとして、この一年足らずで担当員が二人も辞めてしまったやんか。最近は辞めたやつの補充もないし、頭痛いわ」と顔をしかめた。

花隈の言う「担当員」とは、新聞社販売局の中核部隊だ。大和新聞大阪本社は、近畿、中国、四国、北陸地方を管轄としている。全国紙である大和新聞は近畿地方に読者が多いので、販売局の組織も近畿に手厚い。大阪府内を管轄とする近畿販売一部、滋賀県と京都府と兵庫県を管轄とする近畿販売二部、和歌山県と奈良県を管轄とする近畿販売三部に分かれ、その他は中四国北陸販売部にまとめられている。

これら四つの部を「現場部」と呼び、そこに所属する社員を「担当員」と言う。各府県には大和新聞を毎日、読者に配達し、毎月、読者から新聞購読料を集金する販売店がある。担当員とは、その名の通りそれぞれ担当区を持ち、担当区内の販売店の経営に責任を負っていた。担当員の数が減ると、一人が担当する販売店の数が増え、仕事が「広く浅く」になって販売店や販売エリアの情勢に目が行き届かず、ライバル紙の攻勢に負けて読者を奪われる。それゆえ、販売局担当員の存在は大和新聞社の経営に直結していた。

しかし、その大事な担当員の中途退社が頻発しているのが昨今の実情だった。世間の平均的なサラリーマンからすれば給与面では悪くないものの、一人が担当する販売店は何十店もあり、真面目にやればかなりきつい仕事だった。帰宅は深夜、休みは月に一日か二日。担当員がやりたくて新聞社に入ったのでなければ、仕事に嫌気がさすのは、神田にも分からないではなかった。

しばらく黙々とうどんを食べていた花隈が、「辞めた連中は担当員に向いてなかったから未練はないけど」と忌々《いまいま》しそうに言い、「それだけじゃなく、会社の人員削減方針で新入社員が年に一人か二人しか来ないから、担当員の数が減り続けている。担当員がいかに大切か、会社の経営陣は全く分かってないいわ」と嘆いて箸を置いた。

神田は「ほんとそうですね」と何気なく相槌を打ち、その直後、嫌な予感がした。

小鍋を持ち上げて具材のうまみが染み出したつゆをごくりと飲んだ花隈は、ふーっと息をつき、「どうだ、神田君、担当員やってみる気はない？」とさりげない風を装って言った。神田の嫌な予感が的中した。

「へっ」と神田はしばらく押し黙った。……ったく何という展開だ。俺に担当員をやれだと？担当員の本業とは、自分が探し出した人材に販売店を持たせ、その新店主の店を年月をかけて大きく育てることであり、一、二年の腰かけでできるものではない。そんな立場になってしまったら、編集に戻るどころか、見知らぬ土地でうっかりはまった泥沼に足を取られ、ずぶずぶと沈み込んでいく旅人みたいなものじゃないか。うどんで温まりながら、当たりさわりのない会話をしている場合ではない。

「ちょっと待ってください、花隈さん。僕に担当員なんて無理ですよ。販売推進部の仕事は同じ販売局でも現場部とは全く別ですから、二年いたって担当員の実務はまるで分かりません」

神田はきっぱり断ったつもりだったが、花隈は鍋焼きうどんに満足した余裕の表情だ。

「うん、君のことだからそう言うと思ったよ。でも、神田君は販売店にも評判がいいんだ。君は『大和新聞販売便り』の取材であちこちの販売店に行っただろ？　神田君の取材を受けてみんな喜んでいるよ。君ならきっと販売店ともうまくやっていけると思う。新聞業界が大変な時だ。大和新聞社を助けると思って引き受けてくれんかな。もちろん僕は全力で応援するし、何でも相談に乗るよ」。花隈は調子のいい言葉を並べ立てた。

「販売店の評判がいいなんて上辺だけの話です。編集から迷い人みたいに販売に来た僕が、販売便りの取材をしているうちはいいとしても、担当員になったら販売店は気分を害すると思います」

さすがに販売局幹部に対し、「編集から飛ばされて販売に来た」とは言いづらい神田は、慎重に言葉を選んだ。しかし、花隈はそんな「サラリーマン言語表現力」はどうでもいいようだった。

「僕の責任においてそんなことにはさせない。当面は研修期間として現場部のデスクの補助的な仕事をして慣れてもらうよ。神田君に『補助』なんて言って悪いけど、優秀な君なら担当員の仕事とは何なのか分かるだろうし、すぐに独り立ちできると僕は確信している」

神田は不惑目前の三九歳。現場部の担当員ならとっくにヒラから主任に昇格している。この歳になって、新入社員のようなデスクの補助業務からやり直せと言うのか。

「花隈さん、販売局の人員不足は理解しています。でも、取って付けたみたいに僕を担当員にするのではなく、それなりの数の新入社員を確保することに、力を注ぐべきじゃないでしょうか。僕が担当員をしたところで、一時的な中継ぎみたいなものです。五年、一〇年かけて販売店を育てていく担当員の本当の仕事はできません」

「新人と君とじゃ話にならんよ。神田君には記者のキャリアがあって、社会人として立派な経験を積んでいる。販売店だって『元記者の人が担当員になってくれた』って喜ぶかもしれんよ」

日頃は比較的すんなりと言い分を受け入れてくれる花隈が、今回は折れる様子がない。それに花隈の言った「元記者」という表現が神田は気になった。

「僕は記者をするために大和新聞に入社したんです。いつまでも販売にいるつもりはありませんし、販売局にとって重要な仕事を任せられる人材ではないはずです」

「あの、それが、その、まあ、ちょっと言いにくいんだけど、この春の人事異動の話し合いでは、編集局はまだしばらく神田君を販売に置いてもらってかまわないと言ってるんだよ」

ちきしょうっ。神田は心の中で舌打ちした。編集局長の古石が「神田は編集に戻さんでいい」と言っているに違いない。古石と花隈は同期入社だ。古石は局長で花隈は局次長だから階級が一つ違い、正式なカウンターパートナーではないものの、日頃から同期のよしみで内々の相談をしているようだった。このうどん屋で、花隈は古石の代弁者として話をしているのか。

神田は居ても立ってもいられず、「花隈さん、今の話は古石さんがそう言ったんですか？僕を編集局に戻さなくてもいいと」と詰め寄った。

花隈は少しぎょっとした様子だったが、「そういう意味じゃなくて、神田君なら販売でも編集でもどこでもやっていけるってことだよ」と苦し紛れの答えをした。

「販売局が神田君を必要としているのなら、そこで活躍させてやってくれって古石は言ってたよ」

古石のやつ――。執念深く、このまま俺を販売局で塩漬けにする気かもしれない。花隈と古石の間で実際はどんな話し合いがあったのだろうか。「販売店にも評判がいい」とか「活躍させてやってくれ」なんて綺麗ごとを並べて済んでいるはずはない。神田が生のやり取りを想像してむかむかしていると、花隈は「おっ、もうこんな時間だ」と腕時計を見て言った。

「僕は会計しておくから、神田君は先に戻っていいよ。今の話、いい返事を期待しているからね」とにっこりした。

3

職場に戻ってから神田は考え込んだ。編集局長の古石が自分を引き取るのを拒んだのだとしても、販売局が編集局からぽっとやって来た人間を担当員にすると思い付いたのは、どういうことだろうか。「神田君は記者をしていたんだから優秀だ」と花隈は言うが、優秀だろうが販売店に評判が良かろうが、販売局で自分は所詮よそ者だ。よそ者に多額の金を扱う担当員の仕事は任せられないはずだ。新入社員で販売局に配属され、定年まで販売局に骨を埋める意思を固めている人間だけが、大和新聞の販売人と呼ぶに値するという純血主義を、この二年近くの間、目の当たりにしてきた。花隈の話はいかにもうさん臭い。

神田は直属の上司である販売推進部長の栗山透《くりやまとおる》に相談するべきだと思ったが、栗山は東京に出張中だった。ひょっとすると花隈は、栗山が出張中の留守を狙ってこの話を持ち出したのかもしれない。

仕事に集中できないままもんもんとするうちに、終業時間の午後六時になった。販売推進部の社員らは待ちかねたように次々に立ち上がり、「お疲れ」とコートを着てさっさと帰って行った。誰もいなくなり静かになった職場で神田がさらに考え込んでいると、近畿販売二部の担当員、月岡翔馬《つきおかしょうま》が社に上がって来て、他に誰もいない近畿販売二部の島でぽつんとパソコンに向かっている。

月岡は六年も後輩だったが、販売局では神田が腹を割って話せる数少ない相手だった。販売推進部に来て半年ぐらい経った頃、たまたま社員食堂で一人で昼食を取っている月岡を見つけ、「邪魔してもいいかな」と同じテーブルに座ったのがきっかけだった。迷惑がられるのは承知の上だったが、月岡はうれしそうに「実は僕も神田さんと話がしたかったんですよ。でも、なかなかきっかけがなくて」と歓迎してくれた。

そこから滋賀県担当の月岡は、大津支局長はかなりの変人みたいだが編集局ではどういう評判なのかとか、支局の事務補助のアルバイトに色目を使われて困っているとか、相談事のようにして先輩の神田の顔を立てながら、面白おかしい話題を提供してくれた。なかなか気が利いたやつだと神田は月岡が気に入り、その後、ちょくちょく一緒に酒を飲む仲になったのだ。月岡の一見、温厚そうに見えるのにズバズバと上司の批判をする歯切れの良さは痛快だったし、新聞販売の現状を嘆く指摘はしごくまっとうなものに思えた。

月岡なら今回のことをどう受け止めるだろうかと思い、神田は近畿販売二部の島に行って「お疲れさん」と声を掛けて月岡の隣の椅子に座った。

「月岡だから言うんだけどさ、今日、花隈さんから呼ばれて、担当員にならないかって言われたよ」

「ええっ、神田さんに？　担当員しろって？」

月岡は目を見開き、「そうかあ、神田さんに飛び火しちゃったんだ」とつぶやいた。

「神田さんも知っての通り、去年の春から担当員が二人も辞めちゃって、何とかして補充しなきゃいけないんです。今のままでは、辞めた二人の担当区をカバーしているやつの負担が大き過ぎまして」

「新規採用を増やすとかできないのかよ？　月岡に言っても仕方ないけど」

「はい、これだけ採用抑制しているご時世に、大阪本社販売局で新規採用を二人も増やすのは無理でしょうねえ。でも、人員不足がしゃれにならないとこまで来てるのも事実なんですよ。担当員に向いてるとか向いてないとか注文付けてる場合じゃなくて、もう誰でもいい、猫の手も借りたいって言うか。だって、販売総務部の榊原《さかきばら》さんを次の異動で現場部に戻すってうわさもあるぐらいです」

そこまで言って、月岡は「あ、いや、もちろん、神田さんが誰でもいい猫の手で担当員に選ばれたわけじゃないでしょうけど」と慌てて取り繕った。

月岡が言及した販売総務部の榊原浩《ひろし》は、神田より三歳年下の三六歳。もとは現場部の担当員だったが、もう四年も内勤の販売総務部にいた。近畿販売二部の担当員の時、販売経費を使い込むという不祥事を起こして担当員を外され、内勤の販売総務部に異動。伝票を整理したり、販売店にファクスを流したり、事務的な電話連絡をする仕事に従事していた。神田は販売局に来てまもなく榊原に関する悪評を漏れ聞いたのだが、金の使い込みをして懲戒処分も受けずに人事異動で済まされるとは、販売局とは不思議な組織だと思った。管理責任を問われて幹部まで処分されるのを避けるため、局ぐるみで不正を隠蔽したということは、最近になって知った。

「去年の春以降に辞めた担当員二人の補充が、俺と榊原ってことか？　いくら人手不足だからって……。月岡は俺に担当員ができると思うか？」と神田は率直に聞いた。

「それは、その、やってみないと分からない部分はありますけども。幹部は、神田さんはできると判断したわけでしょ。まあ、僕なんかでもやってる仕事ですからね。誰でもできると言えばできるなあ。ははは、確かにそうだ。あ、でも、神田さんが担当員になってくれたら僕はうれしいですよ。僕らには言えないことを幹部にバシッと言ってくれそうだし。何て言うか、組織に新風を吹き込んでくれるような気がします」

月岡の言っていることは支離滅裂な気もしたが、神田はもう少し話がしたかった。

「おい、その仕事まだ時間かかるのか？　一杯、付き合えよ」と誘ったが、月岡は「すいません。この書類を仕上げた後、心斎橋《しんさいばし》に行かなきゃなんないんです。販売店主に飲みに誘われてまして。また今度お願いします」と申し訳なさそうに言った。

4

販売局の人員が払底しているからと言って、使い込み野郎とともに頭数合わせで現場部に投入されてはかなわんと神田は戦々恐々としていたが、花隈に打診を受けてから三日経っても、四日経っても、東京出張から戻ってきた販売推進部長の栗山からは何も告げられなかった。普通、人事異動の打診は直属の上司がするものじゃないのか。栗山は何も知らないのか、それとも知ってはいるが、よそ者の部下の異動などどうでもいいので放ったらかしているのか。神田は我慢できなくなり、外出中の栗山の携帯電話にメールした。

「花隈さんから担当員にならないかって打診されました。相談したいのでどこかで会えませんか」

栗山からはすぐ返事が来た。

「分かった。三時ごろそっちに戻るから、向いのベガスで会おう」

大和新聞大阪本社の向かいにあるハートフルホテル一階のカフェレストラン「ベガス」に、栗山は「おう悪い。待たせて」と午後三時五分ごろ現れた。

「神田に担当員やれって？　無茶苦茶言うよなあ。それは絶対に永峰《ながみね》局長が考えたことだよ。永峰ってほんとに人事にセンスがないからな。去年辞めた二人だって、担当員なんかとても出来るタマじゃないから販売推進部が引き取ってやってたのに、人員不足だとかで永峰が引っぺがして現場部に持って行ったら案の定だ。あの二人の人事異動も、今回の神田のことも、俺には何の相談もないよ。神田からのメールで初めて知ってびっくりだよ。永峰と花隈が、まさかそんなことを考えていたとはな」

ベガスに着くなり栗山はまくし立てた。直属の部下の人事異動についても知らないとは、永峰修造《しゅうぞう》販売局長、花隈信也販売局次長両名は、本当に栗山と意思の疎通がないようだ。よそ者の神田から見ても、栗山は販売局では異色の存在だった。販売局は局長が人事を一手に握っており、ほとんどすべて一人で決める。そのため販売局では、誰も決して局長には逆らわない。

しかし、栗山だけは違っていた。元来の気の強さから納得いかない指示に唯々《いい》諾々《だくだく》と従うのをよしとせず、永峰にいちいち突っかかるのである。イエスマンに囲まれてすっかり攻撃されることに弱くなっている永峰は、サラリーマン社会の作法からはみ出したカミツキガメのような栗山がよほどうっとうしいらしく、あからさまに毛嫌いしていた。花隈局次長をはじめとする部下の販売局員たちは、永峰から嫌われている人間と親しくして巻き添えを食ってはかなわないので栗山と距離を置くこととなり、その結果、栗山は局内で完全に孤立していた。

一方、自分の有能さを信じて疑わない栗山は、現場部の部長ではなく脇役の販売推進部長でいることに大きな不満を持ち、永峰と花隈に恨みに近いものを抱いていた。栗山は常に怒りと憤りの炎を身にまとっており、販売局ナンバー1、2の二人はその炎に焼き殺されてはかなわんと露骨に栗山を避けていた。

神田はその関係は分かっていたものの、やはり栗山に相談したところで何の影響力もないのだと改めて落胆しながら、「花隈さんは君ならできるって言うんですが、正直言って僕は自信ありません。担当員は多額の金を扱う仕事ですし、失敗して会社に迷惑かけるのも嫌なので、この話は断ろうと思います」と意向を伝えた。

「上司としてこんなこと言うのは情けないんだけど」と栗山は突然、口調が失速した。

「神田がいくら嫌だって抵抗しても変わらないよ。その話はもう決まってるわ。俺が反対してもどうにもならない。販売局とはそういう所だ」

「はあ？　じゃ、何で僕に打診するんですか？」

「一応、本人も了解したって形を作りたいだけだろうな。編集局から来た神田は、販売局の文化に良くも悪くも馴染んでしまってる俺たちとは違う。下手に反発を買ってもやっかいだから、販売局も民主的に運営してますよ、みたいなポーズを取りたいんだよ。ほら、編集局って年に一回、異動希望調査ってあるんだろ？　ワシントン支局に行きたいとか、政治部に行きたいとか。俺は入社して二六年になるけど、異動先の希望を聞かれたことなんて一度もないよ。販売局は社員に異動希望調査をしたことないんだ。人事は上が一方的に決めるもので、本人の希望なんて聞く必要がないというのが販売の流儀なんだ」

言われてみれば、神田が販売推進部に来てから異動希望調査は一度もなかった。編集局じゃ最近は、異動先が気に入らないとごねまくり、内示ギリギリになってひっくり返させる豪傑もいると聞いたが、販売局の社員は希望を聞いてもらう権利すらないとは、とんでもないガラパゴスで仕事をしていたわけだ。

「では、永峰さんのセンスのない人事を受け入れて、僕は担当員をやるしかないということですか」。神田はかなりふてくされて栗山に聞いた。

「部長として力になってあげられなくて申し訳ない。神田はうちの部でも頑張ってくれたし、次の異動では編集に戻してやりたかったけどなあ」

「どうやら編集局長の古石さんにかなり嫌われているみたいです」

「そうか、局長から嫌われてるって神田も俺と同じじか。古石さんって見るからに人間が小さそうだもんな。でも冷静に考えてみろよ、古石さんが永久に編集局長をやるわけじゃない。編集局長が代わるまでの間、お前、担当員やってみたらどうだ？　どうせ販売局にいるなら、うちみたいな後方支援の部署じゃなくて、現場部で新聞販売の最前線を見るのも勉強になるぞ。神田が将来、執行役員とか偉くなった時にきっと役に立つよ」

編集局から販売推進部に左遷された上、さらにひどい状況になろうとしているのに、なぜ今、執行役員に就任した時のことまで考えなくてはならないのか、話の展開が飲み込めなかったが、ともかく自分はすでに悪あがきの状態に追い込まれているのだということを神田は理解した。

「栗山さん、僕が勉強のために担当員になるのだとすると、一つ疑問があるんですが」

「うん、何だ?」

「担当員の仕事は優秀な販売店を育て、大和新聞の販売網を強化することですよね」

「その通りだ」

「編集局長が交代すれば僕が編集に戻れると仮定してですよ、古石さんは編集局長になってもう三年ですから、いつ代わってもおかしくないです。だとすると、僕には販売店を育てるなんて長い時間のかかる仕事はできません。永峰局長はどういう理由で僕を担当員にするのだと思います?」

「それだけ担当員の質が落ちてるんだよ」と栗山がまたがなり始めた。

「販売店を育てるという本来の仕事ができている担当員なんかおらんじゃないか。販売店主候補を探して来ることもできず、部数と入金を維持するだけで精一杯になっちまっとる。現状の仕事だったら、『腰かけ担当員』でもかまわんと永峰は考えたんだろうよ。担当員が販売店を作らないことを、販売局長が是認しているようなもんだ。もちろん俺は神田には、そんなんじゃなくてちゃんとした担当員の仕事をしてほしいと思ってるけどな」

栗山のがなりを聞いて黙り込んだ神田に、栗山は「そう暗くなるなよ。困ったことがあったら何でも相談して来い。俺だって担当員やってたんだから、力になれると思うよ」と慰めの言葉を言った。

栗山とベガスで話をした翌日、神田が会議資料作成のためノベルティグッズの在庫を調べていると、机の上の内線電話が鳴った。局次長の花隈からだった。席は三〇メートルほどしか離れていないのに、花隈はよく内線で電話して来る。販売推進部に来て、栗山の顔を見たくないからだろう。

「神田君、花隈だけど。担当員になるのを了承してくれたそうだね。ありがとう。きっとやってくれると思ってたよ」

「えっ？　了承した覚えはありませんけど」

「そうなの？　栗山部長からはそう聞いたよ」

ベガスで会った時のやり取りを、栗山は「担当員になるのを了承した」と受け取り、花隈に報告したのだろうか。「やります」と明言はしなかったはずだが。それとも、花隈は「了承した」という事実を無理矢理でっち上げようとしているのか。はたまた、仲の悪い花隈と栗山が、この件では裏で手を組んでいたのだろうか。どうにも疑問が膨らむものの、神田はこだわっても仕方ないとあきらめた。どうせ他に道はないのだ。

「栗山部長にはまだ言っていませんでしたが、担当員をさせてもらうってことで返事しようと思ってました」と神田が言うと、花隈は「ありがとう、ありがとう。これで僕も勇気百倍だ。今度、酒でも飲みながら仕事のアドバイスするよ。よろしく頼むよ」と機嫌良く電話を切った。

5

二月二五日午後二時、四月一日付の人事異動内示が発表された。社内にいる社員らは壁の張り出しに見入ったり、各自のパソコンから大和新聞社の社員向けポータルサイトに入って確認していた。神田は販売推進部から近畿販売一部に異動。神田以外の販売推進部員に異動はなく、神田の後任者もおらず、販売推進部の人員は一人減になった。そして、月岡の聞き込んだうわさ通り、販売総務部の榊原浩も近畿販売一部に配属になり、販売総務部も一人減となった。神田と榊原の二人を除けば、部長以上の幹部は全員がそのままで、担当員数人が担当区を代わっただけの目新しさはない人事異動だった。

販売推進部の社員らは神田の異動に相当びっくりしたはずだが、神田に人事の話題を振る者は誰もおらず、表面的には全く無反応だった。部長の栗山も販売推進部が減員されたのが腹立たしいのか神田に何も話しかけてこない。販売推進部には人事異動の発表などなかったような白々しい空気が漂い、あまりの居心地の悪さに職場にいづらくなった神田は夕刻、「記者の時の知り合いが、近くまで来ているので会ってきます」と嘘を言って会社を出た。

神田は会社から歩いて三〇〇メートルほどのところにある古臭い喫茶店「ルビー」に入り、外から見えないよう、一番奥の席に座った。思い切りタバコをふかしていると、ひょっこり現れたのは近畿販売二部の月岡だった。

「ありゃあ、さぼってるとこ見つかっちゃったな」と神田が苦笑すると、月岡は「うわ、偶然ですね。僕も部長がくだらんことばっかり言うから頭に来て、会社を抜け出して来たんですよ。この店、落ち着きますよね。あ、ここいいですか?」と言いながら、神田のテーブルの向かいに座った。

「神田さん、本当に現場部に異動しちゃいましたね。すごい話題になってますよ」

「販売推進部じゃ誰も何も言わないよ。不気味と言うか、あれこれ言われるよりかえって居心地悪いわ」

「ははは。そりゃあ、やっかみですよ。販売推進部って、担当員ができないか、絶対にやりたくない人が集まる所じゃないですか。あ、神田さんには申し訳ないですけど、販売局ではそういう位置付けでして。だから『編集の人に担当員できんのかよ』って面白くないんですよ」

「やっかまれても迷惑だよ。一番、困っているのは俺なのに。ところでさ、俺のことは全く話題にならないけど、販売総務の榊原の異動に関しては何だかんだとささやかれてるよ」

「そうなんです。永峰さんてば、本当に榊原さんを現場部に戻しちゃった。あの人、絶対にまたやりますよ」

「またやるって、金の使い込みを？　本人も反省して、もう二度とやらないということで現場部に戻るんじゃないのか」

月岡は首を横に振った。「榊原さんが何と言っているのかは知りませんけど、そんなの絶対に信用できません。だって『もう二度とやらない』どころか、あの人、近畿販売二部の時が初めてじゃないんですよ。近畿販売三部でも中四国北陸販売部でもやってるんです。あれはもう病気です。病気は治らないって言うじゃないですか。……じゃなくて『病気は治るが癖は治らない』でしたっけ？　だったら癖ですよ」

事情が飲み込めない神田に、月岡は榊原の悪の履歴を語り始めた。

榊原は幼い頃に父親が工事現場で仕事中に事故で亡くなり、母一人子一人で育った。母親は兵庫県尼崎《あまがさき》市にある大和新聞販売店の従業員だった。そこの販売店主、金山良成《かなやまよしなり》は娘が二人いたが息子がいなかったので榊原を大そう可愛がり、学費の面倒までみて自分の名前さえ書ければ入れるような地元の大学に進学させた。しかし、勉強する気など全くなかった榊原は大学に六年在籍した挙句、卒業見込みがなくなって中退した。体格が良く体力はあったため工事現場のアルバイトなどで稼いでいたが、二六歳の時、金山が当時の販売局長に大和新聞社で採用してくれるよう頼んだのだという。阪神地域の有力販売店主である金山のたっての願いとあって、「販売店推薦」という採用枠が用意された。一般教養、時事問題、英語などのまともな入社試験をしたら榊原は受かるわけがないので、軽く面接しただけの中途採用で大和新聞社の社員になった。大和新聞社が現在のような採用抑制状態ではない時代には、そういう採用も行われていたのだった。

そこから榊原は約半年間、販売総務部で内勤をしていわゆる「研修期間」を終え、入社した翌年の春、近畿販売三部に配属された。奈良県内のうち約一五店の販売店を担当していたのだが、野に放たれた榊原がやったのは、何と「寸借詐欺」だった。販売店主らに「弟がけがをして治療代がかかる」とか「姉が近く出産するのに亭主が甲斐性なしで出産費用がない」などと憐れみを乞い、自分が担当する販売店主らから数万〜数十万円の金を借りまくったのである。

やがて、榊原は一人っ子で弟も姉もいないことを知った販売店主たちから、大和新聞社販売局に抗議が殺到。慌てた販売局は、取りあえず会社の金で販売店主らに榊原の借金を返済し、榊原からは毎月、分割払いで会社に返済させることとした。榊原の奈良県担当は一年で終わり、近畿販売三部より格下の中四国北陸販売部に配属された。

「榊原さんは中四国北陸販売部で、もっとやっかいなことやったんですよ。鳥取県専売会の金に手を付けたんです。何百万も使い込んだって聞いてます」。月岡は息継ぎでコーヒーをぐびぐびと飲んだ。

「専売会」とは大和新聞を扱う販売店の集まりで、大阪府専売会、京都府専売会というように地域ごとに組織されている。会員である各販売店主は月々、会費を支払っており、地域を上げて取り組まなければならない大掛かりな営業などの軍資金として積み立てていた。しかし、その金は本社の担当員ではなく、専売会の会計幹事が管理しているはずだ。

「専売会の金は担当員が預かっちゃだめだろう。どうやって手を付けるんだよ」と神田はストレートな疑問を月岡にぶつけた。

「どうせ専売会の会計幹事を脅し上げたんですよ。店がどうなっても知らんぞって」と月岡は吐き捨てた。

「本社の担当員ってそれぐらい販売店に対して力があるんです。販売店をつぶすも生かすも担当員次第なんですから」

「じゃあ何で、鳥取県専売会の金を榊原が使い込んだのがばれたんだ？　権力者の横暴なら販売店は沈黙しているだろう」

「専売会の役員改選があって会計幹事が交代したんです。新幹事は、金がごっそりなくなっているのにびっくりして専売会長に相談し、会長が中四国北陸販売部の部長に通報したらしいです。まあ、もろに金の話だし、額だって大きいから遅かれ早かれいずればれるのは当たり前なんです。榊原さんは巧妙なワルじゃなくて、担当員は好き勝手してもいいと勘違いしている学習能力のない下等生物みたいなもんです。神田さんも同じ近畿販売一部で接点あるかもしれないから、榊原さんに巻き込まれないよう気を付けてくださいよ」

鳥取県専売会の積立金の使い込みが発覚した榊原は、自家用車やゴルフ道具を売却して弁済し、残りは近畿販売三部での寸借詐欺と同様に分割払いで返すことになった。中四国北陸販売部の担当員はこれまた一年で終わり、販売局の主力部隊である現場部を外されて、販売推進部に異動になった。

販売推進部で榊原は、大和新聞社主催のイベントなどで横断幕を張ったり、幟旗《のぼりばた》を立てたり、宣伝物を街頭配布したりと主に力仕事に従事し、馬力があるのでそれなりに重宝されていた。力仕事は金を扱わないので使い込みも発生せず、榊原も周囲から頼りにされて居場所を見つけたように張り切って働いていたという。

しかし、適材適所だったはずの人員配置は三年後に崩れた。「現場部に人が足りない」という理由で、榊原は近畿販売二部の担当員になってしまったのだ。そこで榊原がやったのは、今度は新聞のセールスチームを使った販売経費の詐取だった。

新聞セールスとは、かつて「拡張団」と呼ばれていた集団である。大和新聞のように明治時代に生まれた新聞は、都市部から地方へ販売エリアをどんどん拡大することで発行部数を増やし、全国紙へと成長した。まるで鉄道の線路を延ばすがごとく、日本全国津々浦々に販売店を築いて販売網を広げた歴史から、新聞業界では読者を増やすことを「拡張」という独特の言葉で表現する。販売店を築いても読者がいなければ商売は成り立たないので、読者を獲得する営業が必要となる。その役割を果たすのが「拡張団」で、各家庭を戸別訪問し、口八丁で新聞購読の勧誘をする拡張専門の集団のことをいう。

拡張団は田中班とか山本班とか、各団の班長の名前で呼ばれ、班長はともかく班員は流れ者のような人間も取り込んで構成されていた。拡張団の報酬は購読契約一件につきいくらという歩合制なので、営業はどうしても強引になる。昭和の時代に「新聞の営業は強引で怖い」という評判が世間で定着してしまい、新聞社は拡張団のイメージを変えようと平成になる頃から「セールスチーム」という呼び名に変えた。組織も任意団体ではなく法人化した。ただし、購読契約一件につきいくらという報酬のシステムは今も昔も変わっていない。榊原はそれを悪用した。

京都府八幡《やわた》市の販売店主と、あるセールスチームの班長と、担当員である榊原の三者が結託。購読契約など取れていないのに、架空の購読契約書を大量に捏造したのである。たちの悪い不良セールスチームが使う「天ぷらカード」と呼ばれる手口だった。

本社はセールスが獲得した購読契約の件数、いわゆる「カード枚数」に応じて「拡張補助」という補助金を支給する。八幡市の販売店主、黒瀬秀平《くろせしゅうへい》が経営する黒瀬店の管内で大量の天ぷらカードが上がり、事情を知らない本社販売局が支払った拡張補助金が、榊原及び協力したセールスチームの懐に入った。天ぷらがばれたのは、味をしめた榊原が京都府宇治市でも同じことをやろうとして、計画を持ちかけられて驚いた販売店主が、榊原の前任の担当員に相談したためだった。社内で密かに榊原の担当区で上がったカードの調査が行われ、黒瀬店の管内のものはすべて偽物と判明した。

「榊原さんとつるんだセールスチームは『永久除名処分』になって、新聞セールスの世界から追放されました。榊原さんは近畿販売二部を半年でクビになって、販売総務部に異動したんです」と月岡は事の顚末を述べた。しかし、月岡の話には八幡市の販売店主、黒瀬の処分が欠けている。

「八幡の販売店主はどうなったんだよ？　改廃されたのか？」と神田は聞いた。

新聞発行本社である大和新聞社と販売店との間で交わした「新聞販売委託契約」では、本社は不正行為を行った販売店とは一方的に契約解除できることになっている。つまり、本社は悪さをした販売店をつぶして、新しい店に作り変える権限を持っているわけだ。これを業界用語で「改廃」と言う。従業員はそのままで販売店主を交代させるのが通常のやり方だが、生活手段を奪われる販売店主はそう簡単に納得しない。そこが担当員の腕の見せ所となる。八幡市の販売店が天ぷらカードに加担したとなれば、当然、改廃の対象だったはずだ。ただし、販売店の改廃に腕を振るうはずの肝心の担当員が、悪事の主役になってしまっている。そういう場合はいったいどうなるのか。

月岡は「黒瀬さんは改廃されませんでしたよ」とあっさり言った。

「八幡市内で二つの販売店を経営しているんですが、いずれも三〇パーセント以上の高普及率を誇っているんです。黒瀬さんを辞めさせたら八幡市の大和新聞販売網が傷むだけですから」

販売店主の黒瀬は近畿販売二部長に対し、「担当員の榊原が『困っているので助けてほしい』と泣きついてきたので、武士の情けで『お前が何をしようがわしは知らん』と言っただけだ」と堂々と説明し、「うちの店を改廃できるものならしてみろ」と言い放ったという。

やり手の黒瀬から別の店主に交代させても大和新聞社にメリットはなく、販売局は「黒瀬店主はおとがめなし」の結論を出した。さすがに榊原には懲りて、販売総務部に閉じ込めておくことにしたのだが、それから四年経ち「喉元過ぎれば熱さ忘れる」を象徴する人事異動が今回、行われてしまったわけだ。

「この四年で榊原の人格が変わってくれていればいいが」と神田はため息交じりに言った。

月岡はタバコに火を付け「どうですかねえ。金遣いは変わってないんじゃないですか。ばくちは好きだし、夜の世界でも派手に遊んでいるみたいですよ。会社の信用組合のローンは限度額まで目いっぱい借りてるって、保証人を頼まれた二部の先輩が言ってました」と煙を吐いた。

くだらない遊興費ほしさに何度も不正を繰り返してきたとは、開《あ》いた口がふさがらない。神田はそんな輩《やから》を社内で生き残らせている会社側の対応に問題を感じる。

「榊原を懲戒処分にせず、部署替えだけで済ませてきたのが良くなかったんだよ。上の連中は監督責任で処分されるのを避けたいから、局内部でもみ消したのだろうけど、榊原からしたら『幹部の弱味を握っている』ぐらいに受け止めてるよ、きっと」

「神田さんの言う通り幹部の保身もあるでしょうが、榊原さんが不正に入手した金の使い道がはっきりしなかったんじゃないですかね。古い話は知りませんが、四年前の天ぷらカード騒動の時は、榊原さんは『販売店の入金不足を穴埋めするためだった』って頑強に言い張ったそうです。幹部も『入金のため』『大和新聞社のため』っていう榊原さんの言い訳に飲まれちゃったんですよ。販売局が榊原さんの懲戒処分を決めたら、東京本社の内部監察室が榊原さんを事情聴取するわけだし、そこで榊原さんが『入金のノルマを達成するために帳尻合わせをした』

なんて説明したら、今度はその上司が内部監察室から『どういうノルマを課しているのか』って追及されることになっちゃいます。あ、だとすると、結局は幹部の保身ですね、やっぱ」

月岡はそう言ってタバコの吸い殻を灰皿に捨てた。

「入金」とは、販売店が新聞発行本社の大和新聞社に支払う新聞原価のことである。新聞という商品は、新聞社が製作し、販売店がそれを購入して読者に配達する。販売店は毎月末に読者から新聞購読料を集金し、翌月の五日までに本社に新聞代を入金する。販売店が本社に支払う新聞原価は、読者が販売店に支払う購読料定価の約六割の金額に設定されている。販売店の経営状態が芳しくないと、本社に新聞原価を全額入金できず「残金」が出る。販売店が残金を出すとその店の担当員は「店の経営を改善する能力がない」と見なされて人事考課に響き、将来の出世にも影響する。いやその前に、部長とデスクから「お前はちゃんと仕事してんのか」とこっぴどく怒られるので、担当員にとっては将来のことよりそちらのストレスの方が大きいかもしれない。

「月岡、それなら、八幡の販売店主は、自分の店の残金を消すために榊原と結託したのか？」

「いいえ、違います。黒瀬さんは優良店主ですから、残金を出すような人じゃありません。それに、天ぷらカードみたいなインチキやって、小銭を稼ぐせこい真似は嫌いなタイプです。黒瀬さんは近畿販売二部長に『わしは一円だってもらってない』と言ったそうです。あ、神田さん知ってます？　黒瀬さんって元ヤクザなんですよ。何十年も前の話ですけどね。だからとにかく腹が据わっているんです。何度も優秀店表彰に選ばれていますけど、もう一〇年以上、表彰式に来たこともありません。へっぽこサラリーマンの本社の人間なんて完全に馬鹿にしてるんです。榊原さんは単純に、黒瀬さんが本社も頭の上がらない実力者だから頼ったんですよ。まあ、あの担当区は黒瀬店を除けば、経営の弱い販売店が多いですから、天ぷらカードで詐取した金は、いくらかは残金の穴埋めにも使ったのかもしれませんね」

近畿販売二部長は、榊原が「残金の穴埋めに使った」と主張する複数の「弱い販売店」からも事情聴取したのだが、いずれも話がかみ合わず、事実関係の解明はうやむやのままに終わったという。

「俺に入金率が守れるか、心底、不安になってきたよ」と神田が言った時、月岡の携帯電話が鳴った。

「あっ、部長からだ」と電話に出た月岡はしばらく「はい、はい」と無機質な返事をしていたが、電話が終わると「神田さん、ごめんなさい。僕、会社に戻らなきゃ。部長がまたがみがみ言ってまして。本当にすいません」と立ち上がった。

「ここは俺が払っとくからいいよ」と神田は言い、月岡は「ご馳走様です。次は僕がおごりますね」とばたばたと去っていった。

6

現場部に異動が決まった神田の販売推進部での最後の仕事は、「大和新聞販売便り」の四月号を作ることだった。販売便りとは、文字通り販売店に関するニュースを掲載するB5判二〇ページ程度の冊子で、大和新聞大阪本社管内の販売店に配布されている。月一回の発行が伝統だったが、数年前から経費節約で二ヵ月に一回になっていた。神田が編集長になる前は、各地の販売店の定例会合などがだらだらと記載されているだけの見栄えのしない冊子だった。そこで神田は担当員から情報を集め、ユニークな取り組みをしている販売店を取材したり、販売店主の子息子女がコンクールで優勝したとか表彰されたなどの明るい話題を紹介し、販売店で繰り広げられるドラマが感じられる内容にした。レイアウトも整えて読みやすくし、「さすが記者の人が作ると違う」と好評だった。

　三月の少し春めいた風を感じながら、神田は大阪市北区の天神橋筋《てんじんばしすじ》商店街にある販売店に向かった。全長二・六キロ、直線距離で日本一長い商店街のちょうど真ん中あたりにある「天神店」が取材先だ。店主の大垣文彦《おおがきふみひこ》は「いらっしゃい、神《かん》ちゃん」と迎え入れてくれた。

　大垣と神田が初めて会ったのは、大和新聞大阪本社の販売局幹部と有力販売店主らが集まる新春のパーティーだった。神田は販売局幹部ではないが、パーティーの様子を「大和新聞販売便り」に載せるための取材ということで参加させてもらった。

　五〇代半ばの大垣は、二七年前に大和新聞の販売店主としてスタートを切った。今では大阪市北区内で販売店を三つ経営し、それぞれ二〇〇〇～三〇〇〇部の部数があった。これぐらいの経営規模の販売店主は大抵、親から子へと何代も続いてきた「〇代目」と呼ばれる人が多いが、大垣は世襲ではなく一代目だった。

　神田が初対面のあいさつで最近まで記者をしていたと言うと、大垣は「新聞の仕事をしているけど、記者の人と会うのは初めてだ」と面白がり、取材現場の話を聞きたがった。新聞をろくに読まない販売店主や担当員もいるが、大垣はかなり隅々まで新聞を読んでいた。たまに天神橋筋商店街の居酒屋で一緒に飲むようになり、神田が取材の裏話などを披露して親しくなったのだ。

今回は、大垣の店で修業中の「大卒研修生」の取材が目的だった。大卒研修生とは、大学卒業の学歴で販売店主を目指す若者たちである。大垣もこの大卒研修生の出身なので、自分の店で三人の研修生を預かっていた。販売店二階の応接室に三人が集められ、神田は研修の苦労や将来の夢を聞いてまとめれば簡単に原稿になると考えていたが、これが大間違いだった。三人とも大変な口下手で、気の利いた質問をしたつもりなのに「別に」とか「特にありません」とか「よく分かりません」という言葉がやたらに多く、インタビューはかなりてこずった。

どういう話題なら話しやすいのかとあれこれと質問を変えて模索するうちに一時間半も経っており、階段の下から「おーい、もう取材は済んだかい」と大垣の声がした。

「神ちゃん、そいつら夕刊の配達があるから、そろそろ終わらせてくれよ」

新聞販売店で配達時間は鉄の掟だ。神田は消化不良で取材を打ち切らざるを得ず、口下手な三匹の子ブタ君たちは、無表情にぞろぞろと一階へ下りて行った。

神田も続いて階段を下りようとすると、「まあ、お茶でも飲んで行けよ。俺は夕刊の配達せんでもええんやから」と大垣がペットボトルを二本持って階段を上がって来た。

ソファーに掛けるなり大垣は、「神ちゃん、来月から近畿販売一部の担当員になるんだって？」と切り出した。

「そうなんです。不安でいっぱいです」

「こんな気楽な販売店回りは今日で最後やな。来月からは大変だぞ。一部でどこを担当するんや？」

「担当なんてとんでもない。素人ですからしばらく担当区は持ちません。デスクの補助業務をやって実務を勉強しないといけないそうです。いろいろ教えてください。大垣さんに言われた通りにしますから」

「はっはっはっ。それじゃあ、俺の店の担当になって、本社からようさん補助金を持って来てもらおうか」と大垣は豪快に笑った。

大垣はそこで真顔になり、「しかし、今の担当さんは、自分の裁量で使える予算はほとんどないらしいな。俺が店を始めた頃の担当員は、大きな予算を任されとったで。金が使えないんじゃ、担当員の仕事も面白くないわな」と言って、「しまった、担当員になる人にこんな言い方したらあかんかったわ」と、わざとらしく手で口をふさいだ。

「実際そうなんだからかまいませんよ。大阪本社だけでも販売経費は年々億単位で削減されているらしいです。このままいったらゼロになるかもしれません」

神田のシニカルな返答に、大垣は「ふん」と鼻を鳴らした。

「神ちゃんもこの業界が今までにない苦しい状況だってのは分かっとるわな？　俺がこの商売を始めてから今が一番、厳しいわ。かつてはどの家庭でも必ず新聞を取っていたもんやが、最近は新聞を読まへん家庭が増えている。一〇年ぐらい前からかなあ、販売エリアの世帯数が増えても新聞が増えなくなったのは。この辺りもタワーマンションがにょきにょき建って人口は増えてるのやけど、新聞の売れ行きはさっぱりですわ。オートロックマンションではセールスが入り込めんから、営業ができへんねん。新聞は店舗商売やないから、客を待っている姿勢ではあかんのや。それが最近は郵便ポストにチラシを入れるのですら、『チラシお断り』のステッカーをべたべた貼ってやがる。俺は『そんなステッカーは気にせんとマンションに入れ』って従業員にはっぱをかけてポスティングさせるけど、マンションの管理人とかコンシェルジュとやらに見つかって、『警察に通報する』なんて脅かされるんやぞ。まるで違法風俗のチラシと同じ扱いやないか。新聞はジャーナリズムなんやから、世の中に広めて何が悪いっちゅうねん」

大垣は日頃たまったストレスが吹き出してきたのか、だんだん口調が荒っぽくなってきた。

神田は営業の手足を縛られた販売現場のもどかしさが痛いほど分かった。新聞営業にとってはオートロックマンションも悩みの種ではあるが、一戸建てが並ぶ住宅街にセールスチームを投入してもなかなか購読契約が取れなくなっていた。新聞の勧誘に限らず、訪問販売自体に世の中の警戒心が高まっていることもあって、インターフォンを鳴らしても家人が扉を開けてくれないこともしばしばだ。家人が出て来てくれなくては、得意のセールストークも披露しようがない。

営業の行き詰まりだけではない。バブル経済が崩壊して以降の社会情勢の変化は、新聞業界にとって悪いことずくめだった。不景気で企業の新聞広告は年々、減る一方。パソコンと携帯電話の爆発的な普及で、新聞なんぞ読まなくてもリアルタイムで無料のニュースが手元にやって来る。加えて昨今の若者たちはデジタル化が進み過ぎ、新聞はおろか本や雑誌など紙に印刷された媒体にはほとんど興味を示さないというではないか。

売り上げが右肩下がりから抜け出せない新聞社は、経費削減によって経営を維持するしかない。そこで近年、新聞業界でことさら叫ばれるようになったのが、「販売正常化」である。日本の主たる新聞社と販売店は、「新聞公正競争規約」によって、新聞の販売方法を自主規制している。「販売正常化」とは、この規約に則って商売をすることを表す。つまり、規約という業界で自主的に決めたルールが守られていないので、定期的に新聞社の社長をはじめとする幹部が集まって「販売正常化推進会議」なるものを開催し、「お互いちゃんとルールを守りましょうね」と申し合わせているのだ。

では、規約に基づきいったい何を「正常化」しようとしているのかと言えば、代表的なものが新聞購読契約の見返りに豪華な景品を提供する営業だ。新聞公正競争規約では、購読契約の見返りに読者に提供する景品は「新聞購読料金六ヵ月分の八パーセント」もしくは「契約期間中の購読料金全額の八パーセント」のいずれか安い方と決められている。これを業界用語で「68《ロクハチ》ルール」と言う。ルールは決めているものの、新聞同士で販売競争が激化すると、68ルールを超えて景品はどんどん高額なものになっていく。調味料セットやビールだったのが、電気自転車、テレビ、パソコンにまで高額化することもしばしばだ。この景品の経費で新聞社も販売店も経営が圧迫されて疲弊するうえ、投資しても読者が簡単には増えないという社会情勢もあって、「販売正常化をしよう」という気運が高まった。

販売正常化は新聞業界の言わば「軍縮」である。この課題が難しいのは、新聞社間で軍縮を申し合わせても、それぞれの新聞社が何千軒と持つ販売実行部隊の販売店までそう簡単に浸透しないためだ。販売現場では、「他の系統の販売店は軍縮するふりをして、実際にはしないのではないか」という疑心暗鬼もある。「やられたらやり返す」という営業力学もある。ライバル紙同士の競争が厳しい販売エリアでは、疲弊しながらもなかなか軍縮ができない。このような火種をあっちこっちに抱えながら推し進めていく販売正常化とは、実に根気のいる辛抱強い作業だった。

戦後の新聞販売の歴史では、「販売正常化」は何度かクローズアップされた。新聞社や販売店に競争力があると豪華景品が飛び交う「乱売状態」になり、それに疲弊すると「正常化」の気運が高まり、落ち着くとまた乱売になる——。日本の新聞はこれを繰り返してきた。

「大垣さんの販売エリアは、販売正常化はどうなんですか？」と神田は担当員らしいことを質問してみた。

「ここは豪華景品が飛び交ったりはしてへんのやけどな、無代紙と値引きは横行してるわ。どの系統の新聞販売店でもやってることなんで、逆にそれが違反だとお互いに非難したりはせんわけよ。みんなで渡れば怖くない、と言いますか」

「無代紙」というのは、読者から購読料をもらわないサービス紙のことで、当然、度を越すと新聞公正競争規約に抵触する。値引きは独占禁止法の特殊指定で禁止されている。しかし、豪華景品を配るよりは外から見えにくいサービスなので、現在の掟破りはこちらの方が主流になっていると言っていい。

「無代紙って一年契約したら三ヵ月は無料にするってパターンですか？」。神田は知人に大和新聞の購読をお願いした際によく言われる「三ヵ月ただにして」のセリフを思い出しながら言った。一年契約のうち三ヵ月を無料にするサービスは、規約で認めている範囲から大きくはみ出しているが、販売現場では一般的であり、「ピンサン」という隠語まであった。

「うん、そればっかりではないけど。一年間購読したらその後、三ヵ月は無料サービスにする一五ヵ月契約ってのもあるし、契約期間途中の読者から強引に『金がないから今年いっぱいはただにしろ』と要求されて、購読契約を更新するために、言うこと聞かないかん場合もあるし、いろいろですわ。ピンサンどころか、『ピンピン』って、一ヵ月有料購読したら次の一ヵ月は無料にするっちゅうえげつないサービスもあるで」

ピンピン契約の読者は、事実上、定価の半額で新聞を購読していることになる。販売店に利益が出るのだろうかと神田は疑問に思いつつ、質問を続けた。

「値引きの相場はいくらぐらいなんですか。切りのいい金額で、月三五〇〇円とか三〇〇〇円？」

「月二〇〇〇円もあるよ」

「ええっ、それって販売店が本社に支払う新聞原価を割ってるじゃないですか。何で損するために新聞を売るんです？」

「ちゃいますがな。販売店には『残紙』がいっぱいあるやないか。どうせ捨てるしかない新聞紙なんやから、それが月二〇〇〇円にでもなるんなら、販売店を経営しているわしらとしたら少しは助かるやろ」

大垣の話が「残紙」という新聞業界最大の暗部に踏み込んだので、神田はどきりとした。残紙とは、印刷工場から販売店に輸送された後、読者の元に届けられず販売店に残る新聞紙のことである。つまりは読者のいない新聞だ。新聞社がなぜそんな無駄なものを印刷して全国隅々の販売店まで輸送しているかと言えば、発行部数を大きく見せたいがためだ。

戦前から「部数は力、部数は命」をスローガンに新聞の普及を推し進めてきた新聞業界は、読者を増やす努力をする一方で、読者の存在とは無関係に公称発行部数を水ぶくれさせる悪習が定着してしまった。仮に、一〇〇〇世帯の読者を持つ販売店があったとする。販売店にとって必要な新聞は一〇〇〇部だが、部数を増やしたい本社は「一二〇〇部の新聞を買え。あと二〇〇世帯、読者を増やせ」と販売店に要求する。こうやって販売店にムチを入れ、営業努力をさせて読者を増やすのも本社の仕事と言えなくはない。しかし、これが繰り返されるうちに、読者が増える増えないにかかわらず、本社が要求する部数を販売店が購入する仕組みが出来上がったのだ。販売店にとっては読者がいない新聞は捨てるしかないが、捨てる紙も「公称部数」に含まれる。この悪習は、新聞社に批判的な勢力からは「押し紙」と命名されている。大企業である新聞発行本社が、立場の弱い個人事業主の販売店に、押し付け、無理矢理に買わせている紙という意味である。

神田も販売局に配属される前に編集局の記者だった頃から、実際に読者のいる部数以上にやたらにたくさんの新聞を印刷し、公称部数を膨らませていることは薄々、知っていた。しかし、編集局では幹部も含め、誰もその深刻かつ新聞社の本質的な問題に踏み込まなかった。知りたくもないし、知ったところでどうにもならないからだ。実のところ、大和新聞社の公称部数はどのくらい残紙で水増しされているのか、編集局幹部もよく分かっていない。「残紙」もしくは「押し紙」が新聞業界最大の暗部だからこそ、販売局以外の部署は腫物に触る扱いだったし、神田も販売局に来て分かったことだが、仮に他部局からいくら問いただされても、販売局は絶対に真相を教えないだろう。

販売局の所属になってから、神田は新聞販売の専門用語を知ることになった。新聞の印刷工場から販売店に輸送している部数を「送り部数」とか単に「部数」と言い、これが公称部数となる。送り部数のうち、実際にきちんと購読料を支払っている読者のいる部数を「発証」と言い、これが販売店の収入になる部数である。大垣が説明したように、購読契約中に無料期間のある読者もいる。新聞を配達しても収入にならない無代紙も含め、とりあえず読者がついている部数を「実配」と言う。当然ながら、その数字は、「送り部数」が最も多く、次が「実配」、その次が「発証」となる。

神田がびっくりしたのは、本社一〇階、販売局フロアの会議室に置いてあるロッカーの中にある書類をたまたま見つけた時だった。近年のスペースリストラで、販売局もスペースに余裕がなくなり、神田は資料の置き場に困っていた。部長の栗山に相談しても、「永峰局長が販売推進部にはロッカーを使わせてくれない」などと永峰批判をするだけで解決策がない。神田はいくつかの会議室にあるロッカーに空きスペースがないか、勝手に物色することにした。鍵も掛かっていないロッカーには、「販売情勢報告」とか「実配調査」とか生々しいファイルが詰まっていた。一〇年ほど前の分析資料なので、現場部が置き場に困ってトコロテン式に会議室の鍵なしロッカーに移動させ、いつの間にか管理がずさんになって存在を忘れてしまっているのだろうと推察された。

神田がそれらの書類を試しにめくってみたところ、パソコンのエクセルで作った書類には驚愕の数字が並んでいた。

○○販売所＝部数２６２０▽発証１４１２▽実配１６４９
●●販売所＝部数１６２０▽発証１０５６▽実配１１８２
××販売所＝部数１３２０▽発証　７３１▽実配　８６８

これを現場部の部ごとにまとめた数字は、

近畿販売一部＝発証61％、実配74％
近畿販売二部＝発証58％、実配69％
近畿販売三部＝発証62％、実配72％
中四国北陸部＝発証53％、実配63％

となっていた。大阪本社管内トータルでは「発証59％」だった。

残紙と言っても「送り部数」の二割ぐらいだと思っていた神田には、この数字はショックだった。利益の出ている発証部数は六割にも満たない。送り部数が一〇〇〇部の販売店ならば、うち四〇〇部は捨てているか、ただで配っているということになる。

神田はある時、宣伝チラシの枚数を伝えに来た担当員をつかまえて、「お前の担当区は送り部数は三万五〇〇〇部だけど、発証は何部だ？」と意地悪く聞いてみた。担当員は顔をひきつらせ、「悪い冗談は止めてください」と言っただけでそそくさと去り、以来、二度と神田のデスクに近寄ろうとしなかった。

神田は仲のいい近畿販売二部の担当員、月岡にロッカーで見つけた書類の話をした。月岡はこともなげにこう言った。

「ああ、神田さんが見たのは、きっと東京本社への報告用の書類ですね。一〇年前にしたって数字が良すぎますよ。実際は発証も実配ももっと悪いですよ。でも、ありのまま報告すると大阪本社の立場が悪くなっちゃうでしょ。ちょっとましな数字に書き換えて、東京には報告してるんですよ。うーん、今のホントの発証？　たぶん送り部数の半分あるなしだと思いますよ。実配だって六割もないですよ」

神田が担当員をやりたくないのには、こういう事情もあった。

別の全国紙が福岡県内の販売店主らと争った訴訟が、何年か前、福岡高裁で新聞社側の敗訴が確定した。販売店主らが訴訟に踏み切った背景には新聞社のひどい「押し紙」があり、耐えかねた販売店主らが新聞社に反旗を翻したことは週刊誌でも騒がれたし、販売店を応援するジャーナリストはインターネットで情報を発信した。部数約二四〇〇部のうち約九〇〇部が押し紙という店もあれば、部数二〇〇〇部のうち約一〇〇〇部が押し紙という店もあった。神田は、これは別の新聞社の話であり自社は違うと思っていたし、限られたエリアでの事情だろうとも考えた。いや、正確に言えば、そう信じようとした。しかし、神田が大和新聞社販売局で突き付けられたのは、あの騒ぎは決して他人事ではないという事実なのだ。

天神店の大垣所長は神田に「来月からは大変だな」を繰り返した。それは押しなべて販売店の経営が悪いことを意味していた。どこの担当区になろうが、販売店から「送り部数を減らしてくれ」と言われるか、「補助金を増やしてくれ」と言われるに決まっている。それだけならいいが、販売店主が「もうこんな商売やってられない」と投げ出すこともありうる。業界がこんな状況なのに、天神店では三人も販売店主候補生が研修している。暗澹たる事情を分かりつつ、「大和新聞販売便り」には「販売店主を夢見て頑張る三人」と原稿を書かなくてはならないのか。あの三人はきっと「新聞販売は仕入の苦労がなく、在庫の心配もない」などと業界独特のメリットを説明されて、この道を選んだのだろうが、新聞販売というビジネスモデルの根本が揺らいでいるのだ。

原稿を書くため本社に戻ってパソコンを開いても、神田の筆はさっぱり進まなかった。

7

新年度スタートの四月一日、神田は近畿販売一部の島に出勤したが、そこにいるのは安藤富《あんどうふ》士夫《じお》部長と、販売総務部から異動して来た榊原だけで、他の部員はいなかった。販売店からの新聞代の入金締め切りが五日なので、この時期の担当員は入金が滞りそうな販売店の対策で忙しい。五日の締め切りが済んだ後の六～八日ぐらいに、販売局員全員が会議室に集合して「販売局全体会」が行われており、それが販売局にとっての月の始まりである。年度始まりの四月一日にしても、販売局にとっては毎月訪れる「入金締め切り前」の忙しい時期に過ぎなかった。ちなみに、神田が配属された近畿販売一部は、安藤部長、副部長の吉武光広《よしたけみつひろ》デスク以下、人事異動はなく、神田と榊原が異動で来ただけで、他の担当員は販売店回りで出払っていた。

神田と榊原は安藤部長に呼ばれ、三人で部長席の後ろの打ち合わせ用の机を囲んで座った。安藤は小さい目で神田と榊原を交互に見て言った。

「二人ともよろしく頼むわ。神田はしばらく勉強期間にする。販売店の経営とはどういうものなのか、担当員の仕事とは何をすればいいのか、早く基礎を身に付けてくれ。榊原は大阪府南部の担当にする。もう今日から販売店回りを始めてくれ」

榊原は「はい、分かりました」と堂々と返答した。

大阪府の真ん中あたりを東西に流れる大和《やまと》川より南の泉州地域は、堺北《さかい》部と堺南部と大阪府南部という三つの担当区に分かれている。堺市より南の八市四町が府南部だ。

神田は先月まで府南部の担当員をしていた臼井正樹《うすいまさき》を思い浮かべた。親しく話をしたことはないが、ほとんどの担当員が近寄りたがらない販売推進部長の栗山の所にちょくちょくやって来て、宣伝物に関する相談などをしていた。栗山に「そんなことも知らないのか」「何度言ったら分かる」と怒られながらも、真面目に質問してアドバイスを受けていた熱心な担当員だった。

「臼井はどこの担当になるんですか?」。神田はよけいなことと思いながら安藤に聞いてみた。

「臼井は今月で退職する。今は有給休暇を消化中で、出勤していたのは先月末までだ」

安藤の返答に、神田と榊原は「ええっ、何でっ?」と声を合わせた。

「本人の希望だよ。体調が良くないらしい。辞めてほしくはなかったが、無理矢理、働かせるわけにもいかん」

転職ならともかく、あの臼井が、まだ三〇歳になるかならずのはずなのに、体調不良で退職とは。神田は聞かずにいられなかった。

「安藤部長、臼井はまだ若いのに、会社を辞めなきゃいけないような深刻な病気だったんですか」

「いや、体の病気というより、精神的なもんだな」

「臼井が精神的にまいるようなことがあったんですか、府南部は」

「病気の原因はこっちもよく分からんのだよ。急に辞めたいって言われてびっくりしたぐらいだ。体調が悪いのに気付いてやれなかったのは、申し訳ないと思っている。何にせよ、神田が気にすることじゃない。榊原には臼井が作った販売店の経営分析資料を渡す。それを見て、残金が出そうな店から訪店しろ。入金締め切りは四日後だからな、忙しいぞ」

残金の出そうな店があったとして、本日、担当になったばかりの榊原が動き回って五日までに何とかなるのだろうか。神田には不思議でたまらなかったが、榊原は「了解です」とまたもや堂々と応じていた。

榊原には大阪府南部の経営分析資料が渡され、神田には「新聞販売の諸規則」「販売店経営実践テキスト」「大和新聞大阪本社販売店名簿」「大和新聞販売史」などが、どさっと預けられた。期待した「担当員マニュアル」はなかった。編集局では新人記者が「取材マニュアルないんですか」と言うのに「そんなものあるわけないだろう。マニュアルにできたら苦労せんわい」とあきれたが、立場が変わればマニュアルがないのはかなり不安に感じた。

8

四月七日は朝一〇時から、一四階の大会議室に販売局員全員が集まる月一回の「販売局全体会」だった。会議室前方にずらりと並んだ局長、局次長、部長らが、情勢報告をしたり激励したり説教したりし、担当員の引き締めを図るのが目的の会合だった。

冒頭には司会役の販売総務部長が「今月の紙数と入金率の発表です」とおごそかに言い、各地域ごとに数字を発表する。集まった社員には「四月度販売局全体会」とのタイトルが付き、担当区だけが印刷された用紙が配られており、販売総務部長の発表に従って全員がそれぞれの担当区の横に部数、前年同期比の増減、入金率を黙々と記録していく。もちろんこれは公称部数の数字であり、発証、実配、残紙など実態の数字は会議などの公の場では明らかにされない。

であれば、最初から公称部数を印刷したペーパーを配ってもよさそうなものだが、わざわざ書き込ませることによって、担当員に数字の重要性を叩き込むのである。神田も販売推進部にいた時から販売局全体会には出席し、数字の書き込みもやっていたが、正直言って何となく書いているだけだった。現場部員になって、この数字を自分が背負うのかと思うと今さらながら怖気《おじけ》づいた。

大会議室での販売局全体会が終わった後は、各部ごとに小会議室に分かれて部会が開かれる。神田の近畿販売一部の一六人は、一〇階の販売第一会議室に移動した。部屋の中央に長方形に並べられた事務机の島を取り囲んで座り、まず、安藤部長がたっぷりと細かい連絡事項を述べた。

それから各担当員の情勢報告に入り、大阪府南部の順番が来た。担当員は販売総務部から四年ぶりに現場部に復帰した悪名高い榊原である。榊原は府南部の担当になってまだ一週間だ。情勢報告は「特にありません」で終わるかと思ったら、「日本英知新聞の『泉寿会《せんじゆかい》』が許されへんことをやっとりまして、お陰でうちの読者に止《と》めが入ったんです」と大音量で報告を始めた。

榊原の言う「泉寿会」とはライバルの全国紙「日本英知新聞」のセールス組織であり、大阪府の大和川以南、泉州地域を活動場所としていた。「読者から止めが入った」の「止め」とは、読者が新聞購読を打ち切ることである。

榊原の大音量報告によれば、大阪府貝塚《かいづか》市の販売店に読者から「止め」の電話連絡があったため、販売店主は止めないでくれるよう説得しようと読者宅を訪問した。そこで読者が説明したのは「日本英知新聞が豪華な景品をくれるというので購読契約してしまった。新聞を二つも取る余裕はないので、大和新聞の購読を打ち切る」という内容だった。

「泉寿会は電化製品を景品にしとるんですわ」と榊原は巨体から唾を飛ばして怒った。電化製品のような高額な景品は、ほとんどの場合、新聞公正競争規約違反である。

明治時代に東京で発祥した日本英知新聞は、戦後の一九五〇年代に関西に進出した。大和新聞や毎朝新聞など関西で明治時代から続く先発の新聞社は、この頃、すでにがっちりと読者をつかんでいた。そこで日本英知新聞は、先発の新聞社が相手にしていないオンボロ長屋の貧しい家庭にも読者を求め、新聞は配達したものの新聞代を支払ってもらえないという辛酸をなめ尽くした。

　一方で先発新聞の読者を奪い取るため、豪華な景品を提供して購読契約を勝ち取る手法を徹底して推し進めた。泉寿会は、日本英知新聞が関西進出時に結成された拡張団の流れをくんでおり、血のにじむ努力と、今では考えられない強引な営業でのし上がった日本英知拡張団のDNAが刻印されている組織だった。通常のセールスチームは班長以下数人で構成されているが、約六〇年の歴史がある泉寿会の構成員は一〇〇人近いと言われ、腹の据わり方も掟破りも他の新聞のセールスとは桁が違った。

　泉寿会はテレビや掃除機などの電化製品を安く仕入れる独自のルートを持っているらしく、こうした新聞公正競争規約違反の高額で魅力的な景品を使って、五～一〇年の長期にわたる新聞購読契約をさせる。購読契約期間が終了するまでに読者が海外転勤になったり死亡したりすると、「残りの期間は親族が新聞を取り続けろ」などと迫ってトラブルになるケースも多く、数年前から地元の泉州では消費者センターのブラックリストに載っていた。

　榊原の飛び散る唾液とセットの報告に対し、安藤部長は「泉寿会のやり方は今に始まったこっちゃないだろう。電化製品を景品にしてるって、それは泉寿会のお家芸じゃないか。業界なら誰でも知っとるわい」と面倒くさそうにコメントしただけで、「だったら、お前が泉寿会をやり込めろ」と話を打ち切った。

　榊原はあからさまにふてくされ、ペンを机の上に放り出して腕を組み、その後の連絡事項についてはメモを取ろうともしなかった。

部会の終了後、担当員はそれぞれ部長やデスクと会議室で個別の相談に入ったり、連れだって昼食に出かけたりし、近畿販売一部の島には新参者の神田と榊原だけが取り残された。

神田は泉寿会の話をもう少し詳しく聞いてみたくなり、憮然とした表情でパソコンを開いてニコニコ動画を見ている榊原に「おい、さっきの話だけど」と話しかけた。

「貝塚の読者が釣られた電化製品って何なんだ？　泉寿会は今度はスマートフォンでも配ってんのか」と聞くと、榊原は「拡材が何かは知りませんねん。ニセ懸賞ですからいろんなもんがあるんでっしゃろ」とどんよりした目つきで言った。「拡材」とは「新聞拡張のための材料」の略で、つまりは新聞購読契約の見返りに提供する景品のことである。

そこまでは神田にも分かるのだが、「ニセ懸賞」とは何のことやら分からなかった。神田が首をひねっていると、榊原はつり上がった細い目を見開き「神田さん、ひょっとして日本英知のニセ懸賞を知りまへんのか？」と、やおら元気づいて説明を始めた。

「テレビが当たるとか外国製の掃除機が当たるとか、そういう懸賞の応募用紙をポスティングしたり駅前で配ったりするんですわ。申し込んできた人のとこに新聞の営業に行くんです。最初から新聞拡張が目的の懸賞なんですわ」

神田は「あんまりいい方法じゃないけど、ルール違反とまでは言えないなあ」と一般常識で返答した。

「その懸賞の応募用紙には『この個人情報は新聞等の営業に利用することもあります』とか小さい字で書いてんだろ。後でクレームが来た時のために」

榊原は「いやいや」と訳知り顔になった。

「その『新聞等の営業』っちゅうのが、日本英知はえげつないんです。貝塚市の読者には『抽選に外れたけど、この書類に署名したら当たったことになるから』って言うて、サインさせた書類が新聞の購読契約書やったそうです。確かに希望の電化製品はもらえたんですが、日本英知新聞も漏れなく付いてきたっちゅうわけです」

これには神田もびっくりした。

「それって新聞公正競争規約違反どころか、刑法の詐欺罪だぞ。警察に被害届を出したらどうなんだ」

「被害届なんか出したって、警察が捜査してくれまんのか？　言うちゃ何ですけど、荒っぽい営業は新聞販売の伝統みたいなもんですやん。警察も安藤部長と同じで『今に始まったこっちゃない』ってな感じとちゃいまんの」

荒っぽい営業を伝統と重んじるかどうかはともかくとして、警察にとって必要なのは「証拠」である。だまされた貝塚市の読者が果たして、セールスの虚偽説明を正確に記憶しているだろうか？　セールスマンの名前すら分からないかもしれない。すっかりだまされてしまった人の記憶というのは実にあいまいなものだ。やはり警察が動くには証拠不足か……。神田はそこまで考えて、証拠ならこれから集めればいいのでは、とひらめいた。

「榊原、その懸賞の応募用紙って入手していないか？」

「持ってまへんわ。販売店に聞いてみてもええですけど」

神田は先月までいた販売推進部の方を見た。ポスティングや街頭配布する宣伝物を作るのも販売推進部の仕事だ。そのため、ライバル紙がどんな宣伝物を作っているのか把握するよう努めており、大和新聞社の社員には自宅にポスティングされたライバル紙の宣伝物を販売推進部に持って来てくれるようお願いしていた。神田は販売推進部に行き、眉間にしわを寄せてＣＣで日々、大量に送られて来るパソコンのメールを読解している販売推進部長の栗山に近づいた。

「栗山部長、先月ぐらいに泉州でポスティングされた日本英知新聞の懸賞の応募用紙って持ってませんか？」

「これはこれは、担当員の神田さんが私なんぞに御用ですか」と栗山は嫌味たっぷりに対応し、「日本英知お得意のニセ懸賞か」と机の下の段ボール箱を引っ張り出した。中には各新聞のチラシやリーフレットやノベルティグッズなどがごちゃごちゃと詰まり、そこから栗山が「これ、先月、堺に住んでいる編集局の運動部長が持って来てくれたやつ」と引っ張り出したのは、セロハンにくるまれたピンク色の食器洗い用スポンジだった。

表には「感謝の気持ちです」と書かれてあり、裏はポケットになっていて折りたたんだチラシが入れてあった。開いてみると、日本英知新聞の「春の大感謝キャンペーン」で、電化製品が抽選で当たるとなっている。チラシには切り取って投函するはがきが付いており、希望の品に○を付け、住所、名前、電話番号を書き込む欄があった。

「これです。間違いないです。もらってもいいですか」と神田が目を輝かせると、栗山は「構わんけど、それがどうかしたのか？」と不思議そうに聞いた。

神田が貝塚市内の読者がこの懸賞で泉寿会の詐欺被害に遭い、大和新聞に止めが入ったことを伝えると、栗山は「そりゃ、ニセ懸賞にしても悪質過ぎるな。だましてまで契約させるか」と憤慨し、「なるほど、実際に懸賞に応募して泉寿会をおびき寄せようって計画か」と神田のもくろみを見抜いた。

「そうなんです。詐欺行為をしている証拠をつかみたいんです」と神田が勢いづいたところへ、「でも、応募期間はもう過ぎてまっせ」といつの間にやら神田の隣に来ていた榊原が口をはさんだ。

「応募期間なんかどうでもいいんだよ。榊原の言う通りニセ懸賞なんだったら、泉寿会は応募はがきで個人情報を手に入れて、喜んで新聞の営業に来るはずだろ」と神田が反論すると、榊原は「それもそうでんな。ええ思いつきですわ、神田さん」と急にもみ手になった。

栗山は二人をじろりと見て、「ところでお前ら、いったい実際に誰が応募するんだよ？　神田も榊原も家は大阪市内じゃないか。俺も協力してやりたいが自宅は西宮《にしのみや》だし。泉州に住んでないと泉寿会は来ないぞ」と指摘した。神田と榊原が「うーん」と答えに詰まっていると、栗山は「堺市内なら俺が協力を頼める人がいないでもない」とにやりとした。どうやら栗山もこの計画を面白がっているようだった。

9

泉寿会おとり計画の協力者として栗山があて込んだのは、栗山が一線の担当員だった時、親しくしていた堺市内の北原伸男《きたはらのぶお》という販売店主の妻だった。栗山は新人担当員の時と、三〇代半ばでヒラ社員から主任に昇格した時に堺北部の担当をしており、このエリアの販売店には顔が利くようだった。栗山が販売店主の中でも特に懇意だったという北原所長は、高齢を理由に五年前に店を長男に譲って隠居生活に入ったが、昨年、七七歳で亡くなった。お通夜に行った栗山に、妻の光江《みつえ》は涙を流して懐かしがり、部長に昇進したのを心から喜んでくれたという。

栗山が電話で「折り入ってお願いしたいことがある」と告げ、勤務時間終了後、神田と二人連れだって堺市西区の北原の自宅に出向いた。

北原の自宅は住宅街にある生垣に囲まれた一戸建てで、小さいながらも手入れの行き届いた庭があった。

「まあ、栗山さん。主人のお通夜以来ですね。またお会いできるなんてうれしいわ」と玄関で迎えてくれた故北原所長の妻光江は、小柄で色が白く、緩くパーマをあてた短い白髪が美しい女性だった。

床の間のある座敷に通された栗山と神田はまず仏壇に手を合わせ、黒塗りの木製テーブルの前に並んで正座した。栗山は光江に、泉寿会が懸賞の応募者をだまして新聞購読契約をさせていることを伝え、尻尾をつかむために懸賞に応募してもらえないかと率直にお願いした。

栗山が運動部長から届けられた懸賞の応募用紙を見せると、光江は「あらあら、私、責任重大ね」といたずらっぽく笑った。

神田は、セールスマンが来たら会話はすべて録音し、首からぶら下げた新聞セールス証の名前を確認して忘れないよう後でメモしておくことなど細かい注意点を伝えて、記者時代に使っていたボイスレコーダーをかばんから取り出した。

光江は「栗山さんと部下の方のお役に立てるなら、やらせてもらいますよ」と両手でボイスレコーダーを受け取った。そして、仏壇の方を見て「泉寿会には主人も随分、怒ってましたよ。ゆでダコみたいになっていたのを思い出すわ」と懐かしそうな口ぶりで語った。

話が一段落すると光江は、「栗山さん、ご用件はこれで終わりましたか？　ご飯、食べていってくださるでしょ。栗山さんのお好きなエンドウ豆ご飯を炊いたのよ」と立ち上がった。

栗山は「奥さんが僕の好きな物を覚えていてくれたなんて感激です」と正座した太ももの上に手をグーにして置き、顔を赤くしている。

神田は吹き出しそうだった。社内では気に入らないことがあると誰かれ構わず食ってかかり、やたらに敵を増やしている栗山だが、会社の外ではこんな一面もあったのだ。やんちゃ坊主は押さえ付けられるとますます反抗的になるが、無条件に可愛がられると逆に聞き分けが良くなるのかもしれない。

「お若い方が二人もこの家に来てくださるなんてめったにないから、年寄りが張り切ってしまったわ。たくさん召し上がってね」と座敷のテーブルに用意されたのは、若竹汁、サバの味噌煮、フキの信田煮、新玉ネギの天ぷら、エンドウ豆ご飯、と心づくしの春の味覚だった。

栗山は「めちゃめちゃうまいです。奥さん、料理の腕は全く衰えていませんね。いや、衰えないどころか、以前よりもっと味が練れてきたんじゃないですか」と調子のいいことを言いながら実にもりもりと食べ、エンドウ豆ご飯と若竹汁はそれぞれ二回もおかわりした。

神田も薄味でありながら旨味の利いた味付けに舌つづみを打ち、栗山は担当員の頃もこうやって北原夫妻から食事を振る舞ってもらっていたのだろうと想像した。そして、担当員という仕事が、人間の温かさと触れ合う面があることを知り、少し救われた気がした。

「神田さんは担当員になったばかりとおっしゃいましたよね」と光江が男二人の食べっぷりに

目を細めながら言った。神田は箸でつまんだフキの信田煮を慌ててエンドウ豆ご飯の上に置いてかしこまった。

「はい、見ての通りもう四〇歳前で歳は食ってるんですが、いろいろいきさつがありまして、担当員になるための勉強中の身です」

「あら、それじゃあ栗山さんに何でもご相談なさるといいわね。私たち家族は本当に栗山さんにお世話になったんですのよ。栗山さんはそりゃもう熱心に、うちの店の面倒をみてくださいまして。そのお陰で私どもは無事に大和新聞の商売を続けてこれましたし、今は長男が店を引き継いでおります。私がこうして平穏に老後を過ごすことができるのも、栗山さんのお陰だと思っています。亡くなった主人も常々そう申しておりました。栗山さん、そうですよね。こちらの部下の方も、栗山さんみたいな担当員に育ててあげてくださいな」

ベタほめの言葉に栗山は照れてしまい、「僕のお陰なんてとんでもないです」とうつむいて、もごもごと口と喉を動かしエンドウ豆ご飯を飲み込んだ。そこから栗山は、穏やかな笑みをたたえる老女をきっと見つめた。

「奥さん、神田は編集局の記者から販売に来たんです。だから僕みたいなコテコテのアホの販売人とはちょっと発想が違うんです。奥さんへの今回のお願いもそうですし、僕は新聞販売が厳しい状況にある今、販売局には神田みたいな新しい血が入るのは大切なことだと思っているんです。それで今日、こうして厚かましくもお邪魔したわけです」

光江は栗山の「宣言」を深く追及しなかった。ただ、かしこまっている栗山を愛おしそうに見つめ、「分かりました。栗山さんがそうおっしゃるなら、神田さんも大和新聞にとって大切な方ということですね。神田さん、何でも遠慮なくおっしゃってください。私にできることがあれば協力させていただきます」と神田にも微笑みを向けた。

毅然としながらも温かさをたたえた光江に、神田は「ありがとうございます」と深々と頭を下げた。


「お二人ともくれぐれもお体を大切に。仕事熱心のあまり無理をし過ぎないでくださいね。お酒とタバコもほどほどにしてくださいませよ」と光江の気遣いに見送られた帰り道、神田は駅までの道のりを歩きながら「北原さんの栗山さんに対する信頼はすごいですね」と尊敬の眼差しを向け、「担当員の時にいったいどんなドラマがあったんですか?」と興味津々で聞いた。

栗山は「あほう、記者の特ダネ競争じゃあるまいし、販売に派手なドラマなんてあるかよ」とあきれ顔をして見せたが、一線の担当員時代の話を聞かれたのが内心うれしいらしく、「立板に水」の勢いでしゃべり出した。

「北原さんとは長い付き合いなんだよ。俺が大和新聞に入社して、最初に担当したのが堺北部だった。今は堺北部の担当は一人しかいないけど、俺が新人の時は大和新聞の経営もここまでへたっていなかったから、販売局の担当員ももっとたくさんいて、堺北部は二人で担当してたんだ。主任が主務で、新人の俺が助務。この二人のペアだった。当時の北原の店は、残金はないものの低空飛行のぱっとしない店だったよ。店主も極めて真面目だし、奥さんもしっかりしている。店の人材はいいのに何でこの程度の部数しかないのかと、俺はこまめに訪店して状況を調べたんだ。それで分かったのは、本社にギャーギャー文句を言わない大人しい店だから、ほったらかしにされてたってことだ。俺とペアの主務は、その頃でもう二年ぐらい堺北部の担当をしていたけど、これが遊び人のどうしようもないやつで、担当員は販売店主と酒飲んでゴルフしてりゃいいと思っているような輩だった。北原所長は一緒に遊びもしないし、クレームも言わないし、残金も出さない。そんな大人しい店は、主務の眼中になかった。だから俺は『北原店はテコ入れしたら部数が倍増する』ってセールス投入の年間計画書を作って、主務に出したんだ。主務は内容を分析するのが面倒だったみたいで、『お前の好きにしろ』ってそのまま認められた。セールスにかかる経費は北原所長を説得して本社からの融資を受けさせた。セールスも天ぷらカードを平気で上げるような不良の班は入れず、しっかりした班を選んだ。セールスを投入する日、俺は必ず店に行って、北原所長と一緒にセールスの上げてきたカードに不審な点がないか徹底的に監査した。北原店はセールスが獲得した購読契約を絶対に手放すまいと、夫婦で実にまめに読者訪問して、三ヵ月契約を半年にし、半年契約を一年にし、しまいに『北原さんがいるから死ぬまで大和新聞を読みます』っていう固定読者にしていったんだ。俺が担当した三年間で、北原店は部数を一〇〇〇部増やした。これは遊び人の主務が全部、自分の手柄にして上に報告しやがったけどな。でも、本社は知らなくても販売店は本当のことを分かってるよ。光江さんは自分の店が飛躍したのは俺の仕事だって知っているから、今でもこうして大事にしてくれるんだ」

四半世紀前の栗山と北原店の奮闘が、店主が亡くなった後もこういう形の絆となってつながっている。担当員と販売店は人生を共にする運命共同体なのかもしれない。そう考えれば、担当員とはきっと素晴らしい仕事なのだろう。しかし、果たして自分にその覚悟があるだろうか。記者として大和新聞社に入社したのに、新聞記事を書くのをあきらめ、販売局に骨を埋めるつもりでなくては栗山のような仕事はできないのではないか。

栗山は「それでだな、俺が三六歳で主任になってからまた堺北部の担当になったんで、すぐに北原の店に行ったんだ」と、北原店を巡る物語の第二幕を話そうとして神田の複雑な表情に気付き、「まあ、神田はずっと担当員するわけじゃないから、こんな話を聞いてもしょうがないな」と言葉を引っ込めた。

神田は栗山の態度にはっとして、「いえ、すごい勉強になります。とにかく近畿販売一部に配属された以上、担当員をしなくてはならんのですから、やるからには何か成果を出したいです」と言った。

栗山は「その気概を持った担当員がもっといてくれたらなあ」とため息をつき、「担当員だけじゃない。まず幹部からして全くだめだ。永峰も花隈もいったいどんな販売店を作ったっていうんだよ。担当員の時にろくに店を作りもせずに偉くなって、そんなやつらが販売局をまとめていけるわけがないし、担当員の指導ができるわけがない」と、神田が販売推進部にいた時に耳にタコができるぐらい聞かされた販売局の幹部批判を始めた。神田の関心が遠のいたのを察知したのか、栗山はもともと大きい声をさらに大きくした。

「いいか、神田。担当員の仕事ってのはな、入金率も大事だけど、数字は後から付いて来るものに過ぎない。毎月の入金のつじつま合わせを仕事だと思うな。販売店のクレームや要望の御用聞きをするのも本当の仕事じゃない。担当員とは、販売店を作り、育てるのが仕事だ。そのためには、ニコニコ、ヘラヘラと販売店の言いなりになってちゃいかん。逆に、本社の担当員だからって、権力を振りかざして販売店に無理難題を押し付けるのは最低のやつがやることだ。担当員は自分の全人格をかけて店を育てるんだ。自分の子供を育てるのと同じだと思え。それが新聞販売網の整備であり強化なんだ。俺の経験で言えば、販売店が本気になる時ってのは、大和新聞社のために頑張ろうと思うんじゃない。この担当員のためにやってやろうと思うんだ。神田のために頑張る販売店を作れ」

第二章　懸賞

1

販売推進部長の栗山透から担当員哲学を聞かされ、胸に響いた神田ではあったが、具体的に「販売店を育てる」「自分の販売店を作る」とはどうすればいいのかさっぱりイメージが湧かなかった。店主候補を見つけろと言ったって、いったいどうやって探せばいいのだ。「新聞店主ハローワーク」でも開設しろというのか。

部長の安藤富士夫やデスクの吉武光広に相談しても、忙しそうなのでおざなりな回答しかないのは目に見えている。神田は思い切って販売局でただ一人の同期社員、中四国北陸販売部の担当員、上條類《かみじようるい》を酒に誘ってみることにした。北陸担当の上條は出張が多く会社にいることが少ない。神田が販売推進部にいたこの二年間は、上條とじっくり話す機会がなかったが、それまでに同年代が集まる社内の研修で何度か一緒になったことがあった。好青年を絵に描いたような人物で、神田は上條ならきっと相談に乗ってくれるだろうと期待した。

携帯電話に連絡すると、上條は「俺も神田に声をかけようと思ってたんだよ。お前がまさか担当員になるなんて思いもしなかったけど、これも何かの縁だ。よろしく頼むよ」と、さわやかに応対した。

「ちょうど今晩、金沢から大阪に戻るんで、ちょっと遅くてもいいか?」と上條は言い、さっそくその日の夜九時に、JR大阪駅北側のグランフロント大阪北館七階にあるカフェバーで会うことになった。

神田が先に到着してカウンターでジンライムを飲んでいると、「ほい、金沢名物」と小ぶりな土産袋を差し出した上條が隣に現れた。店内の女性客の視線が一斉に上條に集まるのが分かる。すらりとした長身に、俳優としてもミュージシャンとしても活躍する人気タレントをほうふつとさせる整った顔立ち。同期の女性社員の間ではもちろん、人気ナンバー1の「ルイ様」だったし、七年前に広告代理店に勤務する女性と「できちゃった結婚」をした時は、販売局の女性陣から悲鳴が上がったと聞く。その容色は四〇歳になろうかという今も衰えていない。

「出張お疲れさん。何だよ、俺に土産なんていらんのに。もちろん、有り難くもらっとくけど」と神田は紙袋を受け取った。

上條は「地元では名物だけど、はっきり言ってあんまり美味《うま》くない」と言うと、キラキラした目ですっとんで来た女性店員にビールを注文した。

「上條は出張が多いから、なかなか誘うチャンスがなくてさ。本当は販売推進部にいた時から誘いたかったんだ。忙しそうだな」

「そうでもないよ。北陸なんて地元紙の牙城だから、全国紙の大和新聞が頑張りようのない担当区だ。俺が会社にいないのは極力、社内の滞在時間を短くしているからだよ」

「会社にいたら女性社員に迫られまくって困るからか?」

「さすが敏腕記者。ご明察」

二人はそろってがははと笑い、気分が少しすっきりした神田は「実は今日、上條を誘ったのは、担当員として何をどうしていいやらさっぱり分からんからなんだ」と打ち明けた。続けて、販売推進部長の栗山から聞かされた担当員哲学について話すと、上條は「栗山さんも随分と格好のいいこと言ったもんだな」と鼻で笑った。

「俺も若い時は必死で担当区を歩き回って、新聞販売店をやってくれる人材を探したよ。飛び込みでクリーニング店とか蕎麦屋とか喫茶店に入って、『商売やってくれそうな人、誰か紹介してください』ってお願いしたなあ。そうやって販売店主候補を見つけて店を持たせ、補助金を入れながら育てた『自分の店』が優秀な成績を収めて表彰されたりすると、担当員冥利《みようり》に尽きるというのは本当だよ。でも、それは新聞販売店がちゃんと儲かる商売だった時の話なんだ。だからこっちも『頑張って働いたらサラリーマンより実入りはいいよ』って勧誘できたんだ。休刊日は月に一回しかない、家族が死んだってその日の新聞は配らなきゃならない商売だぜ。儲からなかったら誰もやらないし、儲かりもしないのに販売店主やれなんて勧められないよ。自分の店を作るのが担当員の一番の仕事だっていうのは、もう過去の話だよ。俺も自分の店が活躍したのなんか、今となっちゃ『いい思い出』になっちまったよ」

上條にもどうやら鬱積した思いがあるようだった。同期社員として何とか彼の憂鬱に寄り添ってやらねばと神田が思案していると、逆に上條から正面切った質問をされた。

「ところで、神田は何で編集から販売に来ることになったんだ？　こんなこと今さら、聞いていいのかどうか分からないけど」

「かまわないよ。はっきり聞かれる方が、かえってすっきりする」

2

三年前、神田が編集局の社会部記者だった時、大阪地検特捜部で検事が、証拠品として押収したディスクのデータを書き換える前代未聞の「大阪地検特捜部による証拠品改竄《かいざん》事件」が起こった。

特捜部は霞が関のエリート官僚と省内の備品を扱う出入りの業者の贈収賄事件を摘発したのだが、逮捕された収賄側の官僚は、取り調べに対し一貫して罪を認めなかった。否認のまま起訴された後、裁判でも無罪主張は揺るがなかった。

裁判が進行する中、保釈されていた被告人の官僚の元に、大阪地検特捜部に押収されたディスクが返却されて来た。業務で作成した書類などのデータが入ったディスクで、まだ裁判は終わっていないのに、検察がなぜ証拠品を返却して来たのか不思議に思った官僚は、念のため中のデータを見てみた。すると、どうも内容が記憶と違う部分がある。弁護人と相談し、多額の費用を払って専門業者にディスクを分析に出したところ、特捜部に押収されて以降、何者かによって内容が書き換えられていることが分かったのだ。

弁護人は記者会見して「捜査当局による証拠改竄だ」と発表した。マスコミは大騒動になり、報道各社はすぐさま取材班を結成。大和新聞大阪本社では神田も取材班のメンバーになった。

検察も大慌てで内部調査に乗り出し、最高検の検事が大阪地検特捜部の検事や事務官から大掛かりな事情聴取を行った。その結果、データ改竄の犯人は、何と贈収賄事件の主任検事だったことが分かったのだ。特捜部は官僚の逮捕後、自宅から事件の裏付けとなるデータの入ったディスクを首尾よく押収したものの、中のデータは特捜部が組み立てた事件の構図と食い違っていた。主任検事はその記録がこの上なく邪魔で、後々、被告人の無罪主張の根拠に使われないようこっそりと検察に都合のいい内容に書き換えた。

ディスクを証拠品として検察が所持していれば、被告人から「証拠開示請求」された場合は提出しなくてはならないし、被告人に無罪主張の根拠にされる恐れもある。主任検事は、検察有利にデータを書き換えて被告人に返却すれば、被告人が裁判の証拠にすることはないと考えた。あえて被告人の元に返却することによって、ディスクの存在を裁判から抹殺しようとしたのだった。最高検の取り調べに対し主任検事は、まさか特殊な専門技術を使って書き換え前の元データを蘇らせることができるとは、「夢にも思わなかった」と白状した。

「特捜部の手柄」のため犠牲にされた官僚は一躍、冤罪のヒーローとなり、無実の人を陥れた大阪地検特捜部の主任検事は、最高検に証拠隠滅容疑で逮捕された。

テレビや新聞は検察の捜査能力とモラルの低下を連日のように批判したが、この事件は報道機関にとって検察批判だけでは済ませられない問題をはらんでいた。主任検事の証拠改竄が明らかになるまでは、「霞が関のキャリア官僚の汚職」と、無実の人を犯人扱いする報道を繰り返していただけに、報道機関も猛省を迫られることになったのだ。

そこで神田は「ニュース舞台裏」という大和新聞の名物コーナーで、大阪地検特捜部の暴走を招いた責任の一端はマスメディアにもあるという記事を書いた。

大阪本社社会部記者・神田亮一の「ニュース舞台裏」

大阪地検特捜部の検事による証拠改竄が明らかになったキャリア官僚の贈収賄事件では、特捜部の担当記者たちも摘発当初から事件の構図にかなり違和感を持っていた。キャリア官僚が「出入りの業者」とつるむことになったきっかけからして、霞が関ではありえない不自然な状況だったからである。しかし、特捜検事による証拠改竄が発覚するまで、捜査の不審点を正面から取り上げた報道機関はなかった。

捜査に疑問を呈する報道をしたりすれば、大阪地検の激しい怒りを買い、捜査中の事件の情報が入手できなくなるからだ。地検庁舎に「出入り禁止処分」を食らうことすらある。「出入り禁止」は事件担当記者にとって致命的で、世の中でその事件報道が続く期間中、担当記者として手足を縛られた状態に置かれ、社内では「役立たず」の評価を受ける。重大な事件の報道で他社との報道競争に惨敗し、将来の出世も棒に振る覚悟がなければ、マスメディアの記者は捜査批判ができないのだ。

もう一つ、担当記者たちの目を曇らせたのは、「特捜部は最強の捜査機関」という「特捜神話」である。検察の中でもエリート集団の特捜部が、誤認逮捕というお粗末なことをするわけがないと、記者たちは事件への疑問を封印してしまった。特捜部が事件を摘発すると、マスメディアはこぞって大々的に報道する。それによって特捜検事はスーパーマンであるかのような「特捜神話」を世に作り上げ、特捜検事に「特権意識」を持たせてしまった。自分たちは強大な権力を持っているという特権意識が今回の検事による証拠改竄につながったのは間違いなく、一方でマスメディアは自ら作った特捜神話にはまり、冤罪の片棒を担いでしまったのだ。

この記事が編集局長の古石幸太郎の逆鱗《げきりん》に触れた。古石は一線の記者時代に大阪地検特捜部を担当した。その時の取材力が買われて東京本社からお呼びがかかり、東京地検特捜部も担当した。東西の特捜部を担当した筋金入りの元特捜記者である古石には、神田の記事は「特捜記者を貶《おとし》めた」と映った。

古石は社会部長を呼びつけ、「社会部は何でこんな原稿を通したんだ。事件情報ほしさに捜査機関に媚を売って、冤罪を見抜けないような記者ばっかりだという印象を与えるじゃないか。神田が事件記者の時は捜査当局の御用聞きだったのかもしれんがな、俺はそうじゃなかったし、ほとんどの記者はそんな低レベルじゃない。神田は何の権利があって自分の経験を特捜記者全体にあてはめているんだ。あいつが個人的な気持ちで書いたとしても、『新聞記者の敗北宣言』とインターネットで大炎上するぞ。そんな新聞は読みたくないと大和新聞の不買運動が起こったらどうする。大和新聞が大変なことになったら、社会部は責任を取れるのかっ」と怒鳴り散らした。

神田は青ざめた社会部長から会議室で古石の怒りを伝えられ、「ニュース舞台裏をわざわざ書く必要なんてないのに、お前は何で書いたんだ?」「もう少し違う表現ができなかったのか?」などと、編集局長の権力に怯え切ったつまらない質問を山ほどされた。しかし、記事はもう掲載されてしまっており、古石がどれだけ怒ろうが心配しようがもはや手の打ちようがない。社会部長は「ネットで騒がれていないかお前の責任でチェックして、毎日、内容を報告しろ」「本社にクレーム電話があった時に答える文面も考えろ。想定されるクレームについて全部だ」と吐き捨てた。

しかし、古石の心配は全くの杞憂《きゆう》で、神田の記事はインターネット上で少々、炎上したものの大火になることはなく、不買運動も起きなかった。読者から紙面への意見を受け付ける「ご愛読者様相談室」には、読者から「社会の公器である新聞社の記者を出入り禁止にするなんて、検察は傲慢だ」「事件取材の厳しさが分かった。権力に負けないでいい記事を書いてほしい」と新聞に理解を示すメッセージも寄せられた。「ニュース舞台裏」のデスクワークを担当した論説委員も「他の新聞社の論説委員も『大和新聞らしい市民感覚に沿った記事だった』って評価しているよ」と喜んでくれた。

まもなくして、大手出版社から「事件記者の本音がよく分かる記事でした。本にしませんか」と神田に依頼があった。神田は社会部長に出版社から本の執筆を依頼されたので引き受けるつもりだと言うと、社会部長はあっけに取られた表情で古石編集局長の下にダッシュして行き、神田は古石から編集局長室に呼び出された。

古石は両手を広げてソファーに堂々と座りながら、顔をどこに向けるかは決めかねているような横眼で神田を見ながら言った。

「社会部長から聞いたんだけど、本の出版は見送った方がいい。君の筆力では一冊の本を仕上げるのは到底、無理だと思う。あの『ニュース舞台裏』だって、論説委員に随分、デスクワークで骨を折ってもらったそうじゃないか。神田個人の名前で出版するにしたって、大和新聞記者の肩書を使う以上は、会社の誰かが原稿をチェックしなきゃならない。君の本のために、我が社の誰かにそんな手間をかけさせられないよ。君はまだ若いんだから、これから本を出すチャンスはいくらでもある。中途半端なものを世に出すより、もっと腕を磨いてからの方が君のためにもいい。悪いことは言わないから、自分のためだと思って今回は断りなさい。分かったな」

神田は泣く泣く「会社の許可が出ない」と出版社に断りの電話を入れたのだが、それからだった、社会部長からやたらにくだらない仕事ばかり言いつけられるようになったのは。

まず、調査報道を担当する取材班にいたのにそこを外された。社会部には取材のための様々な基礎資料があり、それをちまちまといじるのが神田の仕事になった。大きな事案が起こった時にコメントを求める専門家の名簿リストの整理、著名人が死亡した際に備えて用意している「訃報原稿」の精査、関西国際空港がテロに遭った際の「取材態勢マニュアル」の見直し、などなど緊急性があるようでない仕事が次々に用意された。社会部長は「マニュアル作りと取材先のデータ整理が遅れているって、古石編集局長の指摘があった」と説明した。

整理、精査、見直し……を片付けながら二ヵ月ほどした時、社会部長から「販売局が編集の人間をほしがっている。これから局間の人事交流をもっと進めようという会社の方針もあるので、古石編集局長は販売局の要望を受けることにしたそうだ。お前は春に販売局に異動だ。編集局の代表として販売に行くんだから、編集の顔をつぶさないようしっかりやってくれ」と告げられた。

嘘丸出しの説明だった。新聞記事を書かない販売局で記者が必要なわけがない。神田の記事で元特捜記者の誇りを傷つけられた古石編集局長が、「人事権」という鉈《なた》を振るったのは間違いなかった。

神田は社内のエレベーターで古石と出くわした時、怒りを抑えて尋ねた。

「社会部長から『販売局が編集の人間をほしがっている』と聞きましたが、それはどういう理由なんでしょうか？」

古石編集局長は神田の方を見ようともせず、「へえ？ 販売が記者をほしがっているなんて、そんな話は聞いたことないなあ。社会部長の勘違いじゃないの」と返答した。

「君はもう記事を書かなくていいから。我が社のために金儲けに精を出してくれよ」

「もう記事を書かなくていい」と言う古石は実にうれしそうだった。

3

神田の説明を聞いて、上條は目を丸くしていた。

「そんな事情だったとは、編集局ってもう少しましな所かと思ってたけど。古石さんは会社に悪影響を及ぼすと危惧して、社会部長を怒鳴りつけまでしたお前の記事が、大手出版社に評価されたのがよっぽど面白くなかったんだろうな」と言って、自身も思うところがあるようで残りのビールをぐいっと飲んで、おかわりを注文した。

「販売局にはそんな狭量な幹部はいないって神田を元気づけてやりたいんだけど、販売も大概ひどいよ。俺はこの春で、北陸担当五年目に入った。現場部じゃ北陸担当ってのは窓際だよ。

俺を窓際に座らせているのは、前の販売局長の鶴沢《つるさわ》さんの制裁なんだ。鶴沢さんが引退しない限り、俺はずっと田舎のドサ回りだ」

鶴沢操《みさお》は大和新聞大阪本社の販売局長から三年前に取締役になった人物だ。販売人としての実力なのか処世術なのかは分からないが、若くして販売局長になったため、大阪本社販売局の鶴沢政権は五年も続いた。本人は大和新聞大阪本社の頂点である大阪本社代表専務取締役のポストに意欲満々で、販売担当の常務取締役にとどまっていることに大いに不満を持っているというもっぱらの評判だ。

上條は北陸担当になる前は大阪府北部の担当だった。その時に鶴沢の怒りを買ったのだとすると、神田には思い当たる節が一つあった。

「上條に対する鶴沢さんの制裁って、ひょっとして久我山《くがやま》訴訟か。高槻《たかつき》の販売店の」

「ははは、大当たり。久我山が販売店を廃業して裁判を起こした時、俺があの店の担当だったんだ」

久我山は大阪府高槻市で一九六〇年代に開業し、大阪府専売会の会長まで務めた大物販売店主の一人だった。しかし六年ほど前、販売店を廃業し、その直後に大和新聞社を相手取り、一億円の損害賠償を請求する訴訟を提起した。本社から大量の残紙を押し付けられ、多大な損害を被ったという主張だった。大和新聞社内では「久我山訴訟」と呼ばれている。

提訴当時、大阪地方裁判所の担当記者だった神田は、裁判所の提訴センターで提訴簿をチェックしていて、大和新聞社が被告になっている提訴案件を見つけびっくりした。すぐさま本社に連絡すると、裁判担当デスクは「他の新聞社が記事にしないよう抑え込め」と指示した。神田が裁判所の記者クラブ内で加盟社を回り、報道するのかどうか尋ねたところ、世間を騒がせた女性連続監禁事件の裁判が判決目前で、各報道機関ともその準備に忙しかったこともあり、いずれも「大和新聞社が敗訴したのならともかく、提訴段階ではパス」という返答だったのでホッとした。それから二年ぐらいして社内で、「久我山訴訟は和解した」という話を聞き、本社はうまく立ち回ったのだと思っていたのだ。

「あの訴訟は和解したはずだろう？　それでも担当員の責任が問われるのか」

神田の質問に、上條は話すべきかどうか少し悩んだ様子だったが、しばしの沈黙の後、こう言った。

「和解金に二三〇〇万円も払ったんだよ。社内で大問題になった高額な和解金だった。でも、それだけ支払ってでも、大和新聞社は裁判所の判決言い渡しを回避しなくてはならない理由があったんだ」

久我山は高槻市内で二つの販売店を経営していたが、上條によれば廃業前はいずれも悲惨な状態だった。一つの店は、本社が販売店に輸送する新聞の「送り部数」が二一五〇部なのに対し、読者の元に配達されている「実配部数」は六二三部だった。もう一方の店は、送り部数一六三〇部に対し、実配部数は五七〇部。実に、送り部数の六割〜七割が残紙だったのだ。

「俺が大阪府北部の担当になったのは、まだ久我山が廃業を表明する前だったけど、最初から送り部数を減らせという『減数要請』がすごかった。俺も久我山の話を聞いて、あまりの残紙の多さに腰を抜かしたよ。元専売会長の店がこのざまかって。俺は何度も部長やデスクに減数を頼んだけど、『久我山のエリアは折り込み広告の収入がいいからやっていけるはずだ』って応じてくれないんだよ。そりゃ他の所に比べれば折り込みの多いエリアではあるけど、従業員の給料や配達バイクのガソリン代やら店の運営経費だってかかるわけだし、実際に久我山の店の経営はかつかつか赤字だったと思う。でも大阪府北部は、当時の販売局長の鶴沢さんが、若かりし時に担当員としてのスタートを切った場所で、その後、主任に昇格してからも長く担当をしていたんだ。そういうのを販売局じゃ、担当員の『本籍地』って言うんだ。部長とデスクは『鶴沢局長の本籍地でそんなばっさり紙を切れるか』っていうのが本音だよ。そうやってずるずると減数を先延ばしにしている間に、どっかーんとリーマン・ショックに見舞われて折り込み広告は激減。キレた久我山は、廃業、提訴だ」

あの一億円訴訟に至るにはそんな経緯があったのか。神田は裁判担当記者に戻った思いで上條の話を聞いた。大和新聞社が被告になった提訴案件を、他の新聞社が「報道しない」と聞いて安心していたとは、全くお気楽そのものだった。

上條の説明では、大阪府北部という担当区は大ベッドタウンの北摂《ほくせつ》地域で、かつては「折り込み広告」の収入が多く、販売店はそれで潤っていたという。折り込み広告とは、読者の元に配達される新聞の中にはさまっているスーパーやパチンコ店や不動産の広告のことで、この広告を新聞に挟み込む手数料は販売店の潤沢な収益になる。

「記者の神田にこんなこと言ったら申し訳ないが」と上條は一拍置き、「極端な言い方をすると、販売店にとって新聞は『折り込み広告の包み紙』なんだよ」とずばりと言った。

「新聞が広告の包み紙……。折り込み広告って新聞のおまけだと思っていたけど、販売店にとってはその逆だったのか」

「悪いな、こんな言い方して。だから、鶴沢さんなんかは担当員時代にどんどん送り部数を増やして、見せかけの部数を膨らませてきたんだろうさ。折り込み広告がいっぱい入って、その収入で販売店が持ちこたえられているうちは通用したんだろうが、もうとっくにそのバランスは崩れたよ」

「二三〇〇万も払って和解に応じたってことは、うちは裁判に負けそうだったのか」

「負けるのは確実だった。裁判長は口頭弁論が終了して判決期日を言った後、和解勧告して和解案を示したんだけど、裁判所が提示した和解額は二八〇〇万円だったよ。この金額を聞いたら、和解を拒否して判決になれば、判決内容はうちにとって相当に厳しいものになるってのは誰でも分かる」

「控訴するって手もあるけどな」

「うん、鶴沢さんの意向は和解拒否だった。裁判長の訴訟指揮があまりにも原告の久我山に偏っているという理由で、一審で敗訴してでも控訴審でやり直そうとした。それが東京の経営陣からストップが掛かったんだ」

裁判所の高額な和解金を提示した和解勧告を受けて、大和新聞社では久我山訴訟に関する判断は東京本社の経営陣が行うこととなった。「もう大阪には任せておけない」というわけだ。

原告、久我山の主張は「本件は押し紙裁判である」に始まり、「大和新聞社は販売店に対する優越的地位を利用」「押し紙は独占禁止法違反」「違法な押し紙が販売店の経営を圧迫」と、販売店の残紙を徹底して「押し紙」だと非難していた。

久我山の激しい主張に対し、大和新聞社は「本社は販売店からの注文に則った部数の新聞を配送しており、押し紙など存在しない」という建て前通りの反論が主軸だった。実際には、販売店内が残紙で溢れ返っているのを、本社が知らないということはあり得ない。販売店の経営を見る担当員がいるからだ。しかし、表向き「残紙」や「押し紙」の存在を認めていない新聞社は、訴訟でもこの建前論を貫くしかない。裁判対策を協議していた経営陣が激高したのは、久我山訴訟ではこの建前論に大きなほころびが発見されたためだった。大和新聞社の顧問弁護士が裁判所に提出した書面の中に、販売局担当員の「意見陳述書」があり、本社が大量の残紙を認識していたと解釈できる内容になっていたのである。

上條は「その意見陳述書の担当員が俺だ」と暗い表情で告白した。

これがそこらのおやじなら、長い愚痴の始まりだと神田はうんざりしただろうが、上條が暗くなると「男の哀愁」が漂う。神田は上條の横顔に見入りながら、話の続きに耳を傾けた。

久我山が提訴して一年ほど経過した頃、上條は現在の販売局長で当時、近畿販売一部長だった永峰修造から「弁護士が新聞の折り込み広告について教えてほしいと言ってきている。説明に行ってくれ」と言われ、顧問弁護士の事務所を訪れた。

大和新聞社の顧問弁護士は七〇歳を過ぎた大阪弁護士会の重鎮の一人だったが、上條から話を聞いたのは同じ事務所の若手弁護士だった。

若手弁護士は「ご存じの通り、原告の久我山さんは押し紙、いわゆる読者のいない残紙がたくさんあったと主張されているのですが、この残紙にも折り込み広告が付くのですか？」と質問した。久我山は裁判で「折り込み広告収入」という販売店にとって大きな収入にいっさい触れておらず、弁護士はその点を突こうとしているのだと上條は理解した。

しかし、「残紙にも折り込み広告が付く」という弁護士の言い方は、新聞社にとって極めて不都合だった。折り込み広告のクライアントは、広告はすべて新聞とともに読者の元に届くと認識しているのに、「実配部数」からはみ出した広告は販売店で廃棄しているとは、とても公にはできない。

上條は「販売店からの発注枚数通りの広告を用意するクライアントはおります」と慎重に弁護士に回答した。販売店が一〇〇〇枚の折り込み広告を発注すれば、その通りの枚数が届く場合もあるし、七〇〇枚しか来ない場合もある。折り込み広告は一枚につき数円の手数料を販売店が取るので、広告クライアントの予算の都合も枚数に影響した。

弁護士は「久我山さんは残紙も含めた部数、いわゆる本社からの『送り部数』で広告枚数を発注していたのですか?」と鋭く質問した。

上條は「それは……、久我山所長がどうしていたのか私には分かりませんが、一般的には送り部数通りの広告枚数を発注するのが普通です。ただ、販売店の発注枚数通りに広告が来るとは限らないということです」と答えた。

「一〇〇〇枚の注文に対して、一〇〇枚とか二〇〇枚の折り込み広告しか来ないこともあるのですか?」

「そういうことはめったにないと思います。チラシは数多くまかないと効果が低いですから、だいたい注文部数の七割以上はあると思います」と上條は業界の常識の範囲で答えた。

「では、原告の久我山さんの店は、ひと月に折り込み広告収入はいくらぐらいあったのですか？」

「久我山所長は私にそれを教えてくれませんでした。『折り込みが減っている』と言うだけで。だから私は周辺の販売店に聞くしかなかったのですが、二〇〇八年のリーマン・ショックの前までは、新聞一部当たり月一〇〇〇円から一二〇〇円ぐらいじゃなかったかと推察しています」

「では、久我山さんの要求通りに送り部数を二五〇〇部減らしたら、久我山さんは月二五〇万から三〇〇万円の減収になるということですね」と弁護士は確認した。

「折り込み広告収入についてはそうです。ただ、二五〇〇部も送り部数を減らしたら、本社もそれなりに補助金をカットしますから、久我山所長の減収はもっと大きくなります」

上條から「補助金」という言葉が出たところで、弁護士の質問も補助金の話になった。

「新聞販売店の収入とは、新聞読者の購読料と折り込み広告収入が二本柱になっているようですが、本社が販売店に支払う補助金は、久我山さんの主張通り、本社の裁量で一方的に決められるのですか」

「補助金と言っても、種類がいろいろあるんです。地域で普及率が高い販売店には部当たりで奨励金を払いますし、毎月の入金で残金を出さず一〇〇パーセント入金したら、完納奨励金を払います。これらは一定のルールに基づいて支払っているので、久我山所長の言う『本社の裁量の補助金』というのは、販売店の全体的な経営を見ながら実行する営業補助的な意味合いの補助金のことだと思います。なぜこういう補助金があるかと言うと、さきほどの話の折り込み広告収入のように、販売店によって事情が違うからです。折り込み広告が少ないエリアもありますし、各新聞が激しい値引き合戦をしているエリアでは、読者からきちんと定価で購読料をいただくことが難しいので、部数の割に販売店の収入は低くなります。こういう諸般の事情を考慮しながら、本社が金額を決めていくものでして」

「それでは、担当員として久我山さんの店の経営状態を把握する立場にあった上條さんは、どう見ておられたのですか？　久我山さんの二店については、送り部数を二五〇〇部減らした場合、久我山店は大和新聞社に対してその新聞原価の支払いが大幅に減る代わりに、その分の折り込み広告収入や本社からの補助金がなくなってしまって減収も大きいわけですよね？　販売店の経営面から見て、送り部数を減数するかしないか、どちらが得策だったのでしょう」

「それは何とも……。私の試算では久我山所長の要請通りに減数しても、結局はプラスマイナスゼロぐらいと思っていたのですが……。でも、結果的に久我山所長が提訴にまで踏み切ったことを考えれば、彼にとっては減数した方が得策だったのでしょう。でも、久我山所長は私にもそうした詳細を教えてくれなかったので、担当員として本当の意味で店の経営をみることができませんでした。私が未熟と言われればその通りです」

弁護士事務所を後にして、上條は少ししゃべり過ぎたかと思った。しかし、今日の自分の話を踏まえ、改めて弁護士と本社とで訴訟対策を練るのであろうから、しゃべり過ぎた点があったとしても、それは裁判で久我山への反論の材料に使わないだけだと結論付けた。

しかし、上條の考えは楽観的過ぎた。事態は担当員の想像を超えて最悪の展開になった。上條が若手弁護士とやり取りした内容がそのまま、担当員の「意見陳述書」としてなぜか裁判所に提出されてしまったのである。

上條の意見陳述書を裁判所に提出することは、大和新聞社も事前に知らされていなかった。弁護士と大和新聞社との訴訟の打ち合わせ会議で、裁判所に提出済みの上條の意見陳述書が弁護士から提示され、内容を見た大和新聞関係者には緊張が走った。まもなくして、上條は近畿販売一部長の永峰から呼び出され、雷のような叱責を受けた。

「あの意見陳述書は何だ。『残紙にも折り込み広告が付いているから、販売店の収益になっている』って、お前は弁護士にそんなことを言ったのかっ。読者に届かない折り込み広告があるのを、本社も知っているってことになるんだぞ。それから『久我山の要請通りに部数を減数しても、販売店収入はプラスマイナスゼロ』っていうのはどういうことだ？　読者のいない紙の存在が前提になっているじゃないか。自分がいったい何を言ったか、分かっているのかっ」

上條の意見陳述書には販売局長の鶴沢もかんかんだった。しかし、上條の失態だけでなく、久我山が本社に送り部数の「減数要請」をした内容証明書などをきっちり証拠として残していたこともあり、裁判は久我山有利に進行した。

「原告が高齢なので裁判を早期に終わらせたい」と裁判長が和解金二八〇〇万円で和解案を提示した時、販売局長の鶴沢は猛烈に抵抗した。「販売店の間に『裁判を起こせば大和新聞社は何千万でも払う』という評判が広がる悪影響は計り知れない」と、和解を拒否して一審は惨敗してでも控訴審で再度戦い、せめて支払い額を一〇〇〇万円以下にすることを強く主張した。鶴沢は「和解」と「判決」では司法判断としての重みが全く違うことを理解しておらず、賠償金額を引き下げることだけに集中していた。

経営陣は、和解内容は訴訟の当事者間で秘密が守られるが、判決は否応なく表に出ることを重視した。日本の裁判所は報道機関などの要請に応じ、判決文を提供している。裁判所内の司法記者クラブに所属する加盟社は、毎日、裁判所に大量の判決文を申請し、それを読み込んでニュースになりそうなものがないかチェックしている。裁判はその公正さを担保するためにも、密室で行われてはならないという趣旨から、判決文は世間に公表される運命にある。

販売店との訴訟の判決で、大和新聞社が敗訴、しかも惨敗となれば、新聞、テレビで報道されるのはむろん避けられない。そこに新聞バッシングの大好きな週刊誌が参画し、「新聞社の販売店いじめ」「大量の押し紙」と面白おかしく報道することは十分ありうる。裁判所が大量の残紙の存在を認定し、上條の意見陳述書によって「それを本社も知っていた」などと言い渡せば、折り込み広告のクライアントから訴訟を起こされる可能性だってある。原告の久我山には、「新聞社の押し紙」をライフワークとして新聞社を徹底攻撃しているフリージャーナリストがすでにくっついており、提訴後まもなくからインターネット上のブログで大和新聞社を激しく非難していた。このジャーナリストが「大和新聞社惨敗」の判決に喜びいさんで飛び付くのは明らかだったし、マスコミ嫌いのネット住民たちも大喜びで大和新聞を非難する書き込みを大量に発信するだろう。

こうした攻撃によって「判決になれば訴訟の勝敗以上に大和新聞社は大きな傷を負う。判決を出してはならない」というのが経営陣の結論だった。顧問弁護士の交渉で和解金を二八〇〇万円から何とか二三〇〇万円にまで引き下げ、久我山訴訟は決着した。

4

上條の告白を聞いて、今度は神田が目を丸くする番だった。大和新聞社の訴訟対策の甘さには唖然とする。打ち合わせもしないまま上條を顧問弁護士の下に行かせ、裁判所に提出する書面の事前確認もしていない。大和新聞社の許可もなく意見陳述書を作成して裁判所に提出した代理人の弁護士のやり方にしても、依頼者を見くびっているのではないか。

「顧問弁護士はどうして依頼者である大和新聞に相談せず、自分勝手な判断で上條の意見陳述書を裁判に提出したんだろうな」

上條は「俺はその意見陳述書の一件の後、永峰さんから弁護士と接触禁止を言い渡されてしまって、改めて話を聞くことはできなかった。だから、これは俺の推測に過ぎないけど」と前置きし、「たぶん、弁護士は残紙が新聞販売の根幹に関わることだとは思わず、軽く考えていたんだと思う。読者のいない『残紙』『押し紙』は新聞業界最大のタブーであって、折り込み広告のクライアントには絶対に知られてはいけないっていう認識がなかったんだよ。久我山の店が残紙で溢れているのは、あの店の特殊事情だと思ったんだろうな。あそこまでひどくはないにせよ、日本中のあらゆる新聞の販売店で残紙が悩みの種だってことまでは、想像が及ばなかったんだと思う」

「なるほどな。もちろん我が社も弁護士との打ち合わせで、『どの販売店も残紙だらけですよ』なんて、わざわざ業界の暗部を教えたりしないだろうから、結果的に裁判の戦い方が混乱してしまったんだな」

「そうだよ。だから神田、販売店から訴訟を起こされるのは相当やっかいなんだよ。実際に残紙はいっぱいあるのに、そんなものは絶対にないという反論をしなきゃいけない。クロをシロと言うってことだ。全く隙のない合理的な反論なんてできないよ。負け惜しみに聞こえるかもしれないけど、久我山訴訟は俺の意見陳述書がなくたって、敗訴していたと思う」

「それなのに上條だけの責任にして、鶴沢や永峰はその後も何くわぬ顔で順調に昇格してるんだから、やり切れないな」

「今の偉い人たちが川の堤防に穴を作り、俺が担当の時に洪水になって堤防が決壊した。久我山が提訴した時は『どうして元専売会長に裁判なんて起こさせるんだ。担当員として何をやっている』って局長や部長からかなり言われたけど、穴を作ったのはお前らじゃないかって」

上條はだんだんと新聞販売が現在の苦境を招いた本質的な問題に迫りながら、「神田は元専売会長が本社相手に裁判までやったのをどう思う?」と聞いた。

「本社の方針に従って送り部数を増やすのに協力してきたからこそ、久我山は専売会長にまでなったんだろうなあ。だけど、不景気で折り込み広告が減って、販売店の経営が立ち行かなくなった。久我山にとっちゃ、大和新聞の賞味期限が切れたってことなんじゃないの。まあ、折り込み広告収入に頼って、ちゃんと読者を増やす努力をしてこなかった久我山も悪いと思うけど」

「ふふっ、賞味期限か」と上條は小さく笑い、「神田は愛媛の松木《まつき》さんって知ってる?」と四国の大物販売店主の一人の名前を出した。

「ああ、中四国北陸の連合会長だろう?」

久我山と同年代の古参の販売店主で、中国、四国、北陸の専売会を束ねる中四国北陸専売会連合会の会長だった。

「今月、あの店が残金を出したそうだ。部長が大ショックを受けていた」

「松木さんが……」

神田は販売推進部にいた時、「大和新聞販売便り」の取材で、中四国北陸専売会連合会の総会に行って松木と名刺交換した。しばらく政局話などをしたが、いかにも気骨がありそうなかくしゃくとした老人だったのを覚えている。

上條は「俺は新人の時に四国を担当したんだけど、松木さんには世話になった。あの人がいなかったら、四国の販売店はまとめていけなかった」と振り返り、「さっき、販売店の折り込み広告収入をあてにしたビジネスモデルが崩れてるって言ったけど、その下で実はもっと大きなものが崩れてきているようで怖いんだ」と表情を曇らせた。

「もっと大きなもの……。それって大和新聞ファミリーとしての販売店の忠誠心か？」

「そうだな、本社の側から見るとそういうことになる。販売店の側からすると『本社との信頼関係』ってことになるかな」

神田は上條の不安についてもっと具体的に聞きたかったが、気が付くともう午前零時近くになっており、急がなければ地下鉄の終電に間に合わない。

上條は「悪いな。神田の相談に乗るはずが、俺の愚痴を聞かせてしまって」と謝り、「神田も担当区を持つようになったら、残紙には気を付けろよ。心を鬼にして見て見ぬふりをするんだ。販売店から送り部数の減数要請をされることもあるだろうが、販売店主の前で『残紙』とか『押し紙』って言葉は死んでも使っちゃだめだぞ。相手が録音しているかもしれないからな。裁判になって、その録音が証拠で提出されたら大変だ」と、優男《やさおとこ》らしからぬ強い口調で神田にクギを刺した。

神田は最後に、新聞の公称部数についてずっと疑問に思っていたことを上條に聞いておくことにした。

「一般社団法人日本ABC協会」の存在である。新聞、雑誌などの紙媒体に載る広告の料金は、部数が値段を左右する。当然、部数の多い方が広告料金も高くなるので、発行元が部数を偽って不当に高額な広告料金を設定することがないよう、第三者の立場で部数を監査し、結果を公表しているのが日本ABC協会だ。著名な新聞や雑誌はすべて日本ABC協会に加盟しており、それが媒体及び発行社の信頼度を高めている。しかし、新聞の場合、発行している部数のうち相当数に読者がいない。これを日本ABC協会はどう考えているのだろうか。

「一般に公表されている新聞のABC部数って、単なる発行部数だろ？　それが実配とかけ離れてても構わないのかな？　だとすると、何のためにABC協会があるのかよく分からないんだけど」

神田がそう聞くと、上條は「ABC協会の監査は二年に一回なんだ。全新聞の全販売店を調べるなんて無理だから、協会が無作為に抽出して監査するんだ」と言い、その次に信じられない内幕を暴露した。

「どの販売店を監査するか、前日にABC協会から連絡が来る。その時は担当員が店にすっとんで行って、販売店主と一緒に帳簿を改竄するんだよ。紙の帳簿もパソコンのデータも。ほとんどの紙にちゃんと読者がいるように見せかけて、監査を乗り切るんだ。俺も自分の担当の店が監査の対象になったことがあってさ、徹夜で改竄したよ」

聞けば聞くほど新聞販売の闇は深い。神田は知らない方がいいことに関心を持ってしまったと後悔した。

会計の際、女性店員は「ありがとうございました。またのお越しをお待ちしています」と満面の笑みで上條を見た。

神田はエレベーターに小走りで向かいながら、「上條のルックスだったら、女性の販売店主候補を探すのがいいんじゃないか？　いくらでも見つかりそうだ」と半分、本気で言った。

上條はにやりとして、「女性店主を見つけるぐらいなら、神田の顔でも通用するだろうから自信を持てよ。まあ俺よりは少々、落ちるってだけだ」と神田の背中をどんと叩いた。

「お前な、ちょっと人気俳優に似てるからっていい気になるんじゃねえぞ」

「ははは、つい本音が出てしまった。いや、でも、現実には女性店主は難しいわ。販売店主が亡くなって、後を継いで店主になった奥さんはいるけど、一から店主になった人はいないんじゃないかなあ。新聞配達で生活している連中って、品行方正な人間ばかりじゃないんだよ。配達のバイクを飲酒運転したり、ひどいのでは覚醒剤で警察に逮捕されたのもいるぐらいだ。そんなのをまとめていかなきゃならないんだから、女の人にはきついよ」

二人はエレベーターを地下一階で降り、地下鉄御堂筋《みどうすじ》線の梅田駅まで続く地下道を思い切り走って何とか終電に間に合った。終電は同じように酒くさいサラリーマンでぎゅうぎゅう詰めだった。

5

車窓の向こうに広がる散り始めの桜並木を眺めながら、神田とデスクの吉武は、大阪市の中心部から北東方向に線路を延ばす京阪電車に揺られていた。神田は、担当員が販売店を訪問する「訪店」の実地研修に繰り出すことになったのだ。

販売推進部に異動になったばかりの頃、神田は現場部の島はいつもほとんど人がいないことに違和感を覚えた。しばらくして分かったのは、担当員は担当区の販売店をぐるぐると回り、販売店の仕事ぶりをチェックしたり、相談に乗ったり、叱咤激励するのが仕事の中心だということだった。また、現地に足を運んでその地域の特性を知る必要もある。世帯数が増えているのか減っているのか、高齢化しているのかファミリー層が多いのか。その地域に合った販売方針を立てなければならない。

デスクの吉武は大阪府東部を担当区としている。昨今の人員削減で、中間管理職の副部長であるデスクまで担当区を持たざるを得ない厳しい勤務態勢になっていた。

吉武は自ら作成した「販売店資料」のファイルをめくりながら言った。

「今日の訪店の最初の店は、寝屋川《ねやがわ》市の上島《うえしま》店だ。ここの店主の上島啓太《けいた》は親父の跡を継いだ二代目で、歳は神田と一緒ぐらいかな。上島は若い時は新聞の商売が嫌で、家出してパチンコ屋とか水商売で働いたりしていたが、一〇年ほど前、新聞配達員が確保できない労務難に陥った親父さんから呼び戻されたんだよ。それから新聞屋をやると腹をくくったようだ。一旦、決めたらやり抜くタイプだな。親父が引退して店主を継いでからは、親父の代の時よりも普及率を上げて大健闘している。次の優秀店表彰には推薦するつもりだ」

上島の販売店は三階建ての一軒家で、一階が新聞置き場の作業場、二階が事務室、三階が店主家族の自宅だった。吉武と神田は作業場から階段を二階に上がり、吉武が「こんにちはー」と事務室の扉を開けた。

「いらっしゃい」と迎えた上島の顔を見て、吉武も神田も言葉を失った。まるで試合が終わった後のボクサーみたいに青黒く腫れ上がっていたのである。

「みっともない顔ですんません」と上島は頭をかいた。

「もしかして、嫁さんに浮気がばれたのか」と吉武が突っ込むと、事務員の女性がぷっと吹き出した。

「いやあ、現地会で日本英知新聞の販売店主にやられたんですよ。まあこちらにどうぞ」と、上島は事務所の奥にあるソファーに座るよう二人に勧めた。

「現地会」とは、各販売エリアにおける各新聞の販売店主の寄り合いで、月に一回ぐらいのペースで定期的に開かれている。販売店主の間で強者と弱者の立場が確定してしまった地区の現地会は、居酒屋での単なる飲み会だった。一方、各系統の販売店がしのぎを削る激戦区の現地会は、新聞公正競争規約に違反する営業をしているとお互いに攻撃し合う戦いの場だった。こういう激戦区の現地会には本社の担当員も同席し、ライバル紙とやり合っていた。

神田は上島に、現在、担当員見習いであると説明して名刺を渡した。

上島は「まだ見習い中の人がこの顔を見たら、『新聞屋っていったいどんな商売してるんだ』ってびっくりですよね」と白い歯を見せて笑ったが、腫れ上がった顔では笑顔もかなり気色悪かった。

「日本英知の店主にやられたって、コレの取り合いでもしたのか？」と小指を立てて聞く吉武に、上島は「いえ、俺が一方的に殴られただけなんでね。こっちは一発もやってませんから、安心してください」と言い、「相手が殴ってきたのは好都合でした。すぐに病院に行って診断書をもらいましたから、『傷害罪で刑事告訴するぞ』って日本英知を脅かしてやりますよ」と不敵な口調で説明した。

吉武はぴんと来たようだった。

「ここの日本英知の店は、少し前に従業員の飲酒運転もあったよな。次は店主の暴力沙汰となると、そうか、いよいよ改廃に追い込めるな。啓太、でかしたぞ。よくそれだけ潔く殴られた。ほめてつかわすっ」

「絶対にやり返したらだめだと自分に言い聞かせて、腕は後ろに組んで、顔は殴りやすいよう前に差し出しました」

「偉いっ、子どもの頃から親父さんに殴られた経験が生きたな」

「やだなあ、吉武さん、親父には殴り返してましたよ」

「嘘言えっ、本当は逃げ回ってたんだろう」

またもや事務員の女性がこらえ切れずに笑い、暴力事件の報告にもかかわらず、部屋は明るい空気に包まれた。

販売店が「改廃」されると、店主との個人的なつながりで新聞を取っていた読者が購読を止めてしまうことが多い。さらに新店主がまだ慣れないうちは、読者の元に新聞が届かない「不配」や、配達時間が遅れる「遅配」が起こりやすい。そういう時期はこちらが攻めて、新聞配達に不満を感じている他紙の読者を奪い取る絶好の機会なのだ。敵失によるチャンス到来に、吉武と上島は盛り上がっていた。

「ところで、上島さんはなぜ、現地会で日本英知新聞の店主から殴られるようなことになったんですか」と神田は素朴な疑問をぶつけた。

「もともとは、そこの大田《おおた》病院に入院していた患者さんに新聞配達したのがきっかけなんです」

一ヵ月ほど前、上島店に菅井《すがい》良子《りょうこ》と名乗る初老の女性から「大田病院のホスピス病棟に新聞を配達してほしい」という電話がかかってきた。夫が末期がんで入院しているとのことだった。

菅井夫婦は長年、日本英知新聞を購読していた。夫が入院したので妻の良子は日本英知新聞の販売店に「新聞の配達先を自宅からホスピスに変更してほしい」と頼んだところ、「自宅に配達した新聞を奥さんがホスピスに持って行ったらどうですか?」と冷たい対応だった。かつては、新聞の売り子が入院病棟を回って新聞を販売していたこともあったのだが、現在ほとんどの病院は防犯上の問題などから、入院病棟への物売りの出入りを排除している。そこに新聞を配達するとなると、病院側を説得して許可を取らなくてはならず、入室方法の打ち合わせも必要になり、配達ルートそのものの見直しが迫られる可能性もある。手間をかけて配達環境を整備しても、ホスピスの入院患者ではそう長く配達することはない。日本英知新聞の販売店主は、そのわずらわしさから「配達先変更」の要望を受け付けようとせず、がっかりした菅井良子は、次に毎朝新聞の販売店に連絡した。

しかし、そこの対応はさらに腹の立つものだった。

「ホスピスに配達ってねえ、それじゃあ購読契約書の契約者の住所はどうなるんですか？」

「契約書の住所は自宅でかまいません。家に来ていただければ代金をお支払いします」

「そうすると、新聞の配達先はホスピスで、集金にお伺いするのはご自宅ってことになりますよね。そういうややこしいのは、こちらとしては困るんですよ。契約書には住所を書く欄が一ヵ所しかありませんものでね。最近は、消費者センターも契約書の取り方にうるさくなってましてて」

「…………」

「ご主人はそんなに新聞が読みたいのなら、病院の売店で新聞をお買いになったらいいじゃないですか」

「夫は末期がんなんですよ。そんな人に売店まで新聞を買いに行けって言うんですか。もう結構ですっ」

このいきさつを聞いた上島は、損得抜きに何とかしてやりたいと思った。「ホスピスの入院患者は新聞も配達してもらえないなんて、人間扱いされていない」と電話の向こうでご婦人が泣いているのが、あまりにも気の毒だったからだ。

上島が大田病院ホスピス病棟のナースステーションに行って事情を説明すると、看護師長は「患者さんの要望なら聞いてあげた方がいいですね」と予想外に好意的な反応だった。

「新聞配達ってかなり早朝なんですが、そんな時間に病室に入ってもいいものですか？」と上島は具体的な話に入った。

「面会時間以外の入室は病院の規則違反になってしまいます。でも、患者さんの希望なら叶えてあげたいですし……。分かりました、こうしましょう。警備室に申告して業者さん用の裏の出入口から入ってもらえるようにします。そして、このナースステーションに新聞を届けてください。私たちは二四時間態勢でここにおりますから、菅井さんの様子を見て、適当な時間に看護師が病室に新聞を持って行きましょう」

上島は菅井良子に「看護師長さんの許可が出ました」と電話連絡し、さっそく翌日からホスピスに新聞を配達することになった。電話でのやり取りしかしていないので、菅井良子の購読契約書は作成されていなかったが、上島は最悪の場合、購読料がもらえなくても構わないと思った。もう死ぬのを待つしかない人が、人生最後の場所で新聞がそばにあるのを求めてくれるのがうれしかった。

配達三日目、ナースステーションに新聞を持って行った配達員は、看護師から「大和新聞さん、ちょっと待って」と呼び止められた。

「菅井さんから新聞代金をお預かりしています」

看護師から渡された封筒には、一ヵ月分の購読料が前払いで入っており、菅井良子の達筆の手紙が同封されていた。

「この度はご無理をお願いして申し訳ありませんでした。突然の依頼を受けてくださった大和新聞様には大変、感謝しております。主人はとても新聞が好きで、毎朝うれしそうにベッドで広げて読んでいます。特に毎週月曜に載っている『硯石《すずりいし》』というコラムが気に入ったようです。『これを読むために来週の月曜日までは生きている』なんて言っています。主人が新聞を読んでいる表情は、元気だった頃と同じです。大和新聞様のお陰です。このご恩は一生、忘れません」

上島の話をここまで聞いて、吉武は「ええ話やないかーっ。啓太、君はまさしく販売店主の鑑《かがみ》だっ」と本気で目頭を熱くした。

「新聞屋としちゃ、当たり前のことをしただけですよ。むしろ、他系統がホスピスに配達するのを断ったのは、えらい世知辛いと思いますね」と上島は冷静だった。

吉武は「当然、日本英知新聞は菅井さんから即止めをくらったんだろう?」と満面の笑みで聞いた。「即止め」とは、販売店が読者から「明日から新聞はいらん」と通告されることである。

「そうなんです。僕が『ホスピスに配達します』って菅井さんに連絡した後、日本英知新聞の店主から『うちの読者になんちゅうことしてくれるんや』ってすごい剣幕で電話がありましたから、即止めだったみたいです。でも、『長年の愛読者に冷淡な対応をしたお前の自業自得だ』って、そう言ってやりましたよ。それで、日本英知も一旦は大人しくなっていたんですが、菅井さんの即止めだけで終わらなかったんです」

ホスピスへの新聞配達が始まってから三週間ほどして、新聞をこよなく愛する新聞業界にとって貴重な男性は息を引き取った。上島は手紙に書いてあった菅井の自宅を訪ね、残り一週間分の新聞代金を返却しようとしたが、菅井良子はそれを受け取らず、「主人は亡くなりましたが、引き続き私がこの家で大和新聞を読ませてもらいます」と正式な購読契約をしてくれた。

続けて、この義理堅いご婦人は、「大和新聞だけが夫の希望を聞いてくれた。日本英知新聞をずっと読んでいたのに、あの新聞にはがっかりさせられた」と近隣住民に広めて回ったのである。日本英知新聞の販売店には「お宅は死にそうになった読者は見捨てるそうですな」という「即止め」や抗議電話がばたばたと入った。

大和新聞の上島店には逆に「日本英知新聞を読んでいたが、大和新聞に変える」という購読申し込みの電話が立て続けに何件か入り、不思議に思った上島が、申し込み電話の相手に理由を尋ね、菅井良子の地域広報が分かったのだ。

二日前に地元の公民館で開かれた現地会に現れた日本英知新聞の販売店主は、「上島っ、お前は『日本英知新聞は冷たい新聞や』と言いふらしているだろうっ。とんでもない誹謗中傷だぞ。どうなるか分かっとんのかっ」と鼻息荒く上島に詰め寄った。

「菅井さんの件で住民の間に自然に広まったんだよ。俺は何も言ってない」

「とぼけるな、この卑怯者っ。お前のせいでうちは風評被害におうとるんや」

「ふん、自業自得のくせに、俺に八つ当たりするな」

「何だとうっ、この野郎、名誉毀損で訴えてやるっ」

頭に血が上った日本英知新聞の販売店主は、上島に拳を振り下ろし、上島はパイプ椅子ごとひっくり返った。

「あんた本当に訴える気なんかあるのかよ。どうせいつもの口だけだろう」と上島は言い返し、「身から出たサビじゃないか」「俺が言いふらしたって証拠を見せろ」と、わざと相手を挑発する発言を繰り返して、さらに拳の雨を浴びた。他の新聞の店主らは黙って見ているだけで、誰も日本英知新聞の店主を止めようとしなかったこともあり、上島は見事、試合後のボクサーのような男らしい顔を完成させることができた。

吉武は「啓太、顔は大事にしろよ。せっかくまあまあの顔なんだからな」と上機嫌で言い、「日本英知新聞の店主を改廃に追い込むには、販売店同士でやり合っていても進展がない。日本英知の本社に投書しろ。診断書のコピーとお前の腫れ上がった顔の写真を内容証明郵便で送り付けるんだ」とアドバイスした。

6

上島店の訪店を終えて、神田と吉武は近所の定食屋で少し早めの昼食を取ることにした。この定食屋は大和新聞の読者なので、吉武は上島店に来た時はなるべく寄って食事するようにしているという。神田はオムレツ定食を、吉武は野菜炒め定食を注文した。

神田は「販売店の現地会って担当員も一緒に出ることがあるんでしょう？　ひょっとして担当員も殴られたりするんですか」とおっかなびっくりで吉武に聞いた。

「いくら血気盛んな販売店主だって、本社の担当員の前で暴力は振るわないだろうから、神田がボコボコにされることはないよ。担当員同士で殴り合いをするつもりだったら、話は別だけどな」と吉武は愉快そうに神田をからかった。

「上島の顔を見て神田も驚いただろうけど、あんなひどいのは俺も久しぶりに見たよ。日本英知新聞の暴力店主が改廃されたら、上島店にはセールスを投入しなきゃならんな。ふっふっ、これは成果が上がるぞ。上島も顔は腫れているが、表情は充実感にあふれていたじゃないか」

「でも、どうして日本英知新聞の店主はあそこまで激高したんですかね。そりゃ『即止め』はあったんでしょうけど、おそらく一〇件もないでしょう？　何百部とか何千部の部数を持っているんだから、店の経営が揺らぐほどの打撃ではないですよね」

「おいおい、担当員がそんな感覚じゃ困るよ。販売店は一部の読者を守るのに必死なんだよ。もう読者が簡単には増えなくなっているんだから、現在の読者『現読』をがっちり守らなきゃいけないんだ。新聞販売現場は一部の奪い合いなんだよ」

「そうなんですか……。だとすると、今回の日本英知新聞みたいに、悪評が広まるって怖いですね。手の打ちようがない」

「俺も上島の話を聞いて、菅井さんって人の話がそんなに『即止め』に直結するのかってちょっとびっくりした」

「ホスピスに新聞配達するしないに、読者が敏感に反応したというのは、読者の高齢化を象徴するような出来事ですね」

「うーん、そういうことか。新聞屋は年寄りを刺激するようなことは、やったらいかんわけだな。我が社も気を付けないと」

新聞を読まない「無読層」の増加とともに、新聞業界の大きな悩みが「読者の高齢化」だった。このままでは菅井良子の夫のように、「読者の死亡」による部数減に歯止めがきかなくなる。また、読者高齢化の弊害として、「どうせ年寄りしか新聞は読まない」と開き直ったセールスによるトラブルも頻発していた。高齢者宅ばかりを訪問し、認知症だったりほとんど目が見えなくなったりしている高齢者に新聞購読契約をさせ、びっくりした息子や娘が消費者センターに相談して発覚するのである。

定食を食べ終えると吉武は、「さて、次に行くか。今度の所は少々やっかいだぞ」と思わせぶりに神田を見た。

神田と吉武が次に向かった大阪府枚方《ひらかた》市の「小野寺《おのでら》店」は、のどかな田園地帯と住宅街の中間のような地域だった。田んぼに囲まれた小学校や、道路から少し高台にある神社の鎮守の森を見ながら、神田は伸び伸びとした子育てができそうな場所だなと思った。もっとも、最近の子どもは野山を駆け回って遊んだりしないのかもしれないが。

「少々やっかい」な小野寺店は、送り部数一三〇〇部のうち、発証は五八二部で四割ちょっと。実配も六〇〇部ぐらいしかないので、サービス紙で読者を囲い込んでいるわけでもなさそうだった。要するに「てんでやる気のない店」である。吉武の口調も寝屋川市の上島店を訪店した時とはがらりと変わった。

「小野寺、これだけ言ってんのに、あんた何で営業やらないんだ。最初の半年ぐらいサービス紙入れて、新規読者を囲い込めよ」

「それがあきませんねん。ここいらの人間は、サービス期間が終わったら『もう新聞いらんわ』と言いよりますねん。田舎の方がえげつないでっせ。サービスするだけ無駄ですわ」

神田が見たところ、小野寺の年齢は五〇歳前ぐらい。同年代の吉武の叱責に腹を立てる様子もなく、にやにやしてつかみどころのないタイプだ。

「そこがあんたの腕じゃないのかよ。だいたいこのご時世に、ここはマイホームを持つ若い世帯の数が増えてる貴重なエリアなんだ。この発証の減り方はサボりすぎだ」

「若い人らも入ってきてますけど、全体的には住民が高齢化してるんですわ。うちの読者だって、死んだり、ボケたり、目が見えんようになったりで。そりゃ部数は減りますわ」

「だから新規読者を開拓しろって言ってんだ」

「最近の若い家庭は、ほんまに新聞取りませんで。営業も空振りばっかりで。あんまり強引にやったら消費者センターに通報されますし」

「チラシのポスティングはやってるのか」

「ええ、従業員にさせてまっせ」

「この店の元従業員が今、奈良の販売店で働いてんだよ。そいつは『小野寺店の時はチラシは家に持って帰って、全部ゴミに出してた』って言ってるらしいぞ。従業員をちゃんと監督してんのかっ」

「ああ、あいつは特別タチが悪かったんですわ。今の従業員は真面目ですよってに」

とにかく小野寺はああ言えばこう言うだけで、吉武がいくらがみがみ言ってもやる気のない態度に全く変化はなかった。

不毛な訪店を終えて駅に向かって歩きながら、神田は「本当にあの発証で店はやっていけるんですか。ここはよっぽど折り込み広告が多いんですか？」と吉武に聞いた。

「まああいい方だよ。リカーショップの『かわや』とか子供服の『小松屋』とか、郊外型の店舗が増えてるし、ここらの住民は買い物する時は大抵、乗用車で動くから、わりと広いエリアの店舗の広告が入るんだよ」

「あの店はそれで何とかやっていけるから、読者を増やさないんですか？」

「それだけじゃない」と吉村は忌々しそうに、「小野寺は現地会で他系統の店主に買収されたんだ」と衝撃的なことを言った。

「ええ？　買収？　現地会って殴る蹴るだけじゃなくて、そんなこともしてるんですか？」

「してるんだよ。小野寺はここに来る前は、京都市左京区で販売店をやってたんだ。神田も知っての通り、京都市内ってうちは伝統的に販売力が弱くて、全く話にならない部数しかないだろ。その中で三〇代で店主になった小野寺は、ものすごく健闘したんだよ。当時は社内で『京都市内でも部数が増えるんだ』って話題になったぐらいだ。それで、今から五、六年前に、さっきの店の店主が高齢で引退することになって、その後任店主に小野寺を持って来た。エリア替えと言っても京都市内よりはこっちの方が条件がいいから、小野寺は仕事しやすくなってさぞや頑張るだろうと本社も期待したわけだ。ところが、やり手で評判の大和新聞店主に読者を奪われるのを恐れた他系統の販売店主らが、現地会で先手を打ちやがった。日本英知新聞、毎朝新聞、未来経済新聞、この三紙の店主が小野寺に『月一〇万円ずつお前に払うから、むやみに頑張らなくていいぞ』って談合を持ちかけたんだ。あいつはそれを承諾しやがった。月三〇万の不労所得に目がくらんだんだよ。俺はそれを二、三年前に店の従業員から聞いて、京都から枚方に移った途端、小野寺がだらしなくなったのに合点がいった」

敵の牙を抜くのにそんなことまでするとは、神田は「商売人」たちの狡猾《こうかつ》さに身震いした。

「でも、逆境の京都市左京区で頑張ってた小野寺さんが、どうしてそんな人を馬鹿にした他系統からの提案を飲んだんでしょう？」

「あいつの心境の変化はよく分からん。京都で部数を伸ばすために借金でも作ってしまって金が必要だったのかもしれんし、必死にやるうちに新聞販売に限界を感じて心が折れたのかもしれんし」

「そうですか……。それにしても、小野寺さんは今や完璧な骨抜きですね。あの店は営業補助は出てるんですか？」

「ああ、月二五万円出してるよ。店替えしたばっかりで、他系統と談合しているのを本社がまだ知らなかった時、担当員が付けてしまったんだ。小野寺だから部数を伸ばすだろうって軍資金的な意味合いもあってな。ところがこの体たらくだろ？　俺が担当になってから補助金を切ると小野寺に通告したら、『補助がないと店が回らないので、新聞代の入金で二五万円の残金が出ます』って言いやがった。お前は他系統の販売店主から三〇万円もらってるんだから補助金はいらんだろうと言ってやりたかったが、そんなこと言っても小野寺が『はい、さようでございます』って認めるわけないし」

そうか……と神田は吉武の言葉で、販売局経費を年間億単位で削減しても会社全体の収支決算がさっぱり改善しない理由がようやく飲み込めた。

販売店の収入は、新聞購読料と折り込み広告料だ。一方、支出は、本社に支払う新聞原価、従業員給料をはじめとする販売店の運営費、販売店主の取り分、など。問題は、この「本社に支払う新聞原価」である。販売店は読者のいない「残紙」を本社からいっぱい買わされているので、新聞原価代は読者から得られる新聞購読料に比して、バカ高く膨らんでいる。そのために販売店の経営が圧迫されて赤字になる。その赤字分を本社が「営業補助」という形で補助金を支払って経営を支えている。そこで、本社が経費削減だとして補助金をカットすれば、販売店はカットされた分が赤字になるので入金ができない。本社の売り上げは下がる。極端に言えば、一億円の補助金をカットしたら、売り上げも一億円減ることだってありうる。販売局経費の大半は販売店への補助金なので、大掛かりな経費削減は補助金をカットする以外に方法がない。しかし、大量の残紙のせいで販売店の経営は補助金なしには成り立たない構造になっており、本社の経費削減はそのまま「売り上げ減」となって自らに跳ね返ってくるのだ。これではいくら経費削減をしても、収支改善しないのは当たり前だ。

小野寺店の経営が本当に補助金なしには成り立たないのかどうか、神田には分からなかったが、「残金が出るぞ」という小野寺の脅しが通用してしまうのは、大半の販売店で「残紙」と「補助金」がセットになっているからだ。新聞社が経営を健全化しようとするなら、「販売正常化」の前に「部数正常化」が先じゃないのかと神田は思った。とは言うものの、目の前の小野寺店の堕落した所業も許し難い。ライバル紙の販売店主から金をもらって、矛を収めているとは。新聞屋のプライドがないのか。

「吉武さん、小野寺が『補助金なくしたら残金を出すぞ』と言っているなら、そうさせたらいいんじゃないですか？」

「何でだよ？　唐突に」

「だって本社と販売店の契約上は、残金を出した販売店は改廃できるんですよね。残金出させて改廃したらいいいんですよ」

「できるわけないだろ。小野寺はやる気もないが、販売店主を辞める気もさらさらない」

「本人の了承なんて必要ないでしょう？」

「そりゃ、契約書の文面では本社が一方的に販売店を改廃できることになってるけど、それは新聞販売の現場を知らんやつが言うことだよ。新聞は毎日、配達しなきゃいけないんだぜ。本社が店主を無理矢理、辞めさせようとすったもんだしていたら、従業員がちゃんと配達したり集金したりできるか？　店主の意に反して『強制改廃』って大手術をするには、従業員を陰で説得してこっちの味方につけなきゃならんし、店主は『本社の言うことなんか聞くな』って従業員を囲い込むだろうし、そう簡単じゃないんだよ。それに最近は、我が社に限らず他の新聞社もそうだけど、意に反して改廃に追い込まれた店主が本社を相手に裁判を起こすケースが増えているしな。裁判になったら、法廷で残紙が山ほどあったって店主からぶちまけられるんだ。万一、判決で本社もそれを知ってたなんて認定されたら大変だよ。俺があの店を改廃するって部長や局長に言ったら、『訴訟になったらどうするんだ』ってびびり倒すはずだよ」

神田の頭の中には、同期の上條がひどいとばっちりを食った「久我山訴訟」が浮かんだ。大和新聞社を守るため、担当員が自らの立場を守るためには、販売店との訴訟は絶対に避けなくてはならない。しかし、だからと言って「部数正常化」を避けていては、いずれ会社の経営が立ち行かなくなるのは目に見えている。

販売局次長の花隈信也から現場部に異動を通告された際、神田は「泥沼にはまった」と思ったが、実際に販売現場を見てみると、本当にこの商売は紛れもない泥沼だった。

7

吉武と販売店を一日で四軒回り、夜、会社に戻った神田がぐったりと自席にへたり込んだ途端、販売推進部長の栗山が待ちかねていたように猛スピードで神田の所にやって来て、「北原の奥さん、やってくれたぞ。完璧だ」とささやいた。

北原の奥さんとは、神田と栗山が「泉寿会おとり計画」に協力をお願いした元販売店主の妻、北原光江である。あれからまだ一週間も経っていないのに、計画が前に進んだのか。神田は販売推進部に移動し、販売推進部長席の後ろにあるソファーセットで栗山から詳しい話を聞いた。

今日の夕方、光江が栗山に電話してきた内容によれば、神田と栗山が協力をお願いした翌日、光江は約束通り日本英知新聞の懸賞に応募した。希望の品はフードプロセッサーを選んだ。すると昨日、「ＥＮＳのスタッフ」と名乗る男二人が自宅にやって来た。「ＥＮＳ」とは日本英知新聞のセールスのことで、日本英知新聞社はセールスに対し、戸別訪問の営業では身分証を見せて「ENSのスタッフです」と礼儀正しく名乗るよう教育している。ただし、泉州ではENSのスタッフとは、セールス団「泉寿会」とイコールである。

そのスタッフは「残念ながら懸賞の応募期間はもう過ぎてしまっているのですが、特別に奥様に商品をプレゼントする方法があります。この書類に署名、捺印してくれれば懸賞に当たったことにできます」と言い、書類を取り出した。

長らく新聞販売店をやっていた光江は、それが日本英知新聞の購読契約書であることはすぐに分かったが、「ここに名前を書いたら、フードプロセッサーがもらえるんですか」ととぼけて聞いた。男二人は「そうです。簡単でしょう」とにこにこし、光江が署名捺印すると、「ご希望のフードプロセッサーはすぐにお届けします」と書類のお客様控えを置いて去って行ったという。控えによると、光江は日本英知新聞を五月一日から五年間、購読することになっていた。

光江は一連の会話はすべて録音し、二人のENSスタッフの名前もメモしておいた。

「うわー、ばっちりですね。さすが栗山さん推薦のご婦人です」と神田が大いに喜ぶと、栗山も「あの奥さんは昔から、どこか腹が据わったところのある人だったよ。ああいう人を本当の大和撫子《なでしこ》って言うんだろうな」と満足げだった。

「日本英知新聞の購読契約はクーリングオフ期間内に販売店に解約を申し出れば問題ない。日本英知の販売店が解約に応じないようなら、俺が出張って話をつけてやる」と栗山は身を乗り出し、「それで、神田は泉寿会のあくどいやり口の証拠をつかんでどうするつもりだ？　日本英知の首根っこ押さえて、現地会で大暴れしてやるか？」と聞いた。

神田が「現地会でやり込めるのではぬるいです。僕は警察に通報します。これは新聞公正競争規約のレベルではなくて、法律違反の犯罪です」ときっぱり言うと、栗山は「警察って、警察がこんな話、相手にしてくれるのかよ?」と榊原と同じ反応をした。

「栗山部長、たかが新聞の購読契約だと思ったら大間違いです。インチキ契約から消費者を守るのは警察の重要な仕事です。警察は消費者センターとも連絡を取り合っていて、事件になりそうな材料を探しています。新聞販売が事件化された例は数少ないですから、ニュース性、話題性があります。そういう事件を摘発するのは、警察の手柄になるんです。それに、ライバル紙を持ち上げるのも何ですけど、日本英知新聞は日本でナンバー1の全国紙です。こういうブランド力のある企業をやっつけるのも、警察の大きな手柄になるんです。警察は絶対にこのネタに飛び付きます」

神田が力説すると、栗山は「そういうもんなのか。俺にはよく分からんけど、記者だった神田が言うならそうなんだろうな」と一旦は納得し、こう続けた。

「ただし、お前がこの件を警察沙汰にして、北原の奥さんに迷惑がかかることがないようにしてくれよ。もし光江さんが困るようなことになったら、俺はお前を許さんぞ」と鋭い目つきでクギを刺した。

「分かっています。そのために、警察への説明をどうするかとか、北原の奥さんと打ち合わせしなくてはなりませんが、あの人はちゃんとやってくれると思います。こちらの指示通りやってくれれば問題ありません」と神田は保証した。

栗山は「分かった。じゃ、そういう細かい打ち合わせは光江さんと神田で直接やってくれ。

警察に素人の俺が絡むよりその方がいいだろう。光江さんには神田と話をしてくれって、俺から言っておく。泉寿会に警察の手が入ったらやつらの力を削《そ》ぐことができるだろうし、そうなりゃ、我が社にも大いにメリットがあるからな」と承諾した。

北原光江が日本英知新聞の購読契約書に署名してから二日後、フードプロセッサーが届いた。光江からの連絡を受けた神田は、すぐに契約書にある日本英知新聞の販売店に電話して購読契約の解約を申し出るように伝え、その電話の会話も録音し、フードプロセッサーは梱包を開けずに写真を撮っておくよう言った。解約の申し出は電話連絡だけでなく、販売店に文書でも送達するよう指示した。

光江が日本英知新聞の販売店に電話で解約を申し出ると、案の定、販売店主は「購読契約書が出来上がっている。解約には応じられない。フードプロセッサーも受け取っているだろう」とクーリングオフの権利があることを説明せずに解約を拒否した。光江からそれを知らされた神田は、これで完全に相手の尻尾をつかんだと判断し、携帯電話で大阪府警堺西署《さかいにし》の番号をプッシュした。

神田は、栗山が「協力者」として北原の奥さんを選び、その住まいが堺市西区だった時から幸運の女神が微笑んだと感じていた。堺市西区を管轄に持つ大阪府警堺西署の春駒駿介《はるこましゅんすけ》署長は、神田が記者で大阪府警を担当していた時、生活安全部にいて振り込め詐欺の取材を通じて親しくなった人物だった。昨年春の署長就任の際、神田にもあいさつのはがきが届いていたのだが、編集局を外れて販売局に異動になったこともあり、連絡しづらくてそのままになっていた。その人物に、絶好のコンタクトの機会が訪れた。

警察は「一見《いちげん》さん」の相談に極めて懐疑的な組織だ。まず、「嘘を言っているのではないか」「何か自分の損得のために、警察を利用しようとしているのではないか」と疑ってかかる。しかし、堺西署であれば春駒署長と信頼関係があり、虚偽とは疑われずに話を聞いてもらうことができる。署長の指示によって堺西署を動かすことができる。ものすごい高下駄を履いているようなものだった。

堺西署の代表電話に「春駒署長が府警本部の生活安全部におられた時の知り合いで、大和新聞の神田と申します。遅ればせながら、署長に就任されたと聞いたので、ごあいさつしたいのですが」と名乗ると、春駒に電話がつながれた。警察担当記者時代が蘇る懐かしい声だった。

「お〜う、神田か？　久しぶりやなあ、元気にしとるか。今はどこで何しとんのや」

「お陰様で何とかやってます。実は、一昨年春に販売局に異動になりまして」

「販売？　えらいまた畑違いのとこに行ったもんやのう。お前、新聞売っとるんか。それで最近は新聞で署名記事を見いへんようになったんやな」

「そうなんですよ。僕のような文豪が腕を振るえなくて、ストレスたまってます」

「神田もストレスを感じるようになったか。それは人間の成長の証や。お前もようやく真人間になってきたということっちゃな」

「勘弁してくださいよ。不本意な異動で右も左も分からず、これでも苦労してるんですから」

「わはは、苦労しとんのか。お前にとっちゃ販売の仕事は不本意かもしれんがの、あっちやこっちゃと脈絡なく異動するのは、実は『隠れた出世コース』の一つやぞ。大阪府警では、わしがそのええ例や。わっはっはっ。神田も気を落とすことはない」

　相変らず剛胆な春駒のキャラクターに、神田は元気付けられた。

「それじゃ、僕も執行役員ぐらい目指して頑張りますよ。ええと、それで、春駒さん、今日、電話したのは、堺西署の管内で新聞販売がらみの事件になりそうなええネタがあるんです。情報提供したいんですが、話を聞いてもらえませんか」

「何い？　生意気にも『ええネタがある』やと？　どうせ神田のいつもの独りよがりとちゃうんかい。くわっくわっくわっ。まあええわ。久しぶりに声も聞いたことやし、その話もダメ元で聞いたるわい。お前さんの時間ある時に、署に顔見せろや」

8

　春駒署長のお墨付きを得て、神田はさっそく翌日、堺西署を訪問し、一階の奥の署長室の応接セットで日本英知新聞の悪辣な営業を訴えた。

　日本英知新聞の「春の大感謝キャンペーン」の懸賞チラシが、たまたま大和新聞の元販売店主の自宅にポスティングされ、フードプロセッサーがほしかった未亡人の妻がそれに応募したら、いつのまにやら日本英知新聞の購読契約書に署名させられていた。営業マンが去った後、妻はフードプロセッサーがもらえるからと署名捺印した書類のお客様控えをよくよく見たところ、それは日本英知新聞の購読契約書であり、慌てて旧知の大和新聞大阪本社販売局の元担当員に相談した。独居老人である妻は、最近もうろくしているのではないかと日頃から老化に不安を感じており、営業マンとの会話はすべて録音しているし、だまされたのなら警察に被害届を出す意向だと伝えた。フードプロセッサーが届いた後、商品を返却すると日本英知新聞の販売店に解約を申し出たが、受け付けてもらえなかった――。

神田の説明を一通り聞いて、春駒は「ふーん」とうなった。

「そのばあさんは、フードプロセッサーほしさにどういう書類かよく読みもせず、書類に署名捺印したんやな」

「そうなんです。男二人にぱっぱっぱっと勢いよく説明されて、その流れで手続きしてしまったそうです。書類をじっくり読む余裕もなかったし、特別にプレゼントできるようあんじょうしてくれるための書類だと信用してしまったそうです。もちろん、それが新聞購読の契約書だという説明もないし、クーリングオフの告知もなかったそうです」

「書類をよく読みもせず、署名捺印するようなもうろくばあさんが、営業マンとの会話はちゃんと録音しとったっちゅうことか？　もうろくしとるんかしとらへんのかどっちやねん」

痛いところを突かれてぎくっとし、ソファーの上で体が固まった神田を見ながら、春駒は再び「ふーん」と意味ありげにうなり、「そのばあさんから話を聞かせてもらおうか。録音も提出してもらう。日本英知新聞の購読契約の解約は、神田が何とかしてやれ」と言った。

「もうろくしとるんかしとらへんのかどっちや」という春駒の突っ込みに、「泉寿会おとり計画」がばれて相手にされないのではないかと、神田は少々、不安を感じていたが、警察に事情聴取された光江はこれまた完璧にやり遂げた。

男二人の説明を、フードプロセッサーを特別にプレゼントしたいという自分への厚意であると信用した老女の善良さと、「振り込め詐欺」のような被害に遭ったらどうしようと日頃から用心深く行動する独居老人の不安を、見事に融合させて供述したのである。会話の録音については、「亡くなった主人が『新聞販売店の現地会ではいつも、言った、言わないの水掛け論争になる。録音しておいたらよかった』と嘆いているのを聞いていたので、漠然とした不安から自宅を訪ねてきた見知らぬ人との会話は録音するようにしていた」と説明した。この機転の利いた説明により、堺西署では北原光江は神田の差し金で動いているのではないかという疑いは持たれず、光江の被害届は受理され、彼女の言い分がそのまままつづられた供述調書が作成された。

神田は外出先で光江からの電話を受け、警察での事情聴取の一部始終を聞いた。販売推進部長の栗山に即刻、電話連絡し、「警察の方は万全です」と太鼓判を押した。

栗山は訝しげに、「泉寿会が光江さんをだまして購読契約させたにしても、そもそも懸賞に応募させたのは俺たちだろ。後でそれが警察にばれてややこしくならないのかよ」と問うた。神田はその疑問はもっともだと思ったので説明した。

「栗山さん、それは大丈夫です。警察で光江さんの被害者供述調書が作成されたんですから。その中には、僕たちから懸賞に応募するよう頼まれたなんてことは一言も出てきません。光江さんは自分の意思で応募したことになっています。一旦、供述調書が作られたら、捜査機関にとってはその内容が事実になるんです。神に誓って何が真実かはどうでもいいんです。供述調書を基にして泉寿会の捜査が進みますよ」

「じゃあ、大ウソつきのしゃべったでたらめが供述調書になったら、それが警察にとっては事実になるってことなのか？　警察って正義の味方じゃないのかよ？　まあ俺たちも新聞業界の正義のため、光江さんに警察まで行かせたわけだけど……。うーん、それじゃ正義っていったい何なのかな」

「まさにそういうことですよ、栗山部長。正義の形はそれぞれの立場で違うんです。新聞販売では新聞公正競争規約を守るのが正義だし、捜査機関にとっては供述調書の通りに裁判で事実認定されるのが正義なんです。僕たちは今回の件では少々の誤魔化しをしていますが、それは警察と大和新聞社の正義がかみ合った落としどころってことです。利害が一致してるんだから、警察との間でもめごとになることは絶対にありません」

「ふーん、捜査機関ってそういうもんなのか。真実はどうでもいいって、新聞の発行部数みたいだな」

栗山は神田の説明に納得したのかどうかは分からないが、すぐさま光江の新聞購読契約解約を拒否した日本英知新聞の販売店に電話し、「北原光江の親戚のもんや。クーリングオフの期間は八日間あるやろう。解約せえへんとはどういうこっちゃ。消費者センターに通報するぞ」とどやし上げた。フードプロセッサーも返却すると告げると、相手は観念して解約に応じた。

大和新聞社のために神田の協力依頼を引き受けた料理上手でしっかり者の老女の活躍が、その後、大和新聞社販売局の暗部をえぐり出す結果につながるのだが、この時の神田は知る由もなく、種をまいたアサガオが芽を出すのを待つ小学生のようなわくわくした気分でいた。

9

　神田が担当員見習いになってまもなく一ヵ月を迎えようとしていた四月末、安藤部長から本社ビル一階の喫茶店「やまと」に呼び出された。大和新聞社の社員はここを来客の応対だけでなく、社員同士でも職場で話しづらい話題がある時によく利用している。初老のマスターは、社員の顔と名前をかなり覚えているだけでなく人間関係にも精通しており、仲の悪いグループ同士が隣り合う席になったりしないよう見事に客をさばく名手でもあった。

　神田がやまとに入ると、安藤は店の窓際の二人掛けの席におり、コーヒーを飲みながらタバコを吹かしていた。神田が正面に座るやいなや、安藤は「神田、選手交代だ。お前、来月から大阪府南部を担当しろ」と通告した。

「へっ？　それは本当の担当員になるってことですか？」

「そーおだよ。本当の担当員や。しっかりやれよ」

「研修期間って半年ぐらいあるんじゃなかったんですか」

「何を言うとんねん、それは新入社員の話。お前は販売推進部に二年もいて現場部の動きも見てきたんだから、セミプロみたいなもんや。そんな人間を悠長に半年も研修させている余裕は、今の我が社にはない」

　榊原が大阪府南部の担当になってまだ一ヵ月も経っていない。超短期での選手交代の理由は、やはり榊原がまた何か不正を実行したに違いないと神田はうんざりした。

「榊原はどこへ行くんです？」

「お前と交代で吉武デスクのサブに付ける」

「榊原を今さら、デスクのサブに？　また何かあったんですか。彼については以前から悪い評判を聞いています」

「そんなんじゃない。販売店への補助金を増やせとうるさいんだ。今時、じゃぶじゃぶ補助金が出せるなら、担当員なんていらん。あいつは四年も販売総務におったから、年々、経費が減らされている販売の現場感覚が分からんのかもしれんな。もう時代遅れになっちまっとる。ともかく、神田は榊原から引き継ぎをきっちりやれ。もう訪店もスタートしろ。引き継ぎと同時進行だ。走りながらバトンタッチしろ」

安藤がしゃべり終えた時、「お待たせしました」と神田の頼んだレモンスカッシュが運ばれてきた。安藤は立ち上がり「これから会議なんだ。神田はそれ飲んでから職場に戻ったらいいから」と言い残し、伝票をつかんでさっさと立ち去った。

安藤に一方的にしゃべられて、神田が取り残されたような気分で一人でちゅるちゅるとレモンスカッシュをすすっていると、「やあ」と今度は販売局次長の花隈が現れた。

「近畿販売一部で君がここにいるって聞いたから」と、先ほどまで安藤部長がいた席に座った。

「神田君、府南部の担当員を拝命しただろ？　僕が推薦したんだよ」と笑顔で言い、ウエイトレスにコーヒーを注文した。

「花隈さんの推薦だったんですか。僕はまたてっきり、榊原が使い込みでもして担当を外され、急遽交代になったのかと思いました」と神田は自分の考えを有り体に言った。

「違う、違う。そんなんじゃないよ。僕は神田君ならすぐに担当員として独り立ちできるって前にも言ったじゃないか」

「いや、実際にできるかどうかは何とも……。でも、先ほど安藤部長に聞いたら、榊原の担当員としてのやり方は、金を使い過ぎるから時代遅れだって言っていました。安藤部長はそれが気に入らなかったのかもしれませんね」

「そういう面はあるだろうな。何せ金遣いが荒いやつだからな。自分の金も、会社の金も、他人の金もだ。この春の人事異動では、僕と安藤部長は、榊原を販売総務部から現場部に出すのは大反対したんだよ。それを永峰局長は『現場部の人が足りないから仕方ない』って。担当員の頭数だけそろえればいいってもんじゃないよ」

販売局長が決めた人事は、販売担当取締役の鶴沢ですら簡単にはひっくり返せない。つまりは、販売局員である限り、販売局長に嫌われたら出世の階段から蹴り出される道しかない。よって、販売局では誰も局長には逆らえず、局長を頂点に「上には逆らわない」という販売局ヒエラルヒーが社員の意識に刷り込まれていた。販売推進部長の栗山のように、局長や局次長にやいのやいのと自己主張するのは非常にまれな存在であり、だからこそ栗山は局内で珍獣扱いなのだ。その販売局で、局長の考えた人事に反対するとは、花隈と安藤の危機感は並大抵のものではなかったのだろう。

花隈は「榊原を現場部に置いておくのは、時限爆弾を抱えてるようなもんだ。爆発する前に、次の秋の人事でまた内勤の販売総務部か販売推進部に戻すよう局長に進言する」とはっきり言った。安藤部長も榊原を嫌々、引き取ったものの、いつ爆発するかとひやひやものなので、ひと月と経たないうちに担当を外したのだろう。吉武デスクのサブであれば、好き勝手に販売店の間を動き回ることはできず、監視の目が行き届く。

花隈は「榊原を府南部の担当に命じたのも永峰局長なんだよ。安藤部長は榊原にまともな担当を持たせたくないから、最初っから神田君を府南部の担当にして、榊原を吉武デスクのサブにしようとしたんだけど」と小声で言った。

それならば、わずかひと月で榊原を担当替えすることに、永峰は反対していないのかと神田は不安になった。後になって「何で神田が府南部の担当やってんだ」などと言われてはたまらない。

「永峰局長は僕が府南部の担当になるのを賛成してるんですか？　榊原を買ってたんですよね？」と神田は恐る恐る聞いた。

「実際に現場に戻してみて、やっぱりだめだと局長も分かってくれたみたいだよ。安藤部長が担当の交代を提案したら、すんなり了解したそうだ。だから神田君は安心して職務に当たってくれ」

花隈はレジでお勘定をしながら、「神田君の訪店は、高石《たかいし》中央販売所の浜崎《はまざき》さんから行ってみるといいよ。府南部はあの人がボスだからね。僕も近畿販売一部のデスクだった時に世話になったんだ。浜さんに言っておくよ、来月から優秀な担当員が行くからよろしくねって」とアドバイスした。

「ありがとうございます。よろしくお願いします」と神田は頭を下げた。

その日の夜七時ごろ、榊原浩は外回りから本社に上がって来た。近畿販売一部の島で榊原の席は神田と向かい合わせになっており、榊原は「神田さん、僕の後に府南部を担当するそうでんな」とけんか腰の口調で言いながら、机の引き出しから分厚いファイルを取り出した。

「これ、引き継ぎ書類」と神田の机の上にどさっと放り投げた。その中には大阪府南部の約三〇店の経営状態を記録した資料が詰まっていた。

しかし、神田がパラパラとめくってみると、今月、正式に退職した榊原の前任、臼井正樹が作成した三月までの資料しかない。

「榊原、これは臼井が作った三月までの資料だよな。四月にお前が訪店して作った資料はどこにあるんだ？」

「はあ？　そんなもんありませんな」

「何でないんだよ？」

「何でってねえ、ない言うたらないんです。神田さんには分からしまへんやろけど、担当員の仕事のやり方っちゅうんはそれぞれ違うんですわ。僕はそんなちまちましたペーパーは作りませんねん。引き継ぎ書類はそれで全部です」

「それじゃあ、四月の店の状況はお前が口頭で説明してくれるんだな？」

「僕から特に説明することはおまへん。店の状況はその書類に書いてあるのと変わってまへん。それ読んどいたら分かりますよってに」

「いい加減なことを言うなっ」

神田が突然、立ち上がって怒鳴ったので、榊原は巨体を少しびくっとさせた。販売総務部と販売推進部の面々や、局次長席にいる花隈も何事かと言うように神田を見ていた。

「担当員の仕事のやり方がそれぞれ違うって言うんなら、今月はお前のやり方でやったんだろう。それを説明しろ。引き継ぎなんだから」と神田が詰め寄ると、榊原は反抗的な眼つきで「僕もさっき担当代わるって言われたばっかりなんですわ。すぐに説明しろ言うてもそれは無理です」とむすっとして答えた。

神田はまた椅子に座り、「じゃあ、まとまってからでいいから、可及的速やかに頼むよ」と場を収めたが、内心は榊原からまともな引き継ぎは期待しない方が良さそうだと思った。榊原の知能レベルでは、臼井が作成したような綿密な販売店の経営分析や記録は到底、無理だろう。何より、札付きの不良が四年ぶりに内勤から外勤になったのだ。糸の切れた凧《たこ》と同然に、この一ヵ月は外でぶらぶらと遊んで、それこそパチンコに没頭したりし、ほとんどまともに働いていない可能性もある。永峰局長の人事はいったいどういう方針なのか、神田には全く理解できなかった。

一時間ほど神田と榊原は無言のまま、それぞれの席で書類を読んだりパソコンのキーボードをぱちぱち叩いたりしていた。午後八時を過ぎて永峰局長と花隈局次長が退勤したのを見計らい、神田は榊原に声を掛けた。

「おい、榊原、さっきは怒鳴ったりして悪かったよ」

仏頂面の榊原は「かましまへんよ。僕かてよう怒鳴りますさかい」とパソコン画面から目を離さない。またニコニコ動画でも見ているのだろう。

神田が「お前、今日はこれから何か予定があるのか？　何もないなら、ちょっと付き合えよ」と酒を飲む仕草をすると、榊原は表情をぱっと輝かせ、「ええですよ。今日は何もありませんよってに。そういや、神田さんと酒飲むのは初めてでんな。で、どこに行きますか？」といそいそとパソコンを片付け始めた。

「神田さん、環状線のガード下にうまい焼肉屋があるんですわ。そこにしまへんか？」

10

榊原の案内で連れて来られた焼肉屋は人気店らしく、かなりの人と煙でいっぱいだった。

神田が「担当員としちゃお前の方が先輩だけど、社歴は俺の方が長いからな。今日はおごるから何でも頼めよ」と言うと、榊原は待ってましたとばかりに「そない言われるんでしたら遠慮なく」とびっくりするぐらいの量の肉を注文した。

ビールで乾杯した後、神田は「お前も納得できないかもしれないけど、俺だって急に府南部をやれって言われて、いったいどうすりゃいいのか困ってるんだよ。榊原が販売総務から府南部の担当になったのは、永峰局長のご推薦だって聞いたけど、だったら一ヵ月で代わるってのはどういうことなんだ？　正直に話してくれ、俺にはまだ販売局内の力学が分からんのだから」と途方に暮れた様子で聞いてみた。

榊原は「僕も今日、安藤部長から今月末で担当替えだって言われただけで、理由説明はありませんでしてん」と言ってから、すごい勢いで大ジョッキのビールを飲み干し、「おーい、おかわりー」といきなり二杯目を注文した。

「僕が販売総務部から府南部の担当になったんは、ほんまに永峰局長から直接、言われたんですわ」と、榊原は網の上に次々と肉を載せながらしゃべり出した。

今年一月末、榊原は永峰局長から居酒屋に誘われ、「次の異動で現場部に戻してやろうか」と持ちかけられたという。榊原は近畿販売二部で新聞セールスを使った悪事を働き、四年前に販売総務部に異動になった際、当時の販売総務部長だった花隈から「お前は定年までここで働け。給料がもらえるだけ有り難いと思え」ときつく言われていただけに、また販売局の中心部隊である現場部に戻れるとは心からうれしかった。

永峰は、「泉州の担当にするから徹底的に泉寿会と戦え」と榊原に命じたという。大阪本社販売局の現場部の中でも、最も重要な大阪府の担当に就任できるとは、榊原は天にも昇る気持ちだった。永峰は「ヤクザまがいの泉寿会のせいで、泉州の販売正常化は全く進まない。そのせいで大阪全体の正常化が進まない」と憤り、「大阪は全国的に見ても正常化が著しく遅れていて、私は販売局長として責任を感じている。諸悪の根源である泉寿会が大人しくなれば、きっと販売正常化は一気に進む。榊原、頼む。今、大和新聞で泉寿会を抑え込めるのは君しかいない」とまで言ったのだという。

榊原は局長に頼りにされたのがうれしく、「永峰局長のためにも泉寿会をやっつけてやります。任せといてください」と約束した。

泉寿会の幹部らがヤクザまがいの連中だというのは、神田も聞いたことがあった。一方、榊原は中学、高校時代、相撲道場に通っていた体格の持ち主だ。短く刈り込んだ頭につり上がった細い目が、大きな体に乗っかっており、それなりの格好をさせればヤクザと言っても通用する。まさか、永峰局長はその榊原の風体で泉寿会を抑え込めると考えたのか？

「それでお前は大阪府南部の担当になって、泉寿会とやり合ったのかよ？」と神田が聞くと、榊原は「はあ、一度、堺にある泉寿会本部の事務所に行ってみたんですが、てんであきませんでした」と情けない返事だった。

榊原級の猛者《もさ》が何人もおり、榊原が外見で威圧できる連中ではなかった。男の一人が「お前さんは大和新聞のもんか？ 永峰局長の使いか？」とずばりと聞き、榊原がそうだと言うと、男は「ふん、悪いがわしらは、お前みたいな下っ端《ぱ》を相手にするほど暇じゃないんや。局長さんに自分でここに来るよう伝えろ」と逆に命令した。その後、榊原は猛者たちに「おらおら、用が済んだら出ていかんかい」と力ずくで事務所から追い出され、てんで話にならなかったという。

榊原がそれを永峰局長に報告すると、永峰はひどく不機嫌になり、本日、安藤部長から府南部の担当替えを通告されたというわけだ。

神田は、今月の販売局全体会の後に開かれた近畿販売一部の部会を思い出した。榊原が泉寿会に関する報告をしても、安藤部長の反応は冷たかった。永峰局長が榊原を大阪府南部の担当に推したのは、泉寿会対策が眼目だったことを安藤部長は知らないのだろうか。

「榊原の泉州担当が永峰局長の勅命だったわりには、この間の部会で、お前が泉寿会の話をした時の安藤部長の反応はイマイチだったよなあ。榊原は永峰局長に言われたからこそ、泉寿会に関する情報を収集したんだろ？」

「安藤部長は、あの人はアホですから。何が大事なんか分かってへんのですわ」

「いくらアホでも、販売正常化が今、新聞業界にとって重要な課題であって、大阪では泉寿会対策が最重要だってことは分かってるはずだ」

「さあ、泉寿会はもうどないもならんと思ってんのとちゃいまっか」と榊原はジョッキ三杯目をがぶがぶ飲み始めた。

「神田さんには分かりにくいでしょうけど、この業界では泉寿会ってずーっとそういう扱いでしたんや。何せ、歴史が古いでっしゃろ。日本英知新聞の関西進出の時からですさかい。大阪での大乱売を引き起こしたのが、そもそも泉寿会ですわ。どこの新聞社も、泉寿会は少々ぶつかってもどないもならん鉄壁やとあきらめてますねん。販売正常化って、今に始まったこととちゃいますねんで。今までにも何回か、わあわあ言われたことがあるそうでっけど、それで泉寿会が正常化したことは一度もおまへんわ。せやさかい、永峰局長が『泉寿会をやっつけろ』って僕に言うた時は、へーって意外な感じでしたわ」

榊原の説明に神田も驚いた。それでは永峰は果敢にも、半世紀以上も矯正不能だった組織に手を付けようとしたということか。

「榊原、さっきのお前の話だと、泉寿会の事務所で男は『お前みたいな下っ端じゃなくて、局長がここに来い』って言ったんだよな？　わざわざ局長に来いなんて言うのはなぜだろう？　別に来てほしい相手だとも思えないんだけど」

「よくある『偉いやつ出て来い』っちゅうことやおまへんの」

「永峰局長が榊原を使って泉寿会対策に乗り出そうとしているのを、先方がつかんでたって可能性はないかな？」

「はあ？　何で知ってまんの？　うちの会社に泉寿会のスパイでもおる言いまんのか？」

榊原は考えるのが面倒になったらしく、適当な返事をしながらロース、ハラミ、カルビをどんどん口に放り込んでいる。肉をむしゃむしゃ食いながら、店員を呼んでビールのおかわりと雑炊を注文した。

神田はその様子を見ながら、食いっぷりはいいが仕事の詰めが甘いなあとイラついた。

永峰局長とサシで酒を飲んで、敗者復活の人事異動を確約させたり、体当たりで泉寿会の事務所にまで押しかけたりしたのだから、もう少し考察を深めてもよさそうなものだ。無鉄砲なだけで戦略が全くないから、一ヵ月で担当替えされてしまうんだと言うのに。神田は五月度の入金が心配になってきた。

「来月からは俺が府南部の担当になるんだけど、来月度の入金は大丈夫なのか？」

「大丈夫なもんは大丈夫やし、あかんもんはあきませんわ。入金率なんて数字にこだわっててもしゃあないでっせ。あかん店はつぶしたらええんですわ。担当員は自分のやり方でやって、結果に責任を持ったらええんです」

寸借詐欺や天ぷらカードが己のやり方で、配置転換がその責任の取り方なのか。榊原のこの根拠のない自信はいったいどこから来るのかと、神田はもう返す言葉がなかった。

雑炊を飲み下した榊原は、それで打ち止めかと思ったら今度はミノ、テッチャン、丸チョウを注文した。雑炊はどうやら箸休めに過ぎず、後半は怒濤のホルモン攻めだった。ホルモンをほぼ全種類、それぞれ二〜三人前食べてから、最後はバニラアイスとオレンジシャーベットで締めくくった。お勘定の際、神田は食べ放題の店にするべきだったと本気で後悔した。

第三章　入金拒否

1

　榊原に大出血ご奉仕をさせられた焼肉の翌日、神田は花隈信也局次長のアドバイス通り、大阪府高石市の高石中央販売所の店主、浜崎長治《ちょうじ》に電話し、新しい担当員としてあいさつも兼ねて訪店したい旨を伝えた。

　浜崎は御年七二歳。地元の電気工事会社の社員から転職し、今年で創業四〇年を迎えた。送り部数が四〇〇〇部を超える店に育て、大阪府専売会の要職も歴任。大和新聞の泉州地域の販売店主らをまとめるだけでなく、他系統の販売店主からも一目置かれる存在だった。惜しむらくは店の跡継ぎがいないことで、娘はサラリーマン家庭に嫁ぎ、息子は一級建築士。どちらも新聞販売店を継ぐ意思はなかった。

「府南部の販売店を束ねておられる浜崎所長に、是非、ご指導賜りたい」と言う神田に、浜崎は五月一日の朝九時を訪店時間に指定した。

「お前さんは記者から担当員になって、まだ販売の現場をよう知らんらしいな。面白いもん見せたるから、楽しみにしとけよ」と浜崎は不気味なことを言った。

高石中央販売所は南海電車の高石駅から歩いて六、七分ほどの所にある。駅前にはスーパーやフィットネスクラブの入った大型商業施設があり、それに続く小売店が並ぶ通りを抜けて、ちょうど住宅地に入ったあたりに、「大和新聞高石中央販売所」はあった。一階は配達作業をする作業場で、曇りガラスがはめ込まれた引き戸は閉まっている。

神田は何が飛び出して来るかと恐る恐るガラガラと戸を開けて店内に入ると、一〇畳ほどの作業場にはビニールにくるまれ、ブルーのバンドで縛られた新聞が壁際にぎっしりとうずたかく積まれていた。扉が開く音を聞いて、奥の事務室から「おう、来たか」と浜崎が出てきた。

「しょ、しょ、所長ーっ、今日の朝刊、配達しなかったんですかっ」

新聞の山を見てわなわなと震える神田に、浜崎は「あほう、ご愛読者様にはちゃんと朝刊は届けとるわい。新聞屋がそんなストライキしてどうすんねん」とあきれたように言った。

「じゃ、この新聞は何……？　あれ？　ひょっとしてこれ、全部、残紙ですか」。あわてた神田は同期社員の上條類の忠告を忘れ、「残紙」という言葉を使って「しまった」と思った。

「その通りや。お前に見せたろ思てな、今朝は残紙屋に渡さんと置いとったんや。どうや、これ見て何も思わんか？」

浜崎は神田を見下したような表情だ。「残紙屋」とは、毎朝、トラックで新聞販売店を回り、残紙を回収する専門の業者のことである。毎日、回収してもらわなければ、店はあっという間に残紙で埋め尽くされてしまう。

「これ何部あるんですか？」。そう聞いてから、神田はまた「しまった、よけいなことを聞いてしまった」と悔やんだが、もう手遅れだ。

「だいたい一三〇〇部や」。浜崎は即座に答えた。

高石中央の送り部数は四四五〇部なので、約三割が残紙ということになる。一三〇〇部という部数は多いが、割合からすれば販売店の中ではかなりましな方だ。なのに、浜崎はなぜこんなに怒り狂っているのか。

「お前は記者やっとったんやろ？　記者は社会正義とかえらそうなことを言うとるやないか」と、浜崎は山積みの残紙をばんばん叩き、「これが社会正義か？　本社に支払う一三〇〇部の新聞代は月三〇〇万円やぞ。本社は毎月三〇〇万円も根拠のない金を販売店から搾り取っとるんや。弱い者いじめや。第一、読まれもせん新聞をようさん印刷して、紙の無駄遣いや、環境破壊や」とまくし立てた。

「送り部数を減らせということですか？」

神田はそう言うのが精一杯だった。

「そうや、一三〇〇部減らせ。これは読者のおらん、販売店にとっちゃいらん紙や」

販売店からの要請に応じてどんどん送り部数を減らせば、大和新聞の部数はあっと言う間に何十万部も減り、売り上げは激減する。そのため、送り部数を減らす場合は、減数分の新聞原価代と同額の補助金をカットするのが原則だった。しかし、浜崎店は残紙はともかく、約三〇〇〇部もの発証部数を持つ超優良店なので、営業補助的な補助金は全く支給されていない。切るべき補助金がないので、送り部数も減らせない。

「浜崎所長の店には営業補助がありませんので……。紙は切れないんです」

「あくどいのう。そこまでして無駄紙を刷りたいんか。わしゃ臼井にもさんざん言うたんや。

臼井は『希望に沿えるようにするから、もう少し待ってください』と約束したぞ」

「本当にそう約束したんですか？　榊原はそんなことは言ってませんでしたが」

神田が念を押すと、浜崎はぷいと横を向き、「とにかく本社は約束を守れ。わしの言いたいことはそれだけや」と奥の事務所に引っ込んでしまった。

担当員として勉強させてもらおうと頼りにしていた浜崎の予想外の態度は、神田にはかなりショックだった。どうしていいか分からず、その後、浜崎店には電話連絡もせず、訪店もしなかった。

2

五月度の入金の締め切りは、ゴールデンウィーク明けだった。夕方、神田が自分のパソコンで販売店からの入金状況の画面に入り、高石中央販売所の入金を見たところ、請求の金額より三〇〇万円少なかった。ぎょっとして高石中央販売所の浜崎にすぐ電話した。

「所長、入金額が間違ってます」

「間違ごうとらん。押し紙には金は払わん」

「それって、入金拒否じゃないですか」

「何とでも言え。約束を守らん会社に金は払わんっ」。そこで電話はぶちっと切れた。

デスクの吉武が外出中だったので、神田は仕方なく近畿販売一部長の安藤富士夫の席に行き
「あのう、ちょっと問題が起こっているんですが。高石中央販売所の入金が足りないんです」

と打ち明けた。

「ああん？　高石中央で問題？」と安藤は事態が飲み込めないようだった。

「一三〇〇部ぐらいの入金がないんです。さっき電話したら、浜崎所長から『押し紙に金は払わん』と言われました」

「ぐわっ、押し紙だと？　浜崎が？　ちっ、神田、お前なあ、担当員がそんなこと販売店に言わせんなよ」

「それが……、浜崎所長の意思はかなり固いみたいでして。こないだ初めて訪店した時は、残紙屋に渡さず店に取っておいた残紙の山を見せつけられました」

「げげっ、浜崎のやつ。そんなしょうもないことしとるんか」

安藤はしばし呆然としていたが、我に返り、「しかし、そこを何とかすんのが担当員や。分かっとるやろうな」と神田をにらみ付けた。

神田もそこで「はい」と言う訳にはいかない。どうすればいいのかさっぱり分からない。

「何とかするって、高石中央を改廃するってことですか？」

「おう、改廃するならしたらええがな」

「次の販売店主は誰がするんです？　あそこは跡継ぎはいませんし、研修生から選ぶんですか？」

「研修生で今すぐ販売店主できるやつなんておるかい。まだ修業中の連中ばっかりやろ。お前は誰か知り合いで販売店やってくれそうなやつおらんのか。記者やっとったんやから顔も広いやろ？　いろんな知り合いがおるんとちゃうんか」

「ええ？　記者は『この人、販売店やってくれんかな』なんて視点で人付き合いしてませんよ。無茶苦茶、言わないでください」

「店主候補もおらんくせにえらそうなことを言うなっ。担当員ってのはな、店を作るのが仕事や。販売店主を探して、新しい店を作るのが担当員の一番大事な仕事なんやっ。そんなことも分からんでは担当員はできんぞ。浜崎店を改廃するなら店主候補を探して来い」

担当員になったばかりで「販売店主候補を持っていないのはけしからん」と言うのはひど過ぎないだろうか。実現不可能な精神論を振りかざし、部下への要求が度を超している。

安藤は神田の目つきが悪くなったのに気付いたらしく、「そうだな、神田は担当員になったばかりだし、すぐに自分の店を作れってのは無理な話だよな。担当員の使命を分かってほしい一心で、思わず声を荒らげてしまった。すまん」と急に態度を変え、「吉武デスクに相談しろ。俺はこれから販売店主と会う予定があるから、神田の相談に付き合ってあげられんのや。悪いな」と、やおら机の上のパソコンを片付け始めた。

「ああ、今日はもういいよ」と神田に自分の席に戻るよう促し、安藤は背広の上着をはおるとかばんを持ってそそくさと職場を出て行った。

神田は自分の席に戻り、すぐに吉武の携帯電話にメールした。「高石中央販売所が新聞代の一部を入金拒否しています。安藤部長に言ったら、吉武デスクに相談するよう言われました。今日は社に戻って来られますか？」

一時間ほどしてようやく吉武から返事が来た。

「まもなく社に戻る。ちょっと待ってろ」

それから二〇分ほどして再度、吉武からメールが来た。

「ぶらぶら横丁の田川にいるから来い」

ぶらぶら横丁は大和新聞社から歩いて五分ほどの雑居ビル地下にある小さな飲み屋街で、「田川」はその中のおでん屋だった。店主の苗字をそのまま名前にした店だ。

神田が店に入ると吉武はカウンターで、突き出しの切干大根をつまみながら、焼酎のお湯割りを飲んでいた。神田を見て「会社の中じゃ話しづらいだろうと思って、こっちにしたよ」と言った。神田はぶすっとして無言で吉武の隣の席に座った。

「冴えない表情だなあ。安藤部長からだいぶかまされたんか。あの人は誰にでもかますんだから気にするな。俺だってみんなのいない所じゃやかまされまくりだよ。そらそうと、おでん頼もうぜ。まだ食いもん何も注文してないんだよ」と吉武は、大根、がんもどき、ゴボウ天を注文した。

神田はチューハイと卵とロールキャベツを注文した。吉武は「ぷっ、神田は意外と子どもっぽいな」と注文を聞いて軽く笑った。

「それで、高石中央はいくら入金拒否してんだ？」

「三〇〇万円です」

「あの店がそんなことするなんて、いったい何が原因なんだ？」

「浜崎所長は『押し紙に金は払わん』と言ってます。あそこは送り部数は四四五〇部で、残紙が一三〇〇部ぐらいあるそうです。浜崎所長はその分を入金拒否したんだと思います。浜崎所長が言うには、臼井が担当だった時に『紙を切れ』って再三、頼んでいたらしいんです。そこで、臼井が『希望に沿えるようにするから、もう少し待ってください』と約束したと浜崎所長は言うんです。僕はそんな話は榊原からも引き継いでないんですが、浜崎所長は『約束を守らない会社に金は払わない』とえらい剣幕で。今回のことは、やはり送り部数を減らさない本社への抗議だと思います」

「入金拒否するなんて、本来なら改廃対象だぞ」

「僕もそう思って今日、安藤部長に改廃の話をしたんですが、部長は『だったらお前が店主候補を連れて来い』って。そんな候補はいませんし、困ってしまいました。安藤部長からは吉武デスクに相談しろと言われましたが、何か残金を埋める方法があるんですか?」

「あるわけないだろ。そんな手の中から鳩をぱーっと出すような手品みたいなことができるんなら、ここでこうしてないわ。その錬金術で金持ちになっとるわ」

やはりそうか。ひょっとすると、近畿販売一部の経費に秘密のポケットがあって、そこから金が出てくるのではないかと密かに期待したが、そんなものはなさそうだ。神田の意気消沈をよそに吉武は続けた。

「神田はまだ浜崎と一度しか会ってないんだろう?　もっとじっくり話をする必要があるよ。浜崎ってのは気性は荒っぽいが、話せば分かる人間だぞ。俺も府南部の担当してたことがあるから、あいつの性格は知ってるんだよ。ちゃんと話し合って、一五日までに何とか残り三〇〇万を入金させろよ」

「今の頑なな態度からすると、僕が説得したところで、あと一〇日足らずで浜崎所長の気が変わるかどうか……。でも、吉武さん、何で『一五日までに』なんですか？」

「お前、そんなことも知らんのか。一五日ってのは『手配入金』の締め切り日だよ。本来の入金締め切りは毎月五日なんだけど、この日までに入金金額がそろわない販売店もあるんだ。一〇日過ぎに折り込み広告の手数料が販売店に入って来るから、実質、一五日まで入金の締め切りを引っ張ってるんだよ。一五日までに全額入金したら、五日までに入金したのと同じと見なしますよっていうのが手配入金だ。担当員が手配書を書かないといけないので、こういう名称になってんだ。昔はこんな制度なかったんだけど、資金繰りの悪化で運転資金の枯渇した販売店が増えて、仕方なく入金締め切りを延ばすことになったんだよ。浜崎が必ず一五日までに三〇〇万円入金するのなら、神田の代わりに手配書は俺が書いてやるよ」

そんなことを言われても、神田には一五日までの入金は到底、確約できないし、第一、浜崎は運転資金がないからではなく、本社に抗議して入金拒否しているのだ。

返事をしない神田を見て吉武は「大丈夫だよ」と肩を叩いた。

「浜崎はバカじゃない。ああ見えて結構、理屈っぽいんだよ。ちゃんと話し合って、こっちが正論で攻めたら浜崎はきっと折れて入金するよ。そりゃもう少し時間がかかって、一五日までに間に合わないかもしれないよ。でも、このまま永久に入金拒否することは絶対ないって。販売店主の中には担当員とそりが合わなくて、腹立ちまぎれに入金拒否したりするのもいるんだよ。あ、いや、浜崎が神田のことを気に入らなくて入金拒否してるとは思わんけどさ。きっとあの人にとって、何か虫の居所が悪いことでもあるんだろうよ。入金拒否は一時的なもんだから心配するな」

「じゃ、今月度は浜崎店は三〇〇万円の残金が出るかもしれないけど、辛抱強く説得しつつ見守っておけばいいんですか？」

「残金はだめだ。一五日までに浜崎が三〇〇万を入金しなかったら、お前が立て替えとけ」

立て替え——？　神田は初めて聞く言葉に耳を疑った。大和新聞社と販売店との信頼関係が崩れ、取り引きがうまくいかないからと言って、なぜ社員個人が立て替えなければならないのだろうか。銀行の入金記録だっておかしなことになる。

「あのう、僕が高石中央販売所の入金を立て替えるんですか？　どうやってですか？　僕の銀行口座から会社の口座に振り込むんですか？」

「そうだよ。別に銀行じゃなくても、お前の貯金がある金融機関から振り込んだらいいよ」

「それじゃあ、会社の口座に高石中央販売所ではなく、僕から入金した記録になるじゃないですか。しかも、僕が立て替えた後に浜崎所長が観念して、やっぱり残りを入金することになったら、その金は僕の口座に振り込ませるんですか？　それって、もし僕の口座を調べられたら、まるで販売店から不明朗な金を受け取ってるみたいじゃないですか」

「あのなあ、神田の口座を調べるって、いったい誰が調べるんだよ。事件でもないのに警察が調べるってのか？　お前の口座に誰から金が振り込まれていようが、そんなのお前しか分からんことだろ。会社にとっては送り部数分の入金がちゃんとあるかどうかが重要なんで、その金を振り込んだのが誰かなんて、それこそ誰も気にしてへんわい。お前の口座の入金にしたって同じことだ。センシティブになるな。要するに俺たちは、入金の帳尻を合わせたらいいんだ」

「しかし、三〇〇万円の立て替えって、余りにも高額ですよ」

「大丈夫だって言ってるだろ。浜崎はいずれちゃんと支払うよ。あれだけの大物店主が、入金を踏み倒すなんてあり得ない。何が原因かよく分からんが、浜崎の気持ちが落ち着くまでのことだ」

神田は立て替えにも納得できなかったし、その他にも分からないことがあり過ぎた。

「臼井は本当に浜崎所長の言う通り『紙を切る』って約束しながら、ほったらかして会社を辞めちゃったんでしょうかね？　仮にそうだったとしても、四月度の入金締め切りの時、あの店を担当していたのは榊原です。榊原が担当の時は浜崎所長が入金拒否しなかったのは、どうしてなんでしょう？」

「そんなの俺にも分からんよ。浜崎の気が変わったのかもしれんし。榊原は例の調子でどやし上げて、浜崎に入金拒否を許さなかったのかもしれんぞ」

榊原が担当の時に浜崎は入金拒否しなかったのであれば、神田は「榊原ができたことを神田はできなかった」というレッテルを張られることになる。榊原はあまり話をしたくない相手ではあったが、浜崎の操縦法を教えてもらった方がいいかもしれない。もっとも、強面《こわもて》で怒鳴り上げて言うことを聞かせるという方法であれば、ちょっと真似できないだろうが。

「吉武さん、臼井と浜崎所長の間に何があったのか確認したいんです。臼井の家に行って聞いてみてもいいですか？」

「臼井は引っ越してるわ。会社に臼井あての郵便物が届いたので、あいつの自宅に送ってやったんだ。それが転居先不明で返送されてきた」

「ええっ、会社を辞めただけじゃなく、引っ越しまでしてるんですか？　田舎に帰ったんでしようか？」

「さあ、行き先は分からん。新しい職場の近くに移ったのかもしれないし。新しい職場がどこかも知らんけど」

「普通は引っ越したら郵便局に転居届を出しますよね。それもせずに引っ越すって、まるで、何かから逃げてるみたいじゃないですか」

吉武は「ははは、そうだなあ。女に追っ掛けられて逃げてたりしてな。あいつの顔じゃそれはあり得ないか」と笑って焼酎のお湯割りを飲んだ。

家も分からないし、再就職したのかどうかさえ分からない。販売局で把握している臼井の携帯電話番号は会社が社員に貸与している社有携帯なので、臼井は退職時に会社に返却してもう使っていない。臼井との接触は八方塞がりだ。

吉武は神田をなだめるつもりなのか、「神田がどうしても臼井に確認したいんだったら、臼井の消息はちょっと俺のスジで探ってみるわ」と言った。

「へえ、吉武さんそんなルートがあるんですか。蛇《じゃ》の道はヘビですね。いや……、蛇の道とか言って申し訳ないですが」

「どうせ、販売局は蛇の道だよ。編集局の記者みたいに、『企業のコンプライアンスの徹底が求められる』なんて論評してお高く留まってられたら苦労せんわ。同じ会社の中でフロアが二つ下がるだけで、コンプライアンスもへったくれもあったもんじゃない世界だってのによ」

「編集もそれなりに苦労はあるんですけど。お高く留まっていた枝から突如、突き落とされることもありますし。それはともかくとして、吉武さん、僕が浜崎所長の入金拒否分の金を立て替えたら、会社に何か正式な文書でも作ってもらえるんですか？　『立て替え証明書』みたいな」

「そんなもんあるわけないだろ、バカ。表向きは担当員の立て替えは禁止されてんだよ」

「うぎゃーっ」と神田は叫んだ。

「そんなの危な過ぎるじゃないですか。禁止されてることやったんなら、最終的に会社は僕を守ってくれませんよ。三〇〇万ドブに捨てることになったら、どうしてくれるんですか」

「会社への入金なんだから、『ドブに捨てる』って表現は適切じゃないな」と吉武は妙に細かいところで神田の言葉使いをたしなめ、「大丈夫だって言ってるだろ。俺だって何回も、何百万も立て替えたけど、ちゃんと回収したよ」と、これまた妙に軽い調子で言った。


吉武の話では、どうやら担当員の立て替えは、販売局の「暗黙の裏ルール」となっているようだ。毎月、販売局全体会で発表される「入金率」の陰に、こんなからくりがあったとは驚く。

それにしても、一〇万や二〇万ならともかく、いくら何でも三〇〇万円の立て替えはしたくない。手配入金の締め切りの一五日まで、全力で浜崎を説得しようと神田は決意した。

次に「担当員が販売店主候補を探すにはどうすればいいか」について吉武にアドバイスを受けようと思った。しかし、吉武はもう仕事の話は終わったと思ったのか、販売局内の誰と誰が不倫関係にあるとか、販売局次長の花隈のお気に入りはナントカちゃんだとか、販売局内男女相関図を熱心に語り始めた。神田は酔ってはいけないと思いチューハイを飲んでいたのだが、バカらしくなって焼酎のロックを注文した。社内男女の不倫現場の目撃情報などをほとんど上の空で聞きながら、芋焼酎をおかわりしているうちに酔いが回ってきた。神田はふらついてきた頭で、最後の力を振り絞って吉武に聞いた。

「吉武さんは『浜崎所長は理屈っぽいタイプだから、こっちが正論で攻めれば折れる』と言いましたが、僕らの正論っていったい何ですか？」

3

神田の質問に対し、吉武は何か言っていたが、翌日の神田の記憶にはさっぱり残らないような回答だった。もやーっとした頭で神田は翌日、高石中央販売所に行った。作業台の上を片付けていた浜崎は、神田を見るなり、「押し紙の入金はせえへんぞ」とすごんだ。

「所長、入金拒否したら店は改廃ですよ」

「おう、改廃できるならしてみい」

浜崎の答えは昨日の安藤部長とそっくりだった。担当員らしく「改廃」を振りかざして販売店をハンドリングしようとしても、そんな力仕事ができる実力などないのは見透かされている。

「臼井が何と言ったかはともかく、榊原が担当の時は所長はどうしてたんですか」

「んなこた、榊原に聞け」

「榊原が担当の時は、所長は全額入金してたんですよね。なぜ今月になって入金拒否するんです？　僕が気に入らないんですか？」

「わしは担当員が気に入るか入らんかで、入金するかせんかを決めたりせえへん。本社の方針を聞いとるんや。臼井は『紙を切る』と言った。わしら販売店は担当員の言うことを本社の方針だと信じるしかない。それをお前が分からんから怒っとるんや」

「残念ながら臼井が会社を辞めてしまいまして、『紙を切る』と約束したのかどうか、裏が取れないんです」

「なに――っ、裏を取るやとーっ⁉　ほんなら、お前はわしが嘘を言うとると疑ってんのかっ。出て行け！　もう二度と来るな！　お前の顔なんて見とうもないわっ」

浜崎は鬼のような形相でがなり立て、神田を突き飛ばして店の外に追い出そうとした。

「ちょっ、ちょっと待ってください。気分を害されたなら謝ります。先月の入金はどうしたのか教えてください」

「やかましいっ。榊原から裏を取ったらええやないかっ」

浜崎は神田をバシバシと突き飛ばし、店の外に追い出すとガラガラピシャンと扉を閉じた。

店先に並んだ新聞配達用のバイクの列に危うく倒れ込みそうになりながら、神田は何とか体勢を立て直した。記者時代の癖でつい、「裏を取る」なんて言ってしまったのが浜崎の逆鱗に触れた。ため息が漏れたが、これであきらめるのはまだ早い。断られても断られても、しぶとく接触を試みる大切さも記者時代に学んだ。記者の時だって、背後から飛び蹴りされたり、唾を吐き掛けられたり、それなりにひどい目に遭った。突き飛ばされたぐらいでへこむほどやわではない。今度は土下座でもしてみるかと自虐的になりながら、神田は高石中央販売所を後にした。

南海電車の高石駅で電車を待っていたが、到着までまだ一〇分ほどあった。待ち時間の間に神田は榊原の携帯電話に連絡してみた。

「はいはい、榊原です」と榊原は愛想良く電話に出た。

「神田です。ちょっと相談があるんだけど、今、話しても大丈夫か？」

「いいですよ。どないしはりましたん？」

「高石中央が残金を出してるんだ。いや、残金というより入金拒否だな」

「ええっ、あの店が？　何でまた？」

「一三〇〇部ぐらいの残紙の分をきっちり入金拒否だ。押し紙に金は払えないと言っている。お前が担当の時は、浜崎はこんなことしなかったんだな？」

「してませんよ。浜さんとはええ関係でしたもん。駅前の焼肉屋に連れてってもらいましたわ」

「じゃあ、何で突然、こんなこと言い出すのかなあ。俺が一緒に焼肉を食いたい相手じゃないとしても、何もここまで思い切ったことせんでもいいだろう」

「神田さん、何か浜崎の気に障ることでも言うたんちゃいますの」

「それ、どういう意味だ？」

「神田さんは元記者やから、『販売店なんてバカにしてるやろう』とか、浜さんが勝手に色眼鏡で見てるんとちゃいます？　神田さんが何気なく言うたことが、癇に障ったんかもしれませんで。販売店の親父には、そんなやつもおるんですわ」

榊原はバカだと思っていたが、そのバカの言う通りのことを、ついさっきしでかしてしまった。榊原が担当の時には、浜崎は大人しく全額入金していたのだとしたら、やはり自分とそりが合わないのが原因なのか？　しかし、そりが合うとか合わないとか感じるほどの接点もなく、初対面から山盛りの残紙の前でケンカ腰だった。

神田が納得できないでいると、電話の向こうの榊原は「神田さん、僕、今から訪店なんで、そろそろええですか。まだ残務処理があるんですわ。神田さんと浜崎の関係がどうしようもなくなったら、その時は僕が浜さんと話してみますわ」と申し出て、電話を終えようとした。

府南部の担当を外されて吉武デスクのサブになったのに、いったいどこを訪店していると言うんだ。それに残務処理とはいったい何を処理しているんだ。デスクの吉武も榊原をほったらかしていないで、少しは行動を監視しろ。神田はむかむかしたが、こらえて「もう一つだけ教えてくれ」と質問した。

「榊原の前に担当だった臼井が、『残紙を切る』って浜崎所長に約束してたらしいんだ。お前は臼井からその話、聞いてるか?」

「さあ、聞いたかもしれませんけどよう覚えてませんわ。紙を切るとか切らんで販売店ともめるなんてようある話ですさかい、臼井が担当の時に浜崎のとこもそんなことがあったのかもしれません」

榊原との電話はそこで終わった。浜崎の剣幕からは、臼井にかなり強く「残紙切り」を要求していたように思えるが、実際は聞き流しておけばいい愚痴と同レベルのものだったのだろうか。榊原と浜崎の話には温度差があり過ぎた。神田は販売局で仕事をするようになってから、この何とも言えない違和感をしばしば感じていた。言ってもいないことが言ったことになっていたり、幹部の指示が一夜にしてころっと変わったり、重大だと思える話に周囲の反応が妙に軽々しかったり。要するに、物事の輪郭がはっきりしないのだ。

4

神田はその翌日も、その翌日も高石中央販売所に行った。しかし、もはや浜崎に激怒されることもなく、従業員が「所長はいません」と言うだけだった。どこに行っているのか聞いても、「さあ、分かりません」。何時ごろ戻ってくるのか聞いても同様の返答だ。どうやら浜崎は神田と顔を合わせるのを避け、「わしはおらんと言え」と従業員に指示しているようだった。

手配入金締め切りの一五日、神田は最後通牒のつもりで朝から高石中央販売所に行った。従業員は相変らず「所長はいません」と言い、「何時ごろに帰って……」と神田が質問を言い終わらないうちに「分かりません」と早々に返答した。今日はここですごすごと引き返すわけにいかない。「じゃ、所長が戻って来るまで待たせてもらうよ」と神田は、作業場の丸椅子に座った。ところが、従業員は「そこ、仕事の邪魔になりますんで、どいてください」と神田の前にじっと立っている。くそっ、従業員にまでバカにされているのか俺は。

浜崎が店内にいるなら店の外に出て来たところを、外出しているなら店に帰って来たところをふん捕まえようと、神田は高石中央販売所のななめ向かいにある喫茶店「木馬」に向かった。木馬の道路沿いの席からは高石中央販売所がばっちり見える。何時間でもいてやるぞと神田は覚悟し、ちりんちりんとベルが鳴る木馬の扉を開けて中に入った。すると、カウンターでウエイトレス相手にぺちゃくちゃくっちゃべっている客は浜崎だった。

初老で厚化粧のママさんらしき女性が「いらっしゃいませ。どこでも好きなお席に」と言うのを聞きながら、神田は浜崎の横にどっかと座った。浜崎はしゃべくりを止め、露骨に不愉快な表情になった。ママさんは「あ〜ら、浜さんのお知り合いの方？」と、神田に愛想よくおしぼりとお冷やを持って来た。神田は「はい、アイスコーヒーお願いします」と笑顔で注文した。

浜崎が喫茶店を出て行くか、それとも「お前の顔は見たくない」と怒鳴り付けるか、神田は反応を見ていたが、浜崎はそのどちらでもなく、押し黙ったまま黙々とタバコを吹かしていた。神田も意地になってあえて何も言わずにいると、小柄なウエイトレスが「お待たせしました」とアイスコーヒーを持って来た。ついさっきまでしゃべりまくっていた浜崎が黙り込み、初来店の得体の知れない男と並んでしーんと座っている異様さを察知し、ママさんとウエイトレスは入口近くのレジスター前というポジションを避難所として、そこからこちらの様子をうかがっていた。

「所長、ここに隠れてたんですか」と神田から口を開いた。

「わしゃ、年がら年中ここにおるんや。別に隠れてなどおらんわい」と浜崎はタバコの煙をぶわっと吐いた。

「高石中央販売所はさすが浜崎所長の教育が行き届いていて、従業員さんと結束が固いですね。所長はどこにいるんだっていくら聞いても、誰も教えてくれませんでした」

「わしはどこにおる、あそこにおる、といちいち従業員に居場所を言うか。店のもんに聞くお前がアホなだけや」

「僕もそうかと気付きましてね。榊原に聞いたんです。そしたら榊原は『浜崎所長なら木馬にいますよ』って教えてくれました」

「何やと？　それがどないしたんや」

もちろん、榊原とそんな話はしていない。浜崎にかましてみただけだ。

「ここだけじゃなかったなあ。所長の行きつけはだいたい教えてもらいました。スナックまさみとか、割烹の喜多川とか」と神田は近所の飲食店名を適当に並べ立てた。

「そんなとこ長いこと行ってへんわい。榊原の言うことなんてあてにならへん。あんなやつの言うこと信用しているようじゃ、お前ももう終わりやな」

「榊原は私に『浜崎所長とはええ関係でした』と言ってるんです。それも信用しちゃいかんのですか？」

「やかましいっ。誰がああ言うたとかこう言うたとか、しょうもないことぐじゃぐじゃ言うなっ」

神田としてはそれなりに神経戦を戦ったつもりが、結局、浜崎は怒鳴り散らして席を立ちあがった。神田はここで帰してなるものかと浜崎の腕をつかんだ。

「浜崎所長っ、手配入金の締め切りは今日です。このまま入金拒否していては、浜崎店は改廃です。所長はそれでいいんですかっ」

浜崎はうんざりしたような顔だ。

「あのなあ、こないだもお前が改廃やっちゅうから、わしは改廃するならせえと言うたやないか。やれるならやってみいや。新聞が配達できんようになって、読者から苦情が本社に殺到しても知らんぞ。部数もごっそり減るぞ」

浜崎は神田の手を振り払ってどかどかと扉に向かい、ちりんちりんと音を鳴らして店を出て行った。改廃を突き付ける強気作戦は、この相手には通用しそうにない。そう言えば、三月に近畿販売二部の月岡翔馬から京都府八幡市の「黒瀬店」の話を聞いたが、店主の黒瀬秀平は榊原が計画した天ぷらカードに協力したにもかかわらず、本社に「改廃できるもんならしてみろ」とすごんだと言っていた。大物店主とはそういうものかと神田は作戦を変更し、浜崎の温情にすがる方法に切り替えようと、浜崎の後を追って喫茶店の外に出た。

「所長っ、待ってください」

浜崎は神田を無視して販売店の方に歩いて行く。

「所長が入金拒否したら、僕が三〇〇万を立て替えないといけないんです。サラリーマンにとっては大金です。僕を助けると思って、お願いですから入金してください」

「立て替えろって上司が言うたんか」

「そうです」

「ほんなら、立て替えなしゃあないな」

「そんなーっ。榊原には焼肉食わして、僕には入金を立て替えろなんてひど過ぎますーっ。所長は僕に何か恨みでもあるんですかっ」

「榊原がどないしとったかなんて、わしゃ知らんわい」

神田の悲鳴に聞く耳を持たず、浜崎は販売店の中に入ろうとしたが、そこで、「お前、ほんまに何も知らんみたいやな。ほな、教えたるわ」と立ち止まった。

「信認金と代償金があるやろ？　わしらは販売店を始める時に、本社にまとまった金を預けとる。改廃する店に残金がある場合は、そこから回収するんや。ご本社様は損せえへんようになっとるっちゅうわけや」

浜崎はじろりと横目で神田を見て、「そういうことや。ほな、さいなら」と店に入りガラガラピシャンと扉を閉じた。

販売店主が信認金や代償金にまで自ら言及するとは……。神田の中に一つの「確信」が芽生えた。浜崎が「改廃するぞ」の脅しに全く動じないのは、すでに自ら販売店を廃業する意思を固めているからなのだ。廃業を決めたからこそ、最後に入金拒否という形で「残紙」「押し紙」に対する意趣返しをし、慌てふためく担当員の顔を見てうっぷんを晴らしているのだ。押し紙が嫌になって廃業を決めたのか、廃業する気になったので最後っ屁に押し紙を騒ぎたてているのかは分からないが。デスクの吉武の言う「浜崎所長は虫の居所が悪いだけ」という事態でないのは間違いない。

神田がかばんを取りに木馬に戻ると、ウエイトレスがカウンターの上のグラスを片付けようとしていた。ママさんは店の奥にいるのか姿が見えない。

「ごめん、ごめん。突然、店を飛び出したりして」と神田が言うと、ウエイトレスは「あ、飲まれます?」と、まだ三分の一くらい残っている神田のアイスコーヒーのグラスを見た。

「せっかくおいしいコーヒーいれてもらったんだから、もらうよ」と神田が椅子に座ると、ウエイトレスはうれしそうに微笑んで、浜崎のグラスだけをお盆に載せてカウンターの中に入った。

神田は「おっさん二人が、店の中でわあわあ騒いでびっくりさせたよね。申し訳ない」とウエイトレスに詫びた。

「そんなあ、お客さんをおっさんだなんて」とウエイトレスは洗い物をしながら、神田の方をちらと見た。

「僕、大和新聞に勤めてて、浜崎さんは大事な取り引き先なんだけど、最近、あの人ちょっとご機嫌斜めなんだよ」

「そうだったんですか」

「浜崎さんって年がら年中ここに来てるの？　さっき、ご本人はそう言ってたけど」

「週に二、三回は来られますよ。浜崎さんの大和新聞販売所はすぐお向かいですから」

「あの人がそんなにここに来るのは、君の顔が見たいからじゃない？　いつもカウンターで君に向かって話をしてるんだろ。その気持ち、男なら分かるよ」

「まさか、そんなあ」とウエイトレスは照れ臭そうに笑い、「お連れ様がいらっしゃって、テーブル席でお食事される時もありますし。大和新聞の方とご一緒の時もありますよ。ほら、体の大きい人」と言った。

大きい人。榊原か。販売店主と担当員が、喫茶店でお茶を飲むのは何らおかしなことではないが、だとすると浜崎と榊原は本当に「ええ関係」だったのか。

「ははは。確かに大きいのがいるわ。浜崎さん、その大きい人とはお茶飲んで、僕には冷たいんだよなあ。僕も木馬でお茶飲ませてほしいよ」

「お客さんがイケメンだから、面白くないんじゃないですか」

「やっぱりそうか。実は僕も薄々そうじゃないかと思ってたんだ」

ウエイトレスは楽しそうにクスクス笑い、神田はアイスコーヒーを飲み干して「ご馳走様」と立ち上がった。レジで金を払う時、神田はウエイトレスに名刺を差し出した。

「今度、浜崎さんと『大きい人』がこの店に来たら、僕にメールしてくれないかな」と小声でささやき、名刺の携帯アドレスを指した。

「僕も茶飲み仲間に入れてほしいからね」

小柄なウエイトレスは上目遣いに「はい。いいですよ」とにっこりしてうなずいた。

「名刺に書いてあるけど、僕は神田亮一。君は？」

「東谷里香《ひがしたにりか》です」

その時、店の奥から出てきたママさんが二人のひそひそ話を不審に思ったのか、「何？ 里香ちゃん、どうしたの？」とこっちにやって来た。神田は「浜崎さんとお店でもめちゃったことを謝ってたんです。どうもご迷惑をお掛けしました」とペコリと頭を下げて誤魔化した。

5

神田はすぐさま会社に戻った。浜崎の衝撃的な言葉を報告しなくてはならない。

自席で書類に目を通していた近畿販売一部長の安藤は、ちらと神田を見て、また書類に視線を戻した。神田は安藤の横に行き、「高石中央販売所に行ってきたんですが、浜崎所長は自廃するつもりじゃないでしょうか」と言った。販売店主が自ら廃業を本社に申し出ることを「自廃」と言う。

安藤は「素人が何を言うとんねん」と言わんばかりの小馬鹿にしたような表情を浮かべた。

「あの優良店が自廃だと？ お前、自廃の意味が分かってんのか。浜崎が自廃って、そう言うたんか」

「はっきり自廃すると言ったわけじゃないのですが、『残金は代償金と信認金から回収したらええやないか』と言いました。担当員にそこまで言うってことは……」

その時、安藤の卓上の内線電話が鳴り、安藤は「申し訳ありません。はい、はい、分かっております」などと電話の向こうの相手に平身低頭して受け答えしている。電話を切ってから神田をにらみ付け、「経理部長から何度も何度も電話が入ってんだよ。今日はもうこれで三回目だ。高石中央の入金はどうするんだ。担当員なんだから何とかしろ。浜崎の自廃の話はその後だ」と言い切った。

神田は会社近くの銀行の支店に行き、自分の口座から大和新聞大阪本社販売局の入金口座に三〇〇万円を振り込んだ。くやしさで胃がぎりぎりした。くそっ、振り込み手数料まで取りやがる。こんなことが大和新聞社販売局の担当員の仕事なのか。俺がこの事実を労働組合に訴え出たらどうなるんだろう。そんなことしたら、組合問題にしたのを理由に局長が人事権を振るうってことか。いったいどういう会社、いや、どういう商売をしてるんだこの会社は。

しかし、このまま泣き寝入りして終わらせるわけにはいかない。自分の勘が正しければ、浜崎は近々、廃業する。そうなったら代償金だか信認金だか知らんが、そこから立て替え金は取り返せる。問題は、浜崎が自廃をちらつかせながらずるずると商売を続け、なおかつ入金拒否も続けた場合だ。来月も再来月も立て替え続けるのはまっぴら御免だ。こうなったら、浜崎にはさっさと廃業してもらわなければならない。大物店主の自廃となれば緊急事態だし、安藤から「担当員なんだから後任の販売店主を探して連れて来い」と嫌がらせを言われることもなく、会社が急いでどこからか後任店主を連れて来るだろう。

毎日、切れ目なく読者の元へ新聞を配達しなければならない新聞社は、「販売店がない」という空白期間を作ることは絶対にできないのだから。今日からの自分の仕事は、一刻も早く浜崎をこの商売から退かせることだ。


この件に関して神田の心配は杞憂だった。泣く泣く浜崎店の残金を立て替えた翌日、浜崎は本社に廃業を申し出た。神田はその日の朝一〇時ごろ、安藤部長から電話で知らされた。

「浜崎が永峰局長に電話してきたよ。こんなこと局長に連絡させせんなよ。担当員が販売店主から話を聞いて、それを俺から局長に伝えるのがスジなんだ。永峰局長もびっくりしとったわい」と安藤は忌々しそうだった。

安藤の説明によると、浜崎が永峰局長に説明した自廃の理由は、健康問題だった。この春、浜崎店は創業四〇年を迎えた。浜崎はその記念にと人間ドックで健康診断を受け、何と膵臓がんが見つかったのだという。特段の体調不良は感じていなかったにもかかわらず、がんはかなり進行しており、浜崎は医師からいきなり「余命半年」と宣告された。その宣告で浜崎は、販売店の廃業を決意したのだという。体が動くうちは妻と旅行でもして長年の苦労をねぎらってやりたいし、体が動かなくなったらじたばたせず、静かに最期を迎えたいということだった。

神田は、あの殺しても死なないほど元気に見えた浜崎が余命半年とは、人の寿命とは分からないものだと驚いた。

安藤は「神田、今日の夕方、社に上がってこい。後任店主をどうするか作戦会議だ。局長が知った以上、早急に対処せにゃならん」と電話を切った。局長の不興を買ったとあっては相当しつこく怒られるかと思ったが、安藤の電話は夕方の作戦会議の通告で意外にあっさりと終わった。昨日、神田が浜崎店の残金を三〇〇万も立て替え、入金率がガタ落ちするのを避けられたからかもしれない。

夕方五時過ぎに会社に上がると、近畿販売一部の島には安藤部長と吉武デスクが凍りついた表情で座っていた。隣接する販売総務部の島の販売総務部長は、いつも以上に眉間のしわが深いように見える。販売総務部の女性たちのにぎやかなおしゃべりもない。

浜崎の自廃宣言は、販売局の空気をここまで変えるほど深刻な問題だったのかと神田はびっくりしながら、安藤部長に「申し訳ありません。もう少し早く浜崎所長の方針に気付けばよかったのですが」と謝った。「そうすれば部長も局長に相談する時間があったでしょうし」と神田は最大限、安藤の立場に立って謝ったつもりだったが、安藤はなぜか関心なさそうに「ああ」と言い、「よし、会議室だ」とノートとペンを持って立ち上がった。安藤、吉武、神田の近畿販売一部の三人が会議室に向かうと、それを待っていたかのように局長席の永峰も立ち上がって早足でついて来た。

会議室で神田が伝えられたのは、高石中央販売所の店主交代とは全く別の話だった。今日の午後になって、大阪府南部専売会の会長から、販売局に連絡があったのだという。浜崎は本社に廃業を申し出た後、親しい販売店主何人かにそのことを伝えたらしい。大物販売店主の引退宣言は泉州の販売店の間にたちまち広まり、それに伴って府南部専売会の会長に、同専売会の会計幹事である販売店主から相談が寄せられた。

会計幹事は四月初めごろ、担当員の榊原から「高石中央販売所が多額の残金を出している。その穴埋めのために、専売会で積み立てている金を貸せ」と言われた。断ると「お前の店がどうなっても知らんぞ。明日から仕事がなくなってもええんか」とすごまれたという。

会計幹事は榊原の言う「一時的に借りるだけですぐに返す」という言葉を信用し、通帳や印鑑やキャッシュカード一式を渡してしまった。それがまだ返却されておらず、浜崎の廃業を知った会計幹事は、にわかに会の金が心配になり、会長に申し出て来たといういきさつだった。

かつて榊原が、鳥取県専売会の金に手をつけた方法と全く同じだ。しかも、四月一日に近畿販売一部の担当員になって、たちどころに専売会の金を奪い取るとは、手練《てだ》れの悪党と言うしかない。時限爆弾はとっくに爆発していたのだ。

神田があっけに取られていると、局長の永峰が口を開いた。

「専売会の金はあくまで販売店の金であって、担当員がさわったらだめなんだよ。本当なら一大事だ。神田は榊原から何か聞いてないか？」

神田はとんでもなく不安になっていた。榊原が流用した専売会の金がいくらなのか知らないが、また「お前が立て替えて口座の金を埋めろ」などと無茶振りをされるのではないだろうか。

「まさか専売会の金を預かっているとは、全く知りませんでした」と神田が答えると、安藤は
「お前が五月に府南部の担当になって、浜崎の入金拒否の話を聞かされたけど、榊原が担当の時も浜崎は入金拒否してたってことなのか？　何か聞いてないのか？」と小さい目でじっとりと神田を見た。

神田は頭の中に昨日の浜崎とのやりとりを再現した。榊原と浜崎の焼肉屋における懇親の件を持ち出した際、浜崎は「榊原がどないしとったかなんて知らん」と、ややかみ合わない返答をした。これは、榊原が担当の時から浜崎の反乱によって「担当員がどないかせないかん」事態になっていたのを思わず漏らしたのではないか。

「先日、浜崎所長と話していてちょっと引っかかったのですが、浜崎所長は今月度からではなく、以前から入金拒否していたのではないかと思います。榊原は『浜崎とはいい関係で入金拒否などなかった』と言っているのですが、どうも何か画策していたようなふしがあるんです。先月よりも前のことは、担当の臼井が辞めてしまったので分かりませんが」

「そうか。ちっ」と永峰は舌打ちした。そして苛立たしそうに「神田、そういうことはもっと早く上に報告しなきゃいけないじゃないか。だからこんなことになるんだ。いつもそう言ってるだろう。自分で判断できないことは、すぐに上司に言えって。君は販売推進部に二年いただけで、販売現場のことはまだ何も分からんのだから、どんな細かいことでも安藤部長や吉武デスクに報告しなきゃいかんのだよ」とまくし立てた。

「ちょっと待ってください。浜崎所長が四月度から入金拒否をしていて、榊原が専売会の金で補塡したのだとしても、それはあくまで四月度の話です。僕が担当員になって浜崎所長と話をするようになったのは、今月からです。僕の報告が遅れたのだとしても、榊原が専売会の金を流用したことと因果関係はありません」

神田がまともに永峰に反論したのに安藤はぎょっとして「神田、分かった。もういい」と割って入った。

「俺が榊原を取り調べる。吉武も神田も、このことは口外無用だぞ」とその場をまとめた。結局、浜崎が廃業した後の販売店主をどうするのかという肝心な話はなく、作戦会議は終了した。

6

翌日からの榊原の取り調べは相当、激しかったようだ。白々しくとぼける榊原に怒った安藤部長は、怒鳴りつけるだけでなく、手を上げたらしい。榊原の取り調べが行われた一四階の会議室前の廊下を通りかかった警備室の社員が、部屋の中から大声がするのでドアを開けたところ、仁王立ちの小男が椅子に座った大男にビンタを食らわしていたという。

取り調べは三日間続き、観念した榊原は高石中央販売所の浜崎所長に新聞代の一部を入金拒否され、専売会の会計幹事を脅し上げて会の積立金を預かり、四月度の高石中央販売所の入金に流用したことを認めた。四月五日締め切りの「四月度の入金」は三月分の新聞代なので、四月度の入金不足は通常なら三月までの前任の担当員の責任だった。しかし、大阪府南部は前任者の臼井が退職するという特殊事情があり、四月から担当になった榊原がどうにかするしかなかったのだ。

榊原にとって、浜崎の入金拒否は自分に責任のない不幸な出来事ではあったが、専売会の金を奪ってからは、同情の余地がないほど事態を悪化させていた。榊原は、安藤の命令通りに府南部専売会の口座の通帳等一式を会社に持って来たのだが、中身を確認すると口座には一円の金も残っていなかった。口座には浜崎が入金を拒否した三〇〇万円をはるかに超える金が預金されていたにもかかわらず、どういうわけか残りの金まできれいに姿を消していたのである。

この面倒な状況を打開すると同時に進めなくてはならない高石中央販売所の店主交代は、近畿販売一部長の安藤が担当することになった。浜崎は六月中にも廃業を希望しており、本社は猛スピードで新店主を探し、芸術的早業で業務の引き継ぎをしなくてはならなかった。「神田にはとても無理」と判断され、安藤部長が仕切ることになったのだ。さらに「雑音を浜崎の耳に入れてはいけない」という理由で、神田は浜崎とは接触禁止を言い渡された。店主交代という担当員の大事な仕事で神田は蚊帳の外に置かれたが、自分でも出来るとは思えなかったのでむしろホッとしていた。


利用者がほとんどいない午後四時ごろの本社の社員食堂の隅っこで、神田はデスクの吉武に榊原の取り調べ状況を聞かされた。

「吉武さん、そもそも府南部専売会の口座には、全部でいくらぐらい入っていたんですか？」

「七〇〇〇万ちょっとだと」

「そんなにあったんですか。四月度の高石中央の残金を埋めたとしても、まだ四〇〇〇万以上あるじゃないですか。口座に金が残っていないのはおかしいですよ」

「榊原は高石中央以外の他の店の残金を埋めるのに使ったって言ってるそうだ」

大阪府南部の送り部数は全部で約六万部ほどあり、約三〇店の販売店からは毎月計一億数千万円の入金がある。榊原が担当していた四月度の入金率は九七・四六パーセントで、神田が担当になった五月度は九七・五二パーセントだった。神田が立て替えをしたのは高石中央販売所の三〇〇万円だけなので、榊原が専売会の口座にあった金をすべて使って残金の埋め合わせをしたのなら、四月度の入金率はもっと良くてもいいはずだ。

吉武は「榊原のやつ、浜崎の入金拒否を奇貨として、残りの専売会の金は、私的に使ったに決まっている。とことん調べてやる」と怒りをあらわにした。

神田は予想外の事態に陥り、ずっと気になっていたことを切り出した。

「あのう、それで僕の立て替え金はどうなるんでしょうか？　高石中央の四月度の残金は榊原が専売会の金で埋めたんでしょうが、五月度は僕が払ったんです。浜崎所長が廃業するのなら、本社が浜崎所長から預かっている信認金とか代償金から、僕の立て替え金を返してもらえるんでしょうね」

「ああ、それな。神田の立て替え金は榊原から回収しろ」

神田はまたもや耳を疑った。

「どうしてそういう話になるんです？　榊原はどうしようもないやつだとしても、入金拒否したのは浜崎所長ですよ」

しかし、吉武は無茶を言っているとは全く思っていない様子で、ごく普通の事務連絡のように説明した。

「高石中央販売所の店主交代が、神田の仕事じゃなくて、安藤部長案件になってしまったから仕方ないんだよ。店主交代は普通、担当員の仕事だから、廃業する店主との金の清算は担当員がする。担当員が販売店の残金を立て替えている場合は、その時に本社が店主から預かっている金で清算するのが一般的なんだけど、まだお前には店主交代の仕事はできないから安藤部長がすることになった。まさか、安藤部長に立て替えしてたなんて言えないだろう？　立て替えは社のルールで禁止されているんだから。浜崎に交渉して立て替え金を返してもらう方法はあるが、余命半年と言われている相手にそんな金の話をするのはかなり難しい。第一、お前は浜崎とは接触禁止だ。こうなった以上、榊原から回収するのが一番スムースだよ」

　立て替え金は浜崎の引退と同時に、自動的に回収できると思っていたのは甘かったと分かり、神田は愕然とした。高石中央の店主交代が安藤部長の仕事になってホッとしていたとは、自分は何という愚か者だったのか。

「でも、榊原が大人しく僕に支払いますか？　彼の借金ではないのに」

「榊原は犯罪者みたいなもんだ。神田の立て替え金を弁済しないと専売会の金の使い込みを刑事告発すると脅して、念書を書かせるよ。月二〇万の返済でどうだ？」

「全額返済までに一年以上かかるじゃないですか。それに、今回のことであいつは会社をクビにならないんですか？　クビになったら行方がつかめなくなり、間違いなく踏み倒されます」

「心配せんでもこの調査は時間がかかる。消えた金の行方をつかまなくちゃならんのだから。その間は榊原をクビにできないし、辞めさせられそうになったら神田に教えてやるよ。お前にすぐ金が要る事情があるんだったら、榊原にサラ金で借りさせろ。やつは会社をクビになりたくない一心で、神田にちゃんと返済するよ。榊原はこれまでもそうなんだ。使い込みや寸借詐欺がばれてしばき倒され、返済計画が決まるとそれには従うんだよ。あいつの三流大学、いや、こんなこと言ったら三流大学に怒られる、五流大学中退の学歴と分数の計算もできん小学生以下の能力で、これだけの給料がもらえる会社の社員でいられるのは、奇跡みたいなもんだ。本人もそこは分かってるんだよ。大和新聞の社員でいることにはしがみつくから、大丈夫だよ」

神田は似たような「大丈夫だ」を以前にも聞いた気がしたが、表向きは会社が禁止している「立て替え」に踏み込んでしまった以上、吉武の話を飲むしかない。事の成り行きの理不尽さに頭がくらくらしているところへ、吉武は「それからな、府南部の入金率はどうにかならないのか」と厳しい指摘をした。

「近畿販売一部で九七パーセント台の入金率は低すぎる。三月まではこんなんじゃなかったぞ。高石中央でごたごたしたのは分かるが、うちの部で勘弁できる残金は一パーセントまでだ。入金率は何としても九九パーセント以上にしろ」

九九パーセントになるまでお前が立て替えて支払え――。神田には吉武の言葉がそう聞こえた。府南部で入金率を一パーセント上げるには、一〇〇万円以上の金が必要だ。とても自分の金では対応しきれない。さりとて「金がない」という販売店をどうすることもできず、この入金率になっていた。

「九九パーセントだって予算割れなんだ。本当は一〇〇パーセントじゃなきゃだめなんだぞ」と吉武はダメ押しした。そもそも予算自体が「絵に描いた餅」になってしまっていると神田は思った。入金率が悪いという問題の本質はそこにある。

二日後、神田は吉武から、榊原の署名捺印がされた月二〇万返済の念書を渡された。

榊原は、名目上の所属は近畿販売一部だが、実際に吉武デスクのサブとして仕事をすることはなかった。販売推進部の空きデスクで仕事をするよう命じられ、読者からの苦情に対応したり、その内容をパソコンに入力したり、会議書類のコピーや倉庫の整理整頓など販売局中の雑用を一手に引き受けることになった。

7

「こんにちは。木馬の東谷里香です。今日の昼、浜崎さんからステーキランチお二人の予約を承りました。午後一時ごろ来られるそうです」

朝起きて歯磨きをしていた神田の携帯電話にメールが来た。高石中央販売所のなめ向かいにある喫茶「木馬」のウエイトレスからのメールだった。神田は浜崎所長と榊原が店に現れたらメールしてくれるよう頼んでいた。あの時は、二人の関係の真相が分からず、少しでも事実関係を押さえたいがためだった。その必要がなくなったので、彼女に通報を頼んだことはすっかり忘れていた。

神田は「覚えていてくれてありがとう。僕もステーキランチ食べたいよ」と返信した。里香からはすぐに返信が来た。

「ステーキランチは、予約のお客様のみのメニューです。近所のお肉屋さんで買ってくるステーキ肉なんですけど、すっごく美味しいですよ。是非、食べにいらしてください。浜崎さんと大きい人が一緒に来られる時、よく注文されます」

このメールに神田は頭に血が上った。この期に及んで榊原のやつ、まだ浜崎と会っているのか？　二人はいったいどういう関係なんだ。ひょっとしてこいつらグルだったのか？　しかもだ、木馬ではお茶を飲んでいるとばっかり思っていたら、昼間っからステーキなんぞ食っていたとは。もう許せん。

神田はむかむかしながら「大きい人は五〇〇グラムぐらい食べるんじゃないの？　ランチ代を三倍にした方がいいよ。残念ながら僕は今日は行けないけど、連絡くれてありがとう。近いうちに絶対に食べに行くよ！」と返信した。

里香からは「お待ちしています。今日は母がいなくて一人なので忙しい」と返信があった。あの厚化粧のママさんとウエイトレスは親子だったのか。あまり似ていないので気付かなかった。東谷里香は、ステーキランチの予約が入ったことで浜崎の連れが「大きい人」とピンと来た上、神田は「店に来たらメールして」と頼んだのに、予約段階で朝から知らせて来るとは、なかなか機転がきく。その能力に気付き、神田は方針を変更した。小うるさそうなママの留守中に、有能なエージェントにもう少し働いてもらおう。

午後零時半ごろ、神田は喫茶「木馬」のちりんちりんと鳴る扉を開けた。

「神田さん、来てくださったんですか」。里香はうれしい驚きに満ちた顔で、入り口まで走り出て来た。

「忙しいのにごめん。いや、ステーキを食べに来たわけじゃないんだけど、近くまで来たから寄ったんだ」と神田は照れ臭そうに言い、「これ」とビニール袋に入ったサボテンの鉢を差し出した。

「うわあ、可愛い」

里香は鉢を見て素直に喜んだが、実はただのサボテンの鉢ではない。鉢の中には、堺西署からおとり計画協力者の北原光江の元に返却されてきた神田のボイスレコーダーが仕込んである。スイッチはすでに「録音モード」に入れロックしておいた。神田が記者時代、隠し録音用小道具として鉢とサボテンを買って手作りしたオリジナル作品だ。まさか、販売局で出番があるとは思わなかったが。

「このサボテン、浜崎さんのテーブルか、その近くのテーブルに置いてくれないかな」

「いいですよ。神田さんからって言いましょうか？」

「言わんでいい、言わんでいい。僕、会社でサボテンってあだ名付けられてんだ。だから、これは僕の嫌味なんだ。いつも二人でつるんで僕をのけ者にするから、こらーっ、サボテンも呼んでくれよっていう。二人は嫌味に気づくかなあ」

「やだー、神田さんて結構、可愛いんですね」と里香はにこにこした。妙なことを依頼する男だと不審がられるかとも思ったが、逆に面白がってくれて神田はホッとした。男の嫌味を「可愛い」と言ってくれるなんて貴重な女性だ。

「でも神田さん、何であだ名がサボテンなんですか？」と言う里香に、「無味乾燥だからだって。じゃ、里香ちゃん、頼むよ」と短く回答して神田はすぐ店を出た。万一、浜崎や榊原とここで顔を合わせでもしたら計画が台なしになる。長居は無用だ。

木馬を出た後、神田は度の入っていない伊達《だて》眼鏡をかけ、野球帽をかぶるというちゃちな変装をして少し離れた電信柱の陰に隠れた。一五分ほどして、高石中央販売所から出てきた浜崎が木馬の中に入った。それから約五分後、南海電車の高石駅方向から長身の中年男性が歩いて来て、ちりんちりんと木馬の中に消えた。その姿を見た神田は、榊原が来るとばかり思っていた予想が外れぎょっとした。

確かに大和新聞社の人間だったが、榊原ではなかった。販売局次長の花隈信也だったのである。里香の言う「大きい人」とは、「背が高い人」という意味だったのだ。小柄な里香は、体重より身長の印象で語っていたのだ。神田がこの展開にびっくりしていると、携帯電話がピッコン、ピッコンと鳴った。

「浜崎さんと大きい人は窓際の席に座られたので、サボテン君は出窓のスペースに置きました。今からステーキ焼きます。里香」

神田は動揺を隠して「ミッション完了、ご苦労様。僕の嫌味が伝わりますように」と返信した。

花隈は、近畿販売一部のデスク時代に浜崎と親しくしていたと言っていた。二人が会うこと自体は不思議ではないが、浜崎の廃業による店主交代が安藤部長案件となり、「雑音を耳に入れてはいけない」という理由で、担当員の神田も浜崎と接触禁止になるぐらい極めて慎重に事を進めなければならないこの時期だ。花隈がわざわざここまで来て、浜崎と面談するとはどういうことだろうか。

神田は木馬を離れて周辺の訪店を終えた後、午後三時ごろ携帯メールで里香に、浜崎と「大きい人」が帰ったかを確認した上で、木馬にサボテン鉢の回収に戻った。

「いやー、里香ちゃん、どうもありがとう。素晴らしいオペレーションだったよ。実はさあ、さっき電車の中でスマホで検索してたらさ、このサボテン、何か変な虫が付くって出てたんだよ。飲食店で変な虫ってかなりやばいよねえ？　店の営業妨害になったら大変だし、里香ちゃんに変な虫が付いたりしたらママさんに怒られそうだし、あははは。だから、持って帰るわ。次は虫も付かない潔癖症の植物を持ってくるから。じゃあね」

早口でまくし立てて神田はサボテンを抱え、唖然とする里香の前から脱兎のごとく立ち去った。

8

神田は駅前のスーパーに入り、イートインコーナーでサボテンの鉢から取り出したボイスレコーダーにイヤホンを差し込んだ。

最初の方は浜崎の体調はどうだとかこうだとか、病状に関する話だった。浜崎は「どうせ手遅れや」「手術や抗がん剤治療なんかしたら、酒も飲めんし、好きな物も食えんようになる。わしはギリギリまでやりたいことをやって死ぬ」と、延命治療をする気はないとの発言を繰り返していた。この人は自分の人生にかなり腹が据わっている。やはり只者ではなかったんだと神田は少し感心した。

むしゃむしゃとステーキを食べる音をはさみながら、話はあっちに行ったりこっちに行ったりしたが、その中で神田がカッとなったのは、入金拒否の話だった。浜崎のしわがれ声が響く。

「榊原が専売会の金を流用していたとは、わしも知らんかったけどな、押し紙に金は払わんと決めたんはわしのポリシーや。今月も入金はせん」

花隈は「ご意向はよく分かりました」と大物販売店主の入金拒否宣言という異常事態に反論もせず、大人しく返事をしている。浜崎がまたしわがれ声で言った。

「またあの記者上がりの兄ちゃんが来て、『僕が立て替えんとあきませんねん～！』とわめき倒すんとちゃうんか」

「勝手にわめかしといてください。いや、本来はそんなこと、担当員が販売店主に絶対に言っちゃならんことで、担当員の立て替えだって社は禁止しています。神田はどうかしてますわ。僕の教育不足です。ご迷惑をかけて大変、申し訳ないです。あの後、神田は浜さんとは接触禁止にしました」

「ほなら、来月はあの兄ちゃんが涙目になってここに来ることはないんかい」

「そんなことさせません。僕が責任を持ちます」

花隈のやつ――！　神田はイヤホンから聞こえてくる声に耳を疑った。「わめかしといてください」とはどういうことだ。まだ浜崎の方が俺のことを気遣ってくれているじゃないか。しかも、入金拒否という本社に対する販売店の重大な背信行為を叱責もせず、「所長のご意向はよく分かりました」とはどういうことだ。

神田は貧乏ゆすりをしながら録音の続きを聞いた。「すっごく美味しい」ステーキを食べ終わったと思われる頃、花隈の声のトーンが変わった。

「浜さん、以前からお願いしている話ですが……。泉州で販売正常化できているのは高石中央販売所のエリアだけです。泉寿会を抑え込めるのは、大和新聞では浜さんしかおらんのです。残紙の代金は、払いたくなければ、払わなくていいです。こっちで何とかします。その代わり、永峰局長を助けてください。このままでは、局長がまいってしまうのではないかと気が気ではありません」

「永峰もえらい弱気やの。脅迫されとるんやったら、警察に被害届出したらどうやねん。日本は一応、法治国家なんやから、相手が泉寿会だからってわしの所に来んでも、国家権力に頼ったらええがな」

「局長ともなればそうもいきませんよ。何か脅迫される理由があるんじゃないかとか、警察に痛くもない腹を探られます。事情聴取だって半端じゃないでしょうし、局長業務に支障をきたします」

「ふん、ほんまに痛くもない腹なんかい、永峰は」

永峰局長が泉寿会から脅迫されている――。話の展開に、神田は真実を包み隠す幾重ものベールの一枚をはがした手ごたえを感じた。

永峰局長が榊原を大阪府南部の担当に抜擢したのは、自身に降りかかった災難を払いのけるためだったのだ。その意図は、どうやら近畿販売一部長の安藤も知らされていなかった。残念ながら、榊原も永峰局長の期待に応えることはできず、今度は花隈局次長が浜崎所長の力を頼るために登場したのだ。

神田は辛抱強く録音を聞き続けたが、そこからの花隈は、永峰局長は販売正常化に熱心なので泉寿会に嫌がらせをされているのだと繰り返し説明し、浜崎は花隈の依頼である「局長を助けてください」をぬらりくらりとかわし、話にこれという進展はなかった。

どうも、浜崎との接触禁止令を律儀に守っている場合ではなさそうだ。永峰が抱えている面倒な問題を、もう少し探らなくては。

神田はスーパーを出て駅のコインロッカーにサボテン鉢を預け、浜崎に話を聞こうと高石中央販売所に戻った。

そこで想定外のことが起こってしまった。店主交代という大事業のために訪店していた部長の安藤と出くわしたのである。安藤は神田の姿を見ると「こらーっ、お前が何で店に来るんじゃっ。接触禁止やと言うたろうがっ」と鬼の形相で怒鳴り、販売店の作業場にある丸椅子をつかんだ。神田は安藤からビンタされた榊原の腫れた顔を思い出し、「申し訳ありませんっ」とすぐさま踵《きびす》を返して、一目散に高石中央販売所から逃げ出した。

その夜、神田は安藤部長から本社に呼び出され、暴力はないものの嫌というほど絞られた。高石中央販売所に行った理由をしつこく聞かれたが、「浜崎所長の病気を知って、いてもたってもいられなかった。最後にどうしても『長い間、ご苦労様でした』と言いたかった」の一点張りで通した。

六月五日の入金締め切り日、高石中央販売所の浜崎は花隈に通告した通り、三〇〇万円の入金を拒否した。神田は社員食堂でデスクの吉武から、再度、立て替えるよう言われた。神田は唇を震わせて断固、抵抗したが、吉武は「だめだ。お前は部長命令に背いて高石中央販売所に行ったそうだな。とんでもないルール違反だ。立て替えはそのペナルティーだ」と譲らなかった。

「余命半年と宣告されて、ナーバスになってる浜崎に、本社のいろんな人間が会って違うことを言ったりしたらまずいだろ？　それでなくても榊原の使い込みがからんでややこしいことになってるのに、浜崎がまた金のことでごね出したらどうするんだよ。病気へのお見舞いの言葉だって、浜崎を刺激することになりかねないんだ。部長命令は絶対だと肝に銘じておけ」と吉武は冷たく言った。

神田は「花隈局次長だって浜崎に会っている」と言いたかったがそうもいかず、うなだれるしかなかった。担当員になってひと月ちょっとにしかならないのに、神田の立て替え金は先月の榊原からの返済額を引いて、計五八〇万円になった。榊原から神田への支払い額は月二五万円に増額され、まるでこうなることが予測されていたかのように、あっと言う間に榊原の新しい念書が作成された。

9

六月の給料日の翌日、神田は訪店を終えて本社に戻る途中、榊原からの返済を確認しようと会社近くのコンビニエンスストアに入った。二五万の入金を確認し、ほっとしてドリンクでも買おうかと店の奥に入った時、カウンターでコーヒーを飲みながら文庫本を読んでいる中年男性が目に留まった。それは、販売推進部で同僚だった川下誠次《かわしたせいじ》だった。

文庫本から目を上げた川下は神田に気付き、「神田さん、お久しぶりです」とあいさつした。川下は五〇歳を過ぎていたが、なぜか一〇歳以上も年下の神田に敬語を使う。丁寧なのかよそよそしいのかよく分からず、販売推進部でも大して親しくもなかった。

神田は「夜になっても暑いですね」と通り一遍のあいさつをしてドリンクを選んでいると、川下が「神田さんどうです？　担当員はなかなか大変でしょう」と背後から話しかけて来た。川下から話しかけてくるとは、これは神田には意外だった。思わず振り向くと、こちらを向いている川下の眼鏡の奥の目が光っているような気がした。

「おっしゃる通り、大変です。川下さんもお若い頃、担当員されてたんですよね。こんな仕事を何年もやってたなんて尊敬します」と神田が答えると、川下は「いえいえ、私は尊敬されるような仕事ができなかったので、担当員をお役御免になったんですよ」と笑った。

神田はふと、これまで全く関心のなかった川下の担当員時代の話を聞いてみたくなった。川下も自分と話をしたそうだし、わざわざ背中越しに話しかけてきたのは、担当員になって苦境に陥っている神田のピンチを聞き付け、内心せせら笑おうとしているのかもしれない。神田はそれでもいいと思った。川下が販売推進部で勤務しているのは担当員としてうまく立ち回れなかったからであって、その失敗談を聞くのは、自分の今の状況を打開するのに参考になりそうな気がしたからだ。

「川下さん、もしお時間があるなら、近くでビール一杯、付き合ってもらえませんか。僕も今日はこのまま家に帰りたくない気分なんですよ」

神田が思い切って酒に誘うと、「うわあ、神田さんに誘われるなんて光栄だなあ」と川下は大げさにのけぞり、「私は小遣いがありませんもので、安い店にしてください」と文庫本を閉じて立ち上がった。

コンビニの向かいに、カウンターだけの小さな焼き鳥屋「居残り屋」があった。神田と川下は並んで座り、ジョッキ一杯のビール、キャベツ、焼き鳥五本で一九八〇円の「ほろ酔いセット」を注文した。

「外でビール飲むなんて久しぶりですよ」と川下はうれしそうにジョッキを口に運んだ。神田が販売推進部にいた時は、編集出身のよそ者だから誰もアフターに誘ってくれないのだと思っていたが、他の部員同士も勤務時間外は付き合いがないのだろうか。

神田は「川下さんは仕事の後、誰かとお酒を飲んだりしないんですか？　ひょっとして家庭大好きのマイホームパパだったりして」とおどけた調子で聞いてみた。

「決してそうじゃありませんが、外で酒を飲むようなお金がありませんので」

神田は川下の単純明快過ぎる返事に戸惑ったが、「お子さんがいらっしゃったら、そりゃ学費もかかりますよね。僕は独身なのでそこら辺の実感がなくてすみません」と何とか会話をフォローした。

「はい、学費もかかりますし、住宅ローンもありますし、給料も安いですし」

神田が返答に詰まった様子が川下はなぜか愉快らしく、「ふふふふふ」と意味深な笑いをした。

「神田さん、大和新聞の社員で五〇歳を超えれば、そこそこの給料をもらってるはずだと思ってらっしゃるでしょう？　確かに給料満額が使えるのならそうですよ。でも、私の場合は手元に残るのが月二〇万もありませんのでね」

「えっ？　あの、ひょっとして……」

神田は口にするのもおぞましい質問に踏み込んだ。

「担当員時代に作った借金の返済がかさんでるんですか?」

「そうです。くっくっ、神田さんも分かってきたんだ。担当員って恐ろしい仕事でしょう?ふふふ」と川下はまたもや眼鏡の奥の目を光らせた。そこから、川下は機関銃のようにしゃべり始めた。神田が販売推進部で接してきたキャラクターとは別人のようだった。

「私はこの通りのふがいない人間ですが、鬼ではありませんし、鬼にはなれませんでした。入社して一〇年ぐらいは担当員として何とかやって来れたのですが、バブル経済の崩壊で会社の経営が悪くなって決算が赤字になり、販売経費がどっと減りました。補助金をカットされた販売店からは、次々に悲鳴が上がります。だって、補助金はカットしても本社からの送り部数は同じなんですから。でも会社は『本社も苦しいんだから経営補助は出せない』と言います。店を改廃したらいいのかもしれませんが、私には新しい販売店主を探して経営者の首をすげ替える力量もありませんでした。それに、店を改廃したら目の前の販売店主は失業するわけです。その家族も含めて路頭に迷うことになります。川でおぼれそうになって必死に岸の草をつかんでいる人を、水の中に沈めるようなことは私にはできませんでした。だから、補助しろとうるさい店には、自分の金で補助したんです。私が販売店主に金を渡し、店はその金を本社に入金するんです。最初は自分の貯金から補助しました。それがなくなると、会社の信用組合から借りました。それが上限いっぱいになると、サラ金にも手を出しました。上司も薄々、分かっていたと思います。店の経営がV字回復する要素は全くないのに、担当員の私から『補助してくれ』という要請もなく、毎月、きっちり入金があるんですから。他の担当員は補助金出せ出せの大合唱で、部長ともめまくっていましたよ。もめた挙句、会社を去って行った同僚も何人かおりました。私は補助金を要求せずに入金率一〇〇パーセントを守っている優等生なので、『川下は今月もよく頑張った』って部長はとても優しかったです。それこそ、今日みたいに『誠ちゃん、一杯やろうや』って部長からよく誘ってもらいました。入金率の悪い担当員は、絶対に部長から誘われたりしませんから。こんな焼き鳥屋じゃなく、結構いい店に連れてってもらってましたから、その金が部長のポケットマネーであるはずがなく、会社の接待交際費だったんでしょう。社員同士で使うよりは、販売店の補助金にしてやった方が有意義だったんじゃないかって、今となってはそう思います。ははは、会社は販売店の補助金はカットしているのに、社員の飲み食いの金はまだあったってことですねえ。私は結局、目先の居心地の良さに逃げてしまったんです。入金さえちゃんとしていれば、大勢の前で怒られることもないし、会議で針のむしろに座ることもない。私はこれと言って取り柄もなく、子どもの頃から先生にほめられたりすることもほとんどなかったのに、部長がみんなの前で『川下はよくやってる。みんな川下を見習え』って言うんですよ。後輩から『川下さんすごいですね。どうやってるんですか』って尊敬の眼差しで見られて本当にうれしかった。どうしようもないバカですよね？どうですか？」

神田は川下の思い出話が面白過ぎて、小説を読むがごとく引き込まれていたため、突然、川下からコメントを求められて慌てた。

「いやあ、その頃は、我が社はまだそんな交際費の使い方をしてたんですね」とくだらない回答をして自己嫌悪に陥った。川下の話における本質的な問題は、経費の無駄使いではなく、残紙が多いために補助金がなければ販売店の経営が成り立たないことである。しかし、川下は神田を軽蔑するそぶりもなく話を続けた。

「神田さんなんかは、お若いからピンとこないでしょうが、バブルの頃は今から思えば、大和新聞もそれなりに調子が良かったんだと思いますよ。入金が滞りそうな店にはすぐに補助金が出て、入金率は守られていましたから。バブル崩壊からですよ、我々の仕事がおかしくなったのは。それまでじゃぶじゃぶと補助金が出ていたのに、突然、蛇口が締められたんです。当時の担当員は補助金の増減をコントロールすることが、販売店をコントロールすることでしたから。補助金という武器なしに、担当員が販売店と対峙するノウハウはありませんでした。補助金が使えなくなると、担当員はどう仕事をしていいのか分からなかったんです。私も結局、自分の金で店に補助するのは一年も持ちませんでした。借金が膨らみ過ぎて返済に行き詰まり、鬱状態になって出社もできなくなってしまったんです。それで現場部から販売推進部に配置転換されたという訳でして」

神田はこのいきさつを聞いて、とても営業マンに向いているとは思えない川下が、なぜ大和新聞社の担当員という仕事を選んだのか疑問が湧いた。

「ずいぶんご苦労されたんですね。川下さんはなぜ我が社の担当員に?」と言うと、川下はごくごくとビールを飲み干し、「私はね、神田さんみたいな記者になりたかったんですよ」と空のジョッキを見つめながら言った。

「こう見えても学生時代は文学青年でしてね。編集局の学芸部って言うんですか、文芸部って言うんですか、作家を取材したり、直木賞とか小説に関するニュースを担当する部署がありますよね。そんな所で働けたらいいなあと思って、記者の試験を受けたんですよ。でも、どの新聞社も受かりませんでした。それでも、どことなく新聞社に未練がありまして、一般職の試験を受けたら大和新聞に受かったんです。歴史ある新聞社の社員なら生活も安泰だし、ひょっとしたら働いているうちに編集局に移れるかもしれないって、甘い考えで入社したんですよ。今じゃ、好きな小説も新刊は無理で、古本屋でしか買えなくなってしまいました。なのに、私が家で本を読んでいると、女房はうるさいんですよ。『今さら、あんたが本を読んで何の役に立つの。そんな暇があるならアルバイトでもしてよ』って。いくら甲斐性なしの亭主だからって、この言い草はひどいと思いません？　女房は家計を支えるために、近所のスーパーで働いているんですが、『あんたの借金のせいで、子どもたちを私立中学に行かせてやれなかった。子どもがかわいそうだ』って飽きもせず言うんです。あ、子どもはもう二人とも大学生なんですけどね。女って、何であんなに同じことを何年も繰り返し繰り返し言えるんでしょうね。やはり男と女は脳の構造が違いますな。神田さんは独身で大正解です。結婚なんてするものじゃありません」

川下の大演説を聞きながら神田はこの日、コンビニで川下に会ったことに納得した。仕事が終わった後、自宅に帰るのをちょいと先に延ばし、しばしコンビニのカウンターで文庫本を読むのが、川下のささやかな楽しみなのだろう。今日はたまたま神田がコンビニに入ったので出合ったが、川下はおそらく仕事で出勤している日は、あの時間、いつもあそこにいて「自分の時間」を確保しているに違いない。

それにしても、ビールジョッキ一杯で、かなり生々しい話を聞いてしまった。ほろ酔いセットも平らげたところで神田は、「川下さん、無理に付き合ってもらって悪かったですね。大変、勉強させてもらいました。今日はお誘いした僕が払いますから」と言い、「大将、お勘定お願い」とカウンターの中に声をかけて、二人分を支払った。

川下は「お気遣いいただいてありがとうございます」とぺこっと頭を下げた。形だけでも「いやいや、そうはいきません。割り勘で」と言うつもりはないようだ。財政難はかなりのものだと思われる。

「居残り屋」から出た川下は、「神田さんは私みたいにはならないでくださいね。借金はやっぱりないに越したことはありませんよ」と言い、「ほろ酔いセット、ご馳走様でした」とおじぎをし、とぼとぼと駅の方向に歩いて行った。その後ろ姿を見ながら神田は、川下は今晩も女房にとっちめられるために帰宅するのかと胸が痛んだ。

10

販売推進部の川下誠次と行きがかりでビールを飲んだ夜、神田は借金地獄でボロボロになる夢を見た。目覚めた時は寝汗でじっとりした体はだるく、頭も重かった。もう出勤すらしたくない気分で朝刊を開いた途端、バリバリと雷に打たれたような衝撃を受けた。社会面の四コマ漫画の横に掲載された四段見出しの記事。「英知新聞セールス七人逮捕」「特商法違反　大阪府警堺西署」の見出しが躍っていた。昨日の夜、会社に上がった時は全く話題になっていなかったので、きっと警察の発表は夜遅かったのだろう。深夜のテレビニュースで流れていたのだろうが、昨晩はニュースも見ずに寝てしまった。

記事によれば、日本英知新聞のセールス組織である株式会社「泉寿会」の社員が、堺市西区の女性（七五歳）に「懸賞の景品が当たるようにしてあげる」と虚偽の説明をして新聞の購読契約書に署名させたとある。堺市の元販売店主の妻、北原光江に被害者役を頼んだ日本英知新聞の「ニセ懸賞」だ。神田の「泉寿会おとり計画」が、警察によって事件化されたのだ。七人も逮捕とはすごい。実行犯だけでなく、指示を出した組織の上部にまで捜査の手が伸びたのだろう。

神田はいてもたってもいられず、堺西署に電話して春駒署長につないでもらった。電話に出た春駒は「お陰さんでええ事件になったわ。ありがとうさん。詐欺罪の立件も検討したんやけどな、まあ特商法違反でもええやろう」と上機嫌だった。

「昨日のテレビニュースも全放送局が流してくれたし、今日の新聞記事もデカかったしなあ、日本英知新聞以外は。わははははは」

「お見事じゃないですか、春駒さん。僕もうれしいです。近いうちに一緒に祝杯を上げさせてくださいよ」

「おう、やろう、やろう」と春駒は賛成し、さっそく一週間後に春駒の行きつけの小料理屋で会うこととなった。ところが、そこで春駒との電話は終わらなかった。

「ところで、神田よ。キンジョウマサルって大和新聞の人かいな?」

「はあ？　キンジョウマサル？　僕は知らない名前ですが……。大和新聞本社の人間ですか？　それなら社のデータベースで社員名簿を調べれば、すぐに分かると思いますよ」

「うーん、本社なんかなあ……」

「本社の社員じゃなくて販売店の人だったら、ちょっと時間かかりますね。店主はすぐに分かりますが、従業員を全部、洗うとなるとかなり面倒です」

神田は販売推進部にいた当時、読者からの苦情電話を受ける中で、新聞販売店は新聞社が経営しているとか、新聞社の子会社だと思っている人が意外に多いのに驚かされた。販売店はごく一部で新聞社の直営店はあるが、大半はそれぞれ独立した事業体である。各店舗に経営者がおり、各店の判断で従業員を雇用している。専従も入ればアルバイトもいるし、入れ替わりも激しいので本社と言えどなかなか全容はつかみにくい。

「あの、そのう、春駒さんはなぜ、そのキンジョウマサルって人を調べてるんですか？」

「泉寿会の事務所の捜索で、銀行の預金通帳を押収したんやけど、その記録にちょっと気になることがあって」

「キンジョウマサルって人と泉寿会の間に金の出入りがあるんですね」

「そうや。うーん、かなり古くからわりと最近まで、年に何回かのペースでキンジョウマサルに金が振り込まれてる。金の流れは一方通行だな」

「泉寿会から定期的に金を受け取っている人物ってことですか」

「押収した通帳は泉寿会名義ではないんやけどな。名義は平和企画興業とかいうわけのわからん法人や。これという活動実態もなさそうだし、たぶん、泉寿会のダミー会社だと思う」

「泉寿会は電化製品を安く仕入れるルートを持っているらしいですから、キンジョウマサルってのが、工場からの横流し品か何かを手配してるんじゃないでしょうか」

「わしらもそう思って調べたんやが、逮捕した泉寿会の被疑者の中に『それは大和新聞のもんや』と取り調べで言うとるのがおるんや」

「はあ……」

容疑者の供述から「大和新聞」の名前が出ていると分かり、神田は緊張が高まった。泉寿会は販売局長の永峰のことも目の敵にしているようだし、何か大和新聞社と特別な関係でもあるのだろうか。しかし、春駒の話ではキンジョウマサルには「かなり古くから金が振り込まれている」とのことだ。最近になって泉寿会が永峰にからんでいるのとは事情が違う。

神田は「キンジョウマサルって人が大和新聞の関係者にいるかどうか調べて、祝杯を上げる時に春駒さんに報告できるようにします」と言った。

「よろしく頼むわ」と春駒は電話を切った。


神田は深夜に会社に戻り、誰もいない販売局のフロアでパソコンを開き、大和新聞社のポータルサイトでキンジョウマサルを探した。まず、社員名簿にはなかった。OB会の名簿にもない。販売店名簿でも店主の中にそういう名前の者はいない。となると、販売店従業員か、セールスチームか。どうやって調べようかと考え込んでいると、「こんな時間まで何してるんですか」と背後から声をかけられ、神田は飛び上がった。近畿販売二部の月岡翔馬だった。

「おう、お前こそ何でこんな時間に?」と神田が聞くと、月岡は「近くで飲んでたんですけど、飲み過ぎて終電に間に合わなくなっちゃいまして。会社の当直室に泊まろうと思って」と酒臭い息を吐いた。

神田は試しに聞いてみた。

「月岡、お前、キンジョウマサルって名前に聞き覚えないか？　たぶん販売店かセールスチームにいたやつだ。今はもういなくて、以前にいたやつかもしれない」

「こんな時間に何してるのかと思ったら、その人を探してたんですか。キンジョウマサル？　僕は知らない名前ですけど、担当の販売店に聞いてみます」と月岡は眠そうに言い、「じゃあ、僕はもう寝ます。おやすみなさい」と少しふらつく足取りでエレベーターホールの方に歩いていった。

11

翌日から神田は、訪店先で「キンジョウマサルって知ってますか」と片っ端から聞いて回った。と同時に、全国の大和新聞社の本社支社に電話し、セールスセンター事務局にキンジョウマサルというセールスがいるか問い合わせた。販売店の従業員のバイク保険を扱っている子会社にも調査を依頼した。しかし、該当者は見つからなかった。やはり、現役ではなく、過去の人物なのか。だとすれば記録には限界がある。全販売店と全セールスに尋ねて、記憶をたどってもらうしかないのか。

二日ほど収穫がなく、夕方、神田が疲れた体で電車の座席に座っていると、ズボンのポケットで携帯電話がブルブルと震え、メールの着信を告げた。神田は急いで受信メールボックスを開けた。

「月岡です。金城将《きんじょうまさる》いました。三〇年ちょっと前、一年ぐらい二階堂新聞舗の従業員でした」

二階堂新聞舗は一〇〇年以上の歴史がある組織店で、滋賀県大津市で約一〇店の販売店を経営している。従業員数も売り上げも中小企業並みであり、個人商店の販売店とはガバナンスが違う。古い従業員データもパソコンに入力して管理していたのだろう。

「でかしたぞ、月岡」

神田は思わずガッツポーズをし、居ても立ってもいられず、次の駅で降りて月岡に電話をかけた。

「月岡、ありがとう。仕事が早いな」

「二階堂さんの店だったのは幸運でした。他の店だったらこうはいきませんでしたよ」

月岡によれば、金城将は昭和四〇年五月一二日生まれ、中学を卒業して昭和五六年四月から二階堂新聞舗の従業員になり、翌年の昭和五七年の三月末で辞めた。その後は、二階堂新聞舗の紹介で、大阪府岸和田市の南岸和田販売所の従業員になっていた。金城の仕事ぶりや、店を代わった理由は、二階堂新聞舗のパソコンデータからは分からなかった。

神田は次の日、さっそく南岸和田販売所を訪店し、金城将について聞き込みをした。過去の従業員についてほじくり返す理由を聞かれた場合に備え、「沖縄の画家が、大和新聞那覇支局に『遠縁の金城将という男が大和新聞の販売店で働いていたが、現在、行方が分からない。何か手がかりがないか』と問い合わせてきたという架空の話を用意していたが、全く何も聞かれなかったので拍子抜けした。一二年前に開業した販売店主は、金城将のことは知らず、販売店に古くからいる従業員を呼んでくれた。

やって来たのは、六〇代半ばの小太りで無精ひげを生やした男だった。この古参従業員の記憶によると、金城将は確かに三〇年ぐらい前に三年ほど南岸和田販売所で新聞配達をしていたという。

「どんな従業員でしたか？　仕事ぶりとか、生活態度とか」と神田が尋ねると、無精ひげは「よう働く真面目な子やったです。将来は店を持つんかなと思うとりました。そうはなりませんなんだが」と答えた。

「店を持つ」とは、新聞販売店従業員がコツコツとお金を貯め、販売店主になることである。優秀な一部の従業員だけが「店主幹部候補生」に選ばれ、資金を貯めながら研修を経て販売店主となる。

「販売店主にはならず、この店を三年で辞めてしまった理由は何でした？」

「借金取りから逃げたんとちゃいますかな」

「金城さんって借金があったんですか？」。どうもこのところ、借金の話に妙な縁がある。

「いや、将はまだ子供みたいなもんでしたさかい、将の借金やのうて親の借金ですわ。親父さんがパチンコや競馬やばくちが好きで家族は困ってたみたいです」

「働きもせず、ばくちばっかりしているような親父さんだったんですか」

「えーと、親父さんはばくち好きってことしか思い出せませんなあ。働いてたんか働いてなかったんか……。将も親父のことはあんまりしゃべらんかったですわ。そんな親父では、他人にはしゃべりたくないのは当たり前ですけど」

「お母さんとかご兄弟はいらっしゃったんですか?」

「えーと。……そうや、だんだん思い出して来ましたわ。将はこの店の近くのアパートで、お袋さんと住んでましたわ。兄弟はおったかどうか、よく思い出せません。お袋さんは確か、どっかの工場で働いてましたわ。将はお袋さん思いの子でして、販売店主になってお袋さんに楽をさせてやりたいって言うてましたなあ。この店で働くようになってから、最初は何事もなかったんですが、そのうち将がここにおるのを嗅ぎ付けたんでしょうなあ、店にも借金取りが押し掛けて来るようになったんですわ」

「それで金城将さんは店にいられなくなって、辞めてしまったということですか?」

「そういうことちゃいまっか」

おそらく、金城将は大津市の二階堂新聞舗の従業員募集に応募して就職したが、父親の借金取りに追われるようになり、二階堂新聞舗に紹介してもらって母子で大阪の岸和田市に逃げたのだろう。しかし、岸和田にも借金取りが押し寄せて来て、またもや逃げざるを得なかった。

記憶の蘇ってきた無精ひげは、当時を懐かしむように続けた。

「その頃の所長さんは、まあこの人もたいがい凶暴な人で、木刀を振り回して借金取りを追い払っとりました。三〇年前の販売店主としちゃ、珍しいタイプやおまへんけどな。はっはっ。最近は所長さんも代替わりして、大概、おとなしい人ばっかりでっしゃろ」

大概がおとなしくて結構だ。浜崎や木刀ばかりではこっちの身が持たない、と神田は想像して身がすくんだ。

　無精ひげは面白そうに続けた。

「所長も木刀で頑張ったんやが、借金取りもこれまた凶暴な連中ですさかい、しつこく店に来よりまんねん。結局、将の方が所長に迷惑かけて申し訳ないと思って出て行ったんやと思います。所長も将を可愛がってましたから、辞めた時はえらい残念がってました」と無精ひげは遠い目をした。

　神田は、販売店がそんな事態になっているのを、本社の担当員は知っていたのだろうかと気になった。

「その時の本社の担当員は誰だったか、覚えておられますか？」

　無精ひげは「ええと……」としばらく考え込み、「ああそうや」とポンとひざを打った。

「そう言えば、本社の担当さんも将に『お前は自分の店を持てよ』ってよう言うたはりましたわ。今の局長さん、永峰さんですわ」

「へえ、永峰さんが担当員で、金城さんを応援してたんだ」

「もう三〇年も前の話ですけど、その頃でも子供が高校に行くのは当たり前でしたやろ。全く勉強する気がない子供でも、高校には行ってましたわな。将はしっかりした賢い子やのに、大学どころか高校も行かせてもらえずに中卒で働いてて、永峰さんは不憫に思われたんと違いますか。ああ、不憫ちゅう言い方が悪いんやったら、将の利発さを見込んだということですかな。とにかく将を可愛がってはりました。将はよう『永峰さんにレストランに連れて行ってもらった』とか『一緒に映画を観に行った』とか、うれしそうに言うてました。永峰さんも将に店を持たせるのは本気だったみたいで、銀行の預金通帳まで作らせてましたで」

預金通帳という言葉が無精ひげから出たのに、神田ははっとした。キンジョウマサル探しに熱中していたが、こうやって昔の金城のことをほじくり返しているのも、そもそも警察が泉寿会から押収した平和企画興業なる法人の「通帳」が発端だった。

「担当員だった永峰さんは、金城さんに預金通帳を作らせて販売店主になるための資金を貯めさせようとしたんですね。通帳を持ったら目的意識がはっきりしますし」

「そうですやろな。永峰さん、一緒に銀行に行って作ってやったんとちゃいまっか」と無精ひげはにっこりした。

「そうですか、いろいろ聞かせてもらってありがとうございました」

「お役に立ちましたかな」

「大助かりです。そうだ、話は変わりますが、先日、泉寿会のメンバーが何人か警察に逮捕されたじゃないですか。あれって何か影響出てませんか？」

「影響と言いますと？」

「販売店に『新聞屋は悪いことしとるんか』って電話がかかってきたり、集金先で『大和新聞もあんなひどいことやってんのか』って言われるとか」

「いや、そんなことはあらしまへんで」

無精ひげは「泉寿会」には反応なしだった。ということは、泉寿会と金城将との関係を尋ねるのは無駄だろう。

神田は念のため、「平和企画興業って会社はご存じですか」と聞いてみた。

無精ひげは「へぇ？　平和企画？　何ですの、それ」とぽかんとしたので、神田は「いや、ご存じなかったらいいですよ」と質問を打ち切った。

それにしても、無精ひげの話で浮かび上がった金城将は、将来を嘱望される勤労少年の見本みたいな人物だ。怪しげな平和企画興業なる法人からの入金という後ろ暗さの漂う事実とは結び付かない。警察が探しているキンジョウマサルと、この販売店で働いていた金城将は別人なのか？　それとも金城将には、回りの大人に言えない何かがあったのか……。

神田がもやもや考えながら南岸和田販売所を去ろうとすると、販売店主が「神田さん、今度の土曜日の愛読者の集いには、来てくれるんですか？」と尋ねてきた。

「今度の土曜……、そうか、『蘇る懐かしの歌声喫茶』でしたね。ええ、構いませんよ。歌声喫茶ってどんなものか、僕も見てみたいし」

大阪府南部専売会の販売店は、協力して定期的に「ご愛読者様の集い」を開催していた。読者を対象に、無料もしくは手軽な料金で参加できるイベントを実施する読者サービスである。読者の平均年齢が高齢化しているので、無理せずにできるヨガ教室や史跡巡りウオーキングなどお年寄りの喜びそうな企画が多く、次回は岸和田市の公民館で昭和三〇～四〇年代にブームを巻き起こした「歌声喫茶」を再現することになっていた。

南岸和田販売所の店主は「それだけじゃないんですよ」とちょっと得意気に付け加えた。

「歌声喫茶の後は、テレビにコメンテーターで出ておられる論説委員の美波《みなみ》さんの講演もあるんです。臼井さんが担当の時に交渉してくれて、東京からわざわざ来てくれることになったんです。せっかくなので夕方から一席、設けようかと思ったら、お忙しいみたいで東京にとんぼ返りなんですが」

「そうですか。美波さんが来られるなら、参加申し込みもたくさんあったでしょう」

「ええ、普段の倍ぐらいありました。やっぱりテレビに出ている人のネームバリューは違いますねえ。当日は美波さんのアテンドで、古石編集局長さんも来られるそうです」

「僕も早めに行って準備を手伝いますよ」

古石の顔など見たくもないし、名前を聞くのも不愉快だが、販売店主の要請とあっては無下には断れない。


南岸和田販売所を出てから神田はさっそく堺西署の春駒署長にメールを打った。

「金城将、昭和四〇年五月一二日生まれ。昭和五六年四月~昭和五七年三月まで大津市の大和新聞二階堂新聞舗の従業員。同年四月から岸和田市の南岸和田販売所従業員。約三年後に辞め、その後は消息不明。販売店主を目指していたが、親の作った借金で借金取りに追われ、販売店を辞めて逃げた模様。大和新聞にいたのはかなり昔であり、泉寿会の言うキンジョウマサルかどうかは確認できず。神田」

情報提供には情報で返す。春駒からは「サンキュー」と返事が来た。

12

春駒の行きつけの小料理屋は堺市西区で有名な神社近くにあり、老舗料亭で修業を積んだ料理人が独立して三年前に開業した店だった。日本酒を豊富にそろえ、春駒は自分の名前に似ているという理由で富山の地酒「勝駒《かちこま》」がいたくお気に入りだった。店の奥の三畳ほどの小部屋で二人は祝杯を上げた。

春駒は「この事件はこれでは終わらせへんで。泉寿会と暴力団とのつながりを暴いてみせる」と警察官らしい意欲を見せ、神田は「暴力団と泉寿会を壊滅させてください」と調子を合わせた。

出し巻き卵やレンコン饅頭《まんじゆう》を食べ、ビールを空けて、春駒推薦の勝駒を冷やで飲み始めたころ、春駒は「お前からの情報を元に、金城将の居所を突き止めた。うちの捜査員が会って来たよ」と言った。

自分の情報提供から数日で、もう金城を探し出したのか。春駒は事件のスピード解決の名手で、大阪府警では「新幹線」の異名を持つ。神田はその片鱗を見た思いがした。

「僕が情報提供した販売店従業員の金城将は、やはり、堺西署が探していた人と同一人物でしたか」

「今のところ、同一人物と考えて矛盾する点はない」

キンジョウマサルと金城将は一致した。かつての新聞勤労少年が、怪しげな会社から最近まで金を受け取っていたことがだんだん裏付けられ、神田は頭の整理がつかなくなってきた。金城はいったいどんな秘密があったのか。

「ところで春駒さん、金城さんは今どこで何をしておられました？　お元気でしたか」と神田は努めて明るく聞いた。

「北九州の製鉄工場で働いとったわ。岸和田からどこをどう流れてそこに行きついたのか、金城の苦難に満ちた半生を聞くことはできんかったけど、今は工場の現場責任者を任されて、しっかりした立場におるようやで。十数年前に結婚して家庭も持っていたわ」

「うわあ、そうですか。僕は金城さんに会ったこともありませんが、そういう話を聞くと何だかうれしいです。彼のことを調べているうちに、知らない人とは思えないようになっていまして」

「ははは、妙な話でわしら警察官もそういうことあるな。金城は大和新聞にものすごく感謝しとったらしいぞ。大津でも岸和田でも、とてもよくしてもらったって言うとったそうや。お前とこ、ええ会社やったんやな」

「大津と岸和田の販売店主がえらかったんですよ。本社はどうしようも……、いや、その」

春駒は神田の口がすべったのは気にならないようで、勝駒を飲みながら話を続けた。

金城が南岸和田販売所を辞めたのは、やはり借金取りから逃れるためで、「大人になったら、大和新聞の販売店をやりたかった。それで大和新聞に恩返ししたかった」と捜査員に話したという。

神田は金城の不可解な入金はともかくとして、この人材を逃したことが残念でならなかった。彼が販売店主になっていれば、きっと販売店の見本のような店を築いたに違いない。いや、それどころではなく、大和新聞大阪本社の販売網を牽引する大物店主になっていたと思う。

「僕も金城さんみたいな人に、大和新聞の販売店主をやってほしかったなあ。みんなに可愛がられるというか、子供ながらに人望のようなものがあった人みたいです。うちの担当員は、まだ一〇代の金城さんに『販売店主になるために貯金しろ』って銀行口座を開かせたぐらいですから」

神田がしみじみそう言うと、春駒からどきりとする打ち返しがあった。

「金城はな、その口座の通帳と印鑑を『借金取りに持って行かれた』と言うとる。岸和田から夜逃げする前に」

「えっ、いくら借金取りでも新聞少年の通帳まで奪うなんてひどすぎる」

「三〇年前の金貸しのやることやからなあ。サラ金なんか闇金なんか知らんけど」

「警察がつかんでいる平和企画興業の入金先は、その、まさに、金城さんが三〇年前に借金取りに奪われた口座なんですか？」

春駒は勝駒を口に運び、おもむろにうなずいた。平和企画興業名義の通帳には、振込先の名義人しか記録されていないはずだ。警察は銀行に入金先の口座番号などの情報を提出させたのだと神田は察知した。

「金城さんへの入金は古くからと言うことでしたが、その、具体的にはいつごろからなんでしょう？」

「それも三〇年ぐらい前からかな」

「と言うことは……、金城さんから通帳と印鑑を奪い取った金貸しが、そのまま隠し口座として使っていたのではないですか？」

春駒は神田のこの質問には答えなかった。どうやら警察の見立ては違うようだ。春駒の話は銀行口座から別の方に向かった。

「おい神田、金城を可愛がっとった大和新聞の担当員って、まだ大和新聞におるんか？」と聞かれ、神田はぎくりとした。

「いえ、もう定年退職しています」

「連絡取れるか?」

「僕は連絡先は知りませんが、OB会があるので聞いてみます」

神田はとっさにそう誤魔化した。金城将と永峰局長との関係は、警察には知らせない方がいいような気がした。永峰個人がどうなろうが、どうでもいい。しかし、警察の捜査線上に大和新聞社販売局のトップが登場したとなると、会社がダメージを被ることも十分、考えられる。

「春駒さんはなぜ、その担当員に関心があるんですか?」とこわごわ尋ねてみた。

「うーん、どうも、金城が言う『通帳は借金取りに持って行かれた』というのが、わしは納得できんのや。わしの勘でしかないけどなあ。その通帳を作らせた担当員なら、何か分かるかなと」

「担当員がそこまで分かるかどうか……。三〇年前の子供の通帳のことなんか、忘却の彼方かもしれません。うちの会社ってほんと忘れっぽい人が多いですから」

「お前の話でも、金城は大和新聞の販売店主を目指している賢い少年だったんやろ? 借金取りに押しかけられる生活なんやから、将来の独立資金を持って行かれんように、信頼できる人に預けておくことも考えそうなもんやないか」

春駒の指摘に神田はまたもやぎくりとした。信頼できる人……。金城を借金取りから守ろうとしてくれた販売店主か、可愛がってくれた本社の担当員か。こりゃますます、当時の担当員が現販売局長の永峰だとは、春駒に言わない方がよさそうだ。

「でも春駒さん、そうすると金城さんは警察に虚偽の説明をしてるってことですか? 事件の容疑者でもなし、何も悪いことをしていない人が、警察にそんな嘘をわざわざ言うでしょうか」

「警察がはるばる大阪から北九州までやってきて調べとるんやから、ええ話であるはずがないやないか。事件捜査しとる警察に、下手に『通帳は〇〇さんに預けました』なんて言うて、その人に迷惑がかかったらあかんと配慮しても不思議じゃないやろ。通帳を預けたのが、自分を可愛がってくれた人ならなおさらや」

神田は春駒の勘は正しい気がした。ピカピカに輝いていた勤労少年の尊い預金通帳は、三〇年の歳月を経て薄汚れた姿に変わり果てているのだろうか。資産隠し、脱税、詐欺……、神田は他人名義の口座を必要とする犯罪をいくつか思い浮かべたが、どれもしっくりとはこなかった。

しかし、春駒の話から一つ見えてきた筋がある。春駒の勘通り、金城が信頼できる本社の担当員「永峰」に通帳を預けたのだとしたら、三〇年後も永峰がまだその口座を預かっているのだとしたら……。もしそうであれば、永峰が泉寿会から脅かされているのは、その通帳と関係がありそうだ。

第四章　大物店主

1

大阪府南部専売会が企画したご愛読者様の集い「蘇る懐かしの歌声喫茶&美波雅隆《まさたか》・大和新聞論説委員の講演」が開催された土曜日は、よく晴れたいい天気だった。神田は朝から大阪府岸和田市の公民館で、販売店主や従業員らとともに、机や椅子を並べたり、歌詞カードを用意したり、お茶やお菓子の準備をした。

午後一時の開演時には会場に一〇〇人近い読者が集まった。アコーディオンやフルートの演奏に合わせて昭和歌謡やロシア民謡を歌うお年寄りの姿は、子供のように無邪気でほほえましく、神田も一緒になって歌を歌った。元気よく声を張り上げたり、歌の先生の軽妙なトークに笑いながらお茶を飲むうちに、一時間半はあっという間に過ぎ、後半の美波雅隆論説委員の講演を前に一五分間の休憩に入った。参加者たちがトイレに行ったり携帯電話をかけたりと会場がざわざわする中、美波論説委員と古石幸太郎編集局長が姿を見せた。

会場にいる人々は「ほら、美波さんよ」とささやきながら美波論説委員の周りに集まり、握手を求めたりしている。隣の古石まで人気者になったかのようなにこにこ顔だ。後半の開始時間が近づくと司会者は席につくようマイクで放送し、古石と美波は会場前方の椅子に並んで座った。

政治が専門の美波の講演テーマは「政治記事の読み方」。現在の政治の課題を外交、内政とともに要領よくまとめて解説し、新聞記事やテレビ放送では分からない有名政治家の知られざる性格や、入り組んだ人間模様を大げさに描写して会場を沸かせた。

一時間の講演が拍手で終了した後、この日の責任者である大阪府南部専売会の深江《ふかえ》会長が「お手元にお配りしておりますアンケート用紙に、今日の歌声喫茶と美波論説委員の講演会の感想を書いてくださるようお願いします。また今後、『大和新聞ご愛読者様の集い』で企画してほしいイベントなどがあれば書いてください。大いに参考にさせていただきます。書き終わったら、お手数ですがこちらまでお持ちください」と呼びかけた。老人たちは几帳面に感想を書き込んだり、美波を取り囲んで記念撮影を楽しんでいた。

手持ち無沙汰になった神田は、公民館の裏の喫煙コーナーで一服しようと正面玄関から外に出たところ、駐車スペースに停まった黒塗りのハイヤーの窓が開き、運転手が顔を出して「どうも」と笑顔であいさつした。黒塗りのハイヤーは大和新聞社の社有車だった。神田は運転手の顔を見て、思わず社有車に駆け寄った。

「熊《くま》さんじゃないか。こんな所で会うなんて」

「ご無沙汰しています、神田さん」

運転手の熊さんこと熊川《くまかわ》は、神田が大阪府警を担当していた時、事件担当記者の夜討ち専用車の運転手だった。睡眠不足の神田が捜査員の自宅近くに停めたハイヤーの後部座席で居眠りしていると、熊川が「神田さん、帰ってこられましたよ」と捜査員の帰宅を知らせてくれた。神田にとっては戦友のような存在だ。

「神田さんが乗ってくれないから寂しいですよ」と熊川も懐かしそうだった。

「販売局に異動になっちゃって、社有車とも縁がなくなったな」

「私も夜回り車の運転手は外れたんですわ。もう歳ですから、あんな体力のいる仕事はできませんわ」

「随分、俺の代わりに『見張り役』を頼んだもんなあ。大阪府警担当を乗り切れたのは熊さんのお陰だよ」

　思い出話をしながら、神田は車の後部座席を見てはっとした。熊川しかいないと思っていた車内の後部座席に、女性が一人乗っていたのだ。神田と目が合った女性は、戸惑ったような表情で少し頭を下げて形だけのあいさつをした。美波の講演会場で見た顔だ。お年寄りばかりの中で、三〇代ぐらいの華やかな服装の女性は目立っていた。

　熊川は「神田さん、今からタバコでっか？　私もお付き合いしますわ」と言って車を降り、後部座席の女性に「ちょっと一服してきます」と告げた。

　公民館の裏にスタンド式の灰皿を二つ置いただけの喫煙コーナーで、熊川はタバコを吹かしながらぷりぷりしていた。

「神田さん、あの女の人、古石さんの親戚らしいですわ」

「へ？　何で編集局長の親戚が社有車に乗ってんの？」

「この四月から編集庶務部でアルバイトしてるんです。あそこはほら、女性が一人、定年退職しましたやろ。その後釜のバイトなんですが、ちょくちょく古石さんと一緒に社有車で出掛けて行きますねん。わしら運転手に古石さんは、『親戚の子で、会社でアルバイトしてる』って言うてるんですが、でたらめなのは一目瞭然ですわ。ええ歳した親戚同士が、あんなにべたべたするわけおまへん」

「要するに古石さんとデキてるってこと？」

「でっしゃろな。今日はこの後、どこに行くと思います？」

「古石さんは美波論説委員を新大阪駅まで送って行くんじゃないの？」

「美波論説委員には別の車を用意してるんです。私の車はこれから和歌山の白浜温泉に行くんですわ。白浜で古石さんとこの『親戚の集まり』があるんですと」

「へえ、ご愛読者様の集いの次は、親戚の集い？　古石さんって秋田だったか山形だったか、あっちの方の出身だよ。その親戚が、葬式や結婚式でもないのに、和歌山の白浜に集まるとは。くっくっくっ。そりゃまあ、あり得ない話じゃないけどさ」

神田の反応につられて熊川も吹き出した。

「ぶっははは、編集局長って親戚にもえらい権力者なんですかな。わしも鹿児島の親戚に『白浜温泉まで来い』って言うてみたいですわ」

「はははは」

熊川の愉快な嫌味に神田も思わず笑った。

「それにしても、愛人との温泉旅行に社有車を使うなんて、古石さんも結構、大胆だね。白浜温泉で待ち合わせすりゃいいのに」

「テレビに出てる有名人の美波さんと親しげに話をしているのを、愛人に見せたいんとちゃいますか。ええ格好したいんです。男の見栄ですわ」

「熊さん、なかなか鋭い分析だねえ。飲み屋で知り合った女かな。『夜の仕事はつらいだろうから、昼間の仕事を紹介するよ』とか言って、うちのバイトにしたのかな」

「ふん、どうせそんなところでしょう」

「あの人は何て名前なの？」

「フルネームは知りませんけど、古石さんはサオリって呼んでます。女の方は古石さんをコウさんって呼んでます。ったく、古石さんも『親戚の子』っちゅうのが通用すると思ってるなんてアホちゃいまっか。アホなんか、わしら運転手をよっぽど馬鹿にしとるかどっちかですわ」

「確かにそうだ。大の大人を馬鹿にするにもほどがあるな。熊さん、またあの二人の情報があったら教えてよ。どんな小さなことでもいいから。俺、実は古石さんと折り合いが悪くてさ、あの人が編集局長でいると俺は編集局に戻れないんだよ。古石さんを編集局長の椅子から追い出すのに、後部座席のサオリちゃんは役に立つかもしれない」

「そういう事情でしたら協力しますわ。お役に立てるかどうか分かりませんが、また連絡します」

神田と熊川は喫煙コーナーで別れ、熊川は社有車に戻り、神田は公民館のイベント会場に戻った。販売店主や従業員らはすでに会場の後方から机や椅子を片付け始めており、神田もそれに加わって公民館の会場と倉庫を行ったり来たりした。

参加者が美波論説委員との記念撮影や握手を終えて引き上げた後も、会場前方では大阪府南部専売会長の深江と、美波、古石の三人は立ち話をしていた。深江は美波にしきりにお礼を言っている様子で、神田は古石がちらっとこちらを見たので不思議に思ったが、気にしないことにした。

美波と古石を公民館の玄関まで見送った深江は、参加者から集まったアンケート用紙の束を持って、パイプ椅子を折りたたんでいる神田の所にやって来た。

「神田さん、アンケート用紙をお預けします」

「は？　何でそれを僕が預かるんですか？」

「え？　だって、神田さんがまとめてくれるんじゃないんですか。古石編集局長がそう言っておられましたよ」

「古石さんからは何も聞いてませんけど。第一、あの人は今日、美波さんのアテンドでここに来ただけで、こっち側のオペレーションには関わっていないでしょう？」

「それ、どういうことですか？　さっき私が美波論説委員に『アンケートを分析して参加者の感想を美波さんにもお知らせします』って言ったら、古石編集局長が『それは担当員の神田にさせますから、アンケート用紙は神田に渡してください』っておっしゃいましたよ。てっきり、古石編集局長と神田さんとの間でそういう話になっているのかと思ったんですけど」

神田は、すでに古石が会場から立ち去っていて良かったと思った。目の前にいたらパイプ椅子でぶん殴っていたかもしれない。俺が気に食わなくて編集局から追い出したくせに、まだ余計な仕事の押し付けは続ける気か。編集局長とはいえ、他局の社員に仕事の指示をしたり、勝手に俺の仕事を引き受けたりする権限などないはずだ。

深江が「じゃ、これどうしたらいいんですか。結局、こっちでやるんですかね」とふてくされたように言ったので、神田は仕方なく「分かりました。お預かりします」と言ってアンケート用紙の束をひったくるようにして受け取り、自分のかばんに突っ込んだ。前の担当の榊原浩が専売会の積立金を奪ったりしたので、この地区は本社と販売店の信頼関係にひびが入っている。これ以上、アンケートのようなささいなことで傷口を広げない方がいい。

ようやく片付けが終わって汗ばんだ神田が自動販売機でペットボトルのお茶を買っていると、携帯電話のメール着信音が鳴った。

「熊川です。宿泊先は白浜マーメイドホテル。晩飯はシャットマルゴを飲むそうです」

相変らず熊川は気が利いていてものすごく頼りになる。

2

一旦、大阪市内の自宅に戻って準備を整えた神田は、南海電車で白浜温泉に向かった。車内ではスマートフォンで白浜温泉の情報を検索した。

熊川のメールにあった「シャットマルゴ」は、フランスワイン「シャトー・マルゴー」の聞き間違いだ。後部座席で古石とサオリが、今宵の晩餐の話をしているのを耳ざとくチェックしたのだろう。九〇年代に大胆な性描写で話題沸騰したダブル不倫男女の恋愛小説で、心中を決意した二人がシャトー・マルゴーに青酸カリを入れて飲んだことから、このワインまで一躍有名になった。小説はテレビドラマにも映画にもなり、当時、紳士の社交場は不倫妄想トークが炸裂していたと聞く。

古石は小説の主人公の敏腕編集者気取りで、サオリとの夜を楽しもうとしている。聞いている方が気恥しくなるような、中年男の自己陶酔ぶり。神田は、いっそのこと小説の結末と同様に二人で死んでくれたらこんな苦労は今日で最後になるのにと心の中で毒づきながら、二人のディナーの場所を探した。

高級ワインのシャトー・マルゴーを置いているとすれば、フレンチレストランしかない。白浜マーメイドホテルのメーンダイニングはイタリアンだった。神田は白浜温泉内のフランス料理店に片っ端から電話してみることにした。

「はい、グランポアソンです」

「すいません、今日の夜、古石って名前でそちらに予約が入っていると思うのですが、何時からだったでしょうか？」

「古石様ですか？　少々お待ちくださいませ。えーっと、本日は古石様というお名前でのご予約はございませんが」

「そうですか。お店を間違えたみたいです。申し訳ありませんでした」

この要領で次々に電話し、三軒目の「ヴァン・デュ・シラハマ」でヒットした。予約は夜七時からだった。

インターネット情報によれば、ヴァン・デュ・シラハマは三月にオープンしたばかり。神田は長髪のかつらにサングラスというまたもやちゃちな変装グッズを身に着け、十分に暗くなった夜八時ごろ様子を窺いに行った。コンクリートの打ちっぱなしのモダンな平屋建てで、ガラス張りの店内は外からよく見える。古石とサオリの二人はうまい具合に窓際の席で、二人で向かい合わせに座って赤ワインを飲みながら、楽しげに会話していた。

神田は少し離れた歩道でかばんから高性能な望遠レンズを備えたコンパクトカメラを取り出し、二人の顔が双方とも判別できるように、角度を変えながら何枚か写真を撮影した。白浜温泉駅前のラーメン屋に行ってネギラーメンを食べてから、一時間ほどしてまたヴァン・デュ・シラハマに戻り、二人がデザートを食べているのを確認して、白浜マーメイドホテルに向かった。

ホテルのロビーで壁際の椅子に座って待つこと約二〇分。自動ドアが開いて入ってきた古石とサオリは、まるで「撮影用」に作ってくれたみたいなポーズだった。古石の右手とサオリの左手はがっちりとつながれ、サオリは右手も古石の右腕をつかんで寄りかかっている。二人とも、高級不倫ワインに酔って大胆になっているのだろうと神田は想像した。

ハードカバーの小説を読んでいるふりをしたが、本の中にはコンパクトカメラがはめ込んであった。これも記者時代に作ったオリジナルの隠し撮り用小道具だ。しかし、これぐらい周囲が目に入らない状態の二人であれば、小道具なしで堂々と撮影してもばれなかったかもしれない。

帰りの電車の中でじっくりと確認した写真は、ピントもばっちりでなかなかの出来栄えだった。神田は自宅でパソコンに「白浜温泉」と題する写真フォルダーを作成し、その中に大切に保存した。

3

古石編集局長の不倫現場を押さえるのは成功したものの、肝心の担当員としての神田の仕事はさっぱりだった。七月度の入金でも大阪府南部は入金率九九パーセントは達成できそうになく、入金の締め切り日を目前に控え、神田はデスクの吉武光広に事情を説明しなくてはならなかった。

本社一〇階の販売局で、神田と吉武が対策を話し合うため販売第一会議室に入ると、壁際にB4サイズのレシピブックが山と積まれている。月一回の発行で読者に配っているサービス品だ。印刷会社の工場から直接、販売店に配送されるので、普通なら本社にレシピブックが大量に届くことはない。

「うわ、吉武さん、何ですか、これ?」

「大阪府北部で戸別にポスティングして、新聞購読に結び付けるんだと。『大和新聞を読んだら毎月こんな素敵なレシピブックがもらえますよ』って宣伝するそうだ」

「レシピブックで新聞の購読契約が取れるんですか? 料理のレシピってインターネットでいくらでも出てきますよ」

「まあ、いつものチラシじゃなくて、ちょっと変わったものをポスティングしてみようってだけだよ」

吉武はそう言って目つきを刺々《とげとげ》しくし、「それで、どうするつもりだ?」と入金の話に入った。

「泉南《せんなん》の高橋《たかはし》所長は『今月は一〇万円ほど残金が出る』って言ってます。あそこも残紙率が高くて、もともと折り込み広告もそんな多いエリアじゃないのに、ここ最近、地元のスーパーの折り込み数が減っているそうです。店の経営はかなり苦しいです」

「所長は車を持ってるだろう? それを売らせろよ」

「そんな、あの店は駅から離れてますし、車がなきゃ所長の家族は生活できませんよ」

「格下の車に買い替えればいいじゃないか」

「所長にはそう話してみますが……。でもいつまでもそんな売り食いでしのげません。来月から少し送り部数を切ってください。五〇部でいいんです。出費があと一〇万減れば店は何とか回るはずです」

「だめだよ。店主の言う通りに部数を切ってたら、予算部数が維持できなくなる。高橋店で五〇切るのなら、別の店で五〇増やせ」

「………」

神田が答えに詰まっていると、吉武はもう高橋店の話は「自家用車の売却」で決着したと言わんばかりに、「じゃ、次だ。阪南《はんなん》の岩下《いわした》店はどうする?」と議題を変えた。

「岩下所長は『来月は折り込み広告が少し多いから、今月は残金を出すが、来月になったら払う』と約束しています。来月まで待ってください」

「本当に来月は折り込みが伸びるんだな? よし、岩下所長に借金させろ。二〇万ぐらい街金《まちきん》からすぐ借りられる。今月度は第一四半期の締めの月だから、数字を上げておかなくちゃならん。来月度までは待てない」

「岩下所長に街金の高い金利を払わせるなんて申し訳ないですよ」

「じゃ、お前が岩下に無利子で貸してやったらどうだ? 神田は独りもんなんだからそれぐらいの金あるだろう」

また、立て替えか……。他にアイデアがないのかと神田がうんざりした時、会議室のドアが開いて、局次長の花隈が入って来ようとした。中に神田と吉武がいるのを見ると、「あれ、使用中だった？　ごめん、ごめん。ちょっとだけいいかな。すぐ終わるから」と言い、吉武は「いいですよ。使ってください」と立ち上がった。花隈の後ろからは、局長の永峰が続いて入ってきた。

神田も吉武と一緒に会議室を出たが、永峰と花隈が会議室で内密に話し合う必要が生じたのだと思うと、喫茶「木馬」での一件と同様に、二人の会話を盗み聞きしたくなった。神田は猛スピードで自分の席に戻り、机の引き出しからボイスレコーダーを取り出した。録音ボタンを押し、また走って販売第一会議室に戻った。神田のどたばたした行動をデスクの吉武はぽかんと見ていた。

神田は販売第一会議室のドアを開け、「そこのレシピブックを何枚か見本でいただいていいですか」と言いながら、困惑気味の永峰と花隈は目に入らないかのようにずかずかと室内に踏み込んだ。

「大阪府北部でこれをポスティングするそうですね。南部でもできないか、販売店と話をしてみます。ちょうど今日、専売会長と会うことになってまして」

神田は適当なことを言いながら、レシピブックの山から何枚かピックアップする時、こっそりと山の隙間にボイスレコーダーを押し込んだ。

三〇分ほどして永峰と花隈が販売第一会議室を出たのを確認し、レシピブックの山の隙間からボイスレコーダーを回収した。

その夜、神田は自宅に帰るやいなや、食事もせずにボイスレコーダーにイヤホンを差し込んだ。最初に聞こえてきたのは永峰の声だった。

「なんだ神田のやつ、使用中にずかずか入ってきて失礼な。ああ、それで花隈、そういうことなんで、俺は来月、青森まで行かなきゃならん。そんな賞の表彰式に大阪の販売局長が出席したって仕方ないと思うんだけど。秘書室長は『お忙しいとは思いますが、社長が永峰局長もぜひ出席してくださいと言っておりますので』って申し訳なさそうだったよ」

「そうですか、遠い所までご苦労様です。でも、そういう場で社長に会って、我々、大阪販売の苦労を言ってやるのもいいかもしれませんよ。社長なんて所詮、東京本社しか見ていませんからな。どうせ周囲はごますりばっかりでしょうし、永峰局長が大阪を代表して、ばしっと厳しいことを言ってやってください」

「分かった、分かった。それで？　君の用件は？」

「緊急に局長のお耳に入れておいた方がいいかと思うことがありまして。さっき当人が急に入って来たのでびっくりしたんですが」

「何？　もしかして神田のことか。あいつがどうかしたのか」

「そうです。実は……神田はこともあろうに、販売店の入金の立て替えがかさんでると、労働組合に相談しているそうです」

「何いっ？　労組に？　それはいったいどこからの情報だ？」

「広告局から労働組合に専従で出向している女性社員がいるんですが、それが近畿販売三部の中林《なかばやし》の嫁さんなんです。先日、神田が労働組合の部屋に来て、支部長と話し込んでいるのを聞いたらしく、立て替え金がどうのこうのと言っていたと嫁が中林に話し、中林が僕に教えてくれました」

「ちっ。労組の大阪支部長は歴代、編集局の出向だからな。どうせ神田は編集の先輩を頼ったんだろうよ。それで、神田はそんなに立て替えてるのか？　あれほどしちゃいかんと言っているのに」

「すいません、実際に立て替えているのかどうかは僕も知りません。でも、大阪府南部は臼井が辞めてしまって後任は榊原でしたし、高石中央販売所の浜崎所長のこともありましたし、もしかすると、神田にしわ寄せが……」

「そんなの理由にならん。突然、担当替えになったり、販売店から無茶を言われるなんて、担当員なら誰でも経験することじゃないか。自分で解決できないなら、抱え込まずに上司に相談しろと俺は口をすっぱくして言ってる。それを勝手に立て替えをするなんて、神田の自己責任だ」

「それが、その……、神田は労働組合で『上から立て替えろと言われた』と言っているようなんですが……」

「何だって？　上から言われたってのは証拠がある話なのか？　近畿販売一部長の安藤は何と言ってる？」

「まさか、この件は局長にお話しする前に、安藤部長に話したりしていませんよ。ですので、上から指示した証拠があるのかどうか、そこまでは僕もちょっと……。近畿販売一部で何があったのか、安藤部長に聞いてみますか？」

「いや、いや、その、そういうことを言ってるんじゃない。えーと、そうだ、俺が言いたいのは、組合問題にするような話かってことだ」

「と、言いますと？」

「ああ、そのう、花隈も分かるだろう？　そりゃ、俺だってこれまでの担当員人生で、ただの一度も入金の立て替えをしたことがないなんて言わないよ。だが、それは恥ずかしながら、当時はまだ若くて未熟だったからだ。数字に追われて、ノルマを達成しようと自腹を切ってしまったんだ。今となっちゃ笑い話みたいなもんだ。営業マンなら誰だってそういう気持ちになる時はあるさ。俺はそれが分かっているから、今、販売局長として、未熟な担当員を守ってやらなきゃならんから、立て替えはだめだって言ってるんだ」

「局長のお考えはごもっともです。確かに、立て替えは担当員の地獄の始まりです。特にここ一〇年ぐらい、不祥事を引き起こした不良担当員が立て替えを言い訳にするケースが頻発していますし、局長の立て替え禁止の方針は大変、重要だと思います」

「そうだろう。立て替えは担当員の力量がないということなんだから、普通は恥ずかしくて周囲に言えないはずだよ。俺もそうだったし、先輩たちもそうだった。立て替えなんかで入金の帳尻を合わせたのを反省して、担当員として精進するのが我々の美学だ。それを上司のせいにしたり、ましてや労働組合に相談するなんて言語道断だよ。神田ってもう少しましなやつだと思っていたがな。所詮は薄っぺらな正論を振りかざすだけのエセ正義漢か。やっぱり、営業マインドが分からない記者上がりなんぞに、担当員は無理だったか」

「申し訳ありません。そんな人間を担当員に推薦してしまいまして」

「いやいや、謝らなくていいよ。君の意見を聞いて決めたのは俺なんだから。とにかく、神田は販売局にはふさわしくないと分かった。そんなやつは、早急に編集局に突き返してやる。神田は編集局長の古石の覚えがめでたくないようだけど……。花隈、君は古石と同期じゃないか。同期のよしみで話をして、もちろん入金の立て替えの話までする必要はないけど、古石にうまいこと言って、早いところ神田を編集局に引き取らせろよ。ド田舎の通信部だっていいじゃないか。神田は独り身で、どこに行くのも身軽なんだからかまわんよ」

「はっ、承知しました。それで、労働組合の方はどのように手を打ちましょうか？」

「……君は何か名案があるかね」

「あくまで私見ですが、近畿販売三部の中林に言って、嫁からしばらく組合の情報を収集させたらどうでしょうか。支部長が神田の相談を受けたという現状の段階であれば、組合から何か販売局にアクションがあったとしても、出来の悪い担当員の泣き言だと片付けられます。問題は、経営陣と労働組合の団体交渉で正式議題として取り上げられるかどうかです。支部長が団交の場で追及する方針だと分かったら、すぐに教えるように中林の嫁に頼んでおき、その場合は局長から鶴沢取締役に根回ししたらどうでしょうか。事前に分かっていれば、団交で労組の言い分を骨抜きにする対策が取れるでしょうし、早めに情報を上げれば鶴沢取締役も喜ばれるはずです」

「ふむ、そうだな。よし、そうしよう。じゃ、君からしっかり中林に言っておいてくれ。神田が組合に相談した時点で把握できて良かったよ。こんなくだらんことでも、何事も早期発見が大事だからな。ああ、それと、今後の神田の行動はしっかり見張っておくんだぞ」

「もちろん、できる限りそうします。ただ……、その……、神田は記者を長くやっていましたから、社外に人脈が広いですし、我々が監視するのは限界があるかと……」

「それはどういうことだ」

「局長もご存じの通り、堺西署の泉寿会の事件にしましても、神田は榊原の部会での報告を聞いてただちに知り合いの警察署長に相談し、泉寿会の構成員を七人も逮捕させました。我々の想像を超えたことをやりますので、彼の社外での行動をどこまで監視できるかは、中々、難しいものがあると思います」

「神田の行動が読めないってことか。逐一、報告させたらいいじゃないか。泉寿会の事件だって、神田が堺西署に相談したのを販売推進部長の栗山しか知らなかったなんてけしからんよ。しかも、販売店の関係者を巻き込んだらしいじゃないか。泉寿会が逮捕されて鶴沢取締役は喜んでいたらしいがね、俺は大阪本社販売局を預かる人間として、極めて不愉快だった。あんなのは神田の手柄でも何でもない。目立ちたがりのスタンドプレーで、サステイナビリティーがモットーの我が組織にはあるまじき行為だ」

「申し訳ありません。泉寿会の件を事前に栗山しか知らなかったのは、僕にも責任があります。安藤部長を通じて、神田には勝手な行動は慎むよう厳しく言います」

「その指導を徹底して、神田に報告義務を果たさせればいいだろ。業務日報に行動をすべて書かせろ」

「そのようにします。ただ、その、考え過ぎかもしれませんが、神田は記者の時は労働担当や裁判担当もやっていたようですし、万一、開き直ったら『自腹で新聞代の立て替えをさせられた』とリーガルな手続きを踏んで問題を公にする可能性もあると思うんです。ひょっとしたら、立て替えを労働組合に相談したのもその布石のような……」

「花隈、いいかげんにしろっ。さっきから聞いていれば、まるでうちの会社が悪いみたいじゃないかっ。会社は担当員の立て替えを厳重に禁止しているのに、神田が勝手にやっただけだろうっ。それが何で労働問題になるんだっ」

「はっ、もちろん、そうならないよう最大限、努力します」

「君も分かっているだろうが、この大和新聞を支えているのは我々、販売だ。この会社の社員と関連会社の社員、社員の家族、販売店の家族、従業員。全国で何万人いる？　それを養っているのは誰だ？　編集局でも広告局でも事業局でも総務局でもない。我々、販売局が養っているんだ。大和新聞グループを支えているのは、紛れもなく俺たち販売人だ。神田の記者時代のしょうもない人脈や浅知恵を心配する前に、それを神田に叩き込め。さっきは販売局にふさわしくないから早急に編集局に突き返せと言ったけどな、神田がリーガルなんとかで公的機関に訴えるとか、販売局を敵に回して暴れようと考えているなら、あいつには編集局に戻る道なんて用意しない。退職に追い込むんだ。着の身着のままでほっぽり出してやる。販売局とはそういう所だ」

4

暑さが本格的になってから、蒸し蒸しする中をまさか虫に食われながら道なき山中に分け入ることになるとは、神田は夢にも思わなかった。

大阪府泉南市の販売店主が「カブトムシを採る」と言い出したのである。

「昆虫採集が趣味だったとは驚きました」

「趣味ではなくて商売です。カブトムシを拡材に使うんです」

「まさか、カブトムシ持って『これあげるから新聞取ってくれ』って営業するんですか?」

「それの何があきませんの。去年やってみたら結構、人気でしてんで。洗剤やビールや調味料やら、まともな拡材を買う金があったらこんなことしませんわ。気に入らんのやったら、神田さんが拡材の金を補助してくれまへんか」

店主の口調が荒っぽくなり、話が「本社は補助金出せ」に移ったので、神田はあわてて態度を変えた。

「いや、カブトムシがそんな人気があるなんて思いもしなかったので、失礼しました」

「家の近所に山があっても、最近の子どもはカブトムシ採りとかしませんので珍しいんですわ。ショップで買《こ》うたらえらい高いらしくて、子どものいる家庭では喜ばれるんです」

こういういきさつで、神田は日曜日にカブトムシ採りに参加することになった。朝刊配達を終えた店主とともに、車で三〇分ほど走って山に入った。

収穫を抱えて販売店に戻ると、店主は「小さいのは育てて大きくするんです」と土を入れた水槽の中にカブトムシを入れていた。

大きいものはつがいにして一〇〇円ショップで買った虫かごに入れると、それらしい「拡材」に変身した。

「夏はカブトムシ、秋はスズムシを採りますよってに。スズムシの時は神田さんも、また手伝ってくださいや」

探るような目つきで言う店主に、神田は「もちろんですよ」と引きつった笑顔で答えた。

スズムシの季節まで担当員をしていたら、俺は間違いなく破産する——。神田は心の中でつぶやいた。


昼時にカブトムシから解放された神田は、南大阪から大阪市内に向かう南海電車に乗って、虫に食われた腕をぼりぼりかいていた。日曜日といえども新聞販売店は仕事をしているので、他の販売店を訪店してもいいのだが、早朝から山の中を歩き回って疲れたので、今日はもう自宅に戻ろうと思った。昼飯に何を食べようかと考えていて、堺市の出島《でじま》漁港に「ぴちぴちマルシェ」という屋台村があったのを思い出した。

何年か前、大阪の郷土史を研究している市民研究家らと大阪の天満橋《てんまばし》から和歌山に続く熊野街道を歩き、昼食がてらそこに立ち寄った。新鮮な魚貝類をその場で調理してもらい、ビールを飲みながら歴史談義に花が咲いた。週末しか営業していないが、ちょうど今日は日曜日だ。

久しぶりに行ってみようと、神田は南海電車を湊駅《みなと》で下車した。

阪神高速道路湾岸線をくぐり、海に向かって歩くと、だだっ広い駐車場の向こうに「ぴちぴちマルシェ」の巨大なテントが出現した。テントの中央にはテーブルと椅子がぎっしり並び、その飲食コーナーを取り囲む形で、魚の炭火焼き、天ぷら、タコ焼き、おでんなどの屋台が並んでいる。

テント内は家族連れやカップル、中高年グループなどで賑わっていた。神田が空いている長テーブルの端で、アナゴの天ぷらをつつきながら缶ビールを飲んでいると、隣に六〇～七〇代ぐらいの男性四人グループが来て、日本酒のワンカップをぐいぐいやり始めた。練炭でサザエやハマグリなどを焼いているのがうまそうなので、自分も食べてみようかと考えていると、携帯電話が鳴った。販売総務部からだ。販売総務は販売店からの問い合わせに備えて、日曜日も社員が二人ほど出勤している。

「もしもし、神田さん？　販売総務の原川《はらかわ》です。今、電話、大丈夫ですか」

「はいはい、神田です。どうぞ」

「神田さんの担当区の販売店から連絡がありまして。泉佐野《いずみさの》の販売店が、読者の方から『大和新聞は世論調査をしているのか』って問い合わせを受けたそうなんです。販売店もさっぱり分からないのでこっちに聞いてきたんですけど。今、世論調査ってしてるんですか？」

「俺も世論調査のことまで知らないですよ。だいたい、何でそんなことを読者が販売店に聞いてくるんですか？」

「外出先から家に帰ったら、『世論調査でお伺いしましたが、お留守でしたのでまた改めて訪問させていただきます』っていうメモがポストに入っていたんですって。それで不審に思って販売店に電話してきたらしいです」

「そのメモには大和新聞社って書いてあったんですね？」

「私も販売店にそこまでは確認していませんけど、たぶん書いてあったんだと思います」

「いつどこで何の世論調査をしているのかは、東京本社の世論調査部に聞かないと分かりません。でも今日は日曜日で世論調査部は誰も出勤していないでしょうから、週明けに確認するって俺から泉佐野の販売店に連絡しておきますよ」

「そうですか、じゃお願いします」

ポストにメモが入っていたというだけで、読者には何の実害もない。しかし最近は、知らない人に自宅を訪問されること自体にアレルギーがあるような、この手の神経質な問い合わせが増えていた。せっかくゆったりした休日気分になっていたのに、今の電話で台無しだ。神田は残りのアナゴを片付けて缶ビールを飲み干し、そろそろ帰ろうと立ち上がった。

ふと隣の男性グループを見ると、目つきの良くない瘦せたハゲおやじがこっちをじっと見ている。気持ち悪いので神田は視線をそらしたが、ハゲは「おう、大和新聞さんよ。何か事件でも起こったんか?」とからかうように話しかけてきた。

ワンカップの飲みっぷりからして酔っているのだろうと判断した神田は、トラブルを避けるため「お気遣いありがとうございます。でも、関係者以外の方には全く影響のない問題ですので、心配ご無用です。それでは」と丁重に答えてその場を立ち去った。

しかし、あろうことかハゲも席から立ち上がり、にやにやしながら神田の後をついて来る。

「ほう、あんたはわしを、大和新聞とは関係のない人間やと言いまんのか。大和新聞でわしを知らんとは、ひょっとしてもぐりなんとちゃいまっか」

他人の迷惑を顧みない酔っ払いに神田はいらっとして、「どうせ私なんか、もぐりみたいなもんです。日の当たらない社員もいるんですよ」と少々強い口調で言うと、ハゲは「ぐわははははっ」と爆笑した。

「お前さんが大和新聞の神田さんですか」

神田はぎょっとして凍り付いた。このハゲは一体……？

「初めまして、神田さん。八幡の黒瀬と申します」

このじじいがあの黒瀬か！　四年前に榊原浩が引き起こした天ぷらカード騒動で、現場になった販売店の店主が今、神田の目の前にいた。

痩せたハゲこと京都府八幡市の販売店主、黒瀬秀平が、神田に握手を求めて差し出した右手は、小指の第一関節から先が欠落していた。

5

「この手を見たら分かりますやろけど、わしゃ元はそっちの世界の人間ですわ。堺でヤクザやっとりましてん。もう、えろう昔の話ですけどな」

神田と黒瀬は飲食コーナーから離れ、おでん屋の前にあるベンチに並んで座った。黒瀬はワンカップを二つ買って、神田に「ほれ」と一つを渡した。

「泉寿会の連中が大阪府警堺西署に七人もパクられたんは、神田さんの仕事やって知ってまっせ。何で知ってんのやと言いますと、実はわしは堺の警察の捜査協力者ですねん。こんなん他の人には内緒でっせ。新聞の商売やらしてもろうてるのは京都の八幡ですねんけど、もともとヤクザの出が堺でっしゃろ。足を洗って新聞屋をやるようになってから、堺の刑事が情報を求めてわしのとこに来るようになったんですわ。それがずっと続いてるっちゅうわけで。ヤクザ人脈とはおかしなもんで、今でも裏情報が入ってきまんねん。神田さんが仲のええ春駒署長もわしのことは知りませんわ。わしは署の刑事課の中だけで引き継がれてる情報源ですさかいな。堺西署のデカから『大和新聞の人が泉寿会の事件を春駒署長に持ち込んできた』って聞いた時は、ほおーっ、面白いことになったなあと思いましたわ。担当員にそんな知恵があるわけないし、新聞拡張のごたごたなんて記者が関心持つような話でもない。いったい誰やろかと興味が湧きましてな。わしなりに調べたら、もとは記者をしてはった異色の担当員、神田さんやと分かったんですわ。しかも、事件の被害者は北原の姐《ねえ》さんや。神田さんが姐さんと組んで、泉寿会を罠にはめたんやとピンときましたわ。いやはや、実にお見事でしたな」

「そこまで見破っていただき、ありがとうございます」と神田は思わず妙な礼を述べた。

黒瀬が元ヤクザというのは近畿販売二部の月岡翔馬から聞いていたが、まさか警察の捜査協力者になっていたとは。人は年輪を重ねる中で、思いがけない何かとつながっていく。

元警察担当記者の神田は、警察の中に入り込んでいる黒瀬に親近感を抱き、「五月から担当員になって、楽しかったのは泉寿会の事件だけですよ。あとはろくなことがありません」とつい口から本音が出た。

「そうでっか。あんまり活躍し過ぎたら、『君は販売局にはなくてはならん存在だ』とか言われて、ずっと担当員やらなあかんようになりまっせ。神田さんはまた記者をやりたいんでっしゃろ。せやったら、販売での仕事はほどほどでええんとちゃいまっか」

そうもいかない事態になっている神田には、黒瀬の言葉がつらかった。

「僕が活躍し過ぎる心配はありませんよ。泉寿会を事件にしたのも、永峰局長は気に入らないみたいです。目立ちたがりのスタンドプレーなんだそうです」

「神田さん、それは男の嫉妬ですわ。永峰は自分が逆立ちしてもできんことをやってのけたあんたに嫉妬しとるだけや。組織の規律を乱したとか、継続性のないことをやったとか、偉い人は組織の論理に則ったそれらしいことを言いますけどな、そんなもんは後から付けた理由に過ぎへん。根っこにあるのは、自分にできんことをやる人間に対する嫉妬ですわ」

そんな嫉妬で退職に追い込まれてはかなわんと、神田は言葉が続かなかった。

黒瀬は日本酒をぐびりと飲んで、神田の方を向いた。

「神田さんは高石中央販売所の浜崎の反乱に巻き込まれたそうでんな。反乱に乗じて榊原が専売会の金に手え付けたとか。たぶん、神田さんのとこに、どっと後始末が回ってきてるんでっしゃろな。でも、浜崎は長い間、大和新聞に多大な貢献をしてきた所長やし、榊原も決して悪人じゃありませんよってに、大きい心で勘弁してやりなはれや」

「榊原が悪人じゃない？　とてもそんな心境にはなれませんね。浜崎さんの反乱は、何かあの人なりのメッセージを態度で示そうとしたのかとも思います。しかし、榊原は単なる悪人、大和新聞の恥ですよ。勘弁してやる気には到底なれません」

「神田さんはそう思いますか。わしみたいな古い人間から見たら、榊原は本社の販売局が育てた不良息子ですわ。ああいう生き方しかできへん可哀そうなやつや」

「随分、榊原に同情的ですね。あいつが近畿販売二部の担当員の時は、黒瀬さんにもご迷惑をおかけしたと聞いていますよ」

「拡張団の天ぷらカードのことでっか？　あんなもん、わしにとっちゃこれっぽっちも迷惑やおまへんわ。本社にわしの店がつぶせるわけないし、何の影響もあらしまへん。第一、天ぷらカードなんて担当員は誰でもやってることでっせ。永峰も花隈も、近畿販売一部長の安藤も。今、偉くなってる人らはほとんどみんな経験あるんとちゃいまっか」

榊原の悪事は誰かの真似をしているのだろうと神田も薄々、感じていた。不正の手口を自分で考え出せるタマじゃない。

「本社社員が主導した天ぷらカードって、そんなによくあることなんですか。みんなやってるのなら僕もやろうかな」

神田が投げやりにそう言うと、黒瀬のむやみに大きな笑い声が響いた。

「はっはっはっ。神田さんはまだ販売局の黒い部分をあんまり知らんようですな。もっと販売経費が潤沢だった頃は、無茶苦茶でしてんで。本社の販売経費の大半は販売店への補助金ですやん。せやさかい、販売店に補助金を払ったことにして、社員が懐に入れるのは常套手段でしたんや。おそらく販売局の帳簿は完全な二重帳簿になってたはずですわ。わしがそれを知ったんは、もう二〇年ぐらい前ですけど、うちの店の従業員が本社からの請求書を誤って捨ててしもたことがありましてな。販売総務部に連絡してもう一度、送ってくれるよう頼んだら、うっかり間違えて裏帳簿の方の請求書を送ってきよったんです。わしの店に五〇万ぐらい営業補助が出たことになっとって、新聞の原価代金の請求額が五〇万円差っ引かれてるんですわ。局長に電話して『わしは営業補助なんてもろうてへんぞ』ってどやし上げたら、局長は店にすっ飛んで来て『お願いだから口外しないでくれ』って土下座しよりました。その狼狽ぶりを見たら、局ぐるみでやってるのは一目瞭然でしたな。そんな金で担当員が車を買うた、家を買うた、海外旅行に行ったなんて話は、昔はようさんありましたで」

黒瀬の話を聞いて、神田は販売局の閉鎖的な体質の理由が飲み込めてきた。こういう甘い汁をたっぷり吸おうと、販売局は周囲に高い塀を築いたのだ。外からは見えないようにし、秘密を守るために人の出入りも遮断した。中の人間だけで特権を享受しているうちは良かったが、新聞が斜陽産業になるとともに甘い汁は底を突いてしまい、高い塀だけが残ったというわけだ。

新聞が読まれなくなる日が来るとは思わず、能天気なキリギリスみたいに行き当たりばったりの経営をしていたツケが回り、今や会社の屋台骨が揺らいでいる。

「黒瀬さんもお分かりだと思いますが、今はもう担当員が私腹を肥やすどころか、本当に補助が必要な店にも金が出せなくなってしまいました。二〇万円の補助だってデスクや部長はうんと言ってくれません。僕の仕事は販売店主に『借金してくれ』とか『車を売ってくれ』って頼むことなんです。こんなその場しのぎでいつまでもやっていけるとは思えませんが、解決方法も見つかりませんし、いったいどうすればいいのか」

「神田さんが悩んでもしゃあないでっせ。一担当員が解決できる問題やあらしまへん。販売局の幹部が考えることですわ。今の幹部連中は、会社の経費を食いまくった最後の生き残りですやろ。その責任を取って、あいつらが考えたらええんですわ」

「それが、その幹部連中にも方策があるとは思えないんです。結局、担当員にしわ寄せが来るので、みんな疲弊しています。途中退社も多いんです。転職は本人の自由だから仕方ないとしても、精神的にまいってしまって、心の病気で会社を辞める担当員もいます。僕が担当の大阪府南部では、榊原の前の担当員がそれでした。浜崎さんの件でも彼が行方知れずなんで、いきさつがはっきりせず苦労しましたよ」

「榊原の前の担当員」と聞いて黒瀬は、「臼井のことかいな。あいつなら今、オリコミ泉北におりますわ」とあっさり言った。

「えーっ、臼井は大和新聞系列の折り込み広告会社にいるんですか？」

「そうでっせ。臼井ってのが営業に来たって、地元の中古車屋が言うてましたで」

デスクの吉武は臼井の居場所を「俺のスジで探ってみる」などと言いながら、その後、何の情報もなしだ。もっと早く黒瀬と知り合っていればと神田は悔しかった。もっとも臼井と会えたとしても、入金を立て替えざるを得ないのは同じだったろうが。

一方、黒瀬は神田の話が腑に落ちないようだった。

「神田さん、本社では、臼井は心の病気で辞めたことになってるんでっか」

「安藤部長はそう言ってましたよ」

「それは嘘でしょうなあ。オリコミ泉北に再就職しているということは、本社が面倒見たはずやで。病気で働けなくなったもんに再就職のあっせんをするわけないし、オリコミ泉北だって小さい会社やのに、ろくに働けん者を本社から押し付けられたら黙っとりませんやろ。臼井は病気とは違う何かがあったんちゃいまっか」

臼井が会社のあっせんで再就職しているのなら、黒瀬の言う通りだろう。

神田が「黒瀬さんは臼井を知ってるんですか」と聞くと、黒瀬は「あいつは担当員で駆け出しの頃、わしの店の担当してたんですわ」と言った。

「責任感の強いやつで、『局の経費削減で、残紙をいっぱい引き受けてくれている販売店の補助金をカットしなきゃいけないんです。販売店を育てるのが担当員の仕事なのに、販売店をいじめるのが仕事になってしまってます』って嘆いとったわ。それこそ不祥事で系列会社に追い出された社員は過去にもおりましたけど、臼井はそういうタイプではないし、わしも何でかなとは思ってたんですわ。ひょっとしたら、あの生真面目さで局の方針に逆らったりしたんとちゃいまっか」

「それは、臼井は会社から自己都合退職に追い込まれたということですか？」

「その可能性もあると思いまっせ」

今こそ、何としても臼井に会わなければ、と神田は思った。臼井がどんな事情で会社を辞めざるを得なかったのかを聞いておくのは、これから自分の身に降りかかる災難を振り払うのに役立つに違いない。

「黒瀬さん、ありがとうございます。臼井に会ってみます」

「臼井にはわしからもよろしゅう言うといておくんなはれ。わしは泉寿会の話を聞いた時から、一度、神田さんの顔を見たいと思てましてん。今日、ここで会えたんは、運命やったかもしれませんな。はっはっはっ。わしは毎月、第一日曜はここに来てますねん。ここを経営してる漁協の組合長とダチなんや。神田さんもよかったらまた寄っててんか」

「日本酒、ご馳走様でした」

黒瀬は販売店主としても優秀だが、この人脈、情報網は大したものだ。神田はこういう人物が販売店主の中にいることに驚嘆した。堺市を担当する記者だってこうはいかないだろう。

6

翌日の朝、神田はさっそく「大和オリコミ泉北社」に連絡し、「最近の折り込み広告の状況を教えてほしい」と依頼した。いきなり「臼井に会いたい」とは言わず、とりあえず会社に乗り込んで様子を探るつもりだった。人のよさそうな業務部長は「そんなこと聞きに来る本社の担当員さんは初めてですよ。熱心ですね」と、その日の午後四時に会社に来るよう快諾してくれた。

地下鉄御堂筋線のなかもず駅近くの雑居ビル四階のオフィスを訪ねたが、臼井は営業にでも出ているのか部屋にはいなかった。入口近くのちゃちな応接セットで、ぽっちゃりした親切な業務部長から情勢を聞いて一時間少し経ったころ、「ただいま」と帰ってきた小柄な人物を見て、神田は心の中で「よっしゃ」とガッツポーズをした。体のサイズの割に大きめの顔、丸い眼鏡と太い眉。臼井正樹だ。黒瀬の情報通りだった。

「臼井じゃないか、お前ここにいたのか」と神田がソファーから立ち上がると、臼井は表情をこわばらせて思わず後ずさりした。

神田は臼井の狼狽ぶりや、不自然な形で退職したことなど全く気にしていない様子を装い、「臼井、久しぶりだなあ。元気そうじゃないか。おい今日、仕事が終わったら一緒に晩飯でも行こうよ。せっかく会えたんだから」と勢い良く迫った。

臼井が返答に詰まっていると、業務部長は職場の仲間に気を遣っていると思ったのか、「臼井君、今日はもういいよ。久しぶりにかつての同僚と会ったんだから、行っといでよ」と勧めてくれた。かつての同僚と言うほど臼井と親しかったわけではなく、ほとんど口をきいたこともなかったのだが、この際そういうことにしておこうと神田は、「ありがとうございます。お言葉に甘えて、旧交を温めさせてもらいます」と業務部長に礼を言った。

臼井に隙をついて逃げられまいと、大和オリコミ泉北社の扉を出た途端、神田はがっちりと臼井の腕をつかみ、ビルを出てすぐ斜め向かいにある居酒屋に連れ込んだ。まだ午後五時過ぎのガラガラの居酒屋で、すだれの上に「大漁」の旗が張られた壁際の隅の席に臼井を座らせた。

「いらっしゃいませ。まずお飲み物は、いかがいたしましょう」とさっそくやって来た店員に、神田はビール、枝豆、タコのから揚げなどを素早く注文した。注文をメモした店員が向こうに去ると、「お前のせいでえらい目に遭ってるんだよ。どうしてくれるんだ」と低い声で臼井に詰め寄った。

臼井は「ごめんなさい。神田さんに迷惑がかかっているんですよね。高石中央の浜崎所長が入金拒否したんでしょう」と身を縮こまらせた。

「臼井、知ってんのか。誰からそれを聞いた？」

「それはその、誰とは言えませんが、元同僚です」

神田と安藤部長がやり合っているのを、近くで聞いていた担当員が臼井に知らせたのだろう。臼井の連絡先を知っているのなら、教えてくれればいいのにと神田は不愉快だった。険悪な空気を察知したのか臼井はますます恐縮した。

「神田さんにはずっと申し訳ないと思ってました。僕、浜崎所長に残紙を切るって言ってしまったんです。浜崎はそれを根拠に……。僕が辞めてからも……、神田さんに減数要請してたんですよね。本当に申し訳ありません。そりゃ、浜崎にだって言い分はあるんでしょうが、今のご時世じゃ残紙が悩みなのはどの店でもそうです。浜崎だってずっと何も言わなかったのに、三月になったら急に押し紙がどうのこうのと言い出して……。頭がおかしくなったんですよ。そんなこと言ったって何の得もないでしょう？　突然、残紙のことをあれこれ言い出した理由を聞いても、『本社はどう考えとるんや』とか『今の商売は健全やと思うとるんか』とかえらそうに演説するだけで、訳が分かりませんでしたよ」

「浜崎所長は三月の健康診断で膵臓がんが見つかって、余命半年と宣告されたらしい。そこで考えが変わったんだろう」

臼井は「へっ？」と飛び上がった。

「そうだったんですか。あの人が、膵臓がん？　まさか、そんなことになってるなんて……。僕には全然、言ってもらえませんでした。そうだったんですか……。僕もその頃はいろんなことがあって、そりゃあもう大変で。誰にも言えないし、警察にも相談できなくて、どうしたらいいのかパニクってたんです。今だから言いますけど、浜崎が残紙のことをわあわあ言い出した時は、実は、もう大和新聞を辞めることが内々に決まってたんです。だから、とにかく浜崎に大人しくなってもらいたくて、来月から残紙を切るって約束してしまったんです。無責任でした。ごめんなさい」

神田は臼井の言葉を聞き逃さなかった。

「警察にも相談できなくて？　臼井は警察に相談しなきゃいかんような悩みがあったのか」と

確認すると、臼井はばりばりに顔をこわばらせ、そのままお通夜のようにしーんとなってしまった。

神田はどうしようもなく静まり返った状況を打破しようと考えを巡らせた。臼井が担当だったのは泉州地域の大阪府南部、泉州と言えば泉寿会、泉寿会は永峰局長を脅している。この際だと思い切って言ってみた。

「お前の悩みって、ひょっとして永峰局長に関係あることか？」

「神田さん、ご存じなんですか？」

「まあ知らんでもない。永峰局長が泉寿会から脅されているとか何とか。臼井は詳しく知ってるのか？」

神田が様子を探ると、臼井はじっとテーブルの上の枝豆を見つめ、「神田さん、このことは絶対に口外しないでください。約束してくれますか」と真相を切り出す様子を見せた。

神田は「約束するよ。俺もこの数ヵ月で『口は災いのもと』って身に染みたからな」と答えた。神田の言葉を聞いて臼井は覚悟を決めたのか、ぶるっと体を震わせて、堰を切ったように話し始めた。

以下、臼井正樹の告白。

昨年の末に、ある販売店を訪店した時、所長から「電動バイクを販売している会社が売り込みに来た。本社の担当員を紹介してもらえないかと頼まれた」って営業マンの名刺を見せて言われたんです。電動バイクは、ガソリンバイクより燃料代が安くつくし、排気ガスを出さないから環境に優しいし、何よりもバリバリ音がしなくてとっても静かだっていうふれ込みでした。新聞配達ってみんなが寝ている時間にするから、バイクの音がうるさいって苦情が多いじゃないですか。音が静かな電動バイクって新聞配達に持ってこいだと思い、僕はその電動バイクの営業マンにまた販売店に来てもらって説明を聞いたんです。

「エコロード・フロンティアソリューション」って会社で、鈴木哲也《すずきてつや》っていう営業マンでした。鈴木は電動バイクの利点を説明した後、「御社の系統の販売店に広く電動バイクを知ってもらいたい。販売店にも御社にも必ずメリットがある。是非、御社の局長様に弊社の社長から説明させていただきたい。その場は失礼のないようこちらで用意する」と要望されました。

僕はそういう場合にどう対応していいか分からなかったので、そのまま安藤部長に伝え、安藤部長が永峰局長に伝えたら、局長は「電動バイクは確かに最近、注目されている。話を聞いてみる価値はある」ってエコロード・フロンティアソリューションの社長との面談を了承したんです。

それで、年が明けてから僕と永峰局長とでエコロード・フロンティアソリューションの社長と会うことになって、エコロードの指定した北浜の桜花楼《おうかろう》って料亭に行きました。和風の平屋建ての本格的な料亭で、立派な庭もありました。桜花楼に入ると玄関脇の和室に通されて、抹茶が出てきました。これが高級料亭の流儀なのかと思いながら抹茶を飲んでいると、仲居さんが来て「永峰様。お連れ様がお呼びです。お一人でおいでくださいとのことです」と局長だけ呼ばれたんです。

それから僕、どれぐらいかよく覚えてませんが、結構、長いこと一人でいました。局長に何かあったのかと携帯に電話しようかと思ったぐらいです。悩んでいたら、永峰局長が青い顔で戻って来て「臼井、帰るぞ」って、僕は訳が分からないまま桜花楼を出たんです。

桜花楼を出てから道端で永峰局長に無茶苦茶、怒られました。桜花楼にいたのは、エコロードの社長ではなくて、日本英知新聞のセールスの泉寿会の連中だったそうです。個室で数人に取り囲まれ、販売正常化とか面倒なことを言うとると身のためにならんぞって、えらい脅かされたそうです。局長は「もちろん毅然と対応した」と言ってましたが、「エコロードは偽物だ。お前はだまされたんだ」ってかんかんでした。

僕は怖くなって、そのニセ営業マンには二度と連絡しませんでした。ところが、僕の携帯電話に変な電話がかかって来るようになったんです。「大和新聞は誠意を見せろ」とか「警察にすべてタレ込むぞ」とか「永峰に取り次げ」とか。パソコンにもメールが来るし、僕はノイローゼになりそうで、こんなの業務妨害だと思って、もう警察に言おうと安藤部長に相談したんです。そしたらしばらくして、永峰局長に呼び出されました。「お前が泉寿会にはめられたからこんなことになったんだ。お陰で俺の所にも脅迫電話がかかっている。どう責任を取るんだ」と言われました。

ここまで話し、臼井はジョッキのビールをがぶがぶと飲んだ。

泉寿会が永峰局長をおびき出すのに利用されたとは、臼井はつくづく不運なやつだと神田は同情した。泉寿会は電動バイクの営業を装って販売店を訪問し、担当員を通じて永峰局長を高級料亭に呼び出した。まんまと引っ掛かってきたカモに、桜花楼の個室で脅迫の第一声を高らかに上げた。打って出る前に、「局長さんようこそ」とにこやかにあいさつし、「エコロード・フロンティアソリューション」を名乗って名刺交換をしただろうから、永峰の携帯電話番号やメールアドレスも一気に入手だ。隠し撮りだってしているかもしれない。

悪党ながら、実に巧妙で慎重に計画を進めている。泉寿会がこれほどまで犯罪のプロのような手法を使う相手であれば、永峰局長が花隈局次長に脅迫の被害を明かしてでも浜崎にすがったのは納得できる。泉寿会が跋扈《ばっこ》する泉州で、高石中央販売所のエリアだけが販売正常化できているのは、浜崎が大和新聞の大物販売店主として、泉寿会を抑え込める力を持っていたからだ。新聞販売現場の戦いとは、販売店主が身にまとう有形無形の力の勝負。追い詰められた永峰は、浜崎のその力を頼ったのだ。

「それでお前は退職に追い込まれたのか」と神田は聞いた。臼井は、何も箸をつけなかった恐縮態勢から一転して、タコのから揚げをむしゃむしゃと食べ始めている。好物だったのかもしれない。

臼井はから揚げの油で汚れた口で、「はい。警察なんかに相談したら局長の名誉に傷がつくからまかりならんと、安藤部長に言われました。永峰局長に大変な迷惑をかけた責任を取って、お前は会社を辞めろって」と言った。

「ひどい話だなあ。それでお前、納得したのかよ」

「納得したわけでもないんですけど……。もう一つ、安藤部長から言われました。僕、販売店の入金を一〇〇万円ぐらい立て替えていたんです。デスクの吉武さんに相談してそうなったんですけど、安藤部長は『担当員の立て替えは禁止されているのにけしからん』と」

神田は身につまされた。臼井の言う通りなら余りにもひど過ぎる。「立て替え禁止」は表向きで、実際には、販売店を守るため、自らはサラリーマンとして生きていくため、担当員は立て替えに追い込まれていく。追い込むだけ追い込み、最後に梯子《はしご》を外すとは。臼井は気の毒と言うしかないが、神田は自分も追い込まれている以上、この場ではもう少し臼井を追及しておかなくてはと質問を続けた。

「永峰局長を窮地に立たせたことと、禁止されている立て替えをしていたという二つは、お前を自己退職に追い込む『ムチ』の方だな。じゃ、『アメ』は何だ？　オリコミ泉北への再就職か」

「そうです。永峰局長が泉寿会から脅されているのを誰にも言わないと約束するなら、再就職の面倒を見ると言われました。しゃべったらそこもクビにするって」

臼井は退職が決まり、三月末には大和新聞社が社員に貸与している社有携帯電話と社有パソコンを返却した。そのため、幸か不幸か、今のところ臼井への脅迫行為はないという。

「あのう……」と臼井は言いにくそうに、「神田さんが知ってるってことは、永峰局長への脅迫はまだ続いているんですか？」と聞いた。

神田は「詳しい状況はよく分からんのだけど、高石中央の浜崎所長が本社サイドから相談を受けているみたいだった。俺は浜崎所長から聞いたんだ」と、喫茶店での隠し録音は伏せて説明した。

「臼井、永峰局長が脅されている理由なんだけど、浜崎所長は『永峰局長は販売正常化に熱心なので泉寿会から嫌がらせをされている』と言っていた。臼井が局長本人から聞いたのもそうだったよな。お前はどう思う？　永峰局長って他の新聞社の局長に比べても、そんなに販売正常化に熱心なのか？」

臼井は考え込みながら、「もちろんあの人も正常化を望んでいるとは思います。ライバル新聞同士で激しく叩き合いをしたら、日本英知新聞なんかに比べたら体力のない大和新聞は、勝ち残れない可能性が高いわけですから。かと言って、この難しいテーマで永峰さんがそんなに剛腕を振るっているのかと言うと……、そんな話は聞いたことがありません。それこそ正常化おかまいなしに暴れ回っている泉寿会のことにしても、泉州の担当員と対策を話し合ったこともなければ、何らかの指示が出たこともありません」と言った。

「そうなんだよな。永峰局長は榊原に『販売正常化を阻む泉寿会をやっつけろ』って泉州の担当にしたらしいけど、それは泉寿会の脅迫が始まった後だしなあ。どうも脅されることになった原因が判然としない」

7

神田が販売推進部にいた昨年のことだ。大和新聞の記事についての感想文を募集して、優秀作品に賞金を出す企画が持ち上がった。大阪本社各局の局長が集まる経営戦略会議で、編集局長の古石が提案したのだ。賞金付きの感想文募集をきっかけとして、大和新聞の新規購読に結び付けようというアイデアだった。

毎年一〇月にビデオリサーチの新聞閲読調査が行われる。無作為に抽出した人々に対し、どの新聞を読んでいるかを調べる調査で、この調査期間をにらんで感想文を募集する。賞金目当てに大和新聞を購読する人が現れたことが、閲読率の数字アップにもつながるという一石二鳥のもくろみだった。閲読率の数字が上がるということで広告局長も乗り気になり、読者増に好影響を期待する販売局長の永峰も賛成して、「感想文企画」は決定した。一ヵ月ほどかけて詳細を決め、一〇月初めに永峰が販売推進部長の栗山透に、「感想文募集のチラシを作成しろ」と命じた。このチラシを広くまいて、大和新聞の感想文企画を世に知らしめる段取りだった。

永峰の「チラシ作成指示」で、感想文企画を初めて知った栗山が、「これは『懸賞』じゃないですか。懸賞は中央協に届け出が必要です。次に中央協が開かれるのは月末ですから、ビデオリサーチの新聞閲読調査の時期にはもう間に合いません」と指摘して、各局の局長が雁首そろえて練り上げた企画は瞬時におじゃんになった。

「中央協」とは、新聞公正競争規約が順守されているかをチェックする「新聞公正取引協議会」の最高レベルの協議会である。昭和三〇年代、ある新聞社が購読者向けに「二億円の大奉仕」を打ち出したことがあった。購読者限定の「福引」を実施するというもので、一等は「一〇〇〇万円」で一〇本、二等五〇本はテレビ、冷蔵庫、カメラなどの高額電化製品、三等一〇〇〇本は自転車、ラジオなどの生活用品をそろえ、賞金と景品の総額が二億円だった。福引の豪華景品を掲げて新聞の新規購読契約を勝ち取ろうとする意図が見え見えで、他の新聞社が猛反対して公正取引委員会に訴え、公正取引委員会は東京高裁に緊急停止命令を申し立てた。それを受け、東京高裁は「独占禁止法で禁じている『不公正な取引方法』に当たる」と停止命令を出したのである。

この出来事が「判例」となり、現在は、新聞社の懸賞は禁止ではないものの、中央協に届け出が義務付けられ、宝くじみたいな懸賞ではないか中央協で審査することになっている。しかし、永峰は「懸賞は中央協に届け出が必要」というルールを完全に失念していた。感想文企画は実施直前で破綻し、編集局も広告局も「今までの話し合いはいったい何だったんだ。決まりがあるなら、販売局はもっと早く言え」と怒り心頭だったという。

この大失態からしても、永峰が新聞公正競争規約に精通しているとは言い難く、販売正常化で業界のリーダーシップを取る力量があるとは思えない。

「やっぱり、販売正常化に熱心なので泉寿会から目の敵にされているというのは永峰さんの作り話で、実は他人には言えないような理由で脅されているんでしょうか」と臼井も疑念を濃くしたようだ。神田はそこにたたみ掛けた。

「臼井のことにしたって、電動バイクのニセ営業マンにだまされたとは言え、会社を辞めさせるなんていくら何でもやり過ぎじゃないか？　榊原みたいに無茶苦茶な金の使い込みをやってもクビにしないのに、真面目で優秀な担当員の臼井を辞めさせるなんて、バランスを欠いたヒステリックな感じがするんだよ」

「神田さん、僕を優秀だなんて言うのは止めてください。販売店の残金がどうしようもなくなって、『立て替え』をやってしまった担当員なんですから」

臼井の言葉は神田にぐさっと刺さった。自分の担当員生活は、立て替えから始まったようなものだ。

「臼井、ここだけの話だけど、俺もすでにかなり立て替えさせられてるよ」

「えぇっ、それじゃ、その、もしかして、例の高石中央の浜崎の入金拒否では、神田さんがその分を立て替えたんですか」

「その通りだよ。お前と同じで吉武デスクにそうするよう言われたんだ。販売店を改廃して信認金やら代償金やらから取り返すのが立て替え金の回収方法らしいが、高石中央の店主交代は安藤部長の仕事になったんで、俺はその方法が使えなかった。もう、こうなっちゃ『立て替え』じゃないな。俺が販売店の入金を肩代わりしたってことだ」

「ううう……、申し訳ありません。半分は僕のせいですね。でも、担当員になったばっかりの神田さんに、入金の立て替えを指示するなんてあんまりです。まるで立て替えさせるために担当員にしたみたいじゃないですか」

神田は再びぐさっと来た。販売局が俺を販売推進部から現場部の担当員にした真相は、そういうことだったのか？　いや、まさか、でもそうだと考えたくもなる展開だ。

「永峰、安藤、吉武の三人は役割分担があるんですよ」と臼井は忌々しそうに言った。

「永峰局長は『立て替えは絶対にだめ』って公の場で正論をぶつだけ。それじゃ、販売店の残金をどうするかって安藤部長に相談しても、『担当員が何とかするんだ』としか言わない。そこで吉武デスクが登場して、『取りあえず立て替えておけ。部長には黙っててやるから』ですよ。安藤部長と吉武デスクは永峰局長の子飼いで、局長に傷がつかないようガードしてるんです」

そう言うと、臼井はうつむいてしばらく目を閉じていた。そこから、神田に向かってきっと上げた顔は涙目だった。うるんだ目を神田に向けて、「神田さんの立て替え金、永峰局長から取り返せませんか？」と思いがけない提案をした。

「できるものならそうしたいけど、どうやって？」

「すいません、具体的に方法があるわけじゃありません」

神田は思い切り拍子抜けしたが、臼井の話は神田のリアクションにはかまわず続いた。

「永峰局長って妙に金回りがいいんですよ。安藤部長と吉武デスクの二人を連れて、よく飲みに行ってます。僕がたまたま北新地《きたしんち》を歩いていた時なんですけど、ぞろぞろと大量のホステスに見送られて、あの三人が店から出てきたのを目撃したことがあるんです。ホステスは着物とかドレスみたいな衣装を着てピカピカ光ってました。だから北新地の店ったって、ママさん一人でやってるカラオケスナックじゃなくて、クラブとかラウンジって言われてる店ですよ。ええと、それからですね、会社に来た郵便物を種分けする郵便室に、僕と仲のいい人がいるんですが、その人から『お宅の局長さんは北新地からよくあいさつ状が来るねえ。販売局は幹部交際費がよっぽどいっぱいあるんだね』って言われました。それから、信用組合にも、そのう、何と言いますか、僕の知り合いがいまして、もうだいぶ前の話ですけど、『永峰さんって、子供が二人いるけど全然、学資ローンを組んでないよ。そんな人、珍しいよ』って言われたこともあるんです。ついでに住宅ローンやら、自動車ローンも調べてもらったら、どれも全く借りた形跡がありませんでした」

神田は臼井のけったいな社内取材力にびっくりした。郵便室やら信用組合やら、社内のあちこちに情報源を配置しているではないか。この人脈を張り巡らせる能力は、販売局の担当員ではなく記者になった方が良かった人材だと、神田はまじまじと臼井を見た。続く臼井の話はさらに神田を驚かせた。

「それで僕、試しに局長の自宅も調べてみたんです」

臼井は兵庫県宝塚市の永峰局長の自宅まで行き、まあまあ広い庭付き一戸建てであることを確認した。

「僕は不動産屋じゃないので、いくらぐらいする物件なのか分かりませんが、なかなか立派な二階建ての家でした。そこで、法務局で不動産登記簿を調べてみたんです。そうしたら、家を建てた当初から全く抵当権が付いてないんです。借金ゼロで家を建ててるんです。ひょっとして永峰局長は、親の遺産でもたんまり入ったのかと考えましたが、ご両親はまだ健在だそうです」

自分は一文の得にもならないのに、「うさんくさいもの」に対する興味だけでそこまで調べた臼井に神田は感心した。こいつは記者魂がある。自分が編集局長なら「編集局にも販売の人材が必要だ」とか何とか適当なことを言って、是が非でも記者にするのだが。

「臼井、よく調べたなあ。要するにお前は永峰局長が、給料以外の何らかの不正な収入があるんじゃないかって疑惑を持ったんだな」。神田は販売局でこんな人材に巡り合えたのがうれしかった。

「そうなんです。それを調べたからってどうなるもんでもないですが。局長の自宅の登記簿を調べたのは、安藤部長から『会社を辞めろ』って言われて、カッとなって『局長の不正を暴いてやる』みたいな気持ちでやったんですけど。でも結局、金回りがいいことが裏付けられただけで……」

「嫁さんの実家が金持ちで援助してもらってるってことも考えられるけど、理由は何であれ永峰局長にそんな経済的余裕があるのなら、俺の立て替え金をやつから取り返す突破口は見つけられそうだな」

神田は少し気持ちが軽くなってきた。取材の方針が決まった時のような気分だ。

「永峰局長が泉寿会に何らかの尻尾をつかまれて脅されていることと、妙に金回りがいいことがつながるかどうか。これをまず解明しよう。臼井が疑っている通り、局長には不正な収入があって、それを泉寿会に知られてしまったのかもしれない」

神田は事実関係を整理し、タバコに火を付けてすーっと吸い込み、臼井に向けて煙を吐き出した。

「臼井、お前、その電動バイクのニセ営業マンにもう一度、会えよ」

「げふっ。神田さん、いくら何でもそんな悪い冗談は止めてください」

臼井は追加注文したシイタケギョーザを吐き出しそうになりながら、かろうじて答えた。

「冗談で言ってるんじゃない。臼井は会社から、泉寿会の永峰局長に対する脅迫は口外禁止を言い渡されているが、電動バイクのニセ営業マンと二度と接触するなとは言われていないだろう？」

「そんなの詭弁《きべん》ですっ。僕はもうあの営業マンとは二度と会いたくありませんっ」

「一人で会うのが怖いなら、俺もついて行ってやるって」

「ちっとも心強くありません。僕はこれ以上、あの人たちと関わるのが恐ろしいんです」

「怖いのは我慢しろ。ニセ営業マンが泉寿会の人間なら、永峰局長を脅している本当の理由がつかめるかもしれないじゃないか」

臼井は何も答えず、またもや黙り込んでしまった。

神田は臼井と別れて本社に戻ってから、ボイスレコーダーを取り出し、喫茶「木馬」で隠し録音した販売局次長の花隈と高石中央販売所長の浜崎の会話をもう一度、聞いてみた。永峰が泉寿会から脅されている原因を探るヒントがあるかもしれない。

「警察に被害届を出せ」という浜崎に、花隈は「局長が警察に痛くもない腹を探られる」と抵抗している。浜崎はこう切り捨てた。

「ふん、ほんまに痛くもない腹なんかい、永峰は」

最初に聞いた時は、気に止めなかったが、永峰に何か秘密があると思って聞くと、浜崎の言葉は思わせぶりだった。浜崎は永峰が泉寿会から脅されることに、もしかすると心当たりがあるのだろうか。

8

販売店主や元販売店主の訃報は必ず本社に連絡がある。高石中央販売所の浜崎は余命半年と宣告されてから四ヵ月ぐらいだが、訃報連絡はない。神田は浜崎の自宅に電話をし、細君から浜崎は七月に入って急に容態が悪くなり、堺市内の病院に入院中だと教えてもらった。

ＪＲ阪和《はんわ》線の三国《みくに》ケ丘《おか》駅から一〇分ほど歩き、一六階建ての病院の一二階に細君から聞いた浜崎の個室はあった。扉には「面会謝絶」の札がかかっていたが、神田は周囲に誰もいないのを確認し、迷わず扉を開けた。部屋は八畳ほどで、窓は遮光カーテンが閉められ、サイドボードに家族写真が飾ってあった。浜崎はうつらうつらしていたようだが、扉を開ける音でこちらを向き、「はあ？　ええ？　神田か？」とかすれた声で言った。

浜崎は見るからに痩せており、かつての凄みは消えて枯れ枝のようにベッドの上に横たわっていた。

神田は「ご無沙汰しています。お見舞いにも来ず、失礼しました」と浜崎の顔をのぞき込み、「これ、もしよかったら、召し上がってください」と駅前のお菓子屋で買った杏仁《あんにん》豆腐をサイドボードの写真立ての脇に置いた。

浜崎は「ふん、えらい気ぃつこうてもうて、すんまへんな」と極めて愛想悪く言った。

神田はベッド脇のパイプ椅子に腰かけ、「すいません、僕、浜崎所長の体調が良くないこと知らなかったので、立て替えが嫌だとか、サラリーマンには大金だとか大騒ぎしてしまいまして」としおらしく顔を曇らせた。

浜崎は何も言わず目をつぶっている。

「でも、今はそれも担当員の仕事だと思っています。ようやく僕にも、担当員としての自覚が芽生えてきました」と改悛《かいしゅん》の情を示した。

浜崎の反応は神田の予想とは違った。

「そんなもん仕事とちゃうわい」と浜崎は突然、ベッドの上でかっと目を開いて反論した。

「何で販売店の入金を担当員が立て替えんとあかんねん。おかしいと思わんのか」

「あ、いや、でも、そうしないと入金率が守れないんです」

「誰のための入金率や？　お前ら担当員は、いつも入金率がどうのこうのと言う。それは誰のためや？　何のためや？　読者のためか？　世の中のためか？　てめえの出世のためか？」

「うーん……。そう言われると、僕にもよく分かりません」と神田は思わず正直に答えてしまった。

「かーっ。何も考えとらん担当員ばっかりやのう。そんな空っぽの頭で仕事してて楽しいか。数字合わせがそない楽しいか」

神田が「楽しくありません」と言うと、浜崎は「せやろ。そやったらどないかせんかい。最近の担当員は、みんな目が死んどるわ。お前もそうや。局長になった永峰だってそうや。あいつも若い時はもっと違う目をしとったわ」と、末期がん患者の様相を翻して持論を展開し始めた。

本物の死に掛けから「目が死んでいる」と言われて内心むかっとした神田だったが、今はそっちの方にからんでも仕方ない。それより、浜崎の口から「永峰」の名が出たこの瞬間を逃してはならない。

「その永峰局長ですが……。浜崎さん、何かご存じではないですか。永峰局長、日本英知新聞のセールスの泉寿会から脅されているようなんです」

「知らんな」

「花隈局次長が浜崎所長に助けを求めていたはずです。永峰局長はなぜそんなことに？　僕は泉州の担当ですから、泉寿会と聞けばほうっておくわけにはいきません」

浜崎は目をつぶったまま眉間にしわを寄せた。

「……ふん、花隈は販売正常化がどうのこうのと言うとったな」

「僕は泉寿会の脅しネタが販売正常化というのは、しっくりこないんです。泉寿会は販売正常化など机上の空論で、現実の販売現場では存在しないというスタンスです。それを問題にして脅すのは、彼ら自身が論理矛盾に陥ります」

神田としては筋道の通る説明をしたつもりだったが、浜崎は同意も反論もせず黙っている。真相を話すべきかどうか思案しているようにも見えた。ここで浜崎の背中を押さなければ、と神田は判断した。この人はもう先が長くない。「教えてください」と何度もお願いする機会はないのだ。

「先日、ようやく臼井に会うことができました。彼はこの春、会社を辞めさせられたんです。なぜだと思いますか？　泉寿会にだまされて、永峰局長と泉寿会の構成員を引き合わせたからだと言ってました。そんなことで臼井は会社をクビになったんです。きっと、臼井は自分でも知らないうちに、虎の尾を踏んでしまったんだと思います。浜崎所長は僕に、『臼井が残紙を切ると約束した』と言いました。その時の臼井が、どんな心境だったか分かりますか？　もう会社を辞めさせられるのが決まってたんですよ。今のままでは、次は僕の番です。永峰局長と泉寿会の間には、踏んではいけない虎の尾があるのに、僕にはそれが何なのか分かりません。暗闇の中でうっかり踏んづけて、臼井の二の舞になるのは目に見えています」

神田は一気にしゃべった。

しばらく二人の間に沈黙の時間が流れた後、浜崎が「社有販売店の工事記録は会社にあるのやろ？」とぼそっと言った。

神田は話がころっと変わったのに戸惑った。「社有販売店」とは本社が販売店の物件を所有しているケースで、販売店主は本社に家賃を払って仕事をしている。

「社有販売店の工事記録ですか？　たぶん、五年とか一〇年ぐらいは保存していると思いますが……」

「それを見てみろ。剛田組《ごうだ》が請け負ってる工事が多いはずや」

「剛田組」とは泉州を拠点とする工務店だった。神田は南海電車の堺東《さかいひがし》駅近くにある剛田組の看板の扇のマークを思い出した。あの会社が泉寿会と何か関係があるのか？　工務店と新聞のセールス組織とは、聞いたことがない組み合わせだ。

ベッドの浜崎は、体は動かさず目玉だけ動かして神田をジロリと見て、「剛田組の専務の木《き》村《むら》は、引退した泉寿会の会長の甥っ子や。新聞記者のお前らのような全国区の人間は関心ないやろうけどな、わしら泉州の土着のもんにはこういう情報は大事なんや」と嫌味っぽく言った。

「剛田組と永峰はつながっとる。その関係は、わしが作ってしもうたんや」と後悔するように言い、再び、目玉の位置を正面に戻してじーっと天井を見つめた。

「わしはもう命がないから、一度しか言わん。よう聞いとけ」と話を始めた。

以下、浜崎の回想。


三〇年ほど前のことや。わしの店の担当員やった永峰が、土下座して頼みに来よった。

「岸和田の販売店で、新聞配達をしている少年を助けたいんです。親が作った借金で、その子が働いている販売店にまで借金取りが来るようになってしまいました。それで、所長さんに迷惑をかけるからって、新聞配達を止めようとしています。きっと素晴らしい販売店主になる素質のある子なんです。何とか代わりに親の借金を返済して、借金取りに追われんようにしてやりたいんです」ということやった。

永峰もまだ若かったし、貯金も大してなかったんやろう。自分がその子を救ってやることはできん。そこであいつは、近々、建て替え予定の社有販売店の工事代金を水増しして、新聞配達少年を苦しめている親の借金の返済金を捻出する計画を立てたんや。そのために、口の堅い信用できる工務店を紹介してほしいということやった。わしが高石市の地元の出身で、子供のころからの知り合いが泉州にはようさんおるから、そのつてを頼ってきたんや。

わしは小学校からの連れが剛田組におったんで、永峰に紹介してやった。その連れは社内でうまいこと話をつけて、工事代金の水増しができたみたいや。永峰はほんまにうれしそうやった。

「これであの子を助けてやれます。将来は絶対に大和新聞の販売店主にしてみせます。浜さん恩に着ます」って、喜び勇んで言いに来よったわ。

それから、半年ほどしてやったか、わしが何気なく「岸和田の坊主は元気にしとんのか」と永峰に聞いたんや。そしたら、永峰はいきなり泣き出した。水増し分の金が永峰の手元に来て、坊主に渡そうとしたら、直前にもう夜逃げしてしもてたそうな。坊主の預金通帳と印鑑が、永峰あてに送られて来たんや。「これを預かっておいてください。大和新聞の販売店主になるために、また戻って来ます」って手紙が入ってたんやと。

「間に合わんかった。力不足やった。あの子を助けられんと、俺は何のために担当員やってるんや。担当員失格や」って永峰は号泣して、わしは「何とか助けてやろうとしたやないか。その子もきっとお前には感謝しとるぞ」と慰めるのが精一杯やった。

問題は、水増しした工事代金や。手紙には「また戻ってくる」と書いてあったそうやが、いったいいつになることやら分からん。永峰もどうしていいか分からず、金は宙ぶらりんになっとった。わしは「販売店工事の見積もりに手違いがあったことにして、その金は会社に返した方がええんとちゃうか」と言うた。坊主の行方が分かって、その時まだ借金取りに追われているようやったら、改めて剛田組に頼めばええ。子供を助けるっちゅう本来の金の行き場がなくなって、何やわしが永峰に黒い金を持たせているような気がしてな。

永峰は男泣きに泣くだけ泣いたら、「浜さんが剛田組の知り合いを紹介してくれたお陰で手に入った金です。浜さんのために使います」ときっぱり言いよった。

それから永峰は、わしの店に拡張団をどっと投入してくれたんや。永峰が大金を使って部数を増やしてくれたことで、わしの店の経営は劇的に好転した。その時の増紙を基盤に、わしはずーっとこの歳まで新聞屋をやることが出来た。その点では永峰に感謝しとる。

ところがや、永峰はどうも工事代金の水増しに味を占めたんやのう。気の毒な子を助けられへんかった失敗体験が、担当店で大幅に部数を増やすという成功体験にすり替わってしもたんや。

わしが何でそれに気付いたかと言うと、本社の管財部から電話があったんや。わしの店はもともと社有物件で、わしが商売に余裕ができて本社から買い取ったんやが、その頃はまだ社有物件やった。管財部は「店の雨漏り工事のことで詳細を教えてほしい」と聞いてきた。そんな工事の予定はないと言うたら、電話の相手はかなりびっくりした様子やった。

しばらくして永峰は、「管財部が浜さんとこに連絡したそうで、すんません。工事申請書類の販売店名を間違えて書いてしまいました」と言うとった。わしは不審に思ったけど、事を荒立てはせんかった。追及してもこっちにええこともないからな。

せやけど、その後も専売会の寄合で、社有販売店の工事は剛田組が多いなあと話題になったこともあったし、販売店主が集まるいろんな機会にちょくちょくそんな話が出た。ある店主が担当員に聞いたら、「永峰さんの紹介です。安くてやってくれるええ会社です」と言われたそうや。社有店舗の維持管理は本社がやるもんやから、販売店は建て替えや修繕の経費を負担してへん。だから、誰も口出しせえへんかった。せやから、わしが紹介した剛田組の知り合いと永峰がその後もつるむ関係になって、永峰がなんぼ懐に入れたんか、その金をどう使ったんか、わしゃ知らん。……これでええか。わしが知っとるのはここまでや。

体力が衰えた体でたくさんしゃべって疲れたのか、浜崎はふーっと息をして黙り込んだ。

神田は浜崎の告白に意表を突かれていた。永峰の懐の余裕は、何と総務局管財部が資金源だったとは。

「その……、浜崎さんのご友人の剛田組の方に、お会いすることはできませんか？」と神田が頼んだところ、浜崎は「去年の夏に脳梗塞でぽっくり逝ってしまいよった。家族が留守の時に倒れて、発見が遅れたんや。専務にまでなったんやけどな。その後の剛田組の専務が、泉寿会元会長の甥の木村や」と残念な結果を告げた。

しかしながら、浜崎の話によって、神田が集めたバラバラのエピソードがようやくつながってきた。永峰が借金地獄から救おうとした新聞配達少年は、金城将だ。金城が失踪し、永峰の手元に残された銀行口座を、やつは販売店工事費用の水増しや架空発注でせしめた金の入金場所に使ったのだ。

一方、剛田組は専務だった浜崎の友人がぽっくりと死に、後任の木村専務が不正に気付いて、親戚筋の泉寿会に「脅しネタ」として提供したに違いない。

黒い金の入金先に他人名義の口座を使うとは永峰はなかなか用心深い、と神田は一瞬、感心したが、その後、たちまち疑問が湧いた。剛田組の木村専務は、なぜ永峰局長を泉寿会に売り渡す道を選んだのだろうか？　浜崎の友人の前専務時代から続く大和新聞販売局長との蜜月関係を継続すれば、社有販売店関連の工事を優先的に請け負えるのだから、剛田組にもまだうまみがあったはずだ。

神田が思い悩んでいると、「浜崎さん、検温の時間ですよ」と看護師が扉を開け、神田を見て「きゃーっ、あなた面会謝絶の部屋で何をしてるんですかっ」と叫んだ。

「あっ、僕、浜崎の親戚の者で」と神田は言ったが、看護師は「ご親戚の方でも面会は病院の許可が必要なんですっ」と目をつり上げた。

神田は「すいません」と看護師に謝り、「じゃ、伯父さん、今日は顔を見れてうれしかったよ。今度はちゃんと病院の許可を取ってお見舞いに来るからね」と誤魔化しトークをしながら立ち上がり、ボロが出ないうちに退散しようとしたところ、ベッドの上の浜崎が「おい、ちょっと待て、くそ坊主」と神田を呼び止めた。

「もうこんな所に来んでもええわい。ここに来る暇があったら、大和新聞のことを考えろ。わしがお前ぐらいの歳の頃は、もっと夢を持って仕事しとったぞ。大和新聞という素晴らしい新聞を、もっともっとようさんの人に読んでもらおうと、心の底から思うとった。だから、ろくすっぽ休みがなくたって平気やったんや。今は何や？　新聞を読まへん人が増えてんのが分かりながら、本社は見せかけの部数を維持することしか考えてない。それでどんどん自分の首を絞めとるんや。お前は、大和新聞がなくなってもええんか」

この浜崎の言葉に神田は、退散態勢に入っていた体が固まった。浜崎が廃業を決意すると同時に残紙を騒ぎ立てたのは、大物販売店主として最後に大和新聞の販売網を代表し、本社に抗議したのだと思っていた。しかし、今、目の前のベッドの上の浜崎は、「大和新聞がなくなってもええんか」と言っている。新聞を読まない無読層の増加とともに、本社から販売店に送られた新聞は、読者を失って「残紙」に姿を変えていく。増え過ぎてしまった残紙の存在は、もはや販売店を圧迫するというレベルを超えて、本社の経営を抜き差しならぬところまで追い込んでいる。浜崎はそれを見抜いていたのだ。だからこそ、販売店の本社に対する最高レベルの背信行為である「入金拒否」という形で、本社に猛烈な警告を発したのだ。

神田はかろうじて「私に永峰局長と剛田組の話を教えてくれたのは、本社を改革しろということですか？」と聞いた。

浜崎は「ふん、局長様相手にヒラ社員がどないかできるとは、期待してへんけどな」とこれまた痛いところを突いた。

「お前がここまで来て、手ぶらで返すのもかわいそうやと思っただけや。永峰の裏金なんざ、わしゃどうでもええわい」

こっちとしてはどうでもよくはない、と神田は心の中で反論したが、浜崎が言わんとしているのは、大和新聞の存続の危機という大事の中では、永峰の不正など些事だということかと考えた。

浜崎がしゃがれ声を振り絞った。

「何で新聞を読まへん人が増えてんのか、お前は真剣に考えたことがあるか？　御本社様は、インターネットやとか、スマートフォンがどうやとか、そっちのニュースを充実させせんのにえらい熱心やけどな。記事を紙に印刷するんやのうて、デジタル化とやらをしたら、それで問題解決なんか？　わしゃ、違うような気がするけどのう……。紙の新聞がなくなったら、わしら販売店の仕事もなくなるからこんなこと言うてるんとちゃうぞ。わしは……、世間の新聞を見る目が、昔とは違うような気がするんや。新聞への信用がなくなっとるっちゅうか……。それは何でやねん。何でそうなったんや。紙やとかデジタルやとかやのうて、新聞の記事そのものが、信用されんようになっとるんちゃうんか。おい、お前は記事を書く立場におったんやから、何とかせんかい。わしら販売店は新聞を配達するしかできんのや。これは、わしからの遺言や」

神田は浜崎の遺言に凍り付いた。浜崎が指摘する「新聞への信用低下」を神田自身も経験していたからだ。飲み屋のカウンターで新聞社に勤めていると明かしただけで、見知らぬ客からいきなり「新聞なんざくそくらえだ」とケンカを売られたこともある。高校で出前授業をした際には、高校生から「新聞に載ってることなんて、全部、嘘なんでしょ」とあっけらかんと言われてびっくりした。

この得体の知れない新聞への不信感の理由を、神田も考えてこなかったわけではない。新聞というジャーナリズムは、あらゆる権力から独立して不当な干渉を排除し、社会の公器としての使命をまっとうすると標榜している。権力の誤りを正す「権力のチェック機構である」とも主張している。では、果たして新聞社が、この高邁な理念に何よりも重きを置いて稼働しているかということだ。実際のところ、そうはなっていない。政治部の記者は、自分が担当する政治家のスキャンダルには目をつぶろうとする。社会部の事件記者なら、絶対に捜査機関の機嫌を損ねたくはない。経済部の記者が財界の大物に向かって「原発はなくすべきだ」と議論をふっかけるだろうか。なぜこういう行動パターンになるかと言えば、むやみに対立すると、こうした取材対象である「権力側」から、情報が得られなくなってしまうからである。いくら立派なジャーナリズム精神を持っていても、目の前の事案で情報が取れなければ、おのずと新聞紙面の質は低下する。情報が取れない記者は、社内で存在価値を失う。このような事情から、理念はともかく、現実の新聞社の「権力」に対するスタンスとは、「上半身は戦っているが、下半身はすり寄っている」という構造になっている。それを世間に見破られているのではないか――。

神田と浜崎の会話に割り込むタイミングを見計らっていたらしい看護師は、「早く病室から出てくださいっ。ここは面会謝絶なんですっ」と神田をせっついた。神田は「看護師さん、伯父をよろしくお願いします」と九〇度に腰を折り曲げて言い、面会謝絶の病室を出た。

9

「臼井、分かったぞ。永峰局長の資金源が」

浜崎が入院している病院を出て、神田はさっそく臼井の携帯電話に連絡し、浜崎の取材成果を伝えた。

「ええっ、社有販売店の工事？　じゃ、総務局の管財部をだましてるってことですか。局をまたいで不正をするなんて、永峰局長ってそんなところで大物だったんですね。販売経費をかすめ取るのとはスケールが違いますよ。それに神田さんも、昨日、僕と会ったばっかりで、もう浜崎からそんな話を聞き出すなんて、やっぱり記者ってすごいですね」

「感心ばっかりしてないで、電動バイクのニセ営業マンには連絡したのか？」

「いや、その、まだなんですけど……」

「早くしろよ。何をぐずぐずしてんだ」

「でも、もう必要ないじゃありませんか。だって、浜崎の話で永峰局長の不正収入が何なのか分かったわけでしょう。それをばらすぞって永峰局長を脅かして、神田さんの立て替え金を返してもらったらどうですか？　泉寿会の脅迫と同じことになっちゃいますが」

「それだよ、泉寿会が局長を脅していったい何を要求しているのか、正確なところはまだ分かっていない。もちろん、金なんだろうけど、だったら要求金額はいくらぐらいなのか、とか。臼井はそれを解明したいと思わないのかよ？」

「解明したくないのかって……。神田さん、ここで記者魂を出さなくてもいいでしょう。そんなの警察の仕事ですよ」

「俺たちの計画に警察を巻き込めるわけないだろう。協力してくれたら、永峰局長から立て替え金を回収する時、一〇〇万円上積みして臼井の立て替え金の分も回収してやる。それから、昨日の居酒屋で一週間連続、タコのから揚げとシイタケギョーザを食わしてやる。ドリンクは飲み放題。それでどうだ？」

「あーっ、もうっ。ニセ営業に連絡すればいいんですねっ。でも、向こうが会ってくれるかどうかは分かりませんよっ」

臼井が「警察の仕事」と図らずも言ったことが、現実になりつつあるのを神田はその日のうちに知ることになった。教えてくれたのは、堺市の出島漁港にある屋台村「ぴちぴちマルシェ」で出会った京都府八幡市の販売店主、黒瀬秀平だった。

神田は浜崎の面会謝絶の病室に押しかけた後、大阪府泉大津《いずみおおつ》市の販売店の作業場で、販売店主のパチンコ癖を巡る夫婦げんかの仲裁をしていた。携帯電話が鳴り、着信画面が黒瀬からだったので、「ちょっと失礼。しばらくお二人で話し合っておいてください」とあわてて店の外に出た。

電話の黒瀬はあいさつもなしに、いきなり用件を切り出した。

「神田さん、堺西署のデカから聞いたんやけどな、例の泉寿会の事件でなんやけったいなもんが見つかってるそうや」

「けったいなもん?」。神田はオウム返しに尋ねた。

「泉寿会の事務所で押収したパソコンを調べたら、あの連中、局長の永峰とメールのやりとりしとるんやと。逮捕されたやつの携帯の通話記録にも、永峰と頻繁に電話しとる痕跡があるそうや。『新聞社の販売局長って、他系統の新聞セールスと付き合いがあるんですか』ってデカに聞かれたわい」

「その泉寿会とのメールのやり取りって、どんな内容なんですか?」

「デカもメールの中身までは言いよらへんかった。せやけど、警察が目ぇつけるぐらいなんやから、『おはようさん』『ごきげんよう』ではないわな。ひょっとすると黒い関係なんかもしれんぞ。神田さんは永峰と泉寿会の関係って聞いたことあるか？」

神田はどきどきしながら「はあ……、全く分からないです。局長が担当員時代に懇意だった大和新聞のセールスが、今は系統替えして泉寿会にいるとか？」と誤魔化した。

「わしの知る限り、そんなやつはおらんけどなあ……。ともかく、そういうことやから、神田さんも気ぃつけといた方がえぇで。そもそも警察に泉寿会を逮捕させたんはあんたなんやから、とばっちりで火の粉かぶることにならんように」

「分かりました。ありがとうございます。また、堺西署の情報があったら教えてください」

電話を切って、神田は思わずため息が出た。黒瀬の情報提供は有り難かったが、極めてバッドニュースだ。永峰局長から立て替え金を取り返す方針を固めたのに、永峰の周辺を警察にちょろちょろされてはたまらない。

「泉寿会がどうかしたんですか」

夫婦ゲンカをしていたはずの販売店主が、背後から突然、話しかけてきたので、神田はぎくっとした。

「ああ、いつもの豪華景品の話です。困ったもんですよ」

「あいつら、まだそんなことやってまんのか。泉寿会はパソコンでババつかまされて、えらいことやっちゅう話でっせ」

「へ？　パソコンのババって何ですか？」

「景品用のパソコンを大量に仕入れたら、欠陥商品やったそうです。パソコンもらって一〇年縛りの新聞購読契約した読者から、『ちょっとしか使ってへんのに壊れた』って抗議が販売店にじゃんじゃん来てるそうですわ。日本英知新聞の販売店主が怒り狂ってましたで。ざまあ見ろですけど。ふおっふおっふおっ」と店主は実にうれしそうに溜飲を下げた。

「泉寿会が不良品販売の詐欺に引っ掛かったってことですか？」

「そういうことやろな。パソコンの仕入れ先はトンズラしてしもて、連絡が取れんらしいです。泉寿会にはありえへん大失敗ですわ。あそこはこないだ七人も警察に逮捕されましたやろ。その中には、現場を仕切ってる重要な構成員もおったらしいです。要の人間がすぽっと抜けて、仕事が緩うなってしもたんですやろ」

「大損害だって話よ」と販売店主の妻も店から出て来て、愉快でたまらないという表情だ。

「電源が入らないとかすぐに分かる欠陥だったらまだ良かったんだけど、しばらく使っていると壊れちゃうらしいのよ。泉寿会は不良品だって気付くのが遅れて、何百台も配っちゃったんですって。新しいちゃんとしたパソコンと交換しなきゃならないでしょ。その費用も入れたら何千万円も損したんじゃない？」

「この際、泉寿会が破産してくれへんかなあ、母ちゃん」

「そうなったら、一回だけパチンコしてもいいわよ」

夫婦は顔を見合わせてげらげら笑い、取りあえず夫婦げんかは収まったようだった。

泉寿会が経済的に大損害を被ったのなら、永峰への脅しもパワーアップするのではないか、と神田は思った。

10

警察署の署長は、大概が署の敷地内にある署長官舎に住んでいる。管内で大事件が発生すれば、たちどころに署に行って陣頭指揮を取らねばならないからで、そうでなくても細々した連絡や報告は夜間、休日を問わず頻繁に入って来る。一国一城の主なのはいいが、職住一体で常に判断を迫られる何とも気の休まらない生活を送っているのが、「警察署長」という人種だった。

大阪府警堺西署の裏にある署長官舎はコンクリート製の平屋建てで、署を取り囲む高い塀の中に一緒に収まっていた。堺西署の正面入り口と反対側にある署長官舎への出入り口は、鉄製の門の上部に不審者の侵入を防ぐための先の尖った棒がぎっしり並んで空に伸びていた。

神田は遅すぎもせず早過ぎもしない午後八時ごろを狙って、堺西署の署長官舎を訪問した。泉寿会と永峰局長の複雑な関係を、警察はどこまでつかんでいるのか。そして、脅迫罪なり恐喝罪で立件しようとしているのか。警察の捜査の現状と方針を探るためだった。

門柱にくっついたインターフォンを鳴らすと、「はい」と署長、春駒駿介の愛想の悪い声がした。

「こんばんは。大和新聞の神田です」

「何や、記者でもないのに夜回りかい」

「……………」

「夜分にすみません、実は、例の泉寿会の事件でお聞きしたいことがありまして」

「うちの販売店主から聞いたんですけど、泉寿会がうちの販売店にまでちょっかいかけてきてるそうなんです。本社の販売局の幹部を紹介しろとか何とか。こっちはとても迷惑してるんです」

「神田、悪いけど、今日はこれで帰ってくれ。わしはその件は何も言えん」

春駒が予想外に早いタイミングで話を打ち切ろうとしたことに、神田はものすごく嫌な予感がした。

「春駒さん、これは、新聞記者が特ダネがほしいとか、そういう意味で聞いてるんじゃないんです。ご存じの通り、僕は今、記者ではなくて販売局の人間です。自分の会社が心配でこうして……」

「そりゃ分かっとる。しかしな、新聞社の幹部を脅すっちゅうのは、それなりの事件や。警察もちゃんと調べなあかんのや。それを被害者の関係者であるお前に、わしがべらべらしゃべられへんやろう。お前も事件記者やっとったんやから、その辺のわしらの事情は分かっとるはずやろ」

「新聞社の幹部って誰ですか？　僕の職場に関係のある人ですか？」

「だから何も言えんと言うとるやろっ。もう帰れっ」

ブチッと音がしてインターフォンが切れた。

神田の立て替え金回収の思惑とは関係なく、警察の捜査は走り出していた。春駒の対応からすると、堺西署はすでに泉寿会が永峰局長を脅していることをつかんでいる。これが新聞記者の取材であれば、いい情報を聞き出せたとにんまりしたろうが、立て替え金のかさんだ担当員にとっては全く有り難くない事態である。

しかし、そう頭では分かっているものの、神田は染みついた記者生活から体が反応するのを止められなかった。自分の取材と警察の捜査の方向が、ぴたりと一致していると分かった時の高揚感だ。脳内でアドレナリンが放出され、焦りと興奮が入り混じる。こうなってくるとすぐには家に帰れない。家に帰ったとしても何も手につかず、布団の中でも眼が冴えて眠れない。

頭の冴えと体のほてりを酒で鎮めたかった。神田は四月に初めてゆっくりと二人で酒を飲んだ同期の上條類の顔が浮かび、思わず携帯電話にメールを送った。

「北陸旅行中か？　大阪にいるなら飲まないか？」

上條からはすぐに返信が来た。

「ＯＫ。どこに行けばいい？」

11

大阪・ミナミの心斎橋のバーのカウンターで上條を待つ間、神田は何となくうきうきした気分だった。興奮すると上條の顔が見たくなるというのは、自分はひょっとするとゲイなのかもしれない。

一杯目に注文したハイボールをそろそろ飲み終わる頃、上條が到着した。ようやく会えた待ち人を見て、神田は生活のすさんだ不健康な別人がやって来たのかと思った。上條の顔は血の気が失せ、目の下にはクマが広がり、唇も紫色に変色している。

「おい、どうしたんだよ。そんなに疲れ切った顔をして」

「そうか？　別にどうだっていいよ、俺の顔なんて」と上條は口調も刺々しい。

「よし、今日は飲むぞ。飲みたい気分だったんだ。神田はいいタイミングで誘ってくれたよ。マスター、ジャック・ダニエルのロックをダブルで」

神田は酒を注文する上條のカッターシャツの袖口が汚れているのが目に入った。いつも身だしなみには気を遣っているようだったのに。

「上條、もしかして、家にも帰ってないのか？　奥さんは心配してんじゃないのかよ」

「別に心配なんてしてないと思うよ。北陸担当になってから出張ばかりだし、特にここんとこ忙しかったんでね。いくら働いてもいいことないけど。逆に働くほどろくなことがないっていうか」

「何をやけくそになってるんだ。ちゃんと話してくれよ」

バーのマスターが上條の前に琥珀《こはく》色のグラスを置くと、上條はごくごくといきなり半分ほど飲んだ。

「はははは、笑ってくれ神田。俺は担当員としちゃもうおしまいだ。こともあろうに、また訴訟を起こされる」

「ええーっ？　訴訟って、北陸の販売店が？」

「うん、俺は完全にはめられたよ」

「はめられたって……、いったい北陸のどこなんだよ」

「金沢。高齢の販売店主がもう引退したいって言い出して、去年の秋ごろ俺が次の店主を探して引き継がせたんだ」

上條はグラスの残り半分の酒を一気に飲み、「マスター御代わり」と注文した。何でもいいから早く酔ってしまいたいらしい。そこから「げふっ」と息を吐き出して、話の続きをしゃべった。

「送り部数が三〇〇部ぐらいしかない店だったから、俺はもう専売店を維持するより、地元紙の北陸新聞の販売店に紙を預けようとしたんだ」

「紙を預ける」とは、新聞社が自社系統の販売店である「専売店」を配置するのをあきらめ、他の新聞の販売店に新聞配達と集金を委託することである。専売店を持つよりも目先のコストはかからなくなるが、委託された他系統の新聞販売店は大和新聞社のために営業活動などしないので、長い目で見れば読者を減らすことになってしまう。しかし、日本列島の隅々まで専売網を築いた全国紙も、新聞不況の中、コストカットのための「預け」による専売網の縮小を余儀なくされていた。

「それで、上條が紙を預けた北陸新聞の販売店が、訴訟を起こすって言ってるのか?」

「そうじゃない。部長に相談したら、県庁所在地の金沢でこれ以上の『預け』はだめだって許してくれなかったんだ。他系統に預ける時はどうしても残紙を切らなきゃいけないから、部数がごそっと減ってしまうんだよ。地元の商工会議所に相談したりして、店をやってくれそうな人を探したけど見つからなくて、行きつけのスナックでぼやいていたら、ママさんが『心当たりがある』って教えてくれたんだ」

上條が金沢に出張した際によく立ち寄るスナック「瑠美子《るみこ》」のママは、「上條さんが困った顔するのは見ていられない」と言い、地元で飲食店を経営する男を紹介してくれた。

西尾照昭《にしおてるあき》、四九歳。上條と金沢駅前のホテルのラウンジで面談した西尾は、実家が数年前まで北陸新聞の販売店をしていたと話した。

西尾は「今はなかなか新聞販売店をやる人間がいなくて、本社の担当員さんは大変でしょう」と上條に理解を示し、「そんなにお困りでしたら、私は新聞販売のノウハウがありますから引き受けてもいいですよ」と申し出た。営んでいる飲食業がようやく軌道に乗ったので、新聞販売店をやる余裕もあるという説明を、上條は信用した。

実業家らしい陽気で精力的な人物で、上條は地獄で仏を見た思いだった。初対面の夜、上條は西尾から「瑠美子」に誘われ、二人はカラオケで盛り上がって意気投合した。

新聞販売店の業務委託契約は西尾と大和新聞社との間で交わしたが、西尾は「実際の販売店業務は店長を雇います。私は飲食業の方もありますので」と、手際良く「雇われ店長」を用意していた。

「店長には私から、新聞販売の一般論を教育しておきます。店の具体的な実務については上條さんから説明してやってください」

西尾は鷹揚に言い、上條は自分を信用してくれているのだと有り難く受け止めた。前店主時代からの新聞配達員や集金人はそのまま雇用を継続し、店主交代はスムースに行われた。

それから半年、毎月の入金は滞りなく行われ、訪店した上條に雇われ店長は不満を言うでもなく何か本社に要求するでもなく、いつも世間話に終始していた。残紙が多くて読者から集金する購読料以上の新聞原価代を本社に支払っている販売店で、本社は店長の生活費が何とか確保できるぐらいの補助金を支給していた。そんなかつかつの経営だったから、上條も相手が何も言わない以上、内情に踏み込むのは本能的に避けていた。訪店の際には、西尾が販売店に現れることもあり、「上條さん、こんな遠くまでご苦労様です。晩飯でもおごらせてください」としばしば食事を振る舞ってもらった。この販売店の経営状態で店主の西尾にまで利益が回るとはとても思えなかったが、ここでも上條は西尾が何も言わないので自ら踏み込むのは止めた。

先月五日、上條は本社でパソコンから担当する各店の入金状況を確認していて、目を疑った。西尾店からの入金が一円もないのである。あわてて販売店に電話したが、何度かけても誰も出ない。業を煮やして西尾の携帯電話に連絡した。

西尾は悪びれもせず言った。

「私が入金しないよう店長に指示したんです」

「指示したって……、西尾さん、それがどういうことなのかお分かりですね」

「残金を出した店は改廃ということですか？」

「もちろんそうですが、残金どころか全く入金がないじゃないですか。どうして突然……。いったい何があったんですか」

「何があったのかって、それはこっちのセリフですよ。店長に聞いたら送り部数三〇〇部のうち一三〇部は残紙だって言うじゃないですか。びっくりしましたよ」

「びっくりしたって、最初から……。店長は納得しています」

「店長は、上條さんから『オーナーは納得しているのでこの部数でやってくれ』と言われたって言ってるんですよ。私はそんなこと上條さんから説明を受けた覚えはないし、まさかこんなに残紙があるなんて思いもしませんでしたよ。大和新聞さんって、いったいどういう商売されているんですか。押し紙は独占禁止法違反でしょう?」

「西尾さんが『具体的なことは店長に』っておっしゃって、説明を求めなかったじゃないですか」

「大和新聞社がこんな法律違反の商売をするなんて、夢にも思っていなかったからですよ。上條さんを信用していたからこそ、あなたと店長に任せていたんです。まさかそれを逆手にとって、こんなやり方をされるというなら、こちらとしては到底、代金はお支払いできませんね」

この時点で、上條は西尾にだまされたことに気付いた。その後、西尾と何をしゃべったのかよく記憶がないまま、上條は金沢に直行した。その夜、西尾には連絡がつかず、上條は金沢に来ていると留守番電話に吹き込み、ビジネスホテルに泊まって、翌日の早朝に西尾の販売店に行った。

西尾はそこで上條を待っていた。

「ものすごい高圧的な態度に変わってたよ。本性をあらわしやがった」

上條は思い出すのもおぞましいという様子で、左右のこめかみを指で押さえながら言った。

「西尾は俺に一〇〇〇万円払えと要求してきた。『こちらの希望通りの金額を支払った上で、押し紙を全部切るなら新聞販売店を続けてやってもいい。それができないなら訴訟を起こす』って」

「えらいぼったくりじゃないか。その店の半年間の残紙の新聞原価って一五〇万円ぐらいだろ」。神田は上條を苦しめる西尾のあつかましさに腹が立ってきた。

「原価代金はそうなんだけど」と上條はこめかみをさらに強く押さえ、「残紙を回収業者に引き取ってもらう費用とか、不誠実な商売をした慰謝料も含めて総額一〇〇〇万円だと。説明義務違反だとか何だとか」とうめいた。

神田が辛酸をなめた高石中央販売所の浜崎所長の反乱とも、かなり事情が違うようだ。西尾なる人物が、新聞販売店を引き受けた目的は何なのか？

「いったい西尾はなぜ態度が豹変したのかな。雇われ店長に任せていて、今まで残紙の実態は知らなかったなんてのは嘘だろうし」

「最初っから、新聞販売店をやる気なんかなかったんだよ。残紙を理由に大和新聞社をゆするつもりだったんだ。以前に実家が北陸新聞の販売店やってたってのは本当みたいだから、残紙を表沙汰にすると言ったら新聞社がどれだけ嫌がるか、あいつは知ってんだよ」

上條は最も認めたくないことを口に出すと、二杯目のバーボンをがぶがぶと飲み干し、グラスをガチャンと荒っぽくテーブルに置いた。マスターが迷惑そうにちらりとこちらを見たが、上條はおかまいなしに「マスター、これと同じのお願い」と注文している。

「結局、六月度の入金はどうしたんだ？」と神田は一番、残酷なことを聞いた。

「一五日まで待ってたけど入金がなくて、俺が立て替えたよ。社内では、手違いがあって入金が遅れたということにした。今まで毎月一〇〇パーセント入金してた店だから、その説明で上には通用しちまったよ」

「西尾は上條に宣戦布告した後も、販売店業務は続けているのか？」

「新聞配達はやってる。でも、今月も今日まで入金がない」

入金締め切りの五日はもう過ぎている。このままでは、今月度も上條が立て替えることになる。

絶望的な事態に上條はすっかり目の光が消えているし、酒を飲んで「はあ」とため息をついた口はだらしなく半開きのままだ。神田は上條が本当に壊れていくようで怖くなった。

「上條、まだ訴訟を起こされたわけじゃないし、西尾が脅し文句で使っているだけかもしれない。どうすれば訴訟にならないか考えよう」

「そんな方法があるとしたら、あいつの要求金額を全額支払うことしかない。だって、残紙は実際にいっぱいあったんだから」

「残紙を盾に取っている西尾の土俵では勝負せず、こっちの土俵に引きずり込んだらどうだ?」

「こっちの土俵なんて、いったいどこにあるんだ」

「最初から大和新聞社をだます気だったんだとすれば、半年以上も何食わぬ顔で販売店を経営するような大掛かりな仕掛けをやる人物だ。地元じゃ実は評判のワルかもしれない。叩けば何らかのほこりが出るはずだ」

「どうやって叩くんだよ」

「それを今から考えるんだ。まだ部長やデスクには報告してないんだろう?」

「恐ろしくてとても言えない。だから入金を立て替えたんだよ」

「だったら、まだ間に合うじゃないか。今の段階で西尾を抑え込めば、会社の中では何もなかったことになる。今はピンチはピンチだけど、まだ絶体絶命の事態じゃない。俺も手伝うよ。一緒に頑張ろう」

上條は神田の熱弁に、少し心を動かされたようだった。

「ありがとう神田。そうだな、まだ打つ手はあるかもしれないな」

　大事な同期社員の上條が気を取り直したのを見て、神田も気持ちが落ち着いた。

　よし、明日から上條を救うために対策を練らなければと心を決めた時、上條から「お前、何で俺にそんなに親切なんだ？」と不思議そうに聞かれ、神田は椅子から飛び上がりそうになった。言われてみればそうだ。他人の担当区の話でこんな一生懸命になれるとは、深層心理では本当に上條のことが好きなのだろうか。

「販売局で唯一無二の同期なんだから、助け合うのは当然じゃないか」と神田は内心の動揺を隠して答え、「だから、と言っては何だけど、俺からも上條に頼みがある」とかばんからコンパクトカメラを取り出した。

　カメラの保存写真データを開けて、先月末に白浜マーメイドホテルで撮影した力作を上條に見せた。

「げっ、もしかして、これ編集局長の古石さん？　かなり気色悪い写真だな。この写真、お前が撮ったのか？」と上條はのけ反《ぞ》った。

「まだあるぞ」と神田は得意気にフレンチレストランの写真も見せた。

「神田はこんな探偵事務所の不倫調査みたいなこともやってるのか」

「こういうこともできるんだよ。上條はこの女の人に見覚えあるか？」

「知らない。うちの会社の人？」

　神田はカメラの中の写真をもう一枚、上條に見せた。先週、会社の社員食堂に飾られていた生け花の写真だ。

「花じゃなくて、ネームプレートが重要だ」と神田は説明した。生け花の前に置かれているネームプレートには「中里沙織《なかざとさおり》」と書かれてある。

「古石さんとべったり腕組んでるのが、この中里沙織？」と上條はキツネにつままれたような表情だ。

「そうだ。中里沙織は会社の生け花クラブのメンバーなんだ。社員食堂で生け花を見つけたんで、クラブの事務局をやっている人事課のおばさんに『素晴らしい生け花で感動しました。中里さんって、きっと素敵な女性なんでしょうね。どこの職場の方ですか』って聞いてみたんだ。編集庶務部のアルバイトだって教えてくれたよ」

「生け花に感動したって……、よくもそんな白々しい出まかせが口から出て来るもんだな。神田に華道の素養なんて全くないだろう」

「やかましい、まあ、聞け。それで『生け花クラブには男も入れるんですか』って言ったら、『メンバーは全員女性なので男性は大歓迎です。ほとんどおばさんばっかりですけどね』って」

「へえ、それで神田は生け花クラブに入部するのかよ」

「あほう、上條が入るんだよ。俺からの頼みってのはそれだ。中里沙織を誘惑してくれ。お前に誘われて断る女は絶対にいない。おっと、今日みたいなしけた顔じゃだめだぞ。体調を整えて、顔色をつやつやにして入部するんだ。その代わり、金沢の件は全面協力する」

手を合わせた神田を横目で見ながら、上條は「俺の写真は盗撮しないでくれよ」と念押しした。

第五章　改廃

1

中四国北陸販売部の担当員、上條類のピンチには、神田とは別に心強い助っ人が現れた。

神田は上條から金沢市の販売店主、西尾照昭の件を聞いた翌日の朝、京都府八幡市の元ヤクザの販売店主で情報通の黒瀬秀平に相談した。

黒瀬は「ふむ、ちょっと調べてみまっさ」と言い、しばらくしてまた連絡をくれた。

「どうやら、わしが金沢まで出張ってった方がええみたいですわ」

「ええ？　出張るって、黒瀬さんが西尾と対決するんですか？」

「まあ、そういうことになるんかいな。早い方がええですやろ。いつにします？　わしはいつでもええでっせ」

よって、その日の午後、ＪＲ大阪駅の北陸方面行きホームの面々は奇妙な取り合わせとなった。北陸に向かう上條は、まず神田がそこにいることに驚いた。

「何でお前まで来るんだよ？」

「だって、上條に全面協力するって言ったじゃないか。こういう時は一人でも人数が多い方がいいんだよ」

「自分の担当区でもないのに出張するなんて、会社の許可取ってないだろう？　ったく何時のサンダーバードに乗るんだとか、変なこと聞いてくるなと思ったよ」

上條の心配をよそに、神田は腹をくくっていた。上司である安藤部長にも吉武デスクにも報告していない無断出張だが、どのみち今の段階ではあの二人に相談できる話じゃない。留守中に自分の担当区で何かあったら、それはその時のことだ。何かあったところで、上條が今、直面しているより深刻な事態が自分の担当区で起こるとは考えられない。大和新聞販売局の社員として、この選択は間違っていないと神田は確信していた。

「上條、そんなことより、生け花クラブには入部したか？」

「さっき会社に寄って入ってきたよ。事務局の人事課のおばさんは、鳩が豆鉄砲くらったみたいな顔してたよ」

「よしよし、来週からはちゃんと生け花クラブに顔を出してくれよ」

上條が口をへの字にして神田をジト目でにらんだところに、昼間から日本酒のワンカップとちくわやスルメイカなどのつまみ類を買い込んだ黒瀬が現れた。

「お前さんが上條さん？　八幡の黒瀬です。神田さんから話は聞きました。評判通りの男前でんな」

上條と黒瀬は初対面だった。黒瀬は本社に寄りつかないし、専売会の会合にも出席しないので、黒瀬店の担当をしたことがない担当員は面識がない。

三人は特急サンダーバードに乗り込み、向かい合わせの席を確保すると、黒瀬はいきなりワンカップのキャップを開けて勢いよく飲み始めた。スルメイカの袋を開けてむしゃむしゃと食べながら上條に質問した。

「上條さんが西尾と知り合ったんは、瑠美子とかいう金沢の行きつけのスナックの紹介やということでしたな」

「そうです。四年前に北陸担当になってから、金沢出張の時によく行っているスナックのママの紹介です」

「そのスナック瑠美子は、上條さんが長い夜の時間つぶしに、たまたま入ってみたんでっか？」

「いいえ、瑠美子はもともと、毎朝新聞の担当員が常連客だった店なんです。僕が北陸担当になったばっかりの頃、現地会の後で毎朝新聞の担当員と一緒に飯を食って、それから『もう一軒行こうよ』って誘われたのが瑠美子でした」

北陸のような地元新聞が牙城を築いている地域では、毎朝新聞や大和新聞のような全国紙は部数という点では歯が立たない。よって担当員もライバルという意識は乏しく、愚痴を言い合う仲間になる。上條と毎朝新聞の担当員もそういう関係だったのだろうと、神田は推察した。

黒瀬はワンカップをいい調子で飲みながら質問を続けた。

「瑠美子に出入りしとった担当員は、毎朝新聞と上條さんだけでっか？」

「いいえ、日本英知新聞の担当員も行ってました。三人で一緒に行くこともありましたし、私と日本英知の担当員と二人で行くこともありました。それがどうかしたんですか？」

上條の問いかけに黒瀬は答えず、またワンカップをうまそうに飲んだ。

「その毎朝新聞と日本英知新聞の担当員は、今も北陸担当なんでっか?」

「どちらも今はもう違います」

「その二人が担当替えになったんは、いつやったか覚えてはりますか?」

黒瀬の細かい質問に上條は少し眉をひそめながらも、何とか思い出そうとしていた。

「毎朝新聞の担当は、確か……、僕が北陸担当になったその年いっぱいまででしたね。そうだ、忘年会と彼の送別会を兼ねた飲み会をやりましたから、間違いありません。日本英知の担当員は、ええと、そう言えば、この時も、暑気払いと彼の送別会を兼ねてビアガーデンに行きました。昨年の夏です」

「二人ともおかしな時期の担当替えでんな。普通、人事異動は春か秋ですやろ」

ここまで来て、神田と上條はようやく黒瀬の言いたいことが見えてきた。

神田は「黒瀬さん、もしかして毎朝と日本英知も……」と思わず口をはさんだ。上條も虚を衝《つ》かれた表情だ。黒瀬は一本目のワンカップを、もうほとんど飲んでしまっている。

「お気付きの通りや。二人とも西尾照昭の犠牲者です。スナック瑠美子のママは言わば、店で獲物を待ち受ける女郎蜘蛛《ぐも》ですな」

「そ、そんな、それではあの毎朝と日本英知の二人は、僕に何も教えてくれずに去って行ったということですか? 送別会までやったんですよ」

上條はわなわなと震えている。

「そういうことや。最後はライバル紙の担当員らしく、上條さんが自分と同じ罠にはまるのを願って沈黙を守ったんですやろ。それが証拠に、今は毎朝と日本英知の担当員は、スナック瑠美子にはもう来てないんとちゃいまっか？」

「ええ、そうです。どちらも後任の担当員とは、一緒に飯を食ったこともありません。瑠美子ママも『来てくれるのは上條さんだけになっちゃった』って言ってました。付き合いの悪いやつらだと思っていたら、ちきしょう、そういうことだったのかっ」

泣き出さんばかりにくやしがる上條を、黒瀬は「まあそう嘆かんでもよろし。前に二人の犠牲者がおるから、今回、うちは被害を避けられるという面もありますしな」と励ました。

「どうやって⁉」

神田と上條は声をそろえた。

2

そこへ「ああ、叔父貴、ここにおりましたんか。探しましたで」と、でっぷりした体をベージュ色の麻のスーツに包んだ五〇代ぐらいの男が現れた。

黒瀬は「おうカズ坊、ご苦労さん。まあここ座れや」と自分の隣の席を勧め、カズ坊は「いったい何ですの。突然、『サンダーバードに乗れ』なんて」と黒瀬の隣にどっかと座った。薄くなった髪を刈り込んで潔く坊主頭にし、細いタレ目で人のよさそうな丸顔のカズ坊は、「こちらのお二人が大和新聞の担当員さんですか」と神田と上條を見てにやにやした。裏社会の人間には見えないが、この妙な落ち着きっぷりは普通のサラリーマンでもなさそうだ。神田は何者かと身構えた。

黒瀬は「こいつは新聞各社のセールスチームを渡り歩いてる拡張員ですねん」とカズ坊を紹介した。

「神田さんから相談を受けて、こいつに聞いてみましたんや。それで西尾が過去にも同じことやってるのが分かったんですわ。頼りになりそうなんで、わしの独断で金沢まで一緒に来てもらうことにしましてん」

「あの、カズさんも元は黒瀬さんと同じ業界の方なんですか？」

神田は一応、確かめておこうと思い、勇気を出して聞いた。

「まさか、わしはそんな大したもんやおまへん」とカズ坊は笑いながら、顔の前で両手を振った。見たところ、指の数はそろっている。

「仕事がなくてぶらぶらしてた時に、黒瀬の叔父貴から新聞の拡張員やらへんかと声をかけてもらいましてん。今から十六、七年前のことですわ。それで、しばらく御社のお世話になったんですが、ほら、こない言うたら何ですけど、御社はちょっと、ギャラがもひとつですやんか。それで一〇年ほどしてから、もう少しギャラのいい毎朝新聞のセールスチームに移りましてん。それから、今は日本英知新聞で仕事さしてもろうてるという次第です」

カズ坊は新聞社の各系統を渡り歩いたのがきまりが悪いのか、ズボンのポケットから取り出したハンカチでしきりに顔の汗をふいた。

黒瀬は「こう見えても、カズ坊はなかなかやり手なんでっせ。やり手やから渡り歩けますねん」とフォローし、「お前が知ってること話したれや」とカズ坊を促した。

「へえ」とカズ坊は、ハンカチをジャケットのポケットに押し込んだ。

「ええとですな、毎朝新聞では三、四年前の冬でしたわ、金沢の西尾照昭の店を解体して北陸新聞に紙を預ける時に、私はその現場に行きましてん。地方じゃ全国紙は部数が少ないから、販売店のエリアが広いでっしゃろ。西尾店のエリアだと北陸新聞は七つの販売店がありましたわ。せやから西尾店の部数をバラバラにして、北陸新聞の販売店七店に預けたんですけど、私はその際に、失業する西尾店の従業員を、北陸新聞の販売店で雇ってくれるよう交渉して回ったんです。その時に北陸新聞のある店主から、『西尾はやっぱり続きませんでしたか』と言われたんですわ。私は西尾のことを全く知りませんでしたから、その店主に事情を聞いてみて、やつの素性を知ったんです。西尾はもともと輪島《わじま》の出身で、実家は北陸新聞の販売店をやってたそうです。親父さんが早死にして、まだ二〇代で販売店を継いだ西尾は、バブル景気の終わりかけの頃に、リゾート開発にいっちょかみして失敗したそうですわ。開発計画が破綻して十数年、借金に苦しんだ挙句、新聞販売店も止めてしもたんです。その時に残紙を問題に大暴れして、北陸新聞社にえらい額の解決金を支払わせたというもっぱらの評判でした。北陸新聞社はひた隠しにしていて表向きは何も言わんそうですけど、西尾が金沢に出て来て商売を始めたりしたんで、この店主は『本社から取った金で一息ついたな』と思とったということでした」

上條は金額が気になるらしく「北陸新聞社は解決金としていくらぐらい払ったんでしょうか？」と聞いた。

カズ坊は「金額は分かりませんけど、二代続いて新聞販売店やってたもんが暴れたんやったら、一〇〇万や二〇〇万ではないでしょうな」と淡々と答えた。

八ケタの金を払ったのだとすると、北陸新聞社ぐらいの事業規模ならかなりの痛手だったはずだと神田は想像し、「毎朝新聞が西尾に北陸新聞と同じ手口でやられたんじゃないかっていうのも、その北陸新聞の販売店主の情報ですか?」と話を進めた。

「へえ、そうです。それに、西尾は毎朝新聞の販売店を一年もやってなかったんです。自廃にしても本社の改廃にしても、店をつぶすには早過ぎますやろ。しかも、そんな大事な時に本社の担当員が交代してるんですわ。新しい担当員は、『突然、北陸担当にされた』って不満たらでした。私が『本社は西尾にいくら払いましてん?』って聞いたら、びっくりして携帯電話を床に落としてましたわ。前の担当員は北海道に異動になったそうです。ますます寒い所に、しかも一番、寒い時期に放り込まれて気の毒ですわ」

神田と上條は北海道と聞いて身震いした。冬の北海道は、都会の温室育ちにはとても耐えられない。

上條は「金沢と言えど、毎朝新聞だったらうちの倍ぐらいの送り部数があったはずですから、残紙もそれなりにあったはずですし、西尾に支払った額も大きかったんでしょうね」と言うのがやっとだった。

三番目の犠牲者、日本英知新聞は、金沢市ではなく隣の白山市《はくさん》の販売店が舞台だった。昨年夏、すでに日本英知新聞のセールスチームに移籍していたカズ坊は、そこでまたもや「西尾案件」に出くわした。

「白山市の店を強制改廃するというので乗り込んだら、それが西尾店でした」

カズ坊の「強制改廃」という言葉に、神田と上條は思わず顔を見合わせた。改廃に応じない販売店に対する新聞発行本社の最後の手段だ。未明にトラックで運ばれてきた新聞を、販売店とは別の場所に下ろし、本社側が用意した配達員らが読者に新聞を届ける。販売店に新聞供給を停止し、兵糧《ひょうろう》攻めにして廃業に追い込むのである。本社側としても、読者の名前や住所を把握する必要があるため、販売店従業員を抱き込んで読者名簿を持ち出させたり、新聞配達員を尾行して配達先を調べたりする。強制改廃はまさに、本社と販売店の全面戦争だった。

西尾が販売店主の仮面を脱いで、日本英知新聞に「押し紙の損害賠償」を求めたことが強制改廃の原因なのは明らかだった。毎朝新聞は事態の緊急性から西尾店をつぶして北陸新聞に紙を預けたが、部数へのこだわりが強い日本英知新聞は「預け」を良しとせず、自社系統の新店を急場しのぎで作る意地を見せたのだ。

カズ坊は「そのお陰で日本英知の新店は、開業してからしばらくひどい嫌がらせを受けました。配達した新聞が軒並みポストから抜き取られて、店に『新聞が届いてない』って読者からの不配苦情が殺到するんです。そんなことが週に一回ぐらいの頻度で起きました。ひどい時は、配達した新聞のほとんど全部が抜き取られる有様で。不配には残紙を再配達するんですけど、それが足りんようになって、隣の販売店の残紙を買いに行きましたわ」と振り返った。

実に新聞屋の急所を突いた嫌がらせだった。宅配商品である新聞は、読者の元に届いて初めて「商品」としての使命をまっとうする。読者は新聞の情報を買っているだけでなく、配達サービスも含めて購読料を支払っているのだ。不配のお詫びに読者宅を訪問する時には必ず、手ぬぐいやゴミ袋などお詫びの品も合わせて持参する。それが一日で何十件、何百件と起きてはその対応だけで忙殺される上、度重なれば読者の怒りを買って「止め」につながる。購読中止を思いとどまってもらうためのお詫びの品は、手ぬぐいやゴミ袋ではすまなくなる。白山市の日本英知新聞の新店は開店早々、悲劇に見舞われ続け、カズ坊らセールスは現地にとどまって対応に追われた。

「早朝から読者の家の前に張り込んで、新聞を抜き取る現場を押さえようとしたんですが、失敗でした。張り込みが気付かれたみたいで、それから抜き取りはなくなってしもたんです」とカズ坊は続けた。

「抜き取りに代わって次に出てきたのが『ゴミ出し』でした。読者の家に新聞販売店を名乗って『自宅の前に古新聞を出しておいてくれたら回収に行きます』っていう電話があったそうで、読者から『言われた通りにしたのに、いつまで経っても取りに来てくれない。どうなってるんだ』という苦情電話が販売店にじゃんじゃん入ってきました。販売店ではそんなサービスはやってないんですが、ご愛読者様の怒りを収めるために、仕方なく私らが軽トラで古紙回収に回りましたよ」

古紙回収の苦情が五月雨《さみだれ》式に続くため、販売店では「ご愛読者の皆様に、当販売所が古紙回収するとの不審な電話がかかっています。当販売所では古紙回収は行っておりません。何者かによるいたずら電話ですのでご注意ください」との内容のチラシを作成し、新聞に折り込んで配達した。しかし、このチラシが「新聞屋は責任を持って古紙を回収しろ」という読者の眠っていた要望を掘り起こすことになり、販売店はますます混乱した。

「しまいに店主がキレてしまいましてな。無理もないですけど」とカズ坊は面白そうに言った。

「こんな嫌がらせは、読者名簿を持っている前店主の西尾にしかできません。迷惑千万の新店主は、日本英知新聞に『本社が西尾の対応を誤ったからこんなことになった。本社が手を打たないなら警察に通報する。これまでのうちの店の損害も本社が弁償しろ』と迫ったんです」

それからしばらくして嫌がらせはピタリと止んだ。

「日本英知新聞が観念して、と言うか、嫌がらせに屈して西尾に金を払ったということですね」と神田は確認した。

カズ坊は「そうですやろな。私はまた担当員に『本社は西尾にいくら払いましてん』と聞いたんです。担当員は何も答えず、『今回の件は絶対に口外禁止』と念を押して、日当をはずんでくれましたわ。たっぷり一ヵ月以上、白山市におりましたからなあ、結構な収入になりましたで。新店主も損害は本社から補塡してもらえまして、その後は問題なく商売を続けているようです。あ、その担当員は騒ぎが収まった後、福岡の西部本社に異動になりました」と、まるで円満解決したかのような口ぶりで締めくくった。

「西尾ってかなり手ごわいですね。そこまでの人間とは思いませんでした」と上條は顔がこわばっている。

神田は「要求に応じなかった場合は訴訟を起こす」という西尾が上條に通告した言葉に気を取られ過ぎていたと思った。カズ坊の話では、西尾は攻撃の技が多彩である。裁判は法廷という公開の場での戦いだが、西尾は戦い方の正当性にこだわるタイプではなく、目的のためにはかなり卑怯な手段も辞さないようだ。変幻自在のこの相手と、黒瀬はどう戦おうとしているのか。

「黒瀬さん、金沢に着いたらどうしましょう？　作戦を教えてください」と神田は黒瀬の指示を仰いだ。

「お前のやってることは全部知っていると西尾に突き付けて、ぎゃふんと言わしてやりますわ」と黒瀬は答えた。

この回答に神田は不安に襲われた。

「あのう……、知っていると言ってもすべて状況証拠じゃないですか。全面的に否定されたら覆《くつがえ》せないですよ」

しかし黒瀬は「スナック瑠美子に行って、ひと暴れしてやるのもええかもしれんな。案外、ママさんは簡単にゲロするんとちゃいまっか」と余裕しゃくしゃくである。

「いや、その、そういうことじゃなくて、脅すにしても暴れるにしても、それなりに彼らがやってきたことの確実な証拠がいるでしょう」

「神田さん、証拠、証拠ってわしら警察と違いますねんで。気迫を見せたら何とかなりまっせ。カズ坊もおることやし。こいつはなかなか交渉上手ですねん。拡張員の前は地上げ屋でしたんや」

唖然としている神田に、黒瀬は小指が極端に短い右手を開いて突き出した。

「これ見たら、西尾も瑠美子のママもびびりよりますって」

「そんなあーっ、びびらなかったらどうするんですか。向こうだってヤクザとつながっている可能性はあるんですよっ」

黒瀬の言う「わしが出張る」とは、その程度の作戦だったのかと神田はがっくりした。隣の上條も相当な不安が募ってきたらしく、すでに目の焦点が合ってない。

ワンカップをがぶ飲みしたせいか、黒瀬は座席でうとうとし、しばらくするとぐうぐういびきをかき始めた。

神田は深いしわが刻まれた黒瀬の寝顔を見ながら、この老人を安易に頼りにしたのを後悔した。西尾に対してこれまでの「新聞社ゆすり」の実績を突き付けたところで、平然ととぼけられるだけだろう。いや、仮に西尾が開き直って白状したとしても、いずれもすでに西尾に軍配が上がってしまった案件である。はめられた新聞社の方こそ隠しておきたい事実であり、今さら、大和新聞社が騒いだところで新たな展開は何も期待できない。しかも、こちらの目的は西尾の金銭要求を封じ込めた上で、新聞販売業から退いてもらうことである。これまで他の新聞社が屈してきたことを跳ね返そうと言うのだ。そのためには、西尾との交渉に何か新しい材料が必要だ。西尾が嫌がるような……、一〇〇〇万円をあきらめるような……。


神田と上條がすっかり考え込んで静かになってしまい、カズ坊は沈黙が気まずいのかまたハンカチで顔を拭き始めた。神田はやはり部外者を巻き込むより、自分と上條の二人で解決した方がいいような気がしてきた。こちらにも名案があるわけではないが、黒瀬とカズ坊は、どうやら自分たちとは仕事の流儀が違う。

「カズさん、巻き込んでしまって申し訳なかったです。僕がよけいなことを黒瀬さんに相談したばっかりに。すみません」と神田は頭を下げた。

「え？　いやいや気にせんといてください。私でお役に立てることでしたら」とカズ坊は笑顔を作りながら、ハンカチでぱふぱふと顔を叩いた。

その、役に立てるかどうかが問題なんだ、と神田は心の中で舌打ちした。

「もう十分、貴重な情報をいただきました。これ以上、ご迷惑をおかけするわけにいきません。それで……、カズさんは金沢に着いたら大阪にUターンしてもらえませんか？　いや、金沢まで行かなくても途中の停車駅でもいいんですが。黒瀬さんもこの状態ですし、一緒に連れて帰っていただけませんか。お二人の運賃はこちらでお支払いしますので」

カズ坊は意外そうに「へっ」と細い目を少し見開いた。神田の言葉の真意を測りかねているようで一瞬の間が空き、「はっ、はっ、はっ。私らはかえって足手まといということですかな」と笑い飛ばした。

「神田さんがそうおっしゃるなら、私がしゃしゃり出る幕でもありませんので引き揚げさせてもらいますわ。上條さんとお二人で頑張ってください」と笑みを崩さずに応え、それからこう続けた。

「あの、余計なことですが、年長者として一つ言わせてもらいますと、おそらく西尾はあなた方、大和新聞社をかなり甘くみているはずですわ。これまで新聞社が三社も自分の言いなりに大金を払ってるんですからな。慣れて要領が良くなった一方で、油断はあると思いますよ。そのスキを見逃さんことです。それと、やり手の実業家のように見せかけていますが、内情の資金繰りはかなり厳しいのかもしれません。日本英知新聞との綱引きであそこまでやるんですから、西尾の金に対する強い執着を感じるんです」

神田から「帰れ」と言われたカズ坊はプライドを傷つけられて口をきかなくなるかもしれないと覚悟していたが、親切にアドバイスしてくれたので、神田は「おや？」と思った。

黒瀬がカズ坊を「交渉上手」というのは、この性格のことなのかもしれない。辛抱強く、粘り強く、不気味なまでのにこやかさで相手に食らいつくのではないか？　だとすると、やはり、酒で寝込んでしまった黒瀬だけ大阪に戻ってもらい、カズ坊には残ってもらった方がいいのか……。


神田が方針を決めかねていると、隣の上條が口を開き「西尾に入金を拒否されてから、遅まきながら彼のビジネスについて調べてみたんです。本来なら販売店を任せる前にやっておかなくてはならないのですが、何せあの時は急いでいましたので」と説明を始めた。

「企業情報会社の金沢支店に行って、西尾の会社である『ニシテルコーポレーション』の調査表を見たのですが、二年ほど前からほとんど休眠状態でした。過去にはバーやスナックをやっていましたが、もう閉めたようです。僕に言った『飲食業が軌道に乗った』というのは、全くでたらめでした」

カズ坊は「それなら西尾はもはや、新聞社から取った裏金で暮らしているということですか。とんだ所に収入の道を見つけたもんですな」とあきれた。

新聞社から取った裏金、それが西尾の収入……。カズ坊の言葉をぐるぐると頭の中で回した神田は、西尾を揺さぶることができるかもしれないという「望み」を見つけた。

「その金、西尾は税務申告してるのかな？」

黒瀬以外の目が開いている三人は、それぞれ顔を見合わせた。

上條は「普通は、そんなややこしい金は申告しないよな。ましてや唯一の収入源だ。税金でごっそり持っていかれちゃたまらない」と言い、「仕掛けてみる価値はある」と顔に明るさが蘇ってきた。

　カズ坊は「うははは、それでいきましょう。やっぱり、私も大阪に戻るのは止めて、協力させてもらうことにしますわ。邪魔にならんよう気を付けますよってに。それでいいですか」と神田にタレ目を向けた。

　神田は恐縮してカズ坊に「すいません、力を貸して下さい」と先ほどよりも深く頭を下げた。

3

　上條は西尾には、夕刻に金沢に着くとあらかじめ連絡していた。ＪＲ金沢駅からタクシーで約三〇分ほどの住宅街にある販売店で、上條は西尾と対峙した。西尾は作業場の丸椅子に座り、上條には椅子を勧めようともせず立たせたままだった。

「それで？　話があるというのは、押し紙山盛りの悪徳商売の責任を取って、誠意を見せてくれるということだろうな？」

「西尾さん、今日はその話で来たんじゃないです」

「じゃ、いったい何の話だ。へっ、販売店を止めろってのか？　冗談じゃない。強制改廃なんかしたら、絶対に訴訟にしてやるからな。大和新聞の押し紙の実態を法廷でぶちまけるぞ」

「いえ、そうではなくて、実は……ここだけの話にしていただきたいんですが、先日、西尾さんのことで金沢国税局から会社に電話があったんです」

　西尾は後ろから飛んで来た弾をくらった様子で、一瞬、強気な態度のディフェンスが崩れたのが上條にも分かった。

「西尾照昭さんは大和新聞の販売店主だろうって、国税から聞かれたようでして」

「ほおお、それで？」

「いろいろ根掘り葉掘り質問されたみたいです。部長が対応したんですけど」

「根掘り葉掘りっていったい何を聞いたんだよ。国税は」

「いつから販売店をしているのかとか、新聞代金はきちんと支払っているのかとか。びっくりした部長から『西尾所長はちゃんと税務申告してるのか』って言われました。もちろん正しく申告はされてますよね？」

「ふざけんじゃねえっ」。西尾はベニヤ板の作業台をばんとたたいた。

「お前さんはサラリーマンだから、実は分かってないんじゃないの。所得隠しってのは、がっぽり稼いでいるやつがやるこったろうが。こっちは大和新聞のあくどい押し紙で大損してるんだっ」

「新聞販売だけじゃなくて、飲食業の方は……」

「そんなものは大和新聞には関係ないだろう？　それで、まさか、お宅の部長は国税に聞かれて俺の個人情報をべらべらしゃべったんじゃないだろうな」

「販売店主だってことは隠せませんから、ざっくりしたことは認めたみたいです。携帯電話の番号とか金融機関の口座番号なんかも聞かれたそうですが、今すぐには分からないと答えたそうです」

「しゃべったら個人情報の漏洩だぞ。大和新聞社が取引先である販売店主の個人情報を漏洩したとなったら重大問題だっ」

「西尾さん、これは公的機関の法的権限に基づいた調査なんですよ。それに応えるのは個人情報の漏洩にはなりませんし、むしろその逆なんです。以前に従業員に関する警察からの問い合わせを受けた販売店が、従業員をかばって答えなかったことがあったのですが、捜査に協力しなかったってことでものすごく社会的に非難されました」

「そんなの知ったことかっ。とにかく俺は大和新聞社の個人情報漏洩として、世間に公表する。慰謝料も上積みだ。押し紙の上に今度は個人情報漏洩とは、どこまで販売店を愚弄する気だ。大和新聞は賠償金額が増えてもいいということだなっ」

「仕方ありませんね……」

上條の反応に西尾はピクリとした。

「本当にいいんだな。上條、お前、自分の言葉に責任を持てよ」

西尾はさらにたたみかけたが、上條はひるまなかった。

「西尾さんがおっしゃるように所得隠しなどないのなら、国税が何を調べようが恐れる必要はありません。私も西尾さんがそんなことをする人ではないと信じています」

「何だと？　国税なんてのはな、権力を振りかざしていろんな言いがかりをつけてくるものなんだよ。俺が言いがかりをつけられたら、大和新聞社の責任だ。その責任は必ず取ってもらう」

「分かりました。西尾さんのご意見は部長に伝えます」

上條はそう言ってさっさと店を出ようとしたので、西尾は上條のあっさりした引き際にびっくりした。

「こらっ、てめえ、国税の話だけで帰る気かっ。押し紙の件はどうするんだ。裁判になってもいいのかっ。こっちはもう弁護士がついてるんだぞ」

「それは今、上司に相談中です。あのう、こう言っちゃなんですけど、西尾さんに関する国税局の問い合わせで、余分な作業が増えてるんですよ。西尾さんの信認金の預かり証明書を提出しろなんて言われるし」

「それはどういうことだ」

「販売店を始める時に、大和新聞社が西尾さんからお預かりした金です」

「それは分かっとるわい、このバカっ。国税が何でそんな証明書を出せと言うんだ」

「あなたの財産を調べているんですよ。いざとなったら、差し押さえる気なんじゃないですか」

ごくりと唾を飲み込んで考え込んだ西尾に、上條は「もちろん、まだ差し押さえられると決まったわけじゃありません。西尾さんの税務申告に問題がなければ、いや、万一、仮に瑕疵《かし》があったとしても、ささいなことなら国税との話し合いで解決できます。そう気を落とさないでください」と言い残し、またもやスタコラと販売店を去ろうとした。

「俺の金を国税なんかに渡しやがったら、許さんっ。こら、お前は担当員なんだから、俺の金を今すぐ返せっ」

西尾は上條の背中に向かって叫んだ。上條は西尾の方を振り返った。

「販売店を廃業されないとお返しできません」

「一〇〇〇万払うなら自廃してやる」

その時、店の奥から雇われ店長が出てきた。

「オーナー、金沢国税局の近森《ちかもり》さんという人から電話です。何か聞きたいことがあるって言ってます」

「今は留守だと言え」

西尾の押し殺した声が作業場にずしりと響いた。

4

幹線道路沿いで派手な看板を掲げた全国チェーンの中華料理店で合流し、上條から販売店でのやりとりの一部始終を聞いた面々は大いに盛り上がった。

「その狼狽ぶりからすると、西尾はやっぱり黒い金は税務申告してなかったんだよ。当然と言えば、当然だけど」。神田は予想が当たり、うれしくて仕方なかった。

黒瀬は「何を個人情報の漏洩とか吐《ぬ》かしとんねん。盗人《ぬすっと》猛々しいとはこのことや」と三本並んだ瓶ビールの栓を次々に抜いていく。

カズ坊は「私もその現場におりたかったですわ。怒り狂った西尾の顔を拝みたかったです」と言いながら、四人のグラスに手際よくビールを注いだ。

「脱税は七年前までさかのぼって課税できますからね。北陸新聞、毎朝新聞、日本英知新聞と三社合わせてどれぐらいになるのかなあ。重加算税もあるだろうし、西尾は今ごろ必死で計算してるんじゃないかな」と神田はごくごくビールを飲んだ。

はしゃぎまくる三人をよそに、上條は西尾との神経戦でどっと疲れたようだった。

「神田、あんな大芝居やったけど、西尾が国税局に問い合わせたりしないか？　実際には国税が調べたりしてないってばれたら、これまた大変なことになる」

「西尾は絶対にそんなことしないから大丈夫」と神田は請け合った。

「潜伏中の殺人犯が、警察に捜査状況を問い合わせるか？　『僕ってまだ見つかってませんよね』って。その問い合わせに警察が『大丈夫です。安心してください』って答えるか？」

「それもそうだな」。上條は胸のつかえが下りたのか、赤々としてうまそうな麻婆《マーボー》豆腐丼をレンゲですくって食べ始めた。

神田が「それより上條、西尾は今日お前に、『一〇〇〇万円払ったら自廃してやる』って言ったんだな」と聞いたところへ、注文した「塩焼きそば」が運ばれてきた。メニューの写真とは大違いのまるで残飯のような恐ろしく投げやりな料理だったので、神田は内心、衝撃を受けた。

上條は「ああ、そう言ったよ」と返答したが、神田の質問の真意は分からないようで、麻婆豆腐丼をばくばく食っている。

「以前は上條に、『一〇〇〇万円払って残紙を全部切るなら、販売店を続けてやってもいい』と言ってたんじゃなかったっけ？」と言いながら、神田が口に入れた塩焼きそばは、見た目だけでなく味もひどかった。本当に客の残飯かもしれない。

上條は、「そりゃそうだけど、そんなこと本気で言ってるんじゃないよ。本社相手に裁判するなんて騒いだ店主が、店を続けられるわけないじゃないか」と担当員の常識を述べた。

黒瀬はチェーン店の名物餃子《ギョーザ》にたっぷりとラー油をつけてほおばり、「今日、西尾が上條さんに言うたセリフは、図らずも本音が出てしもたんやろ」とコメントし、満足げに餃子を飲み込んでから西尾の思惑を分析した。

「西尾は大和新聞社からもらうもんをもろうたら、金沢からトンズラする気やろな。もう新聞社四社を相手にしてしもたんやから、地元で今の特殊な新聞脅迫商売は限界ですわ」

西尾が今回の大和新聞社との戦いを、潮時だと判断していることは十分ありうる。タイミングを見計らって勝負を仕掛けてきたからには、大和新聞社から一〇〇〇万円を受け取って、早いところ販売店は止めてしまいたいのが本音だろう。こちらとしては、何とかその西尾の心理をうまく利用しなくてはならない。

鶏の唐揚げ付きラーメンチャーハンセットを注文したカズ坊は、神田の塩焼きそばを心底、気の毒そうに見て、「よかったら、私のハーフチャーハンを食べてください。これを全部食べたら、私は炭水化物の摂り過ぎになってしまいますから」と太っ腹をさすりながら、神田に気前よくハーフチャーハンを譲ってくれた。

黒瀬も「神田さん、わしの餃子定食は餃子が二人前ありますから、これも遠慮せんと食べてくださいや」と勧め、神田のために小皿に餃子のタレを入れてくれた。しかし、塩焼きそばに対しては、「ここのメニューにもそないなハズレがあるんですな」ときっぱり言うことも忘れなかった。

麻婆豆腐丼を胃に納めて落ち着きを取り戻した上條は、「西尾が密かに逃亡計画を立てているのなら、こちらも一気に攻めます」と言い、「僕は明日、西尾に連絡してもう一度、面談します。大和新聞社として一〇〇〇万円の要求に応じることはできないと、結論を表明しなくてはなりません。カズさん一緒に来ていただけますか?」と黒瀬が交渉上手と折り紙を付けるカズ坊を見た。

カズ坊は「もちろんです」と即答した後、「西尾を廃業させた後、上條さんは販売店をどうするおつもりですか」と聞いた。

「担当員としては情けない話ですが、用意できる販売店主もいませんし、地元紙の北陸新聞に預けるしかありません。西尾の廃業が決まったら、すぐ部長にこれまでのいきさつを話します。相当いじめられるでしょうけど、仕方ありません」

神田は上條が心を決めたのに安堵した。他紙への「預け」は敗北的決定ではあるが、現在の悲惨極まりない状況ではこれが最善の策と考えるしかない。非常事態では、ともかく方針を決めることが最重要なのだ。上條は今日、西尾との対決を乗り切り、部長から何を言われようが説得すると腹をくくることが出来たのだろう。

カズ坊も神田と同じ心境のようで、「上條さん、部長さんと話している時は座禅でも組んでる気持ちでおることですわ」とにっこりして、ぎとぎとのラーメン汁を飲み干した。

恵んでもらったチャーハンと餃子で一息ついた神田は、「西尾がさっさと逃げ出したくなるように、俺はもう少し国税の追い込みを仕立てた方がいいか?」と上條に聞いた。

「明日、俺とカズさんが西尾と面談しているタイミングで、神田はもう一度、国税の職員を装って西尾店に電話を入れてくれよ」

上條の返答に、カズ坊もうんうんとうなずいている。ラーメン汁の油が体内からにじみ出てきたのか、カズ坊の顔はてかてかと光っていた。

5

翌日の午後、上條と連れ立って西尾店を訪れたカズ坊は、「八頭司和久《やとうじかずひさ》」と本名なのかどうかも怪しい名前の書かれた名刺を差し出した。作業場の奥にあるボロいソファーセットに座った西尾は、名刺と二人を交互ににらみ付けた。上條とカズ坊は別に勧められてもいないが、西尾とテーブルをはさんで対面するソファーにどっかと座った。今日こそ本気で交渉するぞという意思を示すためだ。大和新聞のセールス員だというカズ坊を見る西尾は露骨に不審な表情だったが、上條は構わず話を切り出した。

「上司と相談したのですが、西尾さんが裁判を起こすと言うのなら、誠に遺憾だけれども仕方ないということでした」

西尾は大げさにあきれた。

「上條、お前なあ、本当に上司に相談してるのかよ?　俺は押し紙の実態を法廷で暴露すると言ってるんだぞ。上司はそれが分かってて、『仕方ない』と判断したのかよ?」

「はあ、もちろんそうだと思うのですが……。日本国憲法で国民が裁判を起こす権利は保障されていますので……、こちらとしても遺憾ながら致し方ないかと……」

「憲法だと?　憲法を持ち出すのか?　それならお前と俺のどっちが正義なのか、裁判ではっきりさせてやろうじゃないか。販売店にひどい押し紙をしている新聞社に正義なんかあるのかってな」

そこで「まあまあ」とカズ坊が割って入った。

「西尾さんが大変、正義感の強い方だというのはよく分かりました。しかし、裁判では正義の味方が必ず勝つとは限りません。ここはひとつ、ご自分の損得を考えられたらいかがですか」

「裁判で俺が負けるって言うのか。拡張員ふぜいがえらそうに」

カズ坊はバカにされても、感情的にならず淡々と続けた。

「勝つかもしれんし、負けるかもしれんのが裁判です。販売店と新聞発行本社で戦って、販売店が涙を飲んだ裁判もようさんあります」

「ははあ、分かったぞ。拡張員、お前は俺に訴訟を思いとどまらせるために、大和新聞社に雇われたな。ふんっ、新聞社ってのは表向きはご立派な正義漢面してるだろう？　だから『押し紙訴訟』の被告になんて、絶対になりたくないんだ。新聞社なんてのはどこもそうなんだっ」

「ほう『どこもそうだ』とは、西尾さんは随分と新聞社のご事情にお詳しいですな。恐れ入りました」

口をすべらせた西尾は少し顔を硬直させた。カズ坊は相変らず堂々たる笑顔だ。

「ちょっと待ってください、西尾さん」と今度は上條が割って入った。

「八頭司さんはそんな趣旨で、この場に来てもらったわけじゃありません。私と西尾さんの話し合いを、第三者的に冷静な目で見てもらうために来てもらったんです。そりゃもちろん、こちらだって訴訟などないに越したことはありません。でも先ほど申し上げたように、西尾さんがどうしても提訴するというなら、それは止められないというのが社の結論なんです。西尾さんがかなり意思を固めておられるようですので……」

「バカ野郎っ。俺だって好きこのんで裁判をしたいわけじゃないっ。押し紙の責任を取れと言っているんだ。責任を取らないなら、訴訟も辞さないと言っているんだ。話の順番をごちゃごちゃにするなっ。上條、いったいお前は、上司にどんな説明をしてるんだ。訳の分からんことを言いやがって。お前みたいなのが担当員じゃ、そりゃ上司も正しい判断ができんだろうよ」

「いや、そこはきちんと説明はしたのですが……」

上條がしどろもどろで言葉を探している時、作業場の奥の事務室から電話の子機を持った雇われ店長が、「あのう、オーナー、国税局の近森さんって人からまた電話です」と訴え出た。

「今は留守だと言え」

西尾がおごそかに命令した尻から、カズ坊は「こちらはかまいませんから、電話に出てもらって結構ですよ」と天真爛漫に言った。

「やかましいっ。拡張員には関係ないっ」

西尾がカズ坊を怒鳴り付けると、次は上條が携帯電話を見て、「あ、すいません。会社からメールが来てました」と言い、「ちょっと失礼します」と席を立って店の外に出た。

カズ坊は上條が表に出たのを確認し、少し身を乗り出して「その拡張員ふぜいから申し上げますと」と切り出した。

「私は新聞の各系統を転々としているセールスでしてね、四年前は毎朝新聞、去年は日本英知新聞におりましてん。西尾さんは、毎朝新聞と日本英知新聞の販売店もしておられたそうで。せやさかい、ご活躍ぶりは以前からお聞きしていましたよ」とささやいた。

「ふん、別に活躍などしとらんわい」と西尾はとぼけている。

カズ坊は「またまた、ご謙遜を」と一拍置き、「今回、大和新聞の西尾さんの店に来させてもらうことになりましたんでね、久しぶりに毎朝と日本英知の知り合いの担当員に連絡してみたんですわ。そしたらですな、そっちにも金沢国税局の調査が入ってるそうですわ。両社とも西尾さんが販売店をしておられた時の『例の件』は、社内でも極秘に処理したんでしょうなあ。代替わりして事情を知らん部長さんたちが、何とまあ国税の調査に対して真面目に答えているそうでっせ。西尾さんの住所や銀行口座なんかを、実に素直に教えているんですと。御本社様ってのは本当にお役所に弱いですなあ。国税は個人の銀行口座の金の出入りを調べる調査権限もありますし、いやはや西尾さん、困ったことになりましたな。くっくっくっ」

「お前……、何が言いたいんだ？　いいかげんなことを言うと承知しないぞ」

話の流れが変わり、西尾まで小声になっている。

カズ坊は「西尾さん、悪いことは言いません。残念ながら、あなたはもう包囲されてます。時間の問題です。ここであんまり頑張り過ぎなさんな」と優しく諭した。

「それに、えーっと、西尾さんの大和新聞への請求は一〇〇〇万円でしたな。大和新聞は毎朝や日本英知に比べたら経営がかなり厳しいですから、そんな大金は簡単には出しませんで。ましてや北陸では販売予算も少ないし、出したくても出せんと言いますか。担当員の上條がなんぼ頑張っても、ない袖は振れませんわ」

「ふん、裁判で俺が勝ったら、いくら貧乏会社でも払わざるを得ないじゃないか」

「その裁判ですけどね、最高裁まで戦ったら何年かかると思います？　第一、住所不定では裁判はできませんで。自分の名前と所在地をさらして裁判を戦って、その間に国税に身ぐるみはがれるおつもりですか」

「お前、やっぱり、俺に裁判を思いとどまらせるために雇われたんだな。このクソ拡張員」

西尾は強気の姿勢を崩さず、カズ坊をにらんだ。

「西尾さん、そんな怖い顔しなさんな。私はこの店の改廃の仕事がしたいだけですわ。最近は我々セールスが動いても、なかなか契約カードが上がりませんからな。販売店の改廃やら、新聞配達のヘルプやら、何でもかんでもやらんとあきませんねん。西尾さんもスジを通すことにこだわらず、自分の財産を守る形でうまいこと自廃しましょうや。あの頼りない担当員の上条が『西尾さんにこのまま店を続けてほしい』と言うのやったら、私が説得しますわ。私らがおらんと上條なんて、改廃の実務はできませんのやから」

「財産を守るって具体的にどうするんだ？」

西尾の態度が若干、変わったのをカズ坊は見逃さず、親切なアドバイスを披露した。

「貯金や有価証券なんかの金融資産は、早急に現金にしておきなはれ。不動産を持ってはるんやったら、法務局に『錯誤』を申し出て、ご親族なり信用できる人の名義に変更しておいた方がええです。それと、この販売店はすぐに自廃して、大和新聞社に預けている信認金を上條に現金で持ってこさせるんです。西尾さんはそれを持って行方をくらましたらよろしいがな」

「クソ拡張員！　信認金はそもそも俺の金なんだっ。返してもらって当然の金じゃないか。それだけ持って俺がいなくなったら、大和新聞社が喜ぶだけだろう。へっ、そういうことか。やっぱり、本社からの差し金のお前の言うことなんか信用できるかっ」

そう吐き捨てた西尾に、カズ坊は初めてえびす顔を豹変させた。

「おい、ええかげんに目え覚ませや。てめえは自分の置かれた状況を分かっとるんか」

ドスの利いた声はまるで別人だった。人の良さような細いタレ目は、今までにない不気味な凄みをたたえている。

「西尾さんよ、あんさん下手したら逮捕されて刑務所にぶち込まれるんやぞ。バカの一つ覚えみたいに裁判や裁判やと騒いどるがな、大和新聞社相手に意気揚々と民事裁判やってるうちに、刑事裁判の被告人になるのが関の山や。わしが信用できんと言うなら、国税にどう対処するつもりなんか、お前の考えを言うてみろっ」

西尾は反射的に「やかましい。拡張員のてめぇにそんなこと言う必要があるかっ」と言ったものの、次の言葉が続かず黙り込み、作業場はしばらく重苦しい静けさに包まれた。

もはやえびす顔はかなぐり捨てたカズ坊が、ため息をついて静けさを破った。

「あーあ、やっぱりそういうことでっか。あんたは刑務所直行ですな。わしは新聞の拡張員の前は、地上げ屋しとったんや。大金を手にして欲の皮が突っ張った連中が、脱税でパクられたのをようけ知っとんねん。何年も刑務所に入った人間の末路は憐れなもんや。もちろん、あんたが重加算税も含めて国税にきっちりお支払いしますというなら、刑務所には行かんでもええやろけどな。ははあ、そういうことでっか、正義感にあふれたお方やから、そのつもりなんかいな。はっはっ、大した順法精神ですな。こりゃ失礼しました。かっかっかっかっ」

「新聞社から日当もらってるやつが、えらそうなことを言うなっ」と西尾は怒りを爆発させて立ち上がり、カズ坊の襟首をつかんだ。ソファーに沈み込んで座っていたカズ坊は、引きずられて立ち上がる格好になり、西尾と間近で顔を見合わせた。西尾の目には、激しい怒りと悲しみが入り混じった光がまたたいていた。

「黙れ、デブ。俺が刑務所に入るだと？　だったら新聞社の押し紙は犯罪じゃないのか？　刑務所に入らなきゃいけないのは、本社のやつらの方だっ。世間をだまして、販売店から搾取して、平然と『押し紙なんてございません』って顔してやがる。新聞社ってのは恐ろしい大嘘つきだよ。その方がよっぽど犯罪だろう？　だから俺は裁判で白黒はっきりさせるって言ってんだよ。それの何が悪い。お前らは腐った新聞社のお陰で飯を食ってるから、正しいことを言ってる俺が邪魔なだけだっ」

「へえ」と笑ったカズ坊は、自分の襟首をつかんでいる西尾の手をどけようとせず、そのまま両手を西尾の肩に置いて言った。

「西尾さん、あなたの正義感はよく分かりました。長い時間をかけて新聞社に『復讐』をしてはったんですな」

西尾の表情がびりびりと引きつった。カズ坊は西尾のすべてを包み込むような口調になった。

「西尾さん、もう十分なんと違いますか？　お父さんの跡を継いだ北陸新聞の販売店から始まってるんでっしゃろ。ほんまに良くやったと思いますよ。わしも新聞のセールスじゃなかったら、喝采を送りたいぐらいです。こんな形でしか会えなかったのは残念です」

西尾は「地上げ屋のなれの果ての新聞拡張員が、何を分かったようなことを言ってんだ」と毒づきながら、カズ坊の襟首をつかむ手からは力が抜けた。

「このクソ拡張員、地上げ屋……。俺の親父はな、まだ五二歳で死んだんだ。親父が死んだ時、俺は二四歳だったよ。新聞屋にはほとんど休みがない。だから親父は健康診断にも行ってなかった。倒れて病院に運ばれたらあっけなく死んでしまって、延命治療するかどうかなんて考える暇もなかったよ。親父にのんびりした老後なんてなかったんだっ。親が働きづめだから、家族で旅行したこともない。親父が死んだ日だって、俺とお袋は新聞を配らなきゃならなかったんだっ」

カズ坊は、自分の襟首にかろうじて引っ掛かっている西尾の両手を左右から握った。西尾はカズ坊の手を振りほどこうともせず話を続けた。

「俺は大学に行きたかったのに、親父は『新聞屋に学歴はいらん』って……。高校を卒業したらすぐ販売店の手伝いをさせられて……。同級生で俺よりもはるかにバカなやつだって大学に行ってたんだよっ。俺だって大学には行けたんだっ」

カズ坊は首元で西尾の両手を温かく握りしめ、菩薩《ぼさつ》像のような表情を浮かべた。

「西尾さんのお父さんは、とても立派な方だと思います。新聞屋の美学と死に様を貫かれたんです。頭が下がります。あなたはその立派なお父さんが、後継者として育てようとした人物です。新聞販売で生涯をまっとうされた偉大なお父さんの、その大切な息子さんが、まかり間違っても新聞記事になるようなことをやったらあきません。天国のお父さんがどれだけ悲しまれると思いますか。あなたはもうすでに、腐った新聞社への復讐は成し遂げられたわけですから、そろそろ引き際でいいんじゃないですか。これからは恩讐を乗り越えて、本当の自分の人生を歩いてください」

カズ坊の慈悲に満ちた声を聞いて、西尾はついに泣き出した。作業場の奥の事務所から雇われ店長が出て来て、何事かという様子で西尾をじっと見ていたが、西尾はそれにも気付かず、ひたすら滝のように涙を流していた。

打ち合わせ通り、頃合いを見計らって販売店の作業場に戻った上條は、店内の空気がナニワ金融道シリーズから一転して、昭和の青春ドラマになっているのに心底、驚いた。

「電話が長引いてしまってすいません」

上條が取りあえずそう言っても、西尾はうぐっと泣きじゃくるだけで何も言わない。

カズ坊が「上條さん、西尾店の自廃の手続きを取ってください。今日は記念すべき西尾さんの再出発の日です」と神々《こうごう》しく言った。

6

結局、この二日間、黒瀬はほとんど出番なしだった。何かあった時のためにビジネスホテルで待機してもらっていたが、カズ坊の口八丁の活躍で黒瀬を呼び出すほどのことは起こらずに西尾との話はまとまり、黒瀬はホテルの部屋で待機しているうちに酒を飲み過ぎてぐうぐう寝入ってしまっていた。もっとも、神田の仕事も国税局の職員を名乗って西尾店に電話を入れただけだったが。

上條だけが本社との連絡でものすごく忙しくなった。西尾の気が変わらないうちに自廃手続きをすませなくてはならない。ホテルの部屋に戻り、携帯電話で中四国北陸販売部長に長々と今までの経緯を説明した。部長は電話の向こうで漫才の合いの手みたいに「お前はアホかっ」「それでも担当員かっ」「何度言うたら分かるんやっ」と怒鳴っていたが、新聞販売の理想を追求している場合ではないことは理解したようで、早急に西尾店の廃業手続きをして金を清算し、地元紙の北陸新聞に紙を預けることでしぶしぶ納得した。

「大阪に戻ってもしばらくは、国税局の職員を名乗って西尾店に電話を入れるよ」と神田は上條に申し出た。いくら猛スピードの廃業手続きと言っても何日かはかかるだろうから、その間に西尾がまた元気を取り戻して暴れ出さないよう「国税にマークされている」という重石を載せておかなくてはならない。

「ありがとう神田。必要なくなったらすぐ連絡する。三日ぐらいでやっつけてしまうつもりだよ。それとカズさんは申し訳ありませんが、もう少し、残ってもらっていいですか？　廃業手続き中に西尾が考えを変えた時のために、カズさんにいてほしいんです」

上條はすっかりカズ坊を戦力としてあてにしていたが、神田は「情けない」とは思わなかった。自分にできないことができる人物だと判断すれば、頼れるところは潔く頼ればいい。プロの仕事は失敗のリスクを極力、下げなくてはならないのだから。できないと分かっていることを、部下に「何とかしろ」と言うよりはよほどましだ。

カズ坊が残留を快諾したので、上條は「俺はまだ本社とやり取りしなきゃいけないことがあるけど、二人はもう飯でも食いに行ってくれよ。後で合流する」と久しぶりのさわやかな笑顔になった。

神田とカズ坊はビジネスホテルからあまり離れない範囲で店を探し、入口に「居酒屋」と書いた赤ちょうちんを吊るしている居酒屋に入ることにした。

「とりあえずビール」が届いて一口飲むと、体の隅々にまで安堵感が行き渡った。

神田はカズ坊の交渉力に心底、感謝して、「カズさん、ここまでお付き合いして下さってありがとうございます」と礼を述べたが、心の中では、なぜここまで付き合ってくれるのか事情が分からず、少々、不安もあった。

「黒瀬さんにSOSを発信したのは僕ですけど、そこから黒瀬さんが呼んで来たカズさんがここまでやってくださって、正直びっくりしてます」と神田は打ち明けた。

「わははは、後から法外な報酬を要求されるとか？　神田さんが心配してるのはそこでっしゃろ」とカズ坊は明るく毒のある言葉を吐いた。

神田は「ははは、それも想定していないわけじゃないですが……」となるべく冷静を装った。

カズ坊は「ギャラについては上條さんと話し合いますから、神田さんが心配せんといてください。セールスとの交渉は当該地区の担当員の仕事ですやろ」と神田のコップにビールを注いだ。

「カズさんと黒瀬さんって、どういうつながりなんですか。カズさんがここまでしてくださったのは、黒瀬さんから頼まれたからでしょう？」と神田もカズ坊にビールを注ぎ返した。

「へえ。叔父貴には、私が地上げ屋の時、助けてもらった恩があるんです。あ、地上げ言いましても、私はそんな荒っぽいことはしてませんで。きちんと話をして、地主さんに納得してもらうのが私のやり方でしたから。ある時、不動産屋同士で土地の奪い合いになったことがありましてな、私は後から割り込んできた不動産屋が雇ったヤクザもんから『お前は手を引け』とかなり脅されたんです。ちょっと命の危険を感じるぐらいでした。その時に、私が土地を売ってくれるよう交渉していた地主の一人が大和新聞の販売店主さんで、『うちの八幡の販売店主に相談してみたらどうか』って教えてくれたんです。それが黒瀬秀平でした。叔父貴は私の話を聞いて、いったいどこにどう手を回したんかは分かりませんけど、ヤクザは大人しくなりましたわ。わはははは」

「へえ。カズさんが地上げやってた時に、そんなことがあったんですね」

「その時から私は、黒瀬秀平を叔父貴と呼ぶことになりましてん。地上げで食えんようになってからは、新聞セールスの仕事に誘ってもらって、何とか今まで生きて来れたという次第ですわ」

「そういう事情なら、僕は今回の件を黒瀬さんに相談して大正解でしたよ。カズさんを呼んで来てくれたんですから」と神田は心からそう言った。

「別に大事を投げ打って駆け付けたわけやありませんから、負担に感じてもらうことありません。ちょうど仕事もありませんで、暇でしてん」とカズ坊はにこにこの細目で続けた。

「それより、私、サンダーバードの中で神田さんに『酔っ払いを連れて大阪に戻れ』と言われた時は、ちょっとびっくりしましたで」

「いや、そんなつもりで言ったのでは……」

「隠さんでもええです。神田さんが『大阪にUターンしろ』って言うた時、本社の担当員からそれを通告されるとは完全に予想外でした。神田さんがあのややこしい西尾の問題を、本気で自分の力で何とかしようとしてるのに驚いたんです。やれるもんならやってみろって気にもなりましたし、神田さんがどうするのか見てみたい気持ちもありました。あ、すんませんな、こんなえらそうなこと言いまして。勘弁してください」

神田はカズ坊の言い分が面白かった。こんなことが言えるのも、長年、厳しい現場を渡り歩いてきたからこその自信だろう。

「でも結局、カズさんがいなかったらどうにもなりませんでした。本当にありがとうございました」と神田は改めて頭を下げた。

カズ坊は「いやいや。とんでもないです」と恐縮した。

「それで、カズさんから見て、この金沢の件はどうでした？　百戦錬磨のカズさんからしたら朝飯前でしたか？」

これは神田が一番、知りたいことだった。

「百戦錬磨なんて。私の経験なんか大したことありませんよ」とカズ坊は謙遜し、それから「西尾ってのはモンスター、化け物ですわ。私もこれほどのタマには御目にかかったことがありません」と言い切った。

「確かに大和新聞社のピンチではありましたけど、西尾の何がそこまでカズさんに衝撃を与えたんですか？」

「私が西尾に恐怖を感じたのは、日本英知新聞で起こった新聞の『抜き取り』の時です。各戸に配達した新聞を抜き取るのは、新聞販売の世界では禁じ手なんです。どれだけライバル紙との競争が激化しても、それだけはやったらあかんというのが、この業界の最後の一線ですねん。新聞を読者の元に届けるという販売店の使命の根幹にかかわるからです。戦争で言うたら、『残虐な兵器は使用禁止』みたいなもんですかな。それを西尾は容赦なく徹底的にやったんです。あいつには新聞に対する愛情がまるっきりないんですわ。子供を嫌いな人間が、小学校教師だったら恐いですやろ？　私は西尾のやり口にそんな感じを受けましたな」

カズ坊の分析は、新聞販売を巡る数々のトラブルを現場で経験して会得した含蓄の上に立っており、神田は背筋が寒くなるのを感じた。西尾がこうなってしまったのは、新聞販売店に生まれたばかりに希望する大学進学ができなかったり、父親が死んで自分が跡を継がざるを得なかったのがよほど無念で、自分の人生が新聞によって歪められたという思いが強かったからだろう。だからこそ、カズ坊の言う「新聞社への復讐」の言葉が西尾の心に突き刺さったのだ。

「カズさん、新聞販売店って何で世襲制が多いんですかね？　西尾が別の仕事に就いていれば、僕たちがこんな目に遭うことはなかったのに」

「そりゃ、もともと新聞販売店ってよう儲かる仕事やったからですよ。確かに毎日毎日、新聞配達せないかんから休みは少ない。働きもんとは言い難い従業員も使いこなさんとあかん。神田さんは何と言うても大企業の社員やから、そんな面を見て新聞販売店はきつい仕事やと思わはるでしょうけど、個人の商売なんて大なり小なりきつくて危険なもんなんです。その中では、かつての新聞販売店は『誰でもできる』レベルの商売でしたわ。金持ちやろうが貧乏やろうが、どの家庭もみんな新聞を取ってましたし、その中には毎日、ぱんぱんに折り込み広告が入ってましたし。儲かる商売やったら販売店主の息子も跡を継ぎたがるし、親としたら息子に譲ってやりたいし、世襲制に何ら問題はなかったんです。西尾は二〇代で親父さんの跡を継いだってことですから、その頃はまだ新聞の商売は良かったと思いまっせ。西尾はよっぽど他にやりたいことがあったんでしょうな。西尾が二〇代の頃と言えば、トレンドの仕事は金融でしたから、輪島の田舎から大都会に出て、銀行員とか証券マンとかになりたかったんとちゃいまっか」

「だとすると……、新聞業界が凋落《ちょうらく》する中で、くすぶっていた不満分子が怪物に変身したってことですか?」

「ああ、そうかもしれませんなあ。新聞社の力が落ちてきたのを痛感する出来事は、ここだけやのうて、各地でぽつぽつと起こってますで。まず、なかなか販売店主になり手がおりませんわな。せやから本社の担当員も『やってやろうか』って人間が現れたら、どんな人物かよく調べもせずに飛び付いてしまうんですわ。今回の上條さんもそうですけど。私が今、セールスをやってる日本英知新聞も、福井県でトラブル抱えてますわ。担当員がだまされたんでしょうけど、ややこしいやつを販売店主にしてしまいましてな。『押し紙の損害を賠償しろ』って暴れてますわ。ははは、西尾と一緒ですわ。この店主もハナから真面目に販売店をやるつもりはなかったようやし、これで味を占めたら、西尾みたいなモンスターになるかもしれませんな。それか、訴訟になるか、です。押し紙でも残紙でも、その呼び名は私はどっちでもええんですけど、新聞社が存在を認めないものが実際には存在している限り、これから新聞社はまだまだカモにされまっせ」

カズ坊の言葉は重かった。大阪府高槻市の古参の販売店主が起こした「久我山訴訟」も形の上では「和解」したが、事実上、大和新聞社の大敗北だった。昭和の時代なら、販売店が本社相手にいくら暴れようが、本社が裁判で負けるなどまずあり得なかった。しかし今や、訴訟の世界でも、販売店と新聞発行本社の力関係は確実に変わってきている。この上、最初から「残紙」という新聞販売の弱味に付け込むのを目的にした輩が、次々にこの世界に入りこんで来たら……。考えただけで恐ろしい。それも、新聞社が社会的地位が高いのをいいことに、老舗《しにせ》の暖簾《のれん》にあぐらをかいて改革に取り組もうとせず、歪んだ商売を続けてきた報いなのだろうか。

神田とカズ坊が瓶ビール三本目に入った頃、ガラガラと居酒屋の扉が開き、「ああ腹減ったよう」と仕事に区切りをつけた上條がようやくやって来た。

「お疲れ様です。修行と思って耐え抜きましたか?」とカズ坊は上條にグラスを渡してビールを注ぎ、上條は「なかなかきつい修行でしたよ。かなり悟りが開けたと思います」と応じた。

上條は一気にビールを飲み干して、「仕事の後のビールがこんなに美味いのは久しぶりですよ」と清々《すがすが》しい表情で言った。それを見た神田は、もう「押し掛け女房」みたいな協力をする事態は脱したと判断した。無断出張である以上、なるべく早く大阪に戻らなければ。

「上條、それじゃ俺はこれで失敬するよ。カズさん、本当にありがとうございました。今回のことは一生忘れません」

神田は立ち上がって、握手のための右手をカズ坊に差し出した。

カズ坊も立ち上がり「神田さん、またいつか、どっかでお会いしましょうや。わしなんかとはもう二度と会うことにならん方が、あんさんにとっちゃ平穏な生活なんかもしれませんけどな。はっはっはっ」とぎゅっと右手に力を込めた。カズ坊の肉付きのいい大きな手は、神田の骨ばった手を温かくふっくらと包み込んだ。

「それじゃあ、俺はこれで失敬するよ」と神田は上條とカズ坊に別れを告げて、金沢駅から大阪行きのサンダーバードに乗り込んだ。座席では熟睡してしまい、大阪駅で駅員に「終点ですよ」と起こされて目が覚めた。

7

大和新聞大阪本社の本社ビルをはじめ、社有販売店など管内の社有不動産物件を管理しているのは総務局管財部だ。管財部長の桜井崇《さくらいたかし》は、神田が新人記者時代に世話になった先輩だった。神田が和歌山支局の記者だった時、山中で女子大学生の絞殺死体が発見される事件が発生し、大阪本社社会部から駆け付けた記者が桜井だった。神田は和歌山支局で警察担当だったのだが、いかんせんまだ新人で大事件にどう対処していいか分からず、口から泡をふいて右往左往していたのを、桜井が捜査員への夜討ち朝駆けのやり方など事件取材のノウハウを叩き込んでくれたのだった。

それが縁で、神田が大阪本社社会部の記者になってからも、桜井には相談に乗ってもらったり居酒屋で愚痴を言い合う仲だったが、桜井が管財部長になり、神田が販売局に異動してからは、記者職から離れた者同士、何となく疎遠になっていた。

神田が桜井に電話して「社有販売店の工事費用がかさんでいるので、経費削減の参考にこれまでの工事の稟議《りんぎ》書を見せてほしい」と依頼すると、桜井は「神ちゃん、何を調べようとしとる？　お前さんは正義感か何か知らんが、やり過ぎると返り血を浴びることになるぞ」とずばっと言った。

神田は桜井の勘のよさに観念し、会って正直に話すことにした。

ＪＲ大阪駅東側の高架下に広がる「おおさか味の名店街」。そこの串カツ屋で、神田は桜井と待ち合わせした。コの字に広がるカウンターだけの店内には、じゅうじゅうと香ばしい油の匂いと音が充満していた。

神田はビールで乾杯するやいなや、「桜井さん、俺が何か調べてるって何で分かったんですか?」と聞いた。

あまり酒に強くない桜井は、ビールジョッキを用心深く口に運びながら、ぷっと笑った。

「社有販売店の建て替えや補修の経費は、販売局経費じゃない。管財費って別予算なんだよ。だからこれまで、販売局から管財部に社有販売店関係の経費の相談は全くなかった。販売局は自分のところの予算を守るのは必死だけど、それ以外は無頓着だからな。まあ、販売局に限らずうちの会社はどこもそうだけど。それを神ちゃんが唐突に、社有販売店の経費削減がどうのこうのと言ってきたら、こりゃ何かあると思うのは当たり前だ」

「あちゃー。それもそうですね。これでも、知恵を絞ったつもりだったんですけど」

「お前は相変わらず、肝心なところで抜けてるな。はははは」と桜井は機嫌良く笑い、

「で、何を調べとるんや?」と真顔で問うた。

「社有販売店の補修や建て替えって、うちの会社として決めた業者があるんですか?」と神田は確認した。

「特にここと決まった業者があるわけじゃない。だからと言って、いちいち入札してるわけでもない。いわゆる随意契約なんで、そろそろ入札方式に切り替えようかとも考えている」

「社有販売店の修理とか建て替えで、施工が剛田組って会社に集中していませんか?」と神田

は思い切って固有名詞を出した。

「うーん、ごめん、その名前に覚えはあるけど、集中してるかどうかは分からないな。その剛田組がどうかしたのか？」

「俺は今、泉州を担当しているんですけど、堺市に本社がある剛田組って工務店が請け負ってる工事がやたらに多いらしく、販売店主の間で話題になってるんです」

「うちの社とその剛田組って会社が癒着してるってことか？」

「そう思っている店主もいます」

「そりゃあ、まずいな。本社の管財部に不正があるんじゃないかって、販売店主から疑われていたら、神田たちだって仕事しづらいだろう」

「まあ、余り気分のいいことではありませんが……。でも、仮に剛田組の工事が多かったとしても、適正価格であれば不正とは言えないですから」と神田は話をオブラートに包んだ。

「よし、分かった。神ちゃんの言う通り、社有販売店工事の稟議書調べてみるわ。この調査はうちでやる。お前がガサガサ動くと、販売局内で『あいつ何やってんだ』って怪しまれる可能性もあるからな」

「お願いしていいですか。お手数おかけしてすみません」

「どっちみち、経費の見直しはやらなきゃいけないんだからかまわんよ。去年、管財部で不動産のプロパーだった藤岡《ふじおか》課長が定年退職して、後任の岸《きし》課長は記者出身でプロパーじゃないから、不動産部門は点検作業が遅れてたんだ。本社ビル内のことで手一杯で、それ以外の周辺の物件にはまだ着手できてなかった。丁度、良かったかもしれん。社有販売店維持経費の見直し策として、まず、剛田組の工事から見てみることにするよ」

神田には、管財部を巻き込むと、ひょっとすると自分の「立て替え金回収計画」の妨げになるかもしれないという不安もあった。しかし、管財部の書類からしか販売店工事の実態を調べる手立てはない。泉寿会が永峰局長を脅していることを知った警察は、いずれ永峰局長の社内での不正が脅しネタであることを突き止めるだろう。いや、もうすでに泉寿会の逮捕者の供述から突き止めているかもしれない。警察との競争になってしまった以上、こちらの調査も急がざるを得ない。それには管財部に動いてもらうのが一番手っ取り早い。自分の立て替え金回収計画をどう実行に移すかは、管財部の調査結果を見て考えるしかない。

神田の悩みを知らない桜井は、「どうだ、販売局の担当員は？　大変なんじゃないのか。そう言えばお前、ちょっと痩せたみたいだぞ」と先輩らしく心配した。

「そうですか？　いやあ、大変でもないですよ。俺の裁量で使える経費もないから、担当員として販売店にしてあげられるのは限られたことしかありません。仕事したくても、金がないんで仕事ができないと言いますか」

「使える経費がないってどういうことだ？　販売経費は莫大じゃないか」

「予算としてはあるんですけど、ほとんど使い道が決まってるんです。各販売店への補助金が固定化しちゃってるんで。自由に使える予算を担当員が任されて、自分で使い道を考えて販売網を強化するっていう仕事ができないんですよ。新聞の読者が増えたら販売店の収入も増えるから、本社はその販売店への補助金を減らせるし、そこで浮いた経費を使ってまた打って出る仕事ができるんですが、読者が増えないので補助金も減らせないって構図です」

「その補助金ってのは本社と販売店の契約上、絶対に販売店に支給しなきゃいけないもんなのか」

「うーん、契約上どうなのかは勉強不足で分かりませんが、現実問題として、補助金がないと販売店の経営が成り立たないんです」

その原因は販売店が読者のいない新聞を山ほど買わされているからなのだが、神田は桜井にそこまで言うのは面倒に感じ、「はい上がり」と前に置かれた揚げたてのエビ串をすぐに取ってかじった。

「じゃ、担当員はいったい何やってんだよ?」。桜井は容赦なく厳しいことを聞く。

「販売店の経営面では、ちまちました経費削減を店主に提案したりするぐらいです。えーっと、それから、販売店からの要望をデスクと部長に伝えたり、本社からの連絡事項を販売店に伝えたり。要するに御用聞きです。あ、そうだ、拡材を買う金のない販売店だと、カブトムシを一緒に採ったりもします。これが意外に人気あるんですよ」

桜井は一瞬ぽかんとした表情だったが、我に返って「神ちゃん、あんまり腐るなよ。お前はずっと販売局にいるわけじゃないんだ。また編集で活躍してもらわなきゃ困るんだぞ。新人の時に俺が見込んだ人材なんだからな」と、ビールを飲んでいた神田の背中をばんと叩いた。

ビールにむせそうになりながら神田は、「そんなこと言うんだったら、桜井さんこそ、早く編集局のどっかの部長で戻ってくださいよ。そしたら俺も、桜井さんの下で働かせてくれるよう希望を出しますから」と言った。実際には、販売局員に人事異動の希望調査はないのだが。

「神ちゃんが一緒に働くと言ってくれるのはうれしいけど、俺はもう編集局に戻らなくてもいいよ。編集にいたって管理職になってしまったらもう新聞記者じゃない。記者じゃなかったら、社内のどこにいようが『会社員』に過ぎない。だったら俺は会社のために、今の立場でやれる限りのことをするつもりだ」

神田は桜井の「会社員宣言」を、ペンを奪われた記者の負け惜しみではなく、心から格好いいと思った。

「桜井さん、サラリーマンの鑑みたいなこと言いますね。社長が聞いたら泣いて喜びますよ。東京本社の秘書室長にスカウトされたらどうします？」

神田は茶化したようにそう言ったが、心の中では本当に桜井に秘書室長になってほしかった。こういう人が社長の側近でいれば、我が社はもう少し、ましな会社になるかもしれない。

「はあ、秘書室だと？　こら、俺をからかってんのか」と桜井は神田をにらんで自分もエビ串をかじり、「うわ、熱いな」とビールで流し込んだ。

「そりゃ俺だって、管財部に異動になった時は『編集を追い出された』って少しは悩んださ。でもいざ管財部で仕事を始めてみると、やらなきゃいけないことが山積してるんだ。世間の相場というものが全く分かってない人間の集まりが、この会社の管財部だ。ロッカーや机なんかの社内の備品は、ずっと付き合いのある文具屋からえらい高い値段で買ってたんだぜ。どうせ歴代の管財部長は、文具屋から接待されていたんだろうさ。文具屋が『管財部長就任のごあいさつに一席』って誘ってきたので断ったよ。社内の空調システム、清掃業者、自動販売機。昔のまんまでほったらかしの契約を、この二年半でどれだけまき直してコストダウンしたか。莫大な販売経費から見たら雀の涙みたいな金額かもしれんがな、こう見えて俺も地道にやってんだよ」

「ホントに桜井さんは何をやってもできるゼネラリストですね」と神田は感心したが、桜井の話には眉をひそめる点もあった。

「桜井さんが管財部長になるまで、いろんな契約が見直されずにほったらかしにされてたって、ひどい話じゃないですか？　経費削減がやいのやいのと言われるようになって、いったい何年経ってます？」

「管財部は販売や広告みたいな営業部門と違って、目の前で売り上げがどんどん落ちていく恐怖を味わうことがないから、節約しようって危機感もないんだよ。俺だって管財部で働いた経験なしにいきなり部長になったから、最初は分からないことだらけで困ったよ。だから部員にいろいろ質問したんだけど、何を尋ねても『以前からそうでした』って返事ばっかりだ。社会情勢がどう変わろうがどうでもよし。この会社で自分は今まで通りのことをやっていれば、今まで通りの給料をもらう権利があると信じ切っている。こんな厳しい競争社会で、とりわけ新聞業界は逆風なのに、そんな生き方ができるなんて、我が社は給料泥棒がうようよしているこの世の楽園だぜ」

桜井の嘆きが、神田の中である人物の言葉とつながった。末期がんの元高石中央販売所長、浜崎長治が病院のベッドで声を振り絞って言おうとしたのは、そういうことではなかったのか。「社員一丸となって知恵を絞り、頑張らなきゃいけないんじゃないのか」と。神田はこのあまりにも単純な結論が、すとんと胸に落ちた。浜崎はその説明能力がなく、入金拒否というとんでもない手法に打って出たがために、自分が大損害を被ることになったのだが。

神田と桜井はそれから、揚げたての串カツを堪能して帰途についた。

8

串カツ屋での会合から数日後、神田の携帯電話に桜井から連絡があった。桜井の声は上ずっていた。

「神田、えらいことだぞ。まだ中間報告だがな、剛田組の工事から架空発注がぼろぼろ出てきた。お前、もしかして、これを知ってたのか？」

「架空発注？　いえ、俺もそこまでは……。剛田組と癒着してるのなら、価格設定が高めなのかなとは思っていましたが」

神田はとっさに知らなかったふりをしたが、浜崎の話がドンピシャで裏付けられたことに胸がどきどきした。桜井は神田以上に心臓がばくばくしているようだ。

「ああ、お前の言うように水増し請求もあるかもしれんが、まだそっちまで手が回らん。稟議書を新しい方から見て、該当の販売店に一軒一軒電話したんだ。販売店主が交代していてよく分からない販売店もあったんだが、『工事なんかしていない』というのがすでに五件見つかった。計一八〇〇万だぞ。たった三年ぐらいの間にこれだけやっとる。こりゃ、これから調査を進めたらまだまだ出るぞ」

五〇〇万円以上の支出は社内の稟議が厳しくなる。五件で一八〇〇万というのは、目立たないように一件の金額を五〇〇万円未満に抑えたのだろう。

桜井はこう続けた。

「去年の一一月に不動産課長になった岸に聞いてみたら、販売店工事で剛田組が多いから、販売局の永峰局長に『特定の業者に発注が集中するのはいかがなものか』と指摘したらしいわ。それから剛田組の工事はなくなっている」

それに今まで気付かなかった自分のバカさ加減に、神田はため息が出た。剛田組の木村専務が永峰局長を泉寿会に売り渡したのは、本社の不動産部門の担当者が交代したのが原因だったのだ。木村専務は「金の切れ目が縁の切れ目」と事態に素早く反応したのだ。

桜井は「前の不動産課長の藤岡を締め上げる」と電話の向こうで宣告した。

岸課長の前任の不動産課長、藤岡恒之《つねゆき》は、高卒で大和新聞社に入社して以来、六〇歳の定年までの四二年間、一貫して管財部の不動産担当だった。管財部と言っても社内のあちらこちらの部署から来た人間の寄せ集めで、藤岡は唯一の不動産プロパーとして、入社一〇年目ぐらいから社有物件に関する案件を取り仕切っていた。

「藤岡が架空発注の張本人かもしれんし、誰かとつるんで架空発注を見逃してやってたのかもしれん。最低でも、不動産プロパーとして架空発注を見破れなかった責任はある」と桜井は歯ぎしりした。

神田は「その締め上げに俺も連れて行ってください」と申し出た。

藤岡の自宅は大阪府八尾市《やお》だった。神田と桜井は日が暮れてから近鉄電車の河内山本《かわちやまもと》駅で待ち合わせし、タクシーで藤岡宅に向かった。

立派な二階建て住宅が立ち並ぶ閑静な通りは、地元で「医者通り」と呼ばれる。高所得者をターゲットに売り出された住宅街で、「藤岡」と表札のかかった家の前に車を止め、桜井はインターフォンを鳴らした。

「はい、どちら様で?」と細君らしい女性が応対し、桜井は「大和新聞管財部の桜井です。夜分に申し訳ありません。ご主人のお荷物を届けにまいりました」と言った。細君は「あら、桜井さんですか、少々、お待ち下さい」とインターフォンを切った。

しばらくして玄関のドアが開き、藤岡が姿を現した。

「桜井部長、お久しぶりです。今頃になって、私の荷物ですか?」と不思議そうにたずねた。

桜井は「藤岡さん、突然すいません。いやあ、社内でまたスペースリストラすることになりましてね、大掃除したんですよ。その時に、どうも藤岡さんのじゃないかって荷物が出てきたんです。段ボール箱に入れてタクシーに積んでるんで、見てもらえませんか。どたばたと忙しくって、ついついアポなしで押しかけてしまいました」と説明した。

「記憶にないなあ。いったい何ですかな」と門を開けて出てきた藤岡が、タクシーに近づいてドアの開いた後部座席をのぞき込んだ瞬間、桜井は「入りやがれっ」と藤岡を背後から思い切り蹴飛ばした。つんのめった藤岡の体が車内に入ってきた時、タクシーの後部座席と助手席の背もたれの間に身を潜めていた神田が、藤岡の腕をつかんでさらに車内に引きずり込んだ。茫然とする藤岡を神田と桜井で挟み込んで後部座席の真ん中に座らせ、両側からがっちりと腕を押さえ込んだ。

桜井は「運転手さん、ここから人気の少ない方に五〇〇メートルほど離れてくれますか。どっちの方向でもいいから」と指示し、藤岡の自宅前からそれなりに離れた位置に着くと、運転手に「悪いけど、ちょっと込み入った話をするんで、席を外してもらっていいかな。終わったら連絡するから、携帯電話の番号を教えてくれる？　僕らは大和新聞の社員で、怪しい者じゃないんだよ」と名刺を渡して告げた。

運転手はかなりびっくりした様子だったが、桜井が一万円札を渡し、「しばらくこれで飯でも食っててよ。迷惑かけて悪いね」とにこやかに言うと、「へえ」と大人しく携帯電話の番号を紙に書いて桜井に渡し、車のキーを抜いて降りて行った。

運転手の姿が見えなくなると、桜井は藤岡の喉をぎゅうと絞め、「こら、藤岡てめえ、社有販売店を使って何やってたんだ。架空発注の山じゃねえかよ」と、はるかに年上の藤岡を呼び捨てにしてすごんだ。

藤岡は、これまで高卒ながら大和新聞大阪本社の不動産プロパーとして丁重に扱ってくれていた桜井が態度を豹変させたのが相当、怖かったようで、「いやっ、あれはっ、私のせいじゃ……」と、取り調べ開始早々から弱腰だった。

「じゃ、誰のせいなんだよ」と桜井は喉の絞め付けを強化した。

「ううう、販売です。販売から要請があったんです」

「販売の誰から要請があったんだ？」

そこで藤岡は一瞬、困ったような、勝ち誇ったような、複雑な表情をしてみせた。「お前らに何が分かるんだ」と言っているようだった。

藤岡によると、もう三〇年ぐらい前、販売局から提出された社有販売店の工事依頼書がずさん極まりなく、疑問点が多々あったので該当の高石中央販売所に電話で問い合わせたところ、「そんな工事をする予定はない」と言われた。びっくりして工事依頼書の起案者である担当員の永峰を問いただした。すると永峰から「見逃してください」と涙ながらに頼まれたのだという。

永峰は「販売店の経営状態が悪く残金が続いているのですが、会社が補助金を出してくれないんです。工事費名目で金を引き出し、何とか販売店の経営を立て直したいんです」と説明した。これまでの残金もかなり永峰が立て替えているとかで、気の毒になった藤岡は工事依頼書をきちんとした形に書き直してやり、会社の稟議を通してやった。

すると、永峰は「大変、助かりました。今後もこうした形でお世話になれないでしょうか。謝礼はお支払いします」と持ちかけて来た。

藤岡が躊躇していると、永峰は「この間の件は藤岡さんが手伝ってくれたお陰で、販売店は立ち直りました。結果的に大和新聞社のためになったんです。これからも会社のために頑張りたいんです。藤岡さんも協力してください」と強く求めた。藤岡は「大和新聞のため」という永峰の言葉で良心の呵責《かしゃく》が緩んだこともあり、ちょうど二人目の子どもが生まれたところに親が病気で入院して出費がかさんでいたこともあり、永峰の提案する小遣い稼ぎを引き受けてしまった。

その後は、永峰から販売店名と工事代金だけが告げられ、藤岡はそれらしい工事内容をでっち上げて必要書類をすべて永峰に代わって作成することとなった。

「でも、架空ばっかりじゃありません。まともな工事もあります」と藤岡は言い訳がましく言った。

桜井は「当たり前だ。永峰は社有販売店工事を優先的に剛田組にあっせんする見返りに、架空発注で我が社から経費をだまし取るトンネル会社に剛田組を利用したんだ」と藤岡をにらみ付けた。

「私もそうやと思います」と藤岡はこびるように桜井を見た。

「お前の取り分はいくらだ」と桜井は再び藤岡の喉を絞めた。

「うっ、工事代の五分の一ぐらいでした。だから一件は何十万円の単位です。そんな大した額では……」

「やかましい。それで、架空発注は全部で何件ぐらいやったんだ」

「もう自分でも分かりません。記録も残してませんし」

二人の話を聞きながら、神田はざっくりと計算してみた。最近の三年分で少なくとも五件で約一八〇〇万円の架空発注が判明している。不正のスタートが三〇年前だとして単純に一〇倍すると五〇件で二億円弱。それを永峰と藤岡で分け合ったということか。

三〇年もばれなかったというのは、大和新聞社の危機管理にそもそも問題がある。やはり、管財部長が歴代、編集局の出身で、不動産に関してはプロパーの藤岡に丸投げだったのが原因だろう。新聞社の中で圧倒的に優位にあるのは記者集団の編集局であり、販売局や広告局はともかくとして、総務局や事業局の重要ポストはすべて編集局出身者が押さえている。関連会社の社長ポストもそうだ。藤岡だって実質的に業務を仕切りながら、高卒では課長止まりで副部長にもなれない。三〇年にわたる不正も、編集局優先の会社の人事に対する密かな逆襲だったのかもしれない。

　住宅街の住民らが、運転手がおらず後部座席に男三人が乗ってごちゃごちゃ言い合っている不穏な雰囲気のタクシーを、不審そうに見ながら通り過ぎて行く。あまり長く停車していて怪しまれ、警察でも呼ばれるとややこしい。桜井は電話で運転手を呼び戻し、ドアを開けて藤岡を車外に引っ張り出した。

「今日のところはこれぐらいで勘弁しといてやる。後日、また呼び出すから首を洗って待っとけ。お前との会話は全部、録音しているからもう言い逃れはできんぞ」と通告した。さらに「今からお前は永峰局長とは接触禁止だ。連絡を取って口裏合わせをしたりしたら、罪が重くなると思え。永峰から何か連絡があっても、今日のことは絶対に言うな」と厳重に言い渡した。

　二人と一緒に車を降りた神田は、最後に藤岡に言いたくなった。

「藤岡さんは先ほど、一件何十万円の謝礼は大した金額ではないと言いましたが、新聞配達で何十万円を稼ごうとしたら、何万部の配達をしなければならないか知ってますか？」

　藤岡は「知りません。私は新聞配達なんてやったことありませんから」と言い、うつろな表情でふらふらと自宅方向に歩いて行った。


「神ちゃんもえらいことに首を突っ込んでしもたな」

　ひと仕事を終えた神田と桜井は、河内山本駅前のラーメン屋に行き、小さなテーブルをはさんで向き合った。桜井は瓶ビールをコップに注ぎながら神田の立場を心配した。

「こっちはあの程度の人物だけど、だからどうでもいいってわけでは決してないが、それにしたってお宅は局長様だろ？　俺が総務局長にこの報告を上げたら、間違いなく東京から内部監察室が乗り出してくる。内監が永峰局長から事情聴取となったら、販売局はひっくり返るぞ」

神田は桜井がついでくれるビールを有り難く受けながら、冷めた気持ちだった。

「そりゃ、ひっくり返るかもしれませんが、それは一時的なものでしょう。永峰、藤岡の二人がやったことは、個人的な悪事であって販売局の構造的なものじゃありません。予算不足って問題が背景にあるにしてもです。それに……、局長が失脚したら、その下につっかえてた人たちは上への道が開けて喜ぶんじゃないですか」

「あーあ、サラリーマンの世界は怖いな。お前も気をつけろよ。今日の藤岡の締め上げも、一緒に来て大丈夫だったのかよ？」

「あのおっさんが、桜井さんの『接触禁止令』を破って、永峰局長に『桜井と神田が来た』って報告するってことですか？」

「その可能性は十分あるだろう。やつらは三〇年間、悪の二人三脚をやってきた仲なんだ。俺たちが動いているのを知ったら、永峰が保身のために暴れ出して、お前をどっかに飛ばすかもしれん。なあ神ちゃん、もし永峰局長様から何か言われたら、『記者時代の先輩の桜井に社有販売店がどうのこうのと言われて、意味が分からず連れて行かれた。一緒にいたが何のことやらさっぱり分からなかった』と言っておけ。俺もお前から情報提供があったなんて言うつもりはない。こっちの都合でお前を巻き込んだことにしておくから」

「ははははは、久しぶりに聞く桜井さんの『アホ作戦』ですね。気にしないでください。俺はすでに古石編集局長から販売に飛ばされた人間ですから。局長って人種と相性が悪いんでしょう」と神田は笑い飛ばしたが、桜井が自分の身を気遣ってくれるのはうれしかった。

「そらそうと、桜井さんもまずいんじゃないですか。部下だった藤岡さんが不正をしていたとなれば、部長としてそれを見抜けなかった責任を問われることになりませんか？」

「俺は仕方ないわい。見抜けなかったのは実際そうなんだから。処分は覚悟しとるわ」

「桜井さんが懲戒処分なんてなったら……。俺がよけいな調査を頼んだからってことですね。申し訳ありません」

「くだらんことを気にするな。こんなとんでもない不正が続いていたのを管財部長として知らないよりは、知って処分された方がよっぽどましだ」と桜井は言い、運ばれて来た豚骨ラーメンを待ってましたとばかりにずるずるとすすった。

「こうなった以上、俺は永峰局長をかばうつもりはない。徹底的に調べて、永峰と藤岡のやったことを明らかにする。神ちゃんもひょっとしたらややこしい立場になるかもしれんけど、そこはうまく立ち回れよ」

「任せといてください。うまくやってみせます」

ラーメンの上に載った煮卵をほおばった神田は、何の根拠もないが自信満々で請け合った。まるで榊原みたいだ。販売局にいると、だんだん榊原化するのかもしれない。

桜井は麺を口に運びながら、上目遣いに神田を見た。

「セリフは元気だがなあ。お前は意気揚々と歩いていて突然、ボタッと肥溜《こえだ》めに落ちるような気がする。そうならんようにしてくれよ、頼むから」

神田は「大丈夫」と笑顔で意思表示して、ラーメンをすすった。

しばらく二人は豚骨スープのからんだ細麺を堪能するのに集中していたが、胃袋が満たされてくると、桜井が口を開いた。

「さっきの藤岡の話だと、永峰局長は藤岡に『大和新聞のためになる』と言って不正をさせていたらしいけど、実際のところどうなんだ。お前も販売局の予算不足が不正の背景にあるって認識なんだろう？　販売局って担当員がまともに仕事しようとしたら、こんなことまで考えるほど何とかして金を捻出しなきゃいけないのか？」

神田はラーメン鉢を持ち上げて豚骨スープを飲み、「金の使い道はどうでもいいです」ときっぱり答えた。

「永峰局長が仮に、不正に入手した金を販売店や会社のために使っていたのだとしても、好成績を上げて上司に認められるのが目的でしょうから、どのみち出世狙いです」

不正ができない担当員は上司に認められるために借金を重ねた、というのまでは飲み込んだが、神田の頭の中には販売推進部の川下誠次の顔が浮かんだ。

桜井は「ほう、そうかい」と営業部門のセオリーに納得したのか、はたまたそれを軽蔑したのかよく分からない反応をした。

「それじゃあ、永峰局長の出世の原動力は、藤岡と結託した錬金術ってことか」

「若い時はそうだったんじゃないですか。それに、管理職になったら、個人的に金を使って成績上げるなんて裏技できませんから、少なくとも部長になってからの架空発注は、『会社のためにやった』なんて言い訳は通用しませんよ。私的に使ってるはずです。実はすごい堅実派で、老後の資金に貯金しているのかもしれませんけど」

「なるほどな……。おい、しかし、管理職じゃなかったら身銭切ることもあるんかい。神ちゃんもそんなことさせられているんじゃないだろうな」

神田は空腹の体に豚骨スープがいい具合に回って若干ぼーっとしていたところへ、桜井に鋭く突っ込まれ、ぎくっとした。立て替え金のことを桜井に相談しようかと考えたこともあったが、どうやら桜井は自らの懲戒処分を覚悟の上で、社有不動産を巡る不正を本気で調べようとしている。そんなまともな感覚の持ち主である桜井に「立て替え」を訴え出るのは、心労の種を増やすだけで申し訳ない気がした。

桜井のような「まとも」な人間は、会社組織の中では少数派だ。人は自分が無関係な事案には何とでも正論が言えるが、不利益が我が身に及ぶとなると大抵はまともじゃなくなる。会社に長く勤めれば勤めるほど、地位が上がれば上がるほど、サラリーマンは人生のやり直しがきかなくなる。そして、一人ひとりの小さな保身が積み重なって、組織全体を蝕《むしば》む病となる。まるでがん細胞だ。三〇年に及ぶ工事の架空発注を桜井がどこまで追及できるのかは分からないが、内心は複雑な思いがあるだろうにそれを見せない先輩に、余分な気遣いはさせたくなかった。

「まさか、俺はケチな人間ですから、身銭を切るなんて絶対にしませんよ」

神田が笑ってそう言うと、桜井は「お前は販売局の中でも氏素性が違うから、別の生き方ができるのかもしれんな」と爪楊枝を咥《くわ》えた。桜井がそれで納得したようだったので神田はホッとした。

二人が食事を終えて帰途につき、桜井と近鉄電車の近鉄日本橋《きんてつにっぽんばし》駅で別れた後、神田が大阪市営地下鉄堺筋線に乗っていると携帯がメールの着信を告げた。受信メールを開けると、臼井正樹からだった。

「エコロードのニセ営業マンが、面談希望に返答してきました。明日、会うそうです」

臼井のやつ相当に怯えていたが、勇気を出してニセ営業マンに連絡してくれたんだ。神田は臼井に心意気が伝わったのがうれしかった。

「よっしゃ、よくやった。俺も一緒に行く」と返信した。

9

電気バイクのニセ営業マンが指定したのは、堺市堺区にある泉寿会本部近くのビジネスホテル一階の喫茶室だった。ちょうどモーニングとランチの間の時間帯で、さして広くない喫茶室は神田ら三人の他に客は誰もいなかった。

臼井との事前の打ち合わせでは、臼井はまだ大和新聞社で働いていることにし、神田は上司ということにした。ニセ営業マンは三〇代前半ぐらい、黒縁《くろぶち》メガネでやや長髪、細身のスーツを着こなし、先の尖った靴を履いていた。神田は、泉寿会は「昭和のヤクザ風」と勝手に想像していたので、「こういうタイプもいるのか」と少し驚いた。詐欺師から転身した新型かもしれない。

鈴木哲也と名乗る黒メガネの新型は足を組み、「臼井さん、お久しぶりですねぇ。お元気そうじゃないですか」とにやにやした。

「はい」と臼井はがくがくするひざの上に手を置き、下を向いて「今日は貴重なお時間をいただき誠にありがとうございます」と震える声で言った。

黒メガネは「何ですか？　私にどうしても話したいことって。上司の方までご一緒に」と神田をちらと横目で見た。

臼井が顔を上げた。

「あの、局長のことです。あの、あの、もう局長に連絡を取るのを止めていただけませんか」

「局長に連絡って何のことですか？　おっしゃってる意味が分かりませんね」

「いや、その、局長もかなりまいっているようです。メールとか電話とか、もうだいぶ長いですし。このあたりで勘弁してもらえませんか。お願いします」

「だから何の話だって聞いてるんです」

「わ、わ、わ、私、もうそろそろ警察に相談しようかと思っています」

臼井は黒メガネを凝視し、ぐいっと精一杯、細い目を見開いた。途端、黒メガネはぷっと吹き出した。しばらく臼井をもてあそぶように眺めてにやにやした後、「あなた何もご存じないようですね」と勝ち誇った口調で言った。

臼井がぽかんとしていると、黒メガネはにやにや度をアップさせ、「だったら、お伝えしておきます。永峰さんには、もう手前どもの趣旨をご理解いただいてるんですよ。さすが大新聞の局長さんだ。物分りが大変よろしいようで。私たちは臼井さんが考えているような、警察沙汰になるような険悪な関係でも何でもない。なのに、事情を知らないあなたがこんな風に勝手に騒いだりしたら、かえって大事な局長さんに迷惑がかかりますよ」

そうだったのか――！　神田は心の中でうなった。永峰局長はもうすでに泉寿会の要求に応じて金を払っていたんだ。さすがに局長ともなると、身から出たサビの脅迫に対し、開き直ることもできないようだ。神田は黒メガネと臼井の話に割り込んだ。

「鈴木さん、実はそのう、それ、臼井が立て替えているんです」

神田が恐る恐る言うと、黒メガネは「はあ？」と神田の方を見た。

「あのう、鈴木さんには大変、申し上げにくいんですが、臼井は局長から『こうなったのはお前の責任だ。取りあえずお前が何とかしろ』と言われまして。その局長がお宅様へお見せしている『誠意』は、臼井が立て替えさせられているんです。いや、一応、立て替えってことになっていますが、このまま臼井がかぶらなくてはならない可能性が高いのです」

「立て替えさせられている？　ぷっ、お宅いったいどういう会社？　じゃ、まさか次の三〇〇〇万も？　あっ、うっ、いや、それで今日ここへ？　はははははは、大和新聞さんは本当に『立て替え』がお好きですねえ」

「担当員の立て替えは、大和新聞販売局の伝統でございまして。今回は金額が大きいもので、私が臼井から相談を受けて、こうして一緒にまいった次第です。どうか、臼井を破産に追い込まないでいただきたいのです。この通りです」と神田はテーブルに両手をつき、頭を下げた。

喫茶室の厨房の女性たちが、興味深そうにこちらを見ていた。

黒メガネは「しかし、当方は永峰さんがどのように誠意を工面なさっているかは、関知しておりませんので」と顔色を変えた。まさか脅して巻き上げた金について、立て替えうんぬんという話が持ち出されるとは、さすがに予想していなかったらしい。

「本日のご用件がそういうことでしたら、今の話は聞かなかったことにします。永峰さんにも何も言いませんので、ご安心ください。それでは」

黒メガネはそう言うと、椅子から立ち上がった。

神田は黒メガネの腕をつかみ、「臼井の苦境を分かってやってください。あ、ここは私がお支払いしておきますから、鈴木さん、是非、またお時間を取っていただき、私たちの話を聞いてもらえませんか」とすがったが、黒メガネは「もう、お会いするつもりはありません。今日は電動バイクの話だと思ったのでお会いしたんです。全く違うじゃないですか。ひどいですよ、あなたがたは」と言い返し、コーヒーを飲み残したまま神田の腕を振り払って、忌々しそうな早足で慌ただしくビジネスホテルの玄関を出て行った。

残された神田と臼井はしばし呆然となっていた。

「おい、臼井、聞いたかよ。三〇〇〇万円だとさ」

「はあ、すごい額ですね。永峰局長は金持ちだから払えるのかな」

電動バイクのニセ営業マンに「もう警察に訴えるしかない」と揺さぶりをかけて、何か新事実が飛び出さないか計画した面談だったが、現実は神田の予想を超えて進展していた。

永峰は泉寿会の要求を飲んでいたのだ。何度なのかいくらなのか分からないが、すでにもう金を払っている。しかし、泉寿会も堺西署の事件の打撃や、拡材のパソコンのへまで資金繰りが厳しく、大和新聞販売局長という金づるを離さなかった。

「神田さんもしかして、その三〇〇〇万円から立て替え金を回収するつもりなんですか」という臼井の声で、神田ははっとした。

「そうだな、永峰局長が泉寿会に払うつもりなら、何とかして三〇〇〇万円かき集めるだろうし、金のある所からもらうのが一番、手っ取り早いかな」

「手っ取り早いというより、危な過ぎませんか。永峰局長は相当、追い詰められているみたいだから、死に物狂いで三〇〇〇万を守りますよ。それこそ、神田さんをクビにしてでも」と臼井は言い、「僕がよけいなこと言ってしまって……」と永峰から立て替え金を取り返そうと提案したのを後悔しているようだった。

立て替えの件を労働組合に相談しただけで激怒した永峰だから、神田が現ナマを要求したりすれば、臼井の言う通りたちどころにクビに追い込まれる可能性は十分ある。永峰との対決は中途半端なやり方では、逆にこちらの身が危うい。戦うからには、再起不能になるまで徹底的にやっつけなければならない。

永峰が泉寿会に渡そうとしている三〇〇〇万円を丸ごといただく――。その考えが神田の中で固まりつつあった。どうせ黒い金だから、神田が横取りしても永峰も泉寿会も表沙汰にはできまい。永峰は金銭的大損害と、約束を反古にされた泉寿会からの報復という二つの大ダメージを受け、しばらく立ち上がれないだろう。さらに、管財部で調査している社有販売店を使った不正が、遠からず社内のしかるべき部署に報告される。局長という大幹部ゆえに会社の処分が甘くなるのは容易に予想がつくが、いくら何でも引き続き販売局長の座にはいられまい。販売局長でなくなってしまえば人事権はなく、神田を会社から追い出すことはできない――。よし、決まった、これだ。

神田の事件記者の経験では、今回ぐらいの規模の黒い金は、口座記録を残さないよう金融機関への振り込みではなく現金で動かすのが普通である。この金がいつ、どこで受け渡しされるのかを突き止めなければならない。永峰は泉寿会本部に持って行くのだろうか。いや、堺西署の捜査はまだ継続中だ。いつまた家宅捜索を受けるか分からないのに、あからさまな関係先で大金のやり取りはするまい。となると、泉寿会はまた永峰を料亭なんぞに呼び出して……。だとすれば、見張り役やら金の運び役やらで結構な人数が必要だ。泉寿会で構成員に動員がかかっている日が分かれば……。うーん。

「神田さん、もういいですか？　僕、仕事に戻らないと」と隣に座っていた臼井が、少しイライラした様子で椅子から立ち上がろうとした。

「ありがとう臼井。お前のお陰で取材が飛躍的に進んだよ。臼井の一〇〇万円の立て替え金って、会社からも販売店からも返してもらってないんだよな？　俺の立て替え金と一緒に、お前の分も回収できるよう頑張ってみる」

神田は臼井へのお礼のつもりで言ったのだが、臼井は有り難くなさそうな表情だった。

「僕の立て替え金のことまで考えてもらわなくていいです。大和新聞をクビになって、小さな折り込み広告会社に再就職した僕を気の毒に思ってるんですか？　確かに大和新聞の時より給料は大幅に下がりましたよ。でも、僕はそれでいいんです。負け惜しみじゃありません。立て替えもしなくていいし、販売店と本社との板挟みになって苦しむこともないし。今の会社、雰囲気もいいんです。僕はこの会社に来てようやく、会社のために、販売店のために、広告のクライアントのために頑張ろうって、仕事の目標がはっきり持てるようになりました。何のために、誰のために働いているのか分からない本社の担当員よりよっぽどいいです。僕は今の状況に満足していますから、よけいな気は遣わないでください」

思わぬ臼井のセリフに神田が押し黙っていると、臼井は「すいません。先輩に向かって言い過ぎてしまいました。忘れてください」と目を伏せて謝った。

「いや、臼井、謝らんでいい。お前の言ってることはきっと正しいし、似たようなことを販売店主からも言われたよ。今回のことは巻き込んで悪かった。でも、臼井が頑張ってあの黒メガネを引っ張り出してくれたのは、本当に感謝している」

臼井は「僕が永峰局長から立て替え金を取り返そうなんて言ってしまって、神田さんが危ないことになるんじゃないかと心配です。泉寿会から命を狙われるようなことになったら、立て替えどころじゃありませんよ。くれぐれも気をつけてください」とぺこりと頭を下げた。

第六章　清算

1

神田が管財部長の桜井崇とともに元不動産課長の藤岡恒之をタクシー内で締め上げたり、元担当員の臼井正樹と一緒に電動バイクのニセ営業マンと対峙して大忙しの頃、上條類も「中里沙織を誘惑する」という神田の頼みを真面目に実行していた。

金沢市の西尾照昭の店を改廃に追い込んだ上條は、カズ坊の力を借りて猛スピードで西尾店閉店の始末と地元紙の北陸新聞への「預け」の手続きをやってのけ、次の水曜日の夜から本社で開催されている「生け花クラブ」に参加した。

生け花クラブで上條は、こんな芸能界でも通用しそうな人材が大和新聞社にいたのかと、女性たちの驚きと感動をもって迎えられていた。上條は本社ビル七階の談話室で、女性たちの熱い視線を一身に浴びながら、やりたくもない生け花に挑戦するだけでなく、中里沙織の隣に座って、「沙織さん、この花はどこに置くのがいいのかな」と助言を求めた。

中里は「そんな、私みたいな初心者に聞かないでくださいよ」と言いながら上條に体を寄せ、生け花の先生が般若《はんにゃ》のような顔つきに豹変したのは目に入らないかのように、「私だったらここにしますね」などと楽しそうにアドバイスした。

上條が生け花クラブに参加して第二週目、女性たちから自家製の漬物や佃煮などを贈られた上條は「どうもありがとうございます」と丁重に受け取ったが、手作りクッキーを差し出した中里には「実は甘い物が大好きなんですよ。沙織さんどうして分かったんですか?」と格段に目を輝かせた。その日の教室では、「沙織さんはいい香りがしますね」とか「今日の花は沙織さんみたいだ」などと女心をくすぐり、他の女性には見せない飛び切りの笑顔を惜しげもなく中里に振る舞った。

中里からクッキーを受け取った翌日、上條は「昨日のクッキー、とても美味しかったです。ぜひお礼をしたいので、一度、食事に招待させていただけませんか。急なのですが、明日、金曜日の夜はいかがでしょうか?」とメールを送った。実際のところは、上條は甘い物が好きではなく、浮気を疑う上條の妻は持ち帰ったクッキーに頑なに見向きもせず、小学生の娘が無邪気に平らげたのだった。

「お礼なんてとんでもないです。でも、誘ってくださったのはとてもうれしいです。明日はOKです。沙織」と中里から返事が来た。

金曜日の夜、中里沙織はいつも以上に香水をたっぷりと振りかけて、待ち合わせ場所のワインバーに現れた。

「古石さんのマーメイドは既婚者だ」

土曜日の人気の少ない社員食堂で夕方、神田は早めの晩飯のカレーライスを食べながら、上條から前日の成果報告を聞いた。週末の社員食堂のメニューはどれもこれもぱっとしないが、カレーだけはまだましだった。

「それじゃダブル不倫ってやつ？　古石さんって、そういう屈折したのが趣味だったのかよ」と神田はスプーンでカレールーとご飯を混ぜながら、あきれた口調で言った。

　上條も消極的選択の末、仕方なさそうにカレーライスを食べていた。

「神田は独身だからイマイチ分からないだろうけど、家庭を守りながらアバンチュールも楽しみたい男にとっちゃ、ダブル不倫は好都合なんだよ。『奥さんと別れて私と結婚して』って迫られることもないし、双方で弱味を握り合っているわけだから秘密も守られる。女の側だってどうせ同じだよ。ちょっとスリルのある大人のレクリエーションだな」

「何だか、上條もダブル不倫の経験があるみたいな言い方だな」と神田は軽い嫉妬を覚えながら、「結婚してるって中里沙織が白状したのか？」と聞いた。

「いや、本人の口から聞いたんじゃない。かなり遅くまで一緒に酒を飲んで、タクシーで送って自宅を突き止めたんだ。『プラウディ守口《もりぐち》』って言う守口市のマンションだったよ。地元の新聞販売店に聞いてみたら、中里の家では四月から大和新聞を購読している」

「沙織ちゃん、大和新聞で働くようになってから、ちゃんと新聞を取っているとは偉いっ」。

神田は販売局員として思わずそう言った。

「その点は評価できるな。プラウディ守口の３０５号室。新聞購読の契約者は中里伸吾《しんご》。中里沙織の旦那だ」と、上條はマンションの住所、電話番号、契約者の名前を書いたメモを神田に渡した。

　神田は「サンキュー」と受け取ってメモを見た。

「中里伸吾が沙織の父親とか兄弟ってことはないのか？」

「新聞の購読契約をする時、中里伸吾は販売店従業員に『嫁さんが大和新聞で働くことになったんです』って言ってたらしいよ。だから夫婦で間違いない」

だとすると、中里沙織が既婚者であることも、この際、利用させてもらおうか、と神田はほくそ笑んだ。フルタイムで働き、週末に古石編集局長と温泉旅行に出掛けるぐらいだから、おそらく子供はいないのだろう。子なし主婦の退屈しのぎと、中年男のスケベ心がマッチングした安っぽい不倫カップル。高級ワインのシャトー・マルゴーには似つかわしくない。

「沙織ちゃんは古石編集局長のことは何か言ってた？」と神田は宿敵について確認した。

「大和新聞で働くようになったのは、古石さんの紹介だって言ってたよ。もちろん、白浜温泉に一緒に行く仲だとは言わんけどさ。社内では古石さんの親戚ってことになっているけど、本当は本屋で働いていて、常連客の古石さんと親しくさせてもらうようになったという説明だった。でも、その話もおそらく嘘だな。俺は会話の中で作家の名前を何人か出したけど、彼女は全くぴんと来てなかった。本屋の店員をしていたら、知らないはずはない名前だ」

「古石の親戚になったり、本屋の店員になったり、沙織ちゃんも身分詐称に忙しいこった。くっくっくっ」

中身がスカスカに透けて見える偽装に、神田は笑いが込み上げてきた。そんな神田の様子に上條はぶすっとしている。

「えらい楽しそうだな。神田がこんな謀略家とは思わなかったよ」

「謀略家とは人聞きの悪い。せめて策士とか、軍師とか言ってくれよ」

たった一回のデートでかなりの成果が得られたことに満足する神田を上條は恨めしそうに見て、カレーライスの最後の一口を食べ終え、「そうだ。古石さんの話と言えば、彼女はこんなことも言ってたよ」とスプーンを空になったプラスチックの皿にやや乱暴に置いた。

「古石さんは『普通の人は新聞社って記者のイメージしかないだろうけど、新聞社ぐらいの大企業になると上から下まで色々なレベルの社員がいる。販売局なんてのは掃きだめだ』って言ってたそうだよ。ふん、どうせ北陸の詐欺師にまんまとだまされるようなバカの掃きだめかもしれないけどな、そんなことわざわざアルバイトに吹き込まなくたっていいじゃないか。中里沙織は『だから上條さんが販売の人って聞いて、びっくりしました』ってさ」

神田は体の中に青白い復讐の炎が点火されたのを感じた。古石と中里のバカさ加減を笑う気は失せていた。二人を思い切り笑ってやるのは、まだもう少し後でいい。

「上條、よくそれを教えてくれた。俺はがぜんやる気が出て来たよ。もはやこれは古石に編集局を追い出された俺だけの問題じゃない。俺は販売局員の代表になったつもりで古石をやっつけるよ」

「ええ？　これ以上やる気が出るのかよ？　もう十分だと思うけど……。神田はこの不倫ネタをいったいどうするつもりなんだよ。だいたいのことは分かったんだから、東京本社の内部監察室に通報したら？　あそこは内部告発用のファクスが設置されてるだろ」

「うーん、でも内部監察室は、匿名の告発は信用性が低いから調査しないって方針じゃないか。俺もさすがにカミングアウトして内部告発はしたくないんだよ。バカ正直に実名で告発したところで、俺と古石ぐらい社内の身分差がはっきりしている者同士がやり合ったら、この会社では下の方が負けると決まってる。それに、もともと新聞社なんて極端な男社会で女性問題にはものすごく甘いから、内監はどうでもいい問題という扱いをするような気がする」

「それなら、俺はどこまでやればいいんだよ？　そろそろ生け花クラブは退部したいんだけど」

「何でだよう。まだ二回しか行ってないじゃないか。もう少し、社内のおばさまたちを喜ばせ、お前も沙織ちゃんとのデートを楽しんだらいいだろう」

上條はかなり悲愴な表情だ。

「勘弁してくれよ。おばさまたちは、俺と中里の一挙手一投足に目を光らせてるんだよ。あのぴりぴりした空気はたまらない。クラブの会費だってデート代だってかかってんだぞ。だいたい俺、香水がきつい女の人って苦手なんだよ。まるでトイレの臭い消しと一緒にいるみたいで、ワインバーでも飯を食った気がしなかったよ。それなのにタクシーの中でしなだれかかってこられて、あの時はもう鼻が曲がりそうだった」

不快感をあらわにした上條の顔が実に可愛らしく見えて、自分はゲイのサディストかもしれないと神田は思った。

「はっはっはっ。そうだったのか。たかが香水で男前の鼻が曲がっちゃ一大事だ。分かった、ここら辺でお役御免にしてやる。ご苦労だったな、上條」

2

神田は自宅に戻ってから携帯電話のアドレス帳を検索した。

「週刊ゲンザイ記者　津久沢友弘《つくざわともひろ》」

週刊誌の記者の携帯電話番号は何人か登録されている。東京中心で活動している週刊誌記者は、地方には取材源が乏しい。地方で週刊誌ネタになりそうな事件や事故が起こると、週刊誌記者はまず、地元の新聞記者に取材するのが手始めだった。津久沢は大阪の遊園地で若い女性が犠牲になった悲惨なアトラクションの事故が発生した際、大阪府警の記者クラブに電話してきた週刊ゲンザイの記者だった。神田が対応したのがきっかけで、その後もちょくちょく情報交換する仲になったのだが、販売局に来てからは連絡が途絶えていた。

「もしもし、津久沢さん？　夜分にすみません。大和新聞の神田です。ちょっといいですか」

「神田さん、しばらくですねえ。お元気ですか。電話いただけるだけでうれしいですから、ちょっとと言わず、いくらでもかまいませんよ」

津久沢の明るくそつのない対応に、神田は気持ちが和んだ。

「週刊ゲンザイさんの誌面で空いている所があったら、使ってほしいネタがあるんですよ。これが誠にくだらない話でしてね、ビッグニュースを追いかけているお忙しい津久沢さんのお手をわずらわすのは申し訳ないんだけど」

「やだなあ。くだらない話ばっかり取材してるのが僕らじゃないですか。くだらない話こそ大歓迎です」

「それだったら、大和新聞大阪本社編集局長の社内不倫って記事になりますか？」

津久沢は「うわ、そっちのネタですか。わははははは」と実に楽しそうに笑った。

「編集局長の不倫！　いいですねえ。週刊ゲンザイは不倫や浮気や離婚騒動を載せているコーナーがあるんですけど、芸能人の話ばっかりで、ちょっと記事が単調になってましてね。マスコミ関係者とか、全く違う業界の人の話が入ると目先が変わりますよ。大和新聞みたいな大新聞なら誰でも知っているし、しかも編集局長の不倫ならネタとして問題ありませんよ。……って、僕にとってはいいんですけど、神田さんはいいのですか？　自分の会社でしょ。しかも編集局長って神田さんの上司じゃないですか」

「はあ、まあ、元上司なんですけど。いや、実は今、情けないことに編集から販売に飛ばされてるんですよ。そんな事情もあって、私もそろそろ編集局長と決着を付けたいんです。ぶっちゃけ言うと、それに週刊ゲンザイさんを利用させてもらえないかってことです。津久沢さんが受けてくれるなら情報提供しますよ。うまい具合に不倫カップルが手を握り合ってる写真も撮ったんです。場所は和歌山の白浜温泉です」

「白浜温泉？　ぷっ、そのベタ感、サイコーじゃないですか。でも、神田さん、ホントにご自身のお立場は大丈夫ですか？」

「そりゃ、私が週刊ゲンザイに情報提供したっていう秘密は守ってくれなきゃ困りますよ。津久沢さん、それは信用していいですね？」

「もちろんこちらサイドは、情報源は死んでも守ります。僕が心配しているのは、神田さんが大和新聞社の中で内部告発を疑われて、立場が悪くなったりしないかってことで」

「ご心配くださってありがとう。仮にそうなったとしても、今より悪くなるってことはありませんから、気にしないでください」

「そうですか、その編集局長ってよっぽどひどいやつなんですね。いや、ここだけの話で神田さんだから言うんですけどね、最近は大手新聞社の関係者からちょくちょくタレ込みがあるんですよ。タレ込みって言っても、新聞のジャーナリズムに関わるようなものじゃなくって、パワハラ上司がいるとか、経費でズルしてるやつを知っているとか、記事にするほどのものではなかったり、どうにも裏が取れそうにないものばかりなんですが。でも昔は、大手新聞社の人からこんなタレ込みはありませんでしたよ」

「会社に対する不満の噴出場所になってるってことですか？」と神田は言いながら、どうやら自分と同じことを考える新聞社社員は少なくないのだと苦笑した。

「そうだと思います。新聞社も経営が厳しくなってるでしょ。もちろん週刊誌もそうなんですけど。そんな歪みとかきしみがこんな所に出て来るのかなあって」

「………」

「ああ、ごめんなさい。えらそうなこと言っちゃいまして。編集局長の不倫ネタはお待ちしていますよ。神田さんだったら情報は事実で間違いないと信用していますから、こっちが本腰入れて裏を取る必要もないし、軽く追加取材して神田さんの情報提供通り載せますよ」

神田は古石と中里の関係や二人の連絡先をまとめておいた文書と、白浜温泉の写真をフォルダーごと津久沢にメール送信した。

四日後の水曜日、神田は津久沢から電話で取材報告を受けた。

「最初は大和新聞大阪本社の編集局長席に電話したんですが、古石局長は『何を意味の分からんこと言ってるんだ』って頭ごなしに否定して、電話をガチャ切りでしたよ。だから携帯電話に何度かしつこく電話したら、『白浜温泉は親戚の集まりだ。親戚の娘と一緒に歩いて何が悪い』って言い出しました。ああそれと、これも追い込まれた人の決まり文句ですが、『でためを記事にしたら名誉毀損で訴えるぞ』とも言ってましたね。中里さんの方は何を聞いても『分かりません』とか『知りません』って言うだけで、こっちも最後はガチャ切りでしたね。今週金曜日発売の号に載りますから、楽しみにしておいてください。情報提供ありがとうございました。うちの編集長も喜んでましたよ」

神田が外部の人間を装って編集庶務部に電話してみると、「中里さんは風邪で休んでいます」とのことだった。古石が休ませているのだろうと推測した。もう今晩の生け花クラブに中里の姿はないだろう。津久沢からの報告に神田は満足しながら、夜七時半ごろ訪店から本社に戻った。

一階で待っていたエレベーターの扉が開くと、中には何と地下から上がってきた渦中の人、編集局長の古石幸太郎が乗っていた。

「ははあ」と神田は頭を回転させた。先週までの水曜日なら、今から古石は中里とデートだったのだ。中里は「生け花クラブの仲間と食事して帰るので遅くなる」と夫に説明し、古石はこれぐらいの時間には仕事が終わるよう予定を組んでいたのだろう。しかし、もうデートの相手は会社にはいない。

古石は全身に疲労がにじみ出ており、顔は土気色《つちけ》で目はうつろだった。たかが数日の週刊誌の取材でこんなになるとは意外にもろいな、と神田は古石の憔悴《しょうすい》ぶりがうれしくて、「こんばんは」とにこやかにあいさつしてエレベーターに乗り込んだ。

古石は「ああ」と不機嫌そうに反応し、前を向いたまま硬直している。

バカなやつだ。人妻との秘密の関係を楽しみたければ厳重に秘密にすればいいのに、中途半端に自己顕示欲が出て、温泉旅行に社有車を使ったり、後部座席でいちゃいちゃしたりするから秘密が漏れるんだ。古石だけじゃない。この世の中で不貞関係が周囲に広まるのは、当事者らが発信源と相場は決まっている。

神田は二人きりのエレベーターの中で古石の左隣に並び、「あれ？　古石局長、何だか顔色が良くないみたいですよ。お体は大丈夫ですか」と心配する風を装った。

「そうか？　ああ、ここのところ忙しいんだよ。新聞を読んでいたら分かるだろう」

「ホテルのレストランの食材偽装ですか？」

「そうだよ、こう次々に出てきちゃかなわん。ふん、まあ販売にいたんじゃ、こっちの苦労は分からんだろうけどな」

ホテルの食材偽装騒動は、大阪の有名ホテルの一つが「レストランで食材偽装があった」と記者発表したのが発端だった。これを受けて、その他の大手ホテルも自主的に同様の内部調査に乗り出した結果、これまた似たような食材偽装が次々に判明し、五月雨式にホテルの記者発表が続いていた。メニューには芝エビと書いてあるものが、バナメイエビだったり、車エビがブラックタイガーだったり、九条ネギが青ネギだったり、キャビアがトビウオの卵だったり。新聞は連日のように「消費者への裏切り行為」「メニューの名称は料理界の慣例と弁明」とばんばん記事を書きたてていた。

神田は「命の危険があるわけじゃなし。どうせ味だって大差ないだろうに」と冷めた目で過熱報道を見ていた。

新聞社だって部数を偽装している。新聞の根幹を偽装しているわけだ。しかも、これは昨日や今日に始まったことではない。さらに言えば、料理界の食材の呼び名のように「業界の慣例」と弁明することなど到底できない。クライアントが手数料を払っている折り込み広告をゴミに出し、ＡＢＣ協会の監査では帳簿を改竄し、販売店との訴訟では「残紙など存在しない」と主張する。新聞社は自らの長年にわたる大偽装を平然と棚に上げ、よそ様のささやかな偽装を徹底的にバッシングする。

新聞のジャーナリズムとはいったい何なんだ――。神田はこう言いたい気持ちを抑え、一〇階でエレベーターを降りる際、古石に労《いたわ》りの言葉をかけた。

「お疲れ様です。私みたいな『掃きだめ』にいる者に、編集局長のご苦労は分かりませんが、ホテルの食材偽装が一段落したら、ゆっくり白浜温泉にでも行ったらどうですか」

古石はびくっと体を震わせた。

「神田……、お前……」

エレベーターの扉が閉じて、古石の土気色の顔は神田の視界から消えた。

その週の金曜日発売の週刊ゲンザイは、「男と女の不都合な真実」のコーナーに「大和新聞大阪本社編集局長の社内不倫」が掲載された。

「かつてない厳しい状況が続く新聞業界で、中でも経営不安がささやかれる大和新聞社だが、果たして当事者に危機感はあるのだろうか。大阪本社の古石幸太郎編集局長は六月末、何と社有車を使い、若い女性を伴ってまったりと和歌山県の白浜温泉にお出かけした。お相手は、四月から大和新聞大阪本社の編集局でアルバイトをしている女性。白浜温泉に到着した二人は三月にオープンしたばかりのフレンチレストランで食事とワインを楽しみ、仲よく手をつないでホテルにご到着。本誌の取材に対し、古石編集局長は同伴の女性を『親戚の娘』と説明したが、果たしてこの甘〜いツーショットがご親戚同士だろうか？」

津久沢は神田へのサービスのつもりなのか、二人が手をつないでいるホテルでの写真と、食事中のフレンチレストランの写真を二枚掲載していた。写真の中里の顔は目の部分に黒い帯が載っているが、知り合いが見れば誰なのかはすぐ分かる。

神田は「ぜひ『男と女の不都合な真実』をご覧になってください」との手紙を付けて、中里沙織の夫、伸吾あてに週刊ゲンザイを一部、郵送した。

3

週刊ゲンザイが発売された日の夕方、古石への復讐が形になって上機嫌の神田が会社に上がると、職場ではめったにお目にかかれない「大男の号泣」という異様な光景が繰り広げられていた。専売会の金を使い込んで販売局の雑用係になった榊原浩が大泣きしているのである。近畿販売一部の島には吉武デスクのほか、担当員が二人いたが、三人とも榊原の姿は全く目に入らないかのように白々しくパソコンに向かっている。

神田も自分の席に着いてパソコンを開いたが、すぐ向かいで大男が泣きじゃくっていては、気になって仕事どころではない。そもそも近畿販売一部を事実上、追い出され、販売推進部の空きデスクが自席になったはずなのに、なぜまたこの席に座って大泣きしているのか。

神田はたまらずに「おい、榊原。何があったんだよ?」と聞くと、榊原は「神田さん」とすがるような目で神田を見て、何か言おうとした。それに気付いた近畿販売一部の島の端にいたデスクの吉武が「神田。ちょっと府南部の情勢を教えてくれ」とわざとらしく言い、会議室の方向を指差した。

二人で会議室に移動すると、吉武は「ったく、みっともない」と舌打ちし、「榊原はさっき、安藤部長から解雇を言い渡されたんだ」と告げた。

榊原の処分がようやく決定したのだ。

「懲戒解雇せずに諭旨退職にしてやったんだ。ありがたく思えってんだよ」と吉武は苦々しい表情だった。

神田は専売会の金の行方が気になった。何せ自分の担当区の専売会の積立金である。

「結局、専売会の金をぶんどって、高石中央販売所の残金を埋めた残りの金はどうしたんですか?」

「使っちまったらしい。飲み食いとか、風俗とか、パチンコとかに」

「ええっ、四〇〇万円を全部?」

「そういうやつなんだよ。飲み食いだって北新地のホステスわんさか連れて、焼肉屋で振る舞ってんだよ。あのええかっこしいのバカが。ドアホ、死ね。仕方ないから退職金を没収する。と言っても、榊原の歳じゃ退職金は二〇〇万ぐらいしかないんだ。貯金もないし、もう所持品で金目の物は何もないそうだ。残りは今後も分割払いで払わせるしかない」

「それにしても、これだけのどうしようもない使い込みをやって、よく懲戒解雇になりませんでしたね」

「当たり前だよ。懲戒解雇してしまったら、退職金が出ないじゃないか。賞罰委員会には『諭旨退職』になる程度の内容にして報告してるんだよ。こっちの落としどころは、榊原にしかるべき処分を下すことじゃなく、会社から榊原に退職金を出させることなんだから」

販売局の経費とは別のポケットから出る金で、使い込まれた専売会の積立金を補塡できるなら、販売局にとってそれに越したことはない。

「あのう、僕が榊原から回収することになっている立て替え金の方も、まだ五三〇万円残ってます。それは?」

「残念ながら、没収した退職金は神田への返済にまでは回らんな。会社辞めた後も、引き続き榊原に払わせろ。ちゃんとしたお前の債権なんだから」

そうは言っても、大和新聞社からそれなりの金額の給料が入ってくるからこそ、月二五万も返済できたのだ。会社をクビになった榊原に仕事が見つかるという保証すらない。再就職できたって安月給だったら、いったい月いくら返済できるのか……。

立て替え金を永峰局長から取り返そうと計画している神田だったが、「担保」の榊原はもうあてにできそうにない。

眉がぴくぴくしている神田に吉武は、「榊原の返済が滞ったらやつの母親から回収しろ。母親の住所と連絡先は調べてあるから後で教えてやる。母親は年金生活だけど、逆に言えば確実に収入があるってことだ。神田への返済で母親が生活に行き詰まったって、年寄りだから生活保護に頼ればいいんだ。息子の借金で母親が死ぬことはないさ」と言った。

その通りに実行したら、まるで「貧困ビジネス」じゃないかと神田は思った。新聞は紙面では貧困ビジネスを批判しているのに、批判する紙面を作っている編集局から二階下のフロアで貧困ビジネスもどきが行われている。何というブラックユーモアだ。

二人が会議室を出て近畿販売一部の島に戻ると、榊原はうぐっ、うぐっと嗚咽《おえつ》しながら壁際のロッカーの荷物を片付けていた。紙袋に荷物をまとめると、誰にもあいさつすらせず、涙と鼻水を振りまきながら、どすんどすんと音を立てて販売局を後にした。

神田は榊原のその様子がどうも引っ掛かった。何度も似たような悪事を繰り返し、今度こそクビになることは容易に予想できただろうし、周囲からもそう言われていたはずだ。そして、当然のようにクビになり、しかも吉武の言う通り諭旨退職で済んだのだから、ある程度は納得してもいいはずだ。まるで予想外の処分だったかのような騒ぎぶりはいったい何なのだろう。ひょっとすると榊原は、販売局幹部がまた悪事をもみ消してくれると期待していたのか。誰かが、榊原に「もみ消し」を約束したのか？

神田は榊原の自宅に行って話を聞いてみることにした。どうせ金もないのだから、真っ直ぐ家に帰っているだろう。

榊原の自宅は大阪市西淀川区《にしよどがわ》のワンルームマンションだった。国道43号線から少し、東に入った辺りにある四階建ての建物の階段を上がり、４０３号室のインターフォンを押した。榊原はドアスコープで神田の顔を確認したのであろう、「神田さんっ」とドアをがばっと開けた。

八畳ほどの部屋の中は、ごみ出しのタイミングを逃したごみ袋がたまり、カーペットの上には、奇妙な薄茶色のしみだらけの万年床が敷かれ、周囲には下着や靴下やカッターシャツや新聞やエロ本などが散乱している。何とも言えない異臭が漂う中、万年床の隣に折り畳み式の丸テーブルがあり、その上はタバコの吸殻で山盛りの灰皿と、汚れたコップやカップめんの食べかすが転がっていた。

神田は丸テーブルの前にあぐらをかいて座り、「会社をクビになって俺への債務をどうするのか、返済計画を聞きに来たんだ。退職金も召し上げらしいしな」と榊原をにらんだ。

榊原は丸テーブルをはさんで神田の向かいに正座して座った。会社からずっと泣き続けていたようで、丸坊主の顔は気色悪くむくんでいる。

「神田さん、信じてください。ひくっ。僕、専売会の金はちゃんと返せるんです。神田さんの立て替え金もちゃんと返せます。うぐっ、退職金を取り上げげんでも、ちゃんと返せますーっ。ぐぐうっ」

神田は榊原のこのセリフは非常に意外だった。大泣きにはそんなちゃんとした理由があったのか。榊原の言っていることが本当であればだが。

「吉武デスクから、お前には財産なんて何もないって聞いたぞ」

「ううっ。ちゃいます。僕には隠し財産があったんです。それを、あいつら、取り上げやがった。泥棒、泥棒ですわ、うちの幹部は。安藤も永峰も泥棒ですわ」

「ちょっと、落ち着いて説明しろ。まず、お前の隠し財産ってのはどこに隠してたんだ?」

「会社の信用組合ですわ」

「ぶっ」

それでは隠したことにならんではないか……。やはりこいつは本格的なアホだと神田はあんぐり口が開いた。

「あのなあ榊原、信用組合なんて会社で作ってるもんなんだから、会社から調査が入ったら誰の口座だって簡単に見せるんだぞ。隠したことになってない。それで、お前はいったいいくら隠したつもりだったんだ?」

「三二〇〇万円です」

げほっ。そんな大金を? どうしてこいつが? また別の悪さをやっていたのか。

「それはどこからパクった金だ?」

「違いますっ。神田さんまで、そんなことをっ。その金はパクったんとちゃいます。競馬で当てたんですわ。どっかーんと来たんです」

「ひょっとして……。お前……」。神田は想像を超えた展開に息を飲んだ。

「まさか奪い取った専売会の金を、全額、馬券につぎ込んだのか?」

「さっすが、神田さん、勘がいい。へへへへへ」と榊原は涙と鼻水でぬたぬたの顔で笑った。

以下、榊原の言い分。

僕が四月から大阪府南部の担当になった途端、高石中央販売所の浜崎所長は押し紙の金は払わんとか、臼井が残紙を切ると約束したとか、ぐだぐだ吐かしよりましてん。そもそも四月度の入金は三月分の新聞代なんやから、残金が出ても僕の前の臼井の責任のはずでっしゃろ。それを臼井が退職することになってたもんで、吉武デスクに相談したら、僕に何とかせえちゅうんですわ。せやからむかついて、専売会の会計幹事をどやし上げて、通帳と印鑑を出させましてん。浜崎が払わへん新聞代の残金を埋めた後、まだ四〇〇万円ぐらい残ってたんですわ。僕、それを全部、競馬の天皇賞に突っ込んだんです。ほんなら、何と奇跡が起こったんですわ。大当たりして三二〇〇万円になったんです。夢のようでした。

僕、お金を持ったらすぐにぱーっと使こてしまうんですけど、こん時はようやく自分に運が向いてきたと思いましてん。もっともっと大金持ちになれるっちゅう天のお告げのような気がしたんです。そんで、次にこれやっていうレースが来た時にこの金を使おうと思て、信用組合の口座に大事に置いとったんです。そしたら、急に府南部の担当を外されるし、五月になったら浜崎が廃業するとか言い出して、専売会の会計幹事が騒ぎ出したんですわ。専売会の金を担当員が預かったらあかんって、安藤部長に暴力振るわれてえらい目に遭いました。

しゃあないから、僕は専売会に金を返そうと思って、信用組合に行ったんですけど、ATMで金が下ろされへんのですわ。どういうことやって信組で怒鳴ったら、口座が凍結されていると言われました。自分の金が自分で動かせんようになってたんです。

僕はもうどうにでもなれとほったらかしてたんですけど、しばらくして永峰局長に呼ばれましてん。「あの信用組合に入っている大金は何や」と、「お前は他にも専売会の金を盗んどるんか」と聞かれたんで、しゃあないから馬券が当たった話をしました。

そしたら局長は「もともと盗んだ金で買った馬券だから、それで儲けたとしてもあれはお前の財産にはならん」と言うんですわ。専売会の金を流用したのが内部監察室の調査対象になったら、あの金は間違いなく会社に没収されるから、信用組合の通帳と印鑑とキャッシュカードを持って来いっちゅうんですわ。

金のことで問題を起こした社員の信用組合の口座は凍結できるようになってるらしくて、だから僕はもう自分ではどないもできませんねんけど、永峰局長は「局長権限で口座の凍結を解除して、その金ですぐに専売会に返済してやる」って言うんです。一旦、使い込んだけど、その後、すぐに全額、返却したってことで、「社内外ともにうまく話を収めてやる」って。販売店の入金拒否に困って、一時的に専売会の金を借りたけど、ちゃんと戻したんなら会社を辞めんでも済むって言うし、それに何より、局長は「俺の言う通りにしたら、専売会に金を返済して、お前の信用組合の残った金はそのままにしておいてやる」と約束してくれたんですわ。せやったら、競馬で儲けた金は僕のものになりますやん。だから局長に言われた通りにしたんです。

せやのに、今日、安藤部長に呼ばれて、処分は諭旨退職やけど退職金は没収して専売会の金を埋め合わせするって。それでも足りん分は、会社辞めた後も分割払いで返せっちゅうんです。僕は金はある言うて、馬券の話をしたんですけど、安藤部長は「この期に及んでまだそんな作り話をするんか」って激怒して、全く聞く耳持ってくれへんのです。ほんまに思い切って

「信用組合の僕の口座を見てくれ」って言うたら、安藤は「永峰局長は信用組合のお前の口座はすっからかんやと言うとった」って。

うぐっ、ぐぐぐぐ。それで、退職後も借金返済の分割払いを約束する書類に署名せえって言うんです。僕が嫌やと言うたら、「それなら懲戒解雇にする」って。退職金なしやから、分割払いの金額もデカなるって。うううう、あいつら僕の金を取ったんです。泥棒ですうううっ。これで分かったでしょう、神田さん。ぐうっ、えぐっ、えぐっ。

これはまた知らない所ですごいドラマがあるもんだと、神田は榊原の話に聞き入ってしまっていた。馬券を当てた榊原の運の強さは相当だが、職権でその金の横取りに成功した永峰局長の悪運も大したもんだ。安藤部長は、まさか本当に馬券で金が増えたとは夢にも思っていない。神田も臼井の話を聞いた後、念のため永峰局長の自宅の登記簿を調べてみたが、抵当に入れて融資を受けた記録もないし、どうやって泉寿会に三〇〇〇万円も払うのか疑問だった。こんなバカの所にぴったりの埋蔵金があったとは。

「お前も馬券を大当てした時点で、専売会の口座にきっちり返済しておけばよかったのに。もし、そうしていれば、二五〇〇万ぐらい丸儲けだったのにな」

「ははは、今となってはそうなんですけど、あん時は有頂天になって気が回らんかったと言いますか。そのうち、もともと専売会の金だったことも、ころっと忘れてました。へっへっへっ」

榊原はアホ丸出しの返答をした後、ぬたぬたの顔で続けた。

「あの、それで神田さんは、僕の金を取り返してくれまんのか?」

「うーん、それはたぶん無理だな」

「そんなあーっ。僕は会社をクビになったんですよーっ。もう収入がないんですよっ。どうやって生きていけって言うんですかあああっ」

「じゃかましい。クビになるのが遅すぎたぐらいだ。懲戒解雇されたっておかしくないことを何度もやってるじゃないか。クビになるのが遅すぎたぐらいだ。もっと早くクビされるか、自分から辞めていたら、専売会費泥棒が発端の今回の件もなかったんだ」

「ひどい、ひどい、ひど過ぎます。今の僕に、その言葉はひど過ぎますっ」と榊原はまたどっと泣き出した。

神田は見苦しい巨体と部屋の悪臭に耐え切れなくなり、「競馬ドリームの修復は無理だけど、俺と専売会への返済はチャラにしてやれるかもしれん」と言い残し、ぬたぬた顔がしがみつくのを必死で振り切って部屋を出た。相撲道場仕込みのものすごい力だったので、振り切るのはかなりの体力を消耗した。

榊原の信用組合口座に埋もれていた大金を、永峰が泉寿会への支払いに充てるのは間違いない。永峰は、榊原をクビにしてから泉寿会の要求に応じる計画だったのだ。会社を辞めさせてしまえば、榊原が「俺の金を返せ」と騒いだところで、部下の社員が騒ぎ立てるより影響力は著しく低下する。

榊原がクビにされた今、永峰が泉寿会に金を渡す時期は近いはずだ。三〇〇〇万円の受け渡しの場所と日時が分かれば、そこに向かう途中の永峰をふん捕まえて、今度はこっちがその現金を横取りする番だ。

神田が知っている範囲の人物で、この「三〇〇〇万円の受け渡しの日時と場所」という情報が入手できる可能性があるのは、堺西署の春駒駿介署長しかいない。前回の夜回りはけんもほろろだったが、もう一度、体当たりしよう。これは、おそらく立て替え金を取り返せる最初で最後のチャンスだ。神田はその夜、決死の覚悟で堺西署の署長官舎に向かった。

4

夜七時前、インターフォンを押すと、署長の春駒はもう帰宅しており、「はい」と愛想の悪い声で出た。

「大和新聞の神田です。夜分にすみません」と言うと、「またお前か」との声に続いてガチャッと音がして門の鍵が開いた。前回は門前払いだったが、今回は門が開いた。

敷地の中に入ると、玄関の扉を開けた春駒は「何や？　また夜回りかい。記者の時より熱心なんとちゃうか」と表情を変えずにかましてきた。

神田が「先日、ご迷惑をおかけしたのに、また押しかけて申し訳ありません。どうしてもお聞きしたいことがありまして」と言うと、春駒は「何やねん、ほな入れや」と中に神田を招き入れた。

玄関を入ってすぐ正面にある畳の六畳間で、春駒はテレビを見ていたようである。部屋の真ん中に四角いちゃぶ台があり、その上にはノンアルコールビールと漬物、チーズちくわ、パック入りのいなり寿司などが並んでいた。いかにも近所のコンビニで仕入れてきた夕食で、こぎれいに片付いているのは榊原の部屋とは雲泥の差だが、単身赴任の警察署長の生活もなかなかわびしいものがある。

春駒はちゃぶ台とテレビの間にあぐらをかいて座り、リモコンでテレビを消した。神田は春駒とちゃぶ台をはさんで部屋の入口付近に正座した。

「そんで、あんさんは何の用や？」

「あのう、春駒さん、この間、泉寿会が大和新聞の人間を恐喝しているとかおっしゃってましたよね。そのことです」

「ほお、それが何か？」

「それって、うちの販売局の永峰局長が恐喝されているのではないですか？」

「そうかもしれんし、違うかもしれん」

こういうとぼけ方は、記者の取材に慣れた警察官特有だ。神田の方もこれには慣れているのでひるまなかった。

「僕は、泉寿会の恐喝の被害者は我が社の永峰販売局長だと確信しています。どうやら永峰局長は、そのう、ある工務店と結託して、何やら不正な金を入手していたようで、その金の受け皿が金城将の口座だったんです。その工務店の専務が泉寿会の親戚筋で、それをネタに今、永峰局長は泉寿会からゆすられているようなんです」

「……その通りや、お前もなかなか調べたな」

春駒が事実関係を認めたのに神田は自信を得て、「永峰局長は最近、泉寿会からかなりの金額を要求されたみたいでして、会社の信用組合から融資を受けたり、有価証券を手放したりして金をかき集めているようです。恐喝を断固として撥《は》ね付けるのではなく、要求に応えるつもりなんじゃないかと」と虚実ないまぜにして説明した。

「へえ、お宅の局長さんは金を集めとるんか。まあ、実際に不正なことをやっとったんなら、恐喝に対して断固たる態度もとれんわな」

「その金の受け渡しはそろそろではないでしょうか。泉寿会の方もどうやら拡材で不良品のパソコンをつかまされて、資金繰りが切迫しているみたいなんです」

「泉寿会の事情がそうで、お宅の局長さんが払う気なら、その可能性はあるな」

ここまで言って、神田は春駒にしゃべったのはまずかったかと思った。永峰が要求に応じて金を支払うつもりなのを警察が知らなかったのなら、自分がわざわざ教えてやったようなものだ。恐喝事件で三〇〇〇万円もの現金の受け渡しが発生するとなれば、警察が放っておくわけがない。必ず、現場を押さえようと動くだろう。その場合、事前にマスコミに情報提供は絶対にしない。現金の受け渡し場所に記者やテレビカメラが大集合では、しゃれにならないからだ。

「警察は受け渡し現場に張り込みますよね」と神田は少し投げやりになって聞いた。

春駒もどこか投げやりな感じで「そんなもん、行かへんよ」と言った。

「は？　どうしてですか？」

「お宅の局長さんの恐喝事件は立件できんわ。大阪地検が乗り気じゃないんや。新聞社の幹部が絡むような事件は面倒なんだと。捜査上、万一、ささいなことでもミスがあったら、マスコ

の方だけでええんちゃいますの』とうちの刑事に吐かしくさったそうや」
がりが見えるネタが出とんねん。おっと、これは神田でも中身は言わへんぞ。検事は『そっち
ミに大バッシングされるとびびったんとちゃうか。泉寿会の事件は、泉寿会と暴力団とのつな

ミに大バッシングされるとびびったんとちゃうか。泉寿会の事件は、泉寿会と暴力団とのつながりが見えるネタが出とんねん。おっと、これは神田でも中身は言わへんぞ。検事は『そっちの方だけでええんちゃいますの』とうちの刑事に吐かしくさったそうや」

なるほど、と神田は内心ひざを打った。

「新聞社幹部の絡む事件なんて面倒」と判断した大阪地検の検事は、取り調べで泉寿会の容疑者と取り引きしたのだろう。「暴力団とつながるネタ」の方を供述するのであれば、永峰局長への恐喝は見逃してやると。永峰が運んで来る三〇〇〇万円がどうしても欲しい泉寿会は、その取り引きに乗ったに違いない。「取調室」という密室での捜査員と容疑者の取り引きは、ジャーナリズムの世界に生きる者からは許しがたいことではあるが、今の神田にとってはバンバンザイだった。腰抜け検事様々だ。

「春駒さんっ、お願いします。泉寿会の動きを教えてくださいっ。大金が動くなら泉寿会に組織動員がかかるはずです。警察はつかんでいるはずです。いつ、どこなんですかっ?」

「神田、そんなこと聞いてお前はいったいどうするつもりなんや」

「局長を止めたいんです。泉寿会の大金の要求に応じたりしたら、これで済むわけがありません。やつらはまたいくらでも要求を重ねてくるでしょう。いや、局長が大金を払ったりしたら、今度は局長の不正をネタに大和新聞社そのものを脅してくるかもしれません。傷口を広げて、大和新聞社の社会的信頼が揺らぐ可能性もあるんです。僕は、僕は、この件に関わった社員として、力ずくで局長を止めないかんと思ってます」

「悪いけど、日時とか場所とか、具体的にはわし知らんねん。事件にもならんし、部下から報

告を受けとらんのや」

「春駒さん、この通りですっ」。神田はちゃぶ台からずりずりと後ろに下がり、がばっと両手をついて畳に頭を擦り付けた。

「お願いします。大和新聞を助けてくださいっ」

「わちゃっ、かっ、ああもう、やかましいやっちゃのう。ほんまに」と春駒は顔を思い切りしかめてうめき、テレビボードの脇にある堺西署につながる内線電話を取った。

「ああ、春駒や。あの、今度、泉寿会の連中が集まるのっていつやったかな？　ああ、そうか。ほんで場所はどこやった？　ふん、ふん、そうか、はい、はい、ありがとう」

電話を切った春駒は、まだ頭を畳の上に置いている神田に、「ＪＲ阪和線の鳳《おおとり》駅前にある寿司屋の長楽《ちょうらく》や。今度の日曜日の夜やと。帳場のもんがそない言うとる。これでええやろ、もう早よ帰れ。最近は泉寿会の事件の取材で、記者の夜回りが多いんや。鉢合わせしても知らんぞ」と荒っぽく言った。

神田は春駒に抱き着きたい気分だったがそれを我慢し、「ありがとうございますっ」と畳から顔をがばっと上げ、そしてもう一度、畳に頭を擦り付けてから退散した。

帰りの電車の中、神田は春駒の官舎に向かって手を合わせ、感謝の気持ちと同時に久しぶりに充実した夜回りの達成感をかみしめた。「長楽」は堺では知られた老舗寿司店で、一階がカウンターとテーブル。二階が座敷の個室になっている。おそらく泉寿会は二階の個室を予約しているはずだ。金を受け取った後、「局長、ご苦労様でした」と酒でも飲ませ、さらに深く取り込もうという思惑が見て取れた。周辺にはがっちりと見張りを付けているだろうから、長楽の近くで永峰に接触するのはまずい。泉寿会と力ずくでの現金の奪い合いになったら、とても勝てるとは思えない。そう考えると……、永峰はどこから現金を持って来るのだろうか？　会社からか、自宅からか、それとも金はすでに駅のコインロッカーにでも預けているのか。交通手段は電車なのか、タクシーなのか。

春駒への夜回りで金の受け渡し場所と日時が分かって有頂天だったが、金を奪い取る具体的な手はずを考えると、解明しなくてはならないことがまだまだあるではないか。こんなことに今ごろ気付くとは、販売局にいるうちにだんだん脳みそが榊原級になってしまったのかもしれない。神田は自宅に帰るのを止め、会社の局長席周辺に何かヒントになるものがないか物色することにした。

神田が大和新聞大阪本社ビルの社員用通用口に到着すると、脇にある地下の駐車場に続く通路から社有車がぶわっと飛び出してきた。後部座席に乗っているのは写真部のカメラマンだ。事件か事故か、緊急取材だろう。神田も記者の頃は社有車を乗り回していた。久しぶりに黒塗りの車を見て、「社有車は念のため確認しておいてもいいかもしれない」と思い付き、車用の通路を降りて地下一階の車両課に向かった。

黒塗りの社有車が並ぶ地下一階の駐車場では、車両課所属の運転手、熊川が車を磨いていた。

「熊さーん」

神田がそう呼んで手を振ると、熊川は手を止めて「神田さん、お疲れ様です」と満面の笑みを浮かべた。神田は熊川に近づいてささやいた。

「白浜温泉の件は助かったよ。今日発売の週刊ゲンザイは見てくれた？」

「はい、買わせてもらいましたよ。お見事でしたな。私も溜飲が下がりましたわ、ひっひっひっ。週刊誌ネタにするなんて、さすが顔の広い神田さんですわ。隠し撮りも相変らずええ腕ですな」

「ありがとう。まだ腕はなまっていないみたいだよ。と言っても、あの二人はガードゆるゆるだったから、誰でも撮影できたと思うけどね。ところで熊さん、うちの局長、永峰局長って次の日曜日に社有車の予約入ってない？」

「永峰局長ね、ちょいと待ってくださいよ」と、熊川は社有車から離れて車両課の事務室に行き、戻って来ると「日曜日は午後五時半に自宅にお迎えになってます。行き先は堺の鳳です」と告げた。

「やったーっ、それだーっ」

神田は感激のあまり、熊川にむぎゅーっと抱き着き、「その車、絶対に熊さんが運転してくれようっ」と叫んだ。

熊川は何が何やら分からず、それでも神田に頼りにされるのはうれしくて、笑みがこぼれた。

それから神田は、六月に販売推進部の川下誠次と出合った会社近くのコンビニエンスストアに行ってみた。毎晩ここで文庫本を読んでいるにしても、さすがにもう午後八時を過ぎているのでいないかと思ったが、川下はまだカウンターで文庫本を読んでいた。よほど家に帰りたくないのだろう。

神田は「こんばんは」と川下の隣の席に座った。川下は驚き、「神田さん、よくお会いしますね」と作り笑いをした。

「偶然ではなくて、今日は川下さんにお願いがあって来たんです」。どうも今夜の自分は人にお願いばかりしている。

「はあ、私にお願いとは？」。神田の事情を知らない川下は、素朴に戸惑っていた。

「川下さんにそのお願いの説明をする前に、お聞きしたいことがあります。先月、僕とそこの『居残り屋』に行った時、自腹で販売店に『補助金』を払った話をされましたよね。そのせいでこしらえた借金は、あとどれぐらい残っていますか？」

会社の先輩に対してあまりにもぶしつけな質問だったが、川下はもう普通の人間の羞恥心やプライドを失っているのか、顔色一つ変えずに答えた。

「あと七〇〇万ほどです」

それなら問題ない。永峰から奪い取るのは三〇〇〇万円だから、まだまだ余裕がある。

「その借金を帳消しにしたくありませんか？」

「したいです。できるものであれば」

「では、僕に協力してください」と神田は本題に入った。

「川下さん、自家用車ありますか？」

「ありません。以前は持っていましたが、借金のせいでとっくに売ってしまいました」

ちっ、そうだったか。神田も自家用車を持っておらず、川下をあてにしたのだが、こっちも車なしか。

神田が思案していると、川下が「車が必要なら、販売推進部の宣伝カーはどうですか？　お貸ししてもいいですよ」と言った。

そうだ、宣伝カーがある。マラソンや駅伝や野球の試合など、大和新聞社主催の大掛かりなイベントが開かれる際、会場に設置する社旗や幟旗を運ぶためのワゴン車である。出番はそう多くなく、日頃は地下三階の駐車場の一番奥で眠っていた。誰かのマイカーを借りるより、かえって好都合かもしれない。

「宣伝カーは今度の日曜日は出番ありますか？」

「ありませんよ」

「川下さんは宣伝カーの運転はできますか？」

「はあ？　神田さんじゃなくて私が運転するんですか。何度か運転したことはあるので大丈夫かと思いますが……」

5

日曜日の夕方、堺市堺区の出島漁港に近い、通称「海岸通り」と呼ばれる府道沿いのコンビニエンスストアで、週刊誌を立ち読みするふりをしながら神田はちらちらと腕時計を気にしていた。

熊川からはすでに「社有車のナンバーは○×△。永峰の荷物はポーチとスポーツバッグ。どちらも後部座席」とメール連絡をもらっていた。熊川運転の社有車は永峰の自宅から泉寿会が待つ寿司屋「長楽」に向かっている。

永峰の荷物のうちスポーツバッグの中身が現金だろう。熊川は信号待ちの間に、携帯メールを打ってくれたのだ。午後六時四〇分。そろそろだと思ったところへ、大和新聞社の社有車がコンビニの駐車場に入って来た。駐車場に社有車を止めた熊川は、運転席から降りてボンネットを開けて中を点検している。キーは刺したまま、運転席のドアは空いている。車の停車場所もコンビニ入口に最も近い。きっちり打ち合わせ通りだ。

「熊さん、ありがとう」。神田は心の中で熊川に手を合わせた。

しばらくすると、後部座席の永峰が窓を開けて、「おーい、おーい」と熊川を呼んでいるようだ。何度か永峰は後部座席から叫んだが、熊川は知らん顔で、ボンネットを閉じると今度は車の後部に回り込み、しゃがみ込んで車体の底をのぞいている。たまりかねた永峰はついに車を降り、しゃがんでいた熊川の襟首をつかんで「こら、何やってんだ、こんな所で長々と止まりやがって。車の調子が悪いなら、タクシーを呼べっ。俺はそれに乗り換えるぞ」と怒鳴り上げた。

今だ！　神田はコンビニから飛び出した。社有車の運転席に突入してドアを閉め、刺さったままのキーでエンジンを掛けて猛スピードで発進した。

屋台村「ぴちぴちマルシェ」のある出島漁港周辺は、昨日の土曜日、入念に下見をしておいた。この時間帯、「ぴちぴちマルシェ」は営業しているが、屋台村からさらに海側の漁港はほとんど誰もいない。コンビニから二〇〇メートルほど車で走った先の漁港では、川下が本社から運転して来た販売推進部の宣伝カーが待機している。

神田の運転する社有車が漁港に到着すると、川下は「神田さん、ご無事でしたか」とホッとした表情で宣伝カーの運転席から降りようとした。神田は「川下さん降りなくていいです。そのまま運転席にいてください」と言い、自分が運転して来た社有車の後部座席にあるスポーツバッグの中身が札束であることを確認し、社有車から川下運転の宣伝カーに積み替えた。

「川下さん、これを持って出発してください」と神田が言うと、川下は「はい、約束の場所でお待ちしています。どうかご無事で」と危なっかしい手付きでハンドルを操作しながら、漁港を北方向に向かって走り出た。


「こらーっ、待てぇーっ」と叫び声が聞こえたので神田が振り返ると、すごい形相の永峰がこちらに向かって走って来る。熊川はお付き合い程度に、永峰の後方をよたよたと走っている。

神田が黒塗りの社有車の前で待ち構えていると、はあはあと息切れした永峰が到着し、「こらっ、神田じゃないかっ。これは何の真似だっ」と唾を飛ばして叫んだ。

「俺はもらうべきものをもらっただけだ」

「何だとっ？　見たぞ。さっきここにいたのは我が社の宣伝カーだろうがっ。これは販売推進部の陰謀かっ。栗山とお前はグルなのかっ」と、とんちんかんなことを言っている。

「栗山とグル？　はーん、あんたがそう思うなら、栗山部長に土下座して頼めよ。『泉寿会との約束を反古《ほご》にしたら命を狙われる。助けてください』ってな」

神田につかみ掛からんばかりの勢いだった永峰は動きが止まり、しばらくしゃべるのを止めてぜいぜいと息をしていた。どう説明しようか必死に考えているのだろう。

「神田、ちょっと待て。どうも君は何か誤解しているようだけど、あの金はちゃんとした理由があるんだ。こんなことをしたら、大和新聞は大変なことになるんだぞ。この業界は、君にはまだ分からないことがいろいろあるんだよ。君が浅はかな考えで行動して、大和新聞が大変なことになったら君は責任を取れるのかね」

「あの金？　スポーツバッグの中身は金だったのか？　俺はてっきり健全なスポーツ用品だと思ってたけどな」

永峰はわなわなと震え、神田の両腕をつかんだ。

「神田、君がこんなことをするなんて、いったい何が目的なんだ？　ははは、そうか、分かったぞ、君は編集局に戻りたいんだったな。担当員になってそんなに思い詰めていたのか。気付いてやれなくて悪かった。次の異動で編集に戻す。そう約束する。俺が人事を約束するなんて特別だよ。だからバッグを返すんだ。大和新聞のためだ。大和新聞のためでもあるし、君のためでもあるんだ」

永峰の汗まみれの顔に、神田は自分の顔をぐいっと近づけた。

「編集に戻すってどこに戻すんだ。ド田舎の通信部か。独身だから、身軽でどこにでも行かせられるって考えだろう？」

「そんなことしないって。君の希望通りの部署に行かせる」

「じゃかましい――っ」

神田は思い切り永峰の向こうずねを蹴り飛ばした。

「お前の人事権なんて販売局の中だけじゃないか。編集局には通用せんわい。できもしないことをえらそうに言うなっ」

コンクリートの地面にひっくり返った永峰を、ようやく追いついた熊川が唖然と見下ろしていた。

永峰の泉寿会への〝血税〟である三〇〇〇万円が入ったスポーツバッグは、すでに川下が運転している販売推進部の宣伝カーの中にある。今から永峰とじっくり話し合って、人事異動の希望を聞いてもらうつもりなどさらさらないし、神田はそこで立ち去ろうとしたが、永峰が若かりし頃に可愛がっていた新聞配達少年の金城将が頭をよぎった。コンクリートの地面に体を打ち付けた永峰は、よろよろと立ち上がっている。神田は体勢を立て直そうとする永峰に言った。

「こら、永峰。金城さんは今でも大和新聞に感謝してるそうだ。岸和田の販売店で販売店主にも本社の担当員にも、とても親切にしてもらったってな。『大和新聞の販売店主になって、恩返ししたかった』って言ってるらしいぞ」

「キンジョウ？　岸和田？　何の話だ。神田、とにかくバッグを返せ。お前にこんなことする資格はないっ。これは犯罪だぞ。警察に訴えてやるっ」

神田はようやく立ち上がった永峰のみぞおちを、忘れ去られた金城将の分まで全霊を込めて蹴り飛ばした。永峰がまたどたっとコンクリートの上に転がったのを見て神田は、目の前で繰り広げられている事態に言葉を失っている熊川に言った。

「熊さん、行きましょう。この人はもう鳳の長楽に行く必要はなくなりました」

熊川はベテラン運転手として、訳が分からなくても状況に素早く反応した。

「はい、それなら社に戻りましょうか。神田さん乗ってください。社までお送りします」

熊川は社有車の運転席に乗ってエンジンをかけた。後部座席に座った神田は、座席に残っていた永峰のポーチを空いていた窓ガラスから外に投げ出した。そして窓ガラスを閉めた。

「こらっ、運転手っ。車の調子が悪いんじゃなかったのかっ。お前もグルかっ」

永峰のわめき声を、社有車のエンジン音が容赦なくかき消した。


神田が大和新聞大阪本社地下三階駐車場の最も奥にある宣伝カー置き場に行くと、宣伝カーの運転席で川下がずた袋とスポーツバッグをひざの上に抱えてじっと座っていた。川下は神田の姿を見ると、「神田さんを待っている間、強奪されたらどうしようと、不安で不安で。肩が凝りました」と首を回しながら運転席から降りてきた。

「中身はきっちり三〇〇〇万円でした。こちらが神田さんの分です」とスポーツバッグを神田に渡した。

神田は「川下さん、お疲れ様でした。こっちもうまくいきましたよ。永峰局長は出島漁港に置き去りにしてきました。川下さんの顔は見られていませんから、安心してください」とぽんと川下の腕を叩いた。川下はふっと鼻を鳴らし、うれしそうに眼鏡の奥の目を光らせた。

神田は「大金を持ってここに長居は無用です。宣伝カーのキーは僕が販売推進部に返却しておくので、川下さんはもう帰ってください」と川下からキーを預かった。販売推進部は元の職場だからキーの置き場は分かっている。

川下は「神田さん、ありがとうございました。今日のことはどういういきさつがあるのかよく分かりませんが、ともかくこれでようやく私も人生をリセットできます」と丁重にお辞儀をして礼を述べ、自分の取り分である七〇〇万円が入ったずた袋をしっかりと胸に抱え、エレベーターに向かって駐車場内をてくてくと歩いて行った。今晩の川下は女房に罵られるために帰宅するのではない。足取りも心なしか力強く見える。これで川下の家族が仲良くなるといいのになと神田は思った。

永峰のスポーツバッグから残りの金を自分のデイパックに移し、エレベーターで一〇階の販売局フロアに上がり、誰もいない販売推進部に行って鍵置き場に宣伝カーのキーを返却した。販売局フロアでは、販売総務部は日曜日も常に二人出勤しているが、もう勤務時間が終了して誰もいなかった。がらんどうのような広々とした販売局で、神田は堂々と永峰の販売局長席に行き、机の下に空のスポーツバッグを押し込んだ。

月曜日の朝、出社してきた永峰局長の狼狽ぶりは相当なものだったようである。青白い顔でいつもの出勤時間に一〇階販売局フロアに姿を現した永峰は、販売局長席の椅子に腰かけた途端、机の下の物体を見て「ひいっ」と叫び、席から走り去ってそのまま戻ってこなかったという。神田は現場を目撃していた販売総務部のアルバイト女性からその様子を聞いた。

永峰はそれ以降、出社しなくなった。

6

「神田、お前、ご丁寧に中里伸吾に週刊ゲンザイ送ったのかよ?」

永峰から三〇〇〇万円を奪い取った日曜日から三日後の水曜日の夜、神田は上條からの電話で、古石の愛人である中里沙織の夫、伸吾の猛《たけ》り狂った行動を教えられた。

「すごい剣幕で中里伸吾から会社に電話がかかってきたそうだ。『週刊ゲンザイが自宅に送られて来て、妻が写真に写ってる』って。週刊ゲンザイ持って会社まで押しかけて来て、一階の打ち合わせスペースで人事部長相手に『古石っていう人間のクズを出せ』ってわめき散らしてたそうだよ」

「すごいな、北陸までもうそんな話が広がってるのか」

「違うよ。今日の夜、生け花クラブの女性陣から聞いたんだよ」

「おっ、なんだかんだ言って、生け花クラブは続いているんじゃないか」

「違うってば。四回分の部費を前払いしちゃってるから、今晩、最後の一回に行っただけだよ。それがもう、生け花そっちのけで古石と香水女の話で持ちきりだ」

「生け花クラブに香水女は来てなかった?」

「先週からもう来てないよ。退部するとも何とも連絡ないままだって。このままうちのバイトも辞めるんだろうよ」

生け花クラブで最古参の電話交換手の話では、中里伸吾から古石あてに何度も電話が入ったが、古石はいつも「不在」とのことだった。その通りに伝えると、しまいにキレた中里伸吾は

「人事につなげ」と言い、それで人事部長と話をすることになったのだ。

本社一階の「お客様受付」に座っている派遣社員によると、月曜日の午前一一時ごろ、中里伸吾と名乗る男が現れて人事部長を呼び出し、一階ホールの打ち合わせスペースで「新聞はえらそうなことを書いているくせに、幹部社員がやっていることは大違いだ」「人の女房に手を出すのが編集局長の仕事か」などと人事部長に怒鳴りまくっていたという。人事部長は「古石は自宅謹慎中です」と答え、中里伸吾は「かくまっているなら何度でもこうやって押しかけるぞ」「水道工事の仕事を休んで来ているんだから、大和新聞社が補償しろ」と責め立てたらしい。

広告局のアルバイト女性は、インターネットの炎上ぶりを語った。ネットの書き込みサイトは大和新聞のことを「クソ新聞」「エロ新聞」「不倫新聞」と罵倒しており、一部のネットサーファーたちが、大和新聞に広告を掲載している大企業に電話して「こんな新聞に広告を載せる貴社の見解をうかがいたい」としつこく回答を求めているという。辟易《へきえき》した広告クライアントから「しばらく貴紙への広告掲載は見合わせたい」と掲載が決まっていた広告が、次々と取り下げを通告されているということだった。

人事部人事課のOGスタッフは、東京本社が古石を引き取るとの情報を入手していた。金曜日に発売された週刊ゲンザイの内容を受けて、週末に人事担当役員が古石から事情聴取を行ったところ、古石は脇の甘さを認めて謝罪した。週刊誌沙汰になったとは言え、あくまでプライベートな問題であり、社内規定で懲戒処分できるかどうか微妙な失態だったが、広告の掲載中止という実損が発生していて、全くおとがめなしでは怒り狂った広告局が収まらない。白浜温泉旅行については、社有車を私用で使ったことと、ディナーと宿泊代金を「社用」として経費精算したのが不適切だということで、東京本社内に古石用の仮設ポストを作り、左遷した形をとることになった。古石は仮設ポストだろうが、左遷だろうが、大和新聞社に残ることを選んだ。

上條は生け花クラブで聞き込んだ話を一気にしゃべり、「販売局を『掃きだめ』なんて言いやがった古石がクビにならないのは残念だけど、まあこれが限界だな」と話をまとめた。

残念とは言いながら、上條もどこかすっきりしたような口調だ。

神田は「うちの会社は女性問題じゃクビにはならないよ。その手の話は社内にごろごろしてるじゃないか。全部クビにしていたら、社員がごっそり減ってしまう」と言いながらも、上條の楽しそうな反応がうれしかった。

「ふふっ、それもそうだ」

「古石のやつは、今回はこの辺で勘弁しといてやろう。上條にも世話になった。お前がいなかったらこのミッションは完遂できなかったと思う」

「ははははは、俺も変な意味でいい勉強させてもらったよ。家庭を大事にしようと改めて誓った。娘は将来、絶対に不倫なんかする女にならないよう教育するよ」

上條との電話が終わった神田は、達成感と同時に、せっかく親密になった上條との短く淡い恋が終わりを告げたような妙な気分だった。「俺は断じてゲイじゃないぞ」と神田は自分に言い聞かせながら、独り笑いが込み上げるのを止められなかった。

7

八月八日の販売局全体会に永峰局長の姿はなかった。しかし、司会役の販売総務部長はそんな重大事は全く目に入らないかのように、いつも通り冒頭、「八月度の紙数と入金率です」とおごそかに数字を読み上げた。

神田の担当区である大阪府南部の入金率は一〇〇パーセントだった。その数字が販売総務部長の口から出た瞬間、無言でペンを走らせていた担当員らの間に「えっ？」という驚きがさざ波のように広がった。同期の上條も、近畿販売二部の月岡翔馬も、神田の方を見て目を見開いている。神田は親指を立てて余裕の表情を見せた。

残金店の経営立て直しに成功したわけじゃない。たかだか担当員四ヵ月のキャリアでそんな離れ業ができるわけがない。神田は永峰から奪った金を、自分のほか、川下、臼井に分配した。榊原が使ってしまった大阪府南部専売会の積立金約七〇〇〇万円は、すでに販売局が弁済しており、榊原は退職金と今後の分割払いで販売局に返済することになっている。神田は銀行に行き、「榊原浩」の名前で残りの返済金を販売局の口座に振り込んだ。それでもまだ一〇〇〇万円ぐらいの金があったので、自分の担当区の残金を埋めたのだ。これを実行してそれでもまだ残った金は、来月度に残金が出そうな販売店に気前よく〝前払い〟で渡し、三〇〇〇万円はきれいに使い切った。こんな金は長く手元に置いておきたくなかったし、大金を一気に使うのはとても気分が良かった。自分の人生でこんなことは二度とないだろう。

どういうやり方にせよ、大阪府南部の入金記録に「入金率１００％」を刻んだのは神田としては痛快だった。永峰局長をはじめとする販売局幹部の決まり文句である「担当員なんだから何とかしろ」を自分流に実行した結果だ。

部数と入金率の発表が終わると、いつもは永峰局長の長い説教が始まるのだが、この日は局次長、花隈信也の短い話だった。

「永峰局長は体調がすぐれないため、しばらく休まれることになりました。深刻な病気ではありませんので、すぐに元気になって戻って来てくれると思います。局長不在の間もみんなで頑張って販売局を支えていきましょう。局長の復帰までは、不肖この私が局長代行を務めます。みなさん、よろしくお願いします」

販売局全体会から一週間ほどして、神田は花隈から本社一階の喫茶店「やまと」に呼び出され、九月一日付けで編集局に異動になると告げられた。行き先は兵庫県西宮市の阪神支局だった。秋の定期異動は一〇月一日付なので、それより一ヵ月早い異例の異動である。

「ちょっと急な異動だけど、神田君、受けてくれるよね」と花隈は念押しした。

「神田君を一刻も早く、編集局に戻してやってほしいという永峰局長の強い希望でね。編集局に相談したら、ちょうど阪神支局が女性記者の産休で欠員状態になって困っていたそうだ。渡りに船とばかりに、すぐ阪神支局で君を取ってくれることになったんだよ」

出勤できなくなるレベルの重傷を負わせたはずの永峰が、「神田を一刻も早く編集局に戻せ」と指示したとは、どういうつもりなのだろうか。神田に金を奪われた時の永峰は、人事権を振りかざし、スポーツバッグを取り戻そうと必死だった。編集局に異動させれば、ひょっとしたらスポーツバッグの中身が戻ってくるとまだアホな望みを抱いているのか。それとも、永峰が君主だった販売局という「城」に、神田のような逆賊が生息するのは許さないという意思表示なのか。神田は花隈の顔をじっと見つめたが、妖怪ぬらりひょんが背広を着たようなこの人物の表情からは、何も読み取ることはできなかった。

「僕の異動に関して編集局に相談したって、局長の古石さんは出勤しているんですか？　週刊ゲンザイにあんな記事が載ったのに？」

神田は心底、意地悪く花隈に聞いた。

「あ、ああ、古石じゃなくて編集局次長と話したんだよ。今、局長代行だそうだから。販売局も編集局も局長不在とは、全く異例の事態だよなあ」と花隈はさらりとかわし、「神田君、良かったなあ。また記者ができるんだ。紙面で君の記事を読むのを楽しみにしているよ。販売での経験を生かして、阪神支局で活躍してくれたら僕もうれしいよ」と自分のことのように喜んでみせた。

おそらく花隈も、永峰から「神田を編集に突き返せ」だの「着の身着のままで会社からほっぽり出せ」だの面倒な指示をされて困っていたので、すんなりと神田の阪神支局への異動が決まって喜ばしいのだろう。今なら労働組合も担当員の「立て替え」をまだ表立って問題にしていないので、神田が販売局を去ってしまえばうやむやになることは大いに期待できる。それに、永峰が突然、出勤しなくなってから、花隈はやたらに機嫌がいい。あきらめていた局長就任の芽が出てきたことで、気分が高揚しているに違いない。

「花隈次長、僕の異動にご尽力ありがとうございます。担当員を数ヵ月でクビになってしまいましたが、正直言ってうれしいです。この大変な仕事をこのまま続けていたら、破産するしかなかったでしょうから」と神田はチクリと刺したが、花隈は「いやいや、府南部の八月度の入金は一〇〇パーセントだったし、すごい働きぶりじゃないか。あの担当区はここ数年、一〇〇パーセントなんてなかったはずだよ。僕としては君にこのまま担当員をやってほしいぐらいなんだ。でも局長のたっての意向だから涙を飲んだんだ」と神田の少々の毒などものともしなかった。

まもなくして、事態は花隈をますます喜ばせる方向に急展開した。管財部長の桜井崇が、社有販売店工事を利用した販売局長の永峰と元不動産課長の藤岡恒之の不正を、総務局長に報告し、東京本社の内部監察室が調査に乗り出したのである。神田は桜井から電話で永峰の様子を知らされた。

「永峰局長って体調不良で休んでんの？　管財部が社有販売店のこと調べているのがやっぱり彼にばれたのかな。こないだ内部監察室長がこっちに来て、電話で永峰を呼び出したら、どうしても会社に行きたくないって取り調べに京都のビジネスホテルの部屋を指定したらしいよ。今日、大阪本社代表の専務取締役あてに辞表が郵送されてきたそうだ。もちろん調査が済むまで受理はされないだろうがな。辞表の封筒の消印は明石《あかし》だったらしいし、体調不良とか言って永峰はいったい何をうろうろしてんのかな」

永峰は鳳の寿司屋で三〇〇〇万円を渡すという泉寿会との約束をすっぽかし、その報復を恐れて自宅を離れ、ビジネスホテルを転々としているのに違いなかった。

「ああ、それと」と桜井の声のトーンが変わった。

「週刊ゲンザイの古石の不倫記事は、お前さんの仕業か？」

神田は今さら、桜井に隠し立てするつもりはない。

「桜井さん、週刊ゲンザイ読んでくれたんですか。うれしいなあ」

「やっぱりそうか。俺はゲンザイの固定読者じゃないけどな、これだけ社内で記事のコピーが出回ってりゃ否応なく読むわい。ったく、こっちが販売局長の件でてんてこ舞いの時に、突如として編集局で火の手が上がったからびっくりしたよ。お前を編集局から販売局に追い出した張本人が古石で、だからあんな形で意趣返ししたのか？」

「そうです。このまま泣き寝入りはできないと思っていたら、たまたま古石の不倫ネタを仕込んだんです。それを利用しない手はありません。あのおっさんが編集局長でいる限り、俺は記者ができないんですから」

「その取材力は評価しといてやる。しかしな、お前のやったことはあくまで場外乱闘だ。こんなやり方はこれで最後にしろ。お前の歳じゃ、定年までまだ二〇年もある。これから先、社内で理不尽な仕打ちはまだまだ味わうぞ。相手がいくら権力者でも、堂々とリング内で勝負しなきゃだめだ。それが、本当の意味で悔いのないサラリーマン人生になるんだ。それからな、週刊ゲンザイの記事が元で、我が社に新聞広告のキャンセルが相次いでいる。お前の個人的な意趣返しが、会社に多額の損害を与えたんだ。それを忘れるな」

編集局長だけでなく販売局長にも「場外乱闘」を仕掛けたとは、神田はとても桜井に言えなかった。この数ヵ月、鉄の意思で遂行したつもりの二つの復讐劇が、桜井の言葉であっさりと総括された。自分がやったのは、たったそれだけのことだったのだ。ボス猿二匹を猿山から引きずり下ろしていい気分になっていたが、自分がボス猿になれるわけじゃない。二匹の代わりに、また別のボス猿が登場するだけだ。

神田は憑き物が落ちたような気分だった。新聞広告がそんなにキャンセルされているとは、こっちの都合と何の関係もない広告局に申し訳ないことをした。広告の落ち込みに歯止めをかけようと、広告局員らは必死になって企画を練り、靴底を減らして歩き回っているというのに。販売局では永峰が退いた後は花隈が局長になり、任期中はぬらりくらりと凌ぐだけだろう。場外乱闘では結局、大和新聞社は何も変わらないのだ。

エピローグ　斜陽

　新聞社の支局の記者は所属支局の管内に住むことが義務付けられている。阪神支局に配属が決まった神田は八月後半の土曜日、朝から兵庫県西宮市の不動産屋を回って物件を探した。おかしな時期の転勤なので賃貸マンションの空き物件が少なく、家賃が高すぎたり、逆に安くて悲惨な物件だったりとなかなか希望通りの部屋に巡り合えず、神田は捜索範囲を隣の尼崎市にまで広げた。阪神電車の尼崎駅から徒歩一〇分ほどの所に、まあまあ条件に合う1LDKを見つけ、もう時間がないのでそこに決めた。

　尼崎駅から大阪市内の自宅に引き上げようと、パチンコ店や居酒屋チェーン店が並ぶ駅前まで来て、神田はそこが阪神地域の有力販売店主、金山良成の販売エリアであるのを思い出した。確か、販売店は尼崎駅から近かったはずだ。記者になっても販売店から地域情報を教えてもらうことがあるだろうし、顔を出してあいさつしておこうと神田は金山店に電話を入れた。

　駅から東西に走る国道2号を渡って北に七、八分歩き、幹線道路から一筋、住宅街の中に入った所に金山店はあった。ちょうど夕刊の配達時間で、従業員が出払った販売店はがらんとしていた。神田が作業場から奥に向かって「神田です。失礼しまーす」と声をかけていると、配達を終えた一台のバイクがバリバリと音を立てて戻ってきた。

運転するでっぷりした大男がヘルメットを脱いだ顔を見て、神田は仰天した。

「榊原っ。お前、何でここで新聞配達してるんだっ」

神田が続けて「お前に新聞配達をする資格はないっ」と叫んだ瞬間、店の奥から店主の金山が出て来た。

「神田さん、そう怒らんでください。こいつも反省して真面目に働くと言うから、うちの従業員で雇ったんですわ」

「所長、正気ですか？　こんなの雇ったら、所長にも迷惑がかかるのは間違いありません。所長だけじゃなく、大和新聞社も被害を被ります。すぐ追い出してください」

「いやいや、神田さん。私は浩がちんまい時から知ってますんで。ほんまの悪党じゃありませんねん。しっかり面倒、見ますよってに。本社にご迷惑をかけるようなことはもう絶対にさせません。この通りです」と金山は深々とおじぎをした。それに続き、榊原も不満そうに巨体を折り曲げた。

神田は金山所長から榊原に向き直り、「お前は高石中央の浜崎の一件じゃ、俺に嘘ばっかり言ってくれたな。そのせいでこっちは大変な目にあったんだ。お前には良心というものがないっ」と怒鳴った。

神田は大阪市西淀川区のワンルームマンションで大泣きの榊原に言っていなかったことを、ここで蒸し返した。あの時は金の算段に集中してしまい、後で「しまった、言い忘れた」と思い出したのだ。

「まあまあ」と金山が神田の激高を押し止めた。

「良心がないって言うなら、こいつはほんまに両親がおりませんで。父親はこいつが赤ん坊の時に、工事現場の事故で死んだんですわ。片親で苦労もしましたし、寂しい思いもしましたし、ほんまは優しい子なんです」

金山の必死のフォローにも神田が険しい表情を崩さずにいると、金山は「そうだ、今日はうちの店で焼肉をする日なんですよ。神田さんも良かったら、一緒に食べてってくださいや」と今度は胃袋を刺激した。神田は榊原と一緒に焼肉を食べたくはなかったが、昼飯も食べずに部屋探しをしていたので、確かに腹が減っていた。思い切り怒鳴って、さらに減った気がする。

金山店は三階建ての古いビルで、屋上が格好のバーベキュースペースだった。月に一回の「焼肉の日」を従業員らも楽しみにしているらしく、みんなでてきぱきと机や椅子やバーベキューコンロを屋上に並べていた。

「神田さん、僕みたいなのが、何でまたこの業界にって思ってはるでしょうけど」と榊原はバーベキューコンロの炭をバーナーであぶりながら言い出した。

「神田さんには迷惑かけたし、合わせる顔ないです。でも、僕は結局、新聞が好きですねん。だからまた、販売店で働くことにしたんです。僕みたいなアホが何言うてんねんと思われるでしょうが」

「そう思ってるよ。お前みたいなアホに、新聞に書いてることが理解できるとは思えない。商品の中身が分からないやつが、よくも配達したり集金したりできるもんだな」と神田は容赦なく言った。

「じゃあ、自動車のセールスマンが自動車の仕組みを全部、理解して売ってるんでっか？　電力会社だって原発が壊れたら修理できませんやん」と榊原は生意気にも反撃してきた。そこからさらに饒舌になった。

「僕は新聞って毎朝、必ず家に届いているっていうのが好きなんですよ。お客さんとつながってるって言うか。お袋と僕はこの店に住み込みで働いてましたんで、僕も小学校に上がったぐらいから、新聞配達を手伝ってたんです。お袋は補助輪付きの子供用自転車を買ってくれました。新聞配達は大学まで毎日、欠かさずやりましたわ。大震災があって停電したら、テレビもパソコンも見れませんやん。携帯電話も回線がパンクするやろうし。デジタルニュースはお手上げやけど、新聞は人間が運んでるから、何が何でも届けまっせ。東日本大震災の時だって、新聞屋は読者に新聞を届けたんですよ。僕らは電気が止まろうが、道路が土砂崩れでふさがっていようが、死に物狂いで配達しますからね」

神田は榊原の得意気なしゃべりっぷりにますます腹が立った。

「お前な、それだけの美学があるんなら、大和新聞の社員になってから、何で悪さばかりしたんだよ。お前が新聞配達の意義深さを語っても白々しいんだよ。販売店の苦労が分かってるなら、もう少しましな生き方があっただろう」

「すいません。子どもの頃からずっと貧乏だったんで、大和新聞の社員になって世界ががらっと変わって、とち狂ってしもたんです。入社した途端に、おふくろの倍ぐらいの給料がもらえましたんで。食いたいもんは好きなだけ食えるし、車のローンだって組めるし。北新地や心斎橋に飲みに行ったって、ああ、そもそも大和新聞の社員になる前は、クラブやラウンジなんて足を踏み入れたこともありませんでしたんで、憧れの場所で名刺を出したら、女の子たちが『わー、大和新聞ですか。すごいですね』って言ってくれるんですよ。持ち金なくてもツケにしてくれるし、こりゃあええわと」

「夜の女ってのは、どんな会社の社員にも『わー、すごいですね』って言ってんだよ。それが商売トークだって何で分からないんだ。死ね、このバカ」

「あ〜あ、だから神田さん、その歳になっても独身なんですよ。女の可愛いさが分からんって言うか、何でもかんでも理詰めで面白くないって言うか。神田さんより、僕の方が絶対に女にもてると思うな」

「じゃかましいっ。金目当ての女になんぞ、もてたくないわっ」

神田が思わず大声を上げると、店主の金山をはじめ焼肉の準備にいそしんでいた従業員らはどっと笑った。

金山は「神田さん、浩はほんまに心を入れ替えさせて立派な従業員にします。こいつはこの間、人命救助もしたんですよ」と榊原の刈り込んだ頭をばんばん叩いた。

榊原の配達エリアに独居の高齢女性読者がおり、朝刊を配達した榊原は、郵便受けに前日の夕刊が残されているのを不審に思って、近くの交番に届けたのだという。警察官が鍵を壊して中に入ったところ、息も絶え絶えの女性が室内で倒れていた。

「すぐに救急車呼んで病院に運びましたんで、女性は一命を取り留めました。何でも階段で足を滑らせて、転がり落ちてそこから動けんようになってたそうですわ。郵便受けにぎょうさん新聞がたまってても、全然、気にしない配達員もおりますが、浩は夕刊一部に反応したんですわ」

金山の言葉を聞いて、榊原はまたもや鼻を高くして説明を始めた。

「だって、あの婆ちゃん、息子の家に泊まるとか、旅行に行くとか、家を空ける時は、必ず販売店に新聞の『留守止め連絡』して来るじゃないですか。几帳面な人なのにおかしいなって」

金山は「神田さん、わしら新聞屋は、そういう独居の高齢者の見守りみたいな役割もあるんですわ。一日二回も宅配する商品は他にはありませんからな」と言い、「それでね、浩は来月、地元の警察署から表彰されるんです」と告げた。しわだらけの顔は、穏やかで、誇らしげで、まるで積年の功績が評価されてノーベル賞を受賞した老科学者のようだった。

大和新聞社社員の時は、刑事告訴されても不思議ではないことばかりしていた榊原が、新聞配達員に戻った途端、警察から善良な市民として表彰される。人間とはつくづく不思議な生き物だと、神田は榊原を罵る言葉を失った。

場の空気がなごやかになったのを見計らったのか、金山が「神田さん。高石中央販売所の浜崎の話、聞かれましたか？」と話題を変えた。

「病気だって聞きました」と遠慮がちに答えた神田に、金山は心から面白そうに言った。

「そうですわ、浜さん、膵臓がんやと医者に言われて、いっときは落ち込んで体調が悪うなって、堺の病院に入院しとったんですけどな、また調子がようなって、最近、退院したらしいでっせ。嫁さんと一緒に、しばらく日本各地を旅行するって聞きましたで。『わしゃ旅先で死んだる』って豪語しているんですと。わりと長いこと入院生活してたみたいですからな、その間に体力を回復しよったんちゃいまっか。いや、ほんま、しぶといですのう。あの人はそう簡単には死にまへんわ。かっかっかっかっ」

あのじいさん、勝手な遺言まで残しておいて、まだ死にそうにないのか。神田は堺の病院であだこうだと説教されたのを思い出し、悔しさが込み上げてきた。それと同時に、無性に浜崎に会いたい気持ちが湧き起こるのも止められなかった。浜崎は大和新聞を心から愛する本物の新聞屋だ。だから、へなちょこ担当員の俺にも体当たりでぶつかって来た。病院のベッドで息も絶え絶えの姿をさらしながら、大和新聞の行く末を案じた。あのじいさんは、新聞販売店主を引退しようが、不治の病で伏せっていようが、きっと棺桶に入るまで新聞屋なんだ。浜さん、やっぱり俺は、販売局の担当員にはなれない。会社の中でどこに配属されようが、どんな仕事をさせられようが、俺は所詮、新聞記者だ。死ぬ時は新聞記者として死ぬんだと思う。じゃ、どうやって死んだらいいのかな。浜さんなら分かるだろう、記者の死に様を教えてくれ。

「そんなもん自分の頭で考えんかい、ボケ」と浜崎が言った気がした。

尼崎の臨海工業地帯に沈む夕日が空を赤く染めていた。それはやたらにまぶしく、うっとうしいぐらいギラギラとオレンジ色に輝いていた。神田は下町の夕方の凪に身をゆだねながら、「大和新聞もどうせ沈むなら、この夕日のように燦然と輝きながら沈みたい」と思った。

内部監察室の永峰に対する取り調べは京都のビジネスホテルでの一回で終わるはずもなく、永峰がなぜか大阪本社に行くのを嫌がるため、結局、永峰を上京させて続きは東京本社で行われた。管財部がつかんだ工事費用の詐取について永峰は全面的に認め、依願退職して退職金で弁済する条件を飲んだ。経営陣はさすがに局長を「三〇年にわたる社有物件工事費の詐取」で懲戒解雇しては社員の士気に関わると判断したらしく、永峰の退職は「体調不良」を理由とすることになった。

九月の販売局全体会。永峰の退職に伴って、新局長に就任した花隈の所信表明演説が行われた。

「永峰局長が会社を去られたのは大変、残念なことです。もっともっと、この大和新聞大阪本社販売局を牽引していってほしかったというのが私の思いですし、みなさんも同じ気持ちだと思います。我々は心から大和新聞の発展を願っておられた永峰局長の意思を継いでいかなくてはなりません。確かに現在、新聞を取り巻く環境は大変、厳しいものがあります。しかし、それでへこたれているようでは、大和新聞社の販売人を名乗る資格はありません。厳しい状況にある今だからこそ、大和新聞は数々の苦難を乗り越えてきました。明治時代には、大和新聞一四〇年の歴史を刻む中で、大和新聞は数々の苦難を乗り越えてきました。明治時代には、大和新聞が推し進める自由民権運動を政府が弾圧し、ことあるごとに新聞の発行停止を命じられました。戦時下では紙の統制から印刷部数の制限を受け、新聞を求めている読者がいるにもかかわらず、新聞が届けられなかったのです。当時の販売人たちの無念はいかほどだったでしょうか。戦後は他系統の新聞との間で、筆舌に尽くし難い販売戦を何度も戦いました。これらの歴史から分かるように、みなさんが今、販売現場で直面している苦労を、時代が悪かったと思ってはいけません。いつの時代も、新聞という存在を守り、存続させることは、生ぬるい覚悟ではできないのです。大和新聞の灯《ひ》を絶やさぬように、さらに販売網が発展するように、頑張っていきましょう。それが我々の使命です。みなさんの奮闘を期待します」

【著者】

幸田 泉（こうだ いずみ）

大学卒業後、1989年某全国紙に入社。支局勤務後、大阪本社社会部では大阪府警、大阪地検、大阪地高裁、東京本社社会部では警察庁などを担当。その後、大阪本社社会部デスク、同販売局などを経て、2014年退社。

N.D.C.913 382p 19cm ISBN978-4-06-219709-0

小説《しょうせつ》 新聞《しんぶん》社《しゃ》販売局《はんばいきょく》

二〇一五年 九月 八日 第一刷発行
二〇一五年一〇月二二日 第三刷発行

著者 幸田《こうだ》泉《いずみ》

発行者 鈴木哲
発行所 株式会社講談社
東京都文京区音羽二丁目一二－二一
郵便番号一一二－八〇〇一
電話 〇三－五三九五－三五二一 編集（現代新書）
〇三－五三九五－四四一五 販売
〇三－五三九五－三六一五 業務

装幀者 三村漢
印刷所 凸版印刷株式会社
製本所 株式会社大進堂